# O Resgate

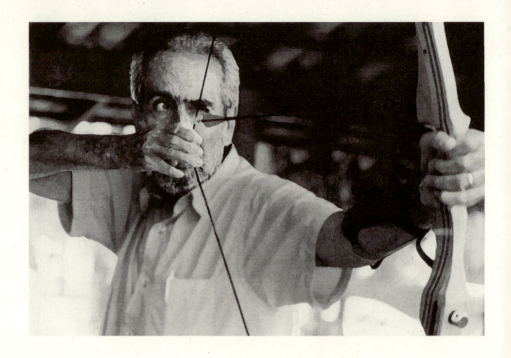

# O Arqueiro

GERALDO JORDÃO PEREIRA (1938-2008) começou sua carreira aos 17 anos, quando foi trabalhar com seu pai, o célebre editor José Olympio, publicando obras marcantes como *O menino do dedo verde*, de Maurice Druon, e *Minha vida*, de Charles Chaplin.

Em 1976, fundou a Editora Salamandra com o propósito de formar uma nova geração de leitores e acabou criando um dos catálogos infantis mais premiados do Brasil. Em 1992, fugindo de sua linha editorial, lançou *Muitas vidas, muitos mestres*, de Brian Weiss, livro que deu origem à Editora Sextante.

Fã de histórias de suspense, Geraldo descobriu *O Código Da Vinci* antes mesmo de ele ser lançado nos Estados Unidos. A aposta em ficção, que não era o foco da Sextante, foi certeira: o título se transformou em um dos maiores fenômenos editoriais de todos os tempos.

Mas não foi só aos livros que se dedicou. Com seu desejo de ajudar o próximo, Geraldo desenvolveu diversos projetos sociais que se tornaram sua grande paixão.

Com a missão de publicar histórias empolgantes, tornar os livros cada vez mais acessíveis e despertar o amor pela leitura, a Editora Arqueiro é uma homenagem a esta figura extraordinária, capaz de enxergar mais além, mirar nas coisas verdadeiramente importantes e não perder o idealismo e a esperança diante dos desafios e contratempos da vida.

# Nicholas Sparks

## O Resgate

Título original: *The Rescue*
Copyright © 2000 por Nicholas Sparks
Copyright da tradução © 2014 por Editora Arqueiro Ltda.
Publicado mediante acordo com Grand Central Publishing, Nova York.

Todos os direitos reservados.
Nenhuma parte deste livro pode ser utilizada ou reproduzida sob quaisquer
meios existentes sem autorização por escrito dos editores.

Esta é uma obra de ficção. Nomes, personagens, lugares e incidentes são produtos da
imaginação do autor ou usados de forma fictícia. Qualquer semelhança com acontecimentos,
locais ou pessoas reais, vivas ou mortas, é mera coincidência.

*tradução:* Maria Clara de Biase
*preparo de originais:* Sheila Til
*revisão:* Ana Grillo e Flávia Midori
*diagramação:* Ilustrarte Design e Produção Editorial
*capa:* Raul Fernandes
*imagens de capa:* lago: Latinstock/ © Chris Crisman / Corbis / Cobis (DC);
casal: Corbis (RF) / Latinstock
*impressão e acabamento:* Lis Gráfica e Editora Ltda.

CIP-BRASIL. CATALOGAÇÃO NA FONTE
SINDICATO NACIONAL DOS EDITORES DE LIVROS, RJ

S726r

Sparks, Nicholas
   O resgate / Nicholas Sparks; [tradução Maria
Clara de Biase]. – São Paulo: Arqueiro, 2014.
320 p.; 16 x 23 cm.

Tradução de: The rescue
ISBN 978-85-8041-293-2

1. Ficção americana. I. Biase, Maria Clara de.
II. Título.

14-12425                          CDD: 813
                                  CDU: 821.111(73)-3

Todos os direitos reservados, no Brasil, por
Editora Arqueiro Ltda.
Rua Funchal, 538 – conjuntos 52 e 54 – Vila Olímpia
04551-060 – São Paulo – SP
Tel.: (11) 3868-4492 – Fax: (11) 3862-5818
E-mail: atendimento@editoraarqueiro.com.br
www.editoraarqueiro.com.br

*Este livro é dedicado a Pat e Billy Mills, com amor.*
*Minha vida é melhor graças a vocês dois. Obrigado por tudo.*

# Prólogo

Tempos depois aquela seria considerada uma das tempestades mais violentas da história da Carolina do Norte. Como ocorreu em 1999, alguns dos cidadãos mais supersticiosos a consideraram um mau presságio, o primeiro indício do fim do mundo. Outros simplesmente balançaram as cabeças e disseram que sabiam que mais cedo ou mais tarde algo assim aconteceria. No total, nove tornados tocaram o solo naquele fim de tarde na parte leste do estado, destruindo quase trinta casas. Cabos telefônicos ficaram espalhados nas estradas e transformadores pegaram fogo sem que ninguém pudesse impedir. Com um único e cruel ataque da Mãe Natureza, milhares de árvores caíram, as margens de três grandes rios foram varridas de repente por inundações violentas e centenas de vidas mudaram para sempre.

Tinha começado do nada. Em um minuto estava nublado e escuro – o que não era muito incomum – e, no minuto seguinte, o céu de início do verão explodiu em relâmpagos, ventos fortes e chuva pesada. A tempestade viera do noroeste e estava atravessando o estado a quase 65 quilômetros por hora. As estações de rádio começaram a emitir avisos de emergência registrando a força do temporal. As pessoas tentavam se abrigar em lugares fechados, mas as que pegaram a estrada, como Denise Holton, não tinham para onde ir. Agora que ela estava bem no meio da tormenta, não restava muito o que fazer. Em alguns pontos a chuva caía tão forte que o trânsito fluía a 8 quilômetros por hora, mas, ainda assim, o rosto de Denise era pura concentração e os nós de seus dedos estavam brancos de tanto apertar o volante. Às vezes era impossível enxergar a estrada, mas parar significaria um desastre certo, já que outros veículos vinham atrás e não conseguiriam ver o carro dela a tempo de parar.

Denise passou o cinto de segurança por cima da cabeça, ficando presa apenas pela cintura, de modo que pudesse se inclinar sobre o volante e distinguir melhor as marcações de faixa da estrada e um ou outro ponto aqui e ali. Houve longos trechos nos quais teve a impressão de estar dirigindo apenas por instinto, porque não conseguia enxergar nada. A chuva caía sobre o para-brisa como uma onda do mar, obscurecendo quase tudo. Os faróis pareciam totalmente inúteis. Ela queria parar, mas onde? Em que lugar seria seguro? No acostamento? As pessoas vinham ziguezagueando por todo o caminho, tão cegas quanto ela. Assim, Denise tomou uma rápida decisão: de algum modo, prosseguir parecia mais seguro. Seus olhos iam da estrada para as lanternas do carro à frente e o retrovisor, e ela rezava para que todos na estrada estivessem fazendo o mesmo: procurando algo que os mantivesse seguros. Qualquer coisa.

Então, tão subitamente quanto havia começado, a tempestade enfraqueceu e foi possível enxergar de novo. Denise imaginou que houvesse deixado a tempestade para trás – e, ao que parecia, todos na estrada acharam o mesmo, porque, apesar de o asfalto continuar escorregadio, os carros começaram a acelerar, tentando permanecer à frente da tormenta. Denise também acelerou para acompanhá-los. Dez minutos depois, com a chuva ainda caindo, porém mais fraca, ela olhou de relance para o ponteiro da gasolina e sentiu um nó se formar no estômago. Logo precisaria parar. Não tinha combustível suficiente para chegar em casa.

Alguns minutos se passaram.

Ela continuava atenta ao trânsito. Sendo noite de lua nova, havia pouca luz vindo do céu. Denise deu outra olhada no painel. O ponteiro da gasolina estava bem baixo na área vermelha. Mesmo preocupada em permanecer à frente da tormenta, ela desacelerou, tentando economizar combustível e torcendo para que ele durasse. Torcendo para conseguir ficar fora da área da tempestade.

Os outros carros começaram a ultrapassá-la depressa, e seus limpadores de para-brisa quase não davam conta da água lançada sobre eles. Denise seguiu em frente.

Mais dez minutos se passaram antes que Denise pudesse dar um suspiro de alívio. Foi quando ela viu uma placa indicando um posto de gasolina a menos de 2 quilômetros. Ligou a seta, mudou para a pista da direita e pegou a saída. Parou na primeira bomba livre.

Havia conseguido, mas sabia que a tempestade ainda estava a caminho. Chegaria àquela área em quinze minutos, se não antes. Denise tinha tempo, mas não muito.

Encheu o tanque o mais rápido que pôde e depois ajudou Kyle a sair da cadeirinha. Deu a mão ao menino e o levou consigo para fazer o pagamento; havia muitos carros ali para deixá-lo sozinho no veículo. Kyle era pequeno, mais baixo do que a maçaneta da porta da loja de conveniência.

Ao entrar, Denise percebeu quanto o lugar estava cheio. Parecia que todos na estrada haviam tido a mesma ideia: *abastecer o carro enquanto ainda era possível*. Denise pegou uma lata de Coca-Cola diet, a terceira do dia, depois deu uma olhada nos refrigeradores ao longo da parede dos fundos. Perto do canto, encontrou leite com sabor de morango para Kyle. Estava ficando tarde e o menino adorava tomar leite antes de dormir. Se ela conseguisse ficar à frente da tempestade, esperava que ele dormisse a maior parte do caminho de volta.

Foi para a fila da caixa, onde quatro pessoas já aguardavam. Todas pareciam impacientes e cansadas, como se não entendessem como o lugar podia estar tão cheio àquela hora. Talvez, de algum modo, tivessem se esquecido da tempestade. Mas bastou observar seus olhares para Denise ter certeza de que não. Todos na loja estavam nervosos. *Ande logo*, diziam suas expressões, *precisamos sair daqui*.

Denise suspirou. Sentia o pescoço tenso. Girou os ombros, mas não ajudou muito. Fechou os olhos, esfregou-os e abriu-os de novo. Nos corredores atrás dela, ouviu uma mãe discutir com o filho pequeno. Denise olhou de relance por cima do ombro. O garoto devia ter mais ou menos a idade de Kyle, uns 4 anos e meio. A mãe parecia tão estressada quanto Denise. Ela segurava com força o braço do menino, que batia os pés no chão.

– Mas eu quero *cupcakes*! – choramingava.

A mãe se manteve firme.

– Eu disse não. Você já comeu muita porcaria hoje.

– Mas você compra as coisas para *você*.

Depois de um instante, Denise desviou o olhar. A fila não tinha andado. Por que tanta demora? Olhou para as pessoas na frente, tentando descobrir o motivo. A mulher na caixa registradora parecia atrapalhada com tanto movimento e, pelo visto, todos queriam pagar com cartão de crédito. Passou-se mais um minuto até que terminasse o atendimento do primeiro cliente da fila.

A mulher e a criança ficaram bem atrás de Denise, ainda discutindo. Denise pôs a mão no ombro de Kyle, que estava em pé quieto, bebendo o leite pelo canudinho. Ela não pôde evitar ouvir a conversa atrás de si.

– Ah, por favor, mãe!

– Se continuar, vai levar uma palmada. Não temos tempo para isso.

– Mas eu estou com fome.

– Então deveria ter comido seu cachorro-quente.

– Eu não queria cachorro-quente.

E aquilo continuou. Três clientes depois, Denise finalmente chegou à caixa registradora, abriu sua carteira e pagou em dinheiro. Tinha um cartão de crédito para emergências, mas raramente – ou nunca – o usava. Dar o troco pareceu mais difícil do que passar cartões de crédito na máquina. A atendente ficou olhando para os números na caixa, como se fizesse esforço para entendê-los. A discussão entre mãe e filho continuava sem trégua. Por fim, Denise recebeu seu troco, guardou-o a carteira e se virou na direção da porta. Compreendia que a noite estava sendo difícil para todos, por isso sorriu para a mãe atrás dela, como se dissesse: *crianças são difíceis às vezes, não é?*

Em resposta, a mulher revirou os olhos.

– Você tem sorte.

Denise olhou para ela, interrogativa.

– Desculpe, não entendi.

– Eu disse que você tem sorte. – Ela apontou a cabeça para o filho. – Este aqui nunca cala a boca.

Denise olhou para o chão e, com os lábios cerrados, balançou a cabeça, virou-se e saiu da loja. Apesar do estresse da tempestade, do longo dia dirigindo e do tempo que passara no centro de diagnóstico, tudo em que podia pensar era Kyle. Enquanto caminhava na direção do carro, sentiu uma vontade súbita de chorar.

– Não – sussurrou para si mesma. – Quem tem sorte é você.

# 1

Por que ele? Por que, de todas as crianças, isso tinha de acontecer com Kyle?

De volta ao carro depois de abastecer, Denise retornou à rodovia a tempo de ficar à frente da tempestade. Durante os vinte minutos seguintes, a chuva continuou caindo, mas não de modo ameaçador, e os limpadores de para-brisa empurravam a água de um lado para o outro enquanto Denise voltava para Edenton, na Carolina do Norte. A Coca-Cola diet estava entre o freio de mão e o banco do motorista e, embora Denise soubesse que aquilo não lhe fazia bem, bebeu o que restava dela e logo desejou ter comprado outra lata. Esperava que a cafeína extra a mantivesse alerta e concentrada na direção, em vez de pensando em Kyle. Mas ele sempre estava em sua mente.

Kyle. O que podia dizer sobre ele? Havia sido parte dela, Denise ouvira seu coração bater com 12 semanas de vida, sentira seus movimentos ao longo de todos os cinco meses finais da gravidez. Ainda na sala de parto, foi só olhar para o filho e ela duvidara que pudesse haver algo mais bonito no mundo. Esse sentimento não havia mudado, embora ela não fosse a mãe perfeita. Simplesmente fazia o melhor que podia, aceitando o bom e o ruim e procurando alegrias nas pequenas coisas. Com Kyle, às vezes era difícil encontrá-las.

Nos últimos quatro anos, Denise fizera o possível para ser paciente com ele – o que nem sempre era fácil. Certa vez, quando Kyle ainda engatinhava, ela pusera a mão por alguns instantes sobre a boca do filho para calá-lo. Talvez alguns pais cansados considerassem isso um erro desculpável, já que o menino não dormira nada à noite e depois chorara por mais de cinco horas sem parar. Porém, após aquele episódio, ela passara a se esforçar ao máximo para conter suas emoções. Quando sentia a frustração aumentar, contava lentamente até dez antes de agir; quando isso não adiantava, saía do cômodo para se recompor. Geralmente isso ajudava, mas era tanto uma bênção quanto uma maldição. Uma bênção porque Denise sabia que era preciso paciência para ajudá-lo e uma maldição porque fazia com que ela questionasse as próprias habilidades como mãe.

Kyle nascera exatos quatro anos depois de a mãe de Denise morrer de aneurisma cerebral e, embora Denise não fosse do tipo supersticiosa, achava difícil considerar isso mera coincidência. Tinha certeza de que Kyle era uma dádiva de Deus. Sabia que fora enviado para reconstruir sua família. Ela não tinha mais ninguém no mundo. O pai morrera quando Denise tinha 4 anos, ela não tinha irmãos e seus avós dos dois lados também haviam falecido. Kyle se tornou o único foco de todo o amor que Denise tinha a oferecer.

Mas o destino é estranho, imprevisível. Embora ela cobrisse o filho de atenção, isso de alguma forma não fora suficiente. Agora Denise levava uma vida que não teria imaginado, uma vida em que o progresso diário do menino era cuidadosamente anotado em um caderno. Agora sua vida era totalmente dedicada a ele. Kyle, é claro, não reclamava do que eles faziam todos os dias. Ao contrário das outras crianças, nunca reclamava de nada.

Denise olhou de relance para o espelho retrovisor.

– Em que você está pensando, querido?

Kyle observava a chuva bater nas janelas, a cabeça inclinada para o lado. Estava com seu cobertor no colo. Não dissera uma palavra desde que entrara no carro, mas se virou ao ouvir a voz da mãe.

Ela esperou por uma resposta. Mas não houve nenhuma.

Denise Holton morava na casa que fora de seus avós. Com a morte deles, a residência passara para a mãe e, depois, para ela. Não era grande coisa – uma construção decadente da década de 1920, em um terreno de 12 mil metros quadrados. Os dois quartos e a sala não eram muito ruins, mas a cozinha precisava urgentemente de equipamentos modernos e o banheiro não tinha chuveiro, apenas uma banheira antiga. As varandas da frente e dos fundos estavam caindo aos pedaços e, sem o ventilador portátil, às vezes Denise achava que seria possível a pessoa fritar ali. Só que ali ela não pagava aluguel e era exatamente disso que precisava. Fazia três meses que morava na casa.

Ficar em Atlanta, onde fora criada, teria sido impossível. Denise usara o dinheiro de herança para ficar um tempo em casa com o filho recém-nascido. Na época, considerara isso uma licença temporária do trabalho. Planejava voltar a lecionar quando Kyle fosse um pouco mais velho. Sabia que o dinheiro um dia acabaria e precisava se sustentar. Além disso, adorava dar aulas. Na primeira semana longe do trabalho, já sentia falta dos alunos e dos outros professores. Agora, anos depois, continuava em casa com Kyle e a sala de aula era apenas uma recordação vaga e distante, algo mais parecido com um sonho do que com a realidade. Ela não conseguia se lembrar de nenhum plano de aula ou dos nomes dos alunos. Se não conhecesse a verdade, poderia jurar nunca ter feito parte de nada daquilo.

A juventude traz a promessa de felicidade, mas a vida traz a realidade do sofrimento. O pai, a mãe, os avós – todos se foram antes que Denise completasse 21 anos. Ela estivera em cinco casas funerárias quando legalmente ainda nem podia entrar em um bar para afogar as mágoas. Havia enfrentado mais do que sua cota justa de sofrimentos, mas, ao que parecia, Deus não pararia por aí. Como os sofrimentos de Jó, os dela continuaram. "Estilo de vida de classe média?" *Já era.* "Amigos com quem cresceu?" *Ficaram no passado.* "Um emprego de que goste?" *Isso é pedir demais.* E Kyle, o menino doce e maravilhoso em nome de quem todas essas mudanças haviam acontecido, de muitas formas ainda era um mistério para ela.

Em vez de lecionar, Denise trabalhava à noite no Eights, um restaurante movimentado nos arredores de Edenton. O dono, Ray Toler, era um negro de 60 e poucos anos que gerenciava o lugar havia trinta. Ele e a esposa tinham seis filhos, todos formados em universidades. Cópias dos diplomas deles decoravam a parede dos fundos do estabelecimento e todos os clientes ouviam falar deles. Ray fazia questão disso. Também gostava de contar sobre Denise, de dizer que ela fora a única pessoa a lhe entregar um currículo ao fazer a entrevista de emprego.

Ray era um homem que entendia a pobreza, conhecia a bondade e sabia como as coisas eram difíceis para mães solteiras.

"Temos um quartinho nos fundos do prédio", ele lhe dissera quando a contratara. "Você pode trazer seu filho, desde que ele não atrapalhe." Lágrimas se formaram nos olhos de Denise quando Ray lhe mostrou o cômodo. Duas camas, uma luminária: era um espaço onde Kyle ficaria seguro. Na noite seguinte, Kyle foi posto para dormir naquele pequeno quarto assim que Denise começou seu turno; horas depois ela o colocou no carro e o levou de volta para casa. A rotina não havia mudado desde então.

Denise trabalhava quatro noites por semana, em um turno de cinco horas, e ganhava apenas o suficiente para sobreviver. Fazia dois anos que trocara seu Honda por um Datsun velho, porém confiável, para embolsar a diferença. Aquele dinheiro, junto com o da mãe, fora gasto havia tempo. Denise tinha se tornado especialista em fazer economia e cortar despesas. Não comprava roupas novas para si mesma havia dois Natais; os móveis de sua casa eram razoáveis, mas resquícios de outros tempos. Ela não assinava revistas, não tinha TV a cabo e seu aparelho de som era um velho radiogravador da época da universidade. O último filme a que assistira no cinema fora *A lista de Schindler*. Raramente fazia ligações interurbanas. Tinha 238 dólares no banco. Seu carro tinha 19 anos e rodara quilômetros suficientes para dar cinco voltas ao mundo.

Mas nada disso importava. Apenas Kyle.

Mas nunca, nem uma única vez, ele dissera que a amava.

Nas noites em que não trabalhava no restaurante, Denise geralmente se sentava na cadeira de balanço na varanda dos fundos com um livro no colo. Gostava de ler lá fora, onde o guizalhar monótono dos grilos a confortava. A casa era cercada de carvalhos, ciprestes e castanheiras, tudo coberto de barba-de-velho. Às vezes, quando o luar se infiltrava pela vegetação, sombras parecidas com animais exóticos se projetavam na entrada de cascalho.

Em Atlanta, Denise costumava ler por prazer. Seu gosto variava de John Steinbeck a Ernest Hemingway, de John Grisham a Stephen King. Embora esses tipos de livros estivessem disponíveis na biblioteca local, ela já não os procurava. Em vez disso, usava os computadores perto da sala de leitura, que tinham acesso gratuito à internet, para procurar estudos clínicos patrocinados por grandes universidades e, sempre que encontrava algo relevante, imprimia a página. Seus arquivos já tinham quase 10 centímetros de altura.

No chão perto da cadeira, havia uma série de compêndios de psicologia. Eram obras caras, que tinham feito um rombo em seu orçamento. Porém, sempre representavam uma esperança e, depois de encomendá-las, Denise as aguardava ansiosamente. Dessa vez, gostava de pensar, encontraria algo que ajudasse.

Quando chegavam, Denise estudava as informações durante horas. À luz da luminária, examinava os dados, coisas que geralmente já havia lido. Ainda assim, não se apressava. De vez em quando fazia anotações e, em outros momentos, dobrava a página e destacava um trecho. Uma ou duas horas se passavam antes de ela finalmente fechar o livro e dar por encerrada a leitura daquela noite. Levantava-se e se movia para ativar a circulação.

Depois de levar os livros para a pequena escrivaninha na sala de estar, ia ver como Kyle estava e então voltava lá para fora. O caminho de cascalho levava a uma trilha entre as árvores e, por fim, a uma cerca quebrada que delimitava a propriedade. Denise e Kyle passeavam por ali de dia e, à noite, ela percorria o trecho sozinha. Sons diversos vinham de toda parte: de cima, o pio de uma coruja; mais à frente, um farfalhar no matagal; do lado, uma sacudida em um galho. A brisa movia as folhas, produzindo um som parecido com o do mar, e fazia a luz da lua chegar e desaparecer.

Mas o caminho era reto e Denise o conhecia bem. Depois da cerca, a floresta se fechava ao redor. Mais barulhos, menos luz, mas ainda assim ela seguia em frente. Por fim, a escuridão se tornava quase opressiva. A essa altura, dava para ouvir a água; o rio Chowan estava próximo. Outro grupo de árvores, uma rápida virada para a direita e de repente era como se o mundo se desdobrasse à frente: o rio, largo e lento, finalmente surgia. Poderoso, eterno, sombrio como o tempo. Denise cruzava os braços e o observava, internalizando-o, deixando-se ser inundada pela tranquilidade que ele inspirava. Costumava ficar ali por alguns minutos, raramente mais, porque Kyle estava em casa sozinho.

Então suspirava e dava as costas para o rio; estava na hora de voltar.

# 2

No carro, ainda à frente da tempestade, Denise se lembrava da consulta com o médico que acontecera mais cedo, naquele dia. Ela estava sentada e ele lia um laudo sobre Kyle.

*Criança do sexo masculino, 4 anos e 8 meses no momento da avaliação... Kyle é uma criança bonita, sem nenhuma deficiência física aparente na cabeça ou na região facial... Nenhum registro de traumatismo craniano... gravidez descrita pela mãe como normal...*

O médico continuou durante os minutos seguintes, descrevendo resultados específicos de vários exames, até finalmente chegar à conclusão.

*Embora o QI esteja dentro da faixa de normalidade, a criança apresenta grande atraso na linguagem, tanto na recepção quanto na expressão... provavelmente se trata de distúrbio do processamento auditivo central (DPAC), embora a causa não possa ser determinada... Estimativa do desenvolvimento geral da linguagem: equivalente ao de uma criança de 24 meses... Capacidades futuras de linguagem e aprendizagem atualmente desconhecidas...*

*Quase a de um bebê,* Denise não pôde evitar pensar.

Quando o médico terminou, pôs o laudo de lado e olhou para ela de forma solidária.

– Em outras palavras – disse devagar, como se ela não tivesse entendido o que acabara de ouvir –, Kyle tem problemas de linguagem. Por algum motivo, não sabemos exatamente qual, não consegue falar no nível apropriado para sua idade, embora seu QI seja normal. Também não consegue compreender a linguagem no nível de outras crianças de 4 anos.

– Eu sei.

A segurança da resposta dela o pegou desprevenido. Para Denise, o médico parecia esperar uma discussão, uma desculpa ou uma série de perguntas. Quando ele percebeu que ela não ia dizer mais nada, pigarreou.

– Há uma observação aqui de que já o avaliou em outro lugar.

Denise assentiu.

– Sim.

Ele procurou entre os papéis.

– Os laudos não estão no arquivo de Kyle.

– Eu não os entreguei.

O médico ergueu levemente as sobrancelhas.

– Por quê?

Denise pegou sua bolsa e a pôs no colo, pensando.

– Posso ser franca? – disse, finalmente.

Ele a estudou por um momento antes de se reclinar na cadeira.

– Por favor.

Denise relanceou os olhos para Kyle antes de olhar novamente para o médico.

– Kyle recebeu muitos diagnósticos errados nos últimos dois anos: surdez, autismo, transtornos invasivos do desenvolvimento e transtorno do déficit de atenção. Com o passar do tempo, nenhum deles se revelou correto. Sabe como é difícil para uma mãe ouvir essas coisas sobre o filho, acreditar nelas durante meses, aprender tudo a respeito, finalmente aceitá-las e depois descobrir que estavam erradas?

O médico não respondeu. Denise o olhou fixamente antes de prosseguir.

– Sei que Kyle tem problemas de linguagem e, acredite em mim, li tudo sobre problemas do processamento auditivo. Com toda a sinceridade, provavelmente li tanto quanto o senhor. Apesar disso, queria que as habilidades de linguagem de Kyle fossem testadas por uma fonte independente, de forma que eu soubesse exatamente em que área ele precisava de ajuda. No mundo real, Kyle precisa falar com outras pessoas além de mim.

– Então... nada disso é novidade para você.

Denise balançou a cabeça.

– Não, não é.

– Ele está fazendo algum tratamento?
– Treino com ele em casa.

O médico fez uma pausa.

– Kyle está sendo assistido por um fonoaudiólogo ou terapeuta comportamental, alguém que já trabalhou com crianças como ele?

– Não. Ele fez tratamento três vezes por semana durante mais de um ano, mas não parecia estar evoluindo. Ficou ainda mais atrasado, na verdade, então eu o tirei de lá em outubro. Agora o tratamento é só comigo.

– Entendo. – Pela forma como o médico falou, era óbvio que não concordava com a decisão.

Denise estreitou os olhos.

– O senhor precisa levar em conta que, embora esta avaliação mostre Kyle no nível de uma criança de 2 anos, representa uma melhora em relação ao ponto em que estava. Antes de trabalhar comigo, nunca tinha apresentado evolução nenhuma.

Três horas depois, dirigindo pela rodovia, Denise pensava em Brett Cosgrove, o pai de Kyle. Ele era o tipo de homem que chamava atenção, o tipo de que ela sempre havia gostado: alto e magro, com olhos escuros e cabelos negros como ébano. Denise o vira em uma festa, cercado de pessoas, obviamente acostumado a ser o centro das atenções. Na época ela tinha 23 anos, era solteira e estava em seu segundo ano de magistério. Perguntou à amiga Susan quem ele era. Ela disse que Brett ficaria na cidade por algumas semanas, trabalhando para um banco de investimento cujo nome Denise já esquecera. Não importava que ele fosse de fora da cidade. Denise olhou na direção de Brett, ele retribuiu o olhar e eles continuaram flertando durante os quarenta minutos seguintes, até que ele finalmente se aproximou para falar com ela.

Quem pode explicar o que aconteceu depois? Hormônios? Solidão? O clima do momento? De qualquer forma, eles saíram da festa pouco depois das onze, tomaram alguns drinques no bar do hotel dele enquanto contavam histórias divertidas sobre suas vidas, flertaram pensando no que poderia acontecer depois e acabaram na cama. Foi a primeira e última vez que Denise o viu. Brett voltou para Nova York, para a própria vida. Para

– mesmo então Denise suspeitara – uma namorada que se esquecera de mencionar. E Denise voltou para a vida dela.

Na época, aquilo não parecera significar muito. Um mês depois, em uma manhã de terça-feira, sentada no chão do banheiro abraçada ao vaso sanitário, ganhou um grande significado. Denise foi ao médico, que confirmou o que ela já sabia.

Estava grávida.

Telefonou para Brett e deixou uma mensagem na secretária eletrônica pedindo que ligasse de volta. Três dias depois, ele por fim ligou. Ouviu-a e depois suspirou de um jeito que soou exasperado. Ofereceu-se para pagar um aborto. Denise era católica e respondeu que não faria isso. Como aquilo tinha acontecido?, perguntou ele, irritado. Acho que você já sabe a resposta, respondeu ela. Brett questionou se o bebê era dele. Denise fechou os olhos, acalmando-se para não reagir à provocação. Sim, era. Mais uma vez ele se ofereceu para pagar um aborto. Mais uma vez ela respondeu que não. Brett lhe perguntou o que ela queria que ele fizesse. Denise disse que nada, só achava que ele deveria saber. Brett disse que contestaria o pedido se ela quisesse pensão. Denise disse que não esperava receber pensão, mas precisava saber se ele gostaria de se envolver na vida da criança. Ouviu o som da respiração de Brett do outro lado da linha. Não, disse ele por fim. Estava noivo de outra pessoa.

Denise nunca mais falou com ele.

Na verdade, era mais fácil defender Kyle para um médico do que para si mesma. Ficava mais preocupada do que deixava transparecer. Embora Kyle tivesse melhorado, ter a linguagem de uma criança de 2 anos não era algo muito animador. E ele faria 5 em outubro.

Ainda assim, Denise se recusava a desistir dele. Nunca desistiria, embora trabalhar com Kyle fosse a coisa mais difícil que já fizera. Ela não só assumia as coisas corriqueiras – preparar as refeições do filho, levá-lo a parques, brincar com ele na sala de estar, mostrar-lhe novos lugares –, como também treinava a fala dele quatro horas por dia, seis dias por semana. O progresso de Kyle, embora inegável desde que começara a trabalhar com ele, dificilmente poderia ser considerado constante. Em alguns dias ele repetia tudo o que ela lhe pedia para dizer e em outros, não. Em alguns dias compreendia as coisas facilmente e em outros parecia mais atrasado do que nunca. Na maioria das vezes, conseguia responder a perguntas do tipo "o que" e "onde", mas "como" e "por que" ainda eram incompreensíveis. Quanto a conversar, estabelecer um fluxo do raciocínio com outra pessoa, isso ainda não passava de uma hipótese científica, algo muito além da capacidade de Kyle.

No dia anterior eles tinham passado a tarde às margens do rio Chowan. Kyle gostava de ver os barcos a caminho de Batchelor Bay e também seria uma mudança em sua rotina. Geralmente, enquanto eles treinavam, Kyle ficava numa cadeira na sala de estar, preso por um cinto. Isso o ajudava a se concentrar.

Denise escolhera um lugar bonito. Castanheiras margeavam a água e havia mais samambaias que mosquitos. Sentaram-se numa parte coberta de trevos, só os dois. Kyle olhava para a água. Denise anotava com cuidado o progresso dele em um caderno e escreveu a última informação. Sem olhar para cima, perguntou:

– Está vendo algum barco, querido?

Kyle não respondeu. Em vez disso, ergueu um minúsculo avião, fingindo fazê-lo voar. Estava com um olho fechado e o outro concentrado no brinquedo em sua mão.

– Kyle, querido, está vendo algum barco?

Ele emitiu um pequeno ronco, o som de um motor imaginário acelerando. Não estava prestando atenção nela.

Denise olhou para a água. Nenhum barco à vista. Estendeu o braço e tocou na mão do filho, certificando-se de ter captado sua atenção.

– Kyle, diga "Não vejo nenhum barco".

– Vião.

– Eu sei que é um avião. Diga "Não vejo nenhum barco".

Ele ergueu um pouco mais o brinquedo, com um olho ainda concentrado nele. Depois de um momento, falou de novo:

– Vião jato.

– Sim, você está segurando um avião.

– Vião jato.

Denise suspirou.

– Sim, um avião *a jato*.

– Vião.

Ela olhou para o rosto de Kyle, tão perfeito, tão bonito e aparentemente tão *normal*. Pôs um dedo no queixo do filho e o virou para si.

– Estamos aqui fora, mas ainda precisamos treinar, está bem? Se você não falar o que eu pedir, vamos voltar para a sala, para a sua cadeira. Você não quer isso, quer?

Kyle não gostava da cadeira. Depois de afivelado o cinto, não dava para escapar – e nem ele nem criança nenhuma gostam de ficar presas. Ainda assim, Kyle moveu o avião de brinquedo de um lado para o outro com atenção, mantendo-o alinhado com um horizonte imaginário.

Denise tentou de novo.

– Diga "Não vejo nenhum barco".

Nada.

Ela tirou um pedacinho de doce do bolso do casaco.

Kyle o viu e tentou pegá-lo. Denise o manteve fora do seu alcance.

– Kyle? Diga "Não vejo nenhum barco".

Aquilo foi muito difícil, mas as palavras finalmente saíram.

Ele sussurrou:

– Não veio nium baco.

Denise se inclinou para a frente e o beijou, depois lhe deu o doce.

– Muito bem, querido, muito bem. É isso aí. Você é bom de conversa!

Kyle recebeu o elogio enquanto comia o doce, então voltou de novo ao brinquedo.

Denise anotou as palavras em seu caderno e continuou a lição. Olhou para cima, pensando em algo que ele não dissera naquele dia.

– Kyle, diga "O céu é azul".

Depois de um instante:

– Vião.

De volta ao carro, agora a vinte minutos de casa. Denise ouviu Kyle se mexer em sua cadeirinha no banco de trás e olhou pelo espelho retrovisor. Logo os ruídos cessaram, e ela tomou cuidado para não fazer nenhum barulho até ter certeza de que o filho dormia de novo.

Kyle.

O dia anterior fora típico de sua vida com ele. Um passo para a frente, um para trás, dois para o lado, sempre uma luta. Kyle estava melhor do que antes, mas ainda muito atrás das outras crianças. Algum dia conseguiria alcançá-las?

Lá fora nuvens escuras se estendiam no céu e a chuva caía sem parar. No banco traseiro, Kyle sonhava, as pálpebras tremendo. Denise imaginou como seriam os sonhos do filho. Seriam desprovidos de som, um filme mudo passando em sua cabeça, nada além de imagens de foguetes e jatos brilhando no céu? Ou as poucas palavras que ele conhecia estariam em seus sonhos? Ela não sabia. Às vezes, quando ele estava dormindo em sua cama, Denise se sentava ao lado dele e ficava imaginando que, em seus sonhos, o menino vivia em um mundo em que todos o compreendiam, em que o idioma era real para ele – talvez nem fosse seu idioma nativo, mas algo que fizesse sentido para Kyle. Denise tinha esperanças de que o filho sonhasse estar brincando com outras crianças, crianças que interagiam com ele, que não se afastavam por ele não falar. Tinha esperanças de que ele fosse feliz nos sonhos. Deus podia ao menos fazer isso, não podia?

Agora, dirigindo por uma rodovia silenciosa, estava sozinha. Com Kyle no banco de trás, mas ainda sozinha. Denise não tinha escolhido essa vida; fora sua única opção. É claro que podia ter sido pior e ela fazia o possível para ter isso em mente. Mas na maioria das vezes não era fácil.

Kyle teria esses mesmos problemas se o pai estivesse por perto? No fundo do coração, Denise não tinha certeza, mas não queria pensar que sim. Certa vez havia perguntado isso a um dos médicos de Kyle e ele respondera que não sabia. Uma resposta honesta – e dentro das expectativas –, mas depois ela teve dificuldade em dormir durante uma semana. Como o médico não havia descartado a ideia, ela criou raízes na mente de Denise. De algum modo, ela podia ter sido responsável pelos problemas de Kyle? Pensar assim também levara a outras perguntas. Se não fora o pai ausente, tinha sido algo que ela fizera na gravidez? Havia consumido os alimentos errados? Descansara o suficiente? Devia ter tomado mais vitaminas? Ou menos? Tinha lido o bastante para Kyle quando ele era bebê? Tinha ignorado o filho no momento em que precisara dela? Era doloroso pensar nas possíveis respostas para essas perguntas e, com muita força de vontade, Denise as tirava de sua mente. Mas, às vezes, tarde da noite, elas voltavam. Como ervas daninhas espalhando-se pela floresta, era impossível contê-las para sempre.

*Tudo isso de algum modo fora culpa dela?*

Em momentos como esses, Denise se esgueirava pelo corredor até o quarto de Kyle, para observá-lo dormir. Ele dormia com um cobertor branco na cabeça e brinquedinhos na mão. Denise o olhava e sentia tristeza, mas também alegria. Certa vez, quando eles ainda moravam em Atlanta, alguém lhe perguntara se ela teria tido Kyle se soubesse o que estava reservado para ambos. "É claro", respondera rapidamente, como devia fazer. E, em seu íntimo, soube que estava sendo sincera. Apesar dos problemas de Kyle, ela o via como uma bênção. Se pensasse nisso em termos de prós e contras, a lista de prós era não só muito maior, como também muito mais relevante.

Mas, em virtude dos problemas do filho, Denise o amava e sentia necessidade de protegê-lo. Todos os dias havia momentos em que tinha vontade de ir em defesa dele, de explicar a situação, fazer os outros entenderem que, embora Kyle parecesse normal, havia algo de errado em seu cérebro. Mas, na maioria das vezes, não fazia isso. Decidira deixar que os outros fizessem os próprios julgamentos. Se não o entendessem, se não lhe dessem uma chance, azar o deles. Porque, apesar de todas as dificuldades, Kyle era um menino maravilhoso. Não machucava as outras crianças; nunca as mordia, gritava com elas nem as beliscava, nunca lhes tirava os brinquedos e emprestava os dele mesmo quando não queria. Ele era uma criança doce, a mais doce que Denise já conhecera, e quando sorria... Deus, era simplesmente lindo. Denise retribuía, Kyle continuava sorrindo e, por uma fração de segundo, ela achava que tudo estava bem. Dizia-lhe que o amava e o sorriso se ampliava, mas, como o filho não conseguia falar direito, às vezes parecia que ela era a única que notava quanto ele era maravilhoso. Kyle ficava sentado sozinho na caixa de areia e brincava com seus caminhões enquanto as outras crianças o ignoravam.

Denise se preocupava com Kyle o tempo todo e, embora todas as mães se preocupassem com os filhos, ela sabia que seu caso não era igual. Às vezes desejava conhecer outra pessoa que tivesse um filho como o dela. Então pelo menos alguém entenderia. Teria alguém com quem conversar e compartilhar experiências, um ombro para chorar. As outras mães acordavam todos os dias e se perguntavam se os filhos algum dia teriam amigos? Um amigo que fosse? *Algum dia?* As outras mães se perguntavam se os filhos frequentariam uma escola comum, praticariam esportes ou iriam ao baile de formatura? Viam os filhos serem marginalizados não só por outras crianças, como também por outros pais? Preocupavam-se todos os minutos de todos os dias, sem saber quando isso acabaria?

Os pensamentos de Denise seguiam esse caminho familiar enquanto ela dirigia o velho Datsun por estradas agora familiares. Faltavam dez minutos. Faria a próxima curva, atravessaria a ponte na direção de Edenton e então viraria à esquerda na Charity Road. Pouco mais de um quilômetro e meio depois, estaria em casa. A chuva continuava a cair e o asfalto estava preto e reluzente. Os faróis dianteiros brilhavam na distância, refletindo a chuva, diamantes caindo do céu noturno. Ela estava passando por um pântano sem nome, um dos muitos na área costeira alimentados pelas águas do canal de Albemarle. Poucas pessoas moravam ali e as que moravam raramente eram vistas. Não havia nenhum outro carro na via. Foi quando Denise fazia uma curva a 95 quilômetros por hora que a viu na estrada, a menos de 40 metros: uma corça adulta, de frente para os faróis que se aproximavam, paralisada pela incerteza.

O carro ia rápido demais para parar, mas o instinto foi mais forte e Denise pisou fundo no freio. Ouviu os pneus cantando, sentiu que perdiam aderência ao solo molhado e o veículo continuou deslizando. Ainda assim, a corça não se moveu. Denise viu os olhos dela – duas pedras de mármore amarelo brilhando na escuridão. Ia atingi-la. Ouviu-se gritando enquanto puxava o volante com força, os pneus dianteiros derrapando e depois de algum modo respondendo. O carro começou a ir em diagonal pela estrada e por pouco não atingiu o animal. Finalmente, a corça saiu de seu transe e galopou em segurança para fora da estrada, sem olhar para trás, só que era tarde.

A guinada fora demais para o carro. Denise sentiu as rodas descolarem do asfalto e o baque do carro batendo de volta no chão. Os velhos amortecedores gemeram violentamente: uma mola quebrada. As árvores estavam a menos de 10 metros da rodovia. Denise virou o volante de novo, mas o carro se projetou para a frente como se ela não tivesse feito nada. Ela arregalou os olhos e respirou pesadamente. Tudo pareceu se mover em câmera lenta, depois em velocidade máxima e a seguir em câmera lenta de novo. De repente Denise percebeu que era inevitável, embora o pensamento só tenha durado uma fração de segundo; foi quando ela bateu em uma árvore. Ouviu o retorcer de metal e o estilhaçar do vidro à medida que a frente do carro se deformava em sua direção. Como o cinto de segurança só estava em seu abdome, não cruzado no tronco, sua cabeça foi lançada para a frente e bateu no volante. Uma dor aguda na testa...

E então mais nada.

# 3

— Ei, a senhora está bem?

Com o som da voz do estranho, o mundo voltou lenta e vagamente, como se Denise estivesse nadando na direção da superfície em um lago de águas turvas. Ela não sentia nenhuma dor, mas tinha o gosto salgado e amargo de sangue na boca. Ainda não tinha percebido o que acontecera e levou a mão à testa enquanto tentava abrir os olhos.

– Não se mexa... vou chamar uma ambulância...

Denise mal registrou as palavras; não significaram nada para ela. Tudo estava indistinto, inclusive os sons, tudo entrava e saía de foco. Lenta e instintivamente, virou a cabeça na direção da figura sombreada no canto de seus olhos.

Um homem... cabelos escuros... capa de chuva amarela... se virando...

A janela lateral estava quebrada e ela sentiu a chuva entrando no carro. Um estranho silvo vinha da escuridão enquanto uma coluna de vapor escapava do radiador. Sua visão estava voltando devagar, começando pelas imagens mais próximas. Havia cacos de vidro em seu colo, em sua calça... sangue no volante à sua frente.

*Tanto sangue...*

Nada fazia sentido. Imagens desconhecidas passavam por sua mente, uma após a outra...

Fechou os olhos e sentiu dor pela primeira vez... Abriu-os. Forçou-se a se concentrar. Volante... o carro... estava no carro... escuro lá fora...

– Meu Deus!

De repente, tudo voltou. A curva... a corça... o carro desgovernado. Ela se virou no banco. Estreitando os olhos ensanguentados, focalizou o banco traseiro – Kyle não estava no carro. O cinto de segurança da cadeirinha estava destravado e a porta do lado dele estava aberta.

*Kyle?*

Pela janela, Denise gritou pela pessoa que a acordara... se é que houvera uma. Não sabia ao certo se o homem fora apenas uma alucinação.

Mas ele estava lá e se virou. Denise pestanejou... Ele vinha em sua direção. Um gemido escapou dos lábios dela.

Mais tarde ela se lembraria de que não ficara assustada de imediato, não do modo como era de esperar. Sabia que Kyle estava bem; nem mesmo lhe passara pela cabeça que poderia não estar. Ele estava preso pelo cinto – tinha certeza disso – e não havia danos na parte traseira. A porta de trás estava aberta... mesmo em seu estado de confusão, teve certeza de que a pessoa – quem quer que fosse – ajudara Kyle a sair do carro. Mas agora a figura estava na janela.

– Ouça, não tente falar. Está bastante machucada. Meu nome é Taylor McAden e sou do corpo de bombeiros. Tenho um rádio no carro. Vou chamar ajuda.

Ela rolou a cabeça, focalizando-o com olhos embaçados. Fez o que pôde para se concentrar, tornar suas palavras o mais claras possível.

– Meu filho está com você, não está?

Denise sabia qual seria a resposta, qual deveria ser, mas, estranhamente, a resposta não veio. Em vez disso, o homem pareceu precisar de tempo extra para pronunciar as palavras, como Kyle. A boca dele se contorceu apenas um pouco, quase letargicamente, e então balançou a cabeça.

– Não... Acabei de chegar aqui... Seu filho?

Foi então – olhando nos olhos dele e imaginando o pior – que o medo a invadiu. Como uma onda, começou a desabar sobre ela e Denise se sentiu afundando dentro dele, como quando soubera da morte da mãe.

Um raio cruzou o céu de novo e o trovão se seguiu quase imediatamente. A chuva desabou e o homem enxugou a testa com as costas da mão.

– Meu filho estava aqui atrás! Não o viu?

As palavras saíram claramente, altas o bastante para surpreender o homem à janela e despertar o último dos sentidos adormecidos de Denise.

– Eu não sei o q...

Com o súbito aguaceiro, ele não havia entendido o que ela tentava dizer.

Denise tentou sair do carro, mas o cinto de segurança a impediu. Ela o desafivelou rapidamente, ignorando a dor no pulso e no cotovelo. O homem deu um passo involuntário para trás quando Denise forçou com o ombro a porta ligeiramente empenada pelo impacto. Denise estava com os joelhos inchados da batida no console e quase perdeu o equilíbrio quando ficou em pé.

– Acho que não deveria se mexer...

Segurando no carro para se apoiar, Denise ignorou o homem e começou a contornar o veículo na direção da porta aberta de Kyle.

*Não, não, não...*

– Kyle!

Sem poder acreditar, ela se inclinou para dentro do carro a fim de procurar o filho. Examinou o chão e depois o banco de novo, como se ele pudesse reaparecer magicamente. O sangue correu para a cabeça de Denise, trazendo com ele uma dor aguda que ela ignorou.

*Onde está você? Kyle...*

– Senhora...

O bombeiro a seguia ao redor do carro, aparentemente sem saber o que fazer, o que estava acontecendo ou por que aquela mulher coberta de sangue ficara subitamente tão agitada.

Ela agarrou seu braço e olhou em seus olhos.

– Não o viu? Um garotinho... cabelos castanhos? – As palavras tinham um tom de pânico. – Ele estava no carro comigo!

– Não, eu...

– Me ajude a encontrá-lo! Ele só tem 4 anos!

Denise se virou depressa e o movimento quase a fez perder o equilíbrio. Ela segurou no carro de novo. Sua visão foi escurecendo e ela tentou controlar a vertigem. O grito saiu apesar de sua cabeça estar girando.

– *Kyle!*

Puro terror agora.

Concentrou-se... fechou um olho para focalizar melhor... ficou mais claro de novo. Agora a tempestade estava no auge. Era difícil até enxergar as árvores que estavam a 5 metros de distância. A escuridão era absoluta naquela direção... somente o caminho para a rodovia estava nítido.

Meu Deus!

A rodovia...

Denise sentiu seus pés escorregarem na relva molhada e ouviu a própria respiração entrecortada à medida que cambaleava na direção da estrada. Caiu uma vez, levantou-se e seguiu em frente. Finalmente entendendo, o homem correu atrás dela, alcançando-a antes que ela chegasse ao asfalto. Os olhos dele examinaram a área ao redor.

– Não o vejo...

– *Kyle!* – gritou Denise o mais alto que pôde, rezando silenciosamente enquanto fazia isso.

Embora quase abafado pela tempestade, o som instigou Taylor a agir. Eles se separaram e seguiram em direções opostas, ambos gritando o nome de Kyle, ambos parando de vez em quando para tentar ouvir algum som. Contudo, a chuva era ensurdecedora. Depois de alguns minutos, Taylor voltou correndo para seu carro e fez uma chamada para o corpo de bombeiros.

As duas vozes – a de Denise e a de Taylor – eram as únicas no pântano. A chuva tornava impossível ouvirem um ao outro, quanto mais uma criança, mas prosseguiram assim mesmo. A voz de Denise era aguda, o grito desesperado de uma mãe. Taylor foi para uma encosta, gritando repetidamente o nome de Kyle e correndo uns 100 metros de um lado para o outro na estrada, contagiado pelo medo da mulher. Finalmente outros dois bombeiros chegaram com lanternas nas mãos. Ao verem Denise com os cabelos grudados de sangue coagulado e a blusa manchada de vermelho, o mais velho deles recuou por um momento e tentou inutilmente acalmá-la.

– Vocês precisam me ajudar a encontrar meu filho! – soluçou Denise.

Solicitaram ajuda novamente, outras pessoas chegaram dentro de minutos. Agora seis procuravam.

A tempestade ainda rugia furiosamente. Relâmpagos, trovões... ventos em rajadas fortes o suficiente para fazer as pessoas na busca se curvarem.

Foi Taylor quem encontrou o cobertor de Kyle no pântano, a cerca de 50 metros do acidente, preso no matagal que cobria a área.

– Isto é dele? – perguntou.

Denise começou a chorar assim que o cobertor lhe foi entregue.

Mas após trinta minutos de busca não havia nenhum sinal do filho.

# 4

Aquilo não fazia nenhum sentido para Denise. Em um minuto Kyle dormia profundamente no banco traseiro do carro e, no minuto seguinte, desaparecera. Assim, do nada. Uma decisão de fração de segundo de virar o volante e, de repente, nada voltava a ser como antes. Era a isso que a vida se resumia?

Sentada na parte de trás da ambulância com as portas abertas enquanto o brilho das luzes azuis do carro de polícia iluminava a rodovia em movimentos circulares constantes, Denise esperava, e esses pensamentos não paravam de passar por sua mente. Meia dúzia de outros veículos estava estacionada aqui e ali enquanto um grupo de homens com capas de chuva amarelas discutia o que fazer. Embora fosse óbvio que eles tinham trabalhado juntos antes, Denise não sabia dizer quem estava no comando. Tampouco sabia o que estavam dizendo; suas palavras se perdiam no rugido confuso da tempestade. A chuva caía pesada, rugindo como um trem de carga.

Ela estava com frio e ainda tonta, incapaz de se concentrar por mais de alguns segundos de cada vez. Ela se desequilibrara e caíra três vezes enquanto procurava Kyle, e suas roupas estavam ensopadas e lamacentas, grudadas na pele. Mas os bombeiros a haviam obrigado a parar quando a ambulância chegara. Envolveram-na em um cobertor e puseram uma xícara de café ao seu lado. Ela não conseguiu beber – não conseguia fazer muita coisa. Tremia demais e estava com a visão embaçada. Seus membros congelados pareciam pertencer a outra pessoa. O maqueiro da ambulância – embora não fosse médico – suspeitou de uma concussão e quis levá-la ao hospital imediatamente. Ela recusou com firmeza. Não iria enquanto não encontrassem Kyle. O maqueiro disse que poderia esperar mais dez minutos, depois não teria escolha. O corte na cabeça de Denise era profundo e ainda sangrava, apesar da atadura. Ele a avisou de que perderia a consciência se esperassem mais do que isso. Não vou embora, repetiu ela.

Outras pessoas chegaram. Uma ambulância, um policial que monitorava o rádio, mais três voluntários do corpo de bombeiros, um caminhoneiro que viu a confusão e também parou – tudo com uma diferença de poucos minutos. Eles estavam em pé em uma espécie de círculo, no meio de carros e caminhões, com os faróis dianteiros ligados. O homem que a encontrara – Taylor? – estava de costas. Denise suspeitou que ele estivesse lhes contando o que sabia, o que não era muito mais do que o ponto onde encontrara o cobertor. Um minuto depois ele se virou e a fitou com o rosto sério. O policial, um homem corpulento que estava ficando careca, apontou com a cabeça para Denise. Depois de fazer um gesto para os outros continuarem onde estavam, Taylor e o policial começaram a se dirigir à ambulância. O uniforme – que no passado sempre parecera inspirar confiança – agora não significava nada para Denise. Eles eram homens, apenas homens, só isso. Ela conteve a vontade de vomitar.

Denise tinha o cobertor enlameado de Kyle no colo, alisando-o, enrolando-o nervosamente e depois desenrolando-o. Embora a ambulância a abrigasse da chuva, o vento soprava forte e ela continuava a tremer. Não havia parado de tremer desde que puseram o cobertor sobre seus ombros. Estava tão frio ali...

*E Kyle lá fora sem ao menos um casaco.*

*Ah, Kyle.*

Ela levou o cobertor do filho ao rosto e fechou os olhos.

*Onde você está, querido? Por que saiu do carro? Por que não ficou com a mamãe?*

Taylor e o policial entraram na ambulância e trocaram olhares antes de o bombeiro pôr gentilmente a mão no ombro de Denise.

– Sei que isso é difícil, mas temos de lhe fazer algumas perguntas antes de começarmos. Não vamos demorar muito.

Denise mordeu o lábio e assentiu de leve. Depois respirou fundo e abriu os olhos.

O policial parecia mais jovem de perto e tinha olhos gentis. Ele se agachou na frente dela.

– Sou o sargento Carl Huddle – apresentou-se com o sotaque cadenciado do Sul. – Sei que está preocupada, e também estamos. Quase todos nós aqui temos filhos pequenos. Queremos encontrá-lo tanto quanto a senhora, mas precisamos de mais informações, o suficiente para saber quem estamos procurando.

Denise mal registrou as palavras.

– Vocês conseguirão encontrá-lo nesta tempestade... quero dizer, antes que...?

Denise olhou de um homem para o outro, com dificuldade em focalizá-los. O sargento Huddle não respondeu de imediato, mas Taylor McAden assentiu, deixando clara sua determinação.

– Vamos encontrá-lo. Eu prometo.

Huddle olhou com incerteza para Taylor antes de assentir também. Claramente desconfortável, ele mudou de posição e se apoiou sobre apenas um joelho.

Com um suspiro profundo, Denise se endireitou um pouco, tentando ao máximo manter a postura. Seu rosto, que fora limpo pelo maqueiro, estava branco como uma vela. A atadura ao redor de sua cabeça tinha uma grande mancha vermelha bem em cima do olho direito. Sua bochecha estava inchada e machucada.

Quando Denise conseguiu falar, passaram para as informações essenciais: nomes, endereço, número de telefone, emprego, residência anterior, quando ela se mudara para Edenton, o motivo de estar dirigindo, que fizera uma parada para abastecer o carro mas permanecera à frente da tempestade, a corça na estrada, como perdera o controle do carro, o acidente em si. O sargento Huddle tomou notas em um bloco. Quando tudo estava no papel, ergueu os olhos para Denise quase esperançosamente.

– É parente de J. B. Anderson?

John Brian Anderson era seu avô materno. Ela assentiu.

O sargento Huddle pigarreou – como todos em Edenton, conhecera os Andersons. Ele olhou novamente para o bloco.

– Taylor disse que Kyle tem 4 anos.

Denise fez que sim com a cabeça.

– Faz 5 em outubro.

– Poderia me dar uma descrição geral dele, algo que eu pudesse pôr no rádio?

– No rádio?

O sargento Huddle respondeu pacientemente:

– Sim, nós poremos isso na rede de emergência da polícia, para que outros departamentos tenham essa informação. É para o caso de alguém o encontrar e telefonar. Ou de ele ir parar na casa de alguém e essa pessoa nos chamar. Coisas desse tipo.

Ele não mencionou que os hospitais da área também eram informados. Ainda não havia necessidade disso.

Denise desviou o olhar, tentando organizar os pensamentos.

– Ahn... – Ela demorou alguns segundos para falar. Quem sabe descrever um filho com precisão, em termos de números e imagens? – Eu não sei... 1,05 metro, uns 18 quilos. Cabelos castanhos, olhos verdes... Só um garotinho normal para a idade. Nem muito grande nem muito pequeno.

– Características distintivas? Uma marca de nascença, coisas desse tipo?

Denise repetiu a pergunta para si mesma, mas tudo parecia muito desconexo, muito irreal, totalmente inconcebível. Por que precisavam disso? Um garotinho perdido no pântano... quantos poderia haver em uma noite como aquela?

*Eles deveriam estar procurando agora, em vez de falando comigo.*

A pergunta... qual era? Ah, sim, características distintivas... Ela se concentrou o máximo que pôde, querendo acabar com aquilo o mais rápido possível.

– Ele tem dois sinais na bochecha esquerda, um maior do que o outro – finalmente respondeu. – Não tem nenhuma outra marca de nascença.

O sargento Huddle anotou essa informação sem erguer os olhos de seu bloco.

– E ele poderia sair da cadeirinha e abrir a porta?

– Sim, já faz isso há alguns meses.

O policial assentiu. Sua filha de 5 anos, Campbell, fazia a mesma coisa.

– Lembra-se do que ele estava vestindo?

Denise fechou os olhos, pensando.

– Uma camisa vermelha com um Mickey Mouse grande na frente piscando um olho e fazendo sinal de joia. E calça jeans de elástico na cintura, sem cinto.

Os dois homens trocaram olhares. *Cores escuras.*

– Mangas compridas?

– Não.

– Sapatos?

– Acho que sim. Eu não os tirei, então presumo que Kyle ainda esteja com eles. Sapatos brancos. Não sei a marca. Do Wal-Mart.

– E quanto a um casaco?

– Não. Eu não trouxe. Estava quente hoje, pelo menos quando saímos.

Enquanto as perguntas continuavam, três raios explodiram sucessivamente no céu noturno. A chuva pareceu cair ainda mais forte, se isso era possível.

O sargento Huddle ergueu a voz para se fazer ouvir na chuva torrencial.

– A senhora ainda tem família por aqui? Pais? Irmãos?

– Não. Não tenho irmãos e meus pais são falecidos.

– E quanto ao seu marido?

Denise balançou a cabeça.

– Nunca fui casada.

– Kyle já se perdeu antes?

Denise esfregou as têmporas, tentando afastar a tontura.

– Algumas vezes. Uma vez no shopping e outra perto da minha casa. Mas ele tem medo de relâmpagos. Acho que pode ter sido por isso que saiu do carro. Sempre que há raios, ele vem para a minha cama.

– E quanto ao pântano? Ele teria medo de ir para lá no escuro? Ou acha que ele permaneceria perto do carro?

Ela sentiu um frio no estômago. O medo clareou apenas um pouco sua mente.

– Kyle não tem medo de ficar ao ar livre, mesmo à noite. Adora andar pela floresta perto da nossa casa. Não sei se ele sabe o suficiente para ter medo.

– Então ele poderia ter...

– Não sei... talvez – disse ela em desespero.

O sargento Huddle parou por um momento, tentando não pressioná-la demais. Por fim perguntou:

– Sabe a que horas viu a corça?

Denise encolheu os ombros, sentindo-se impotente e fraca.

– Mais uma vez, não sei... talvez às 21h15. Não verifiquei a hora.

Instintivamente, os dois homens olharam para seus relógios. Taylor havia encontrado o carro às 21h31. Pedira ajuda menos de cinco minutos depois. Agora eram 22h22. Já se passara no mínimo mais de uma hora desde o acidente. Tanto Huddle quanto Taylor sabiam que tinham de organizar logo uma busca. Apesar de não estar fazendo frio, ficar algumas horas nessa chuva sem roupas adequadas poderia causar uma hipotermia.

O que nenhum dos dois policiais fez foi alertar Denise sobre o perigo do próprio pântano. Aquele não era o lugar adequado para ninguém estar durante uma tempestade, muito menos uma criança. Uma pessoa poderia literalmente desaparecer para sempre.

O sargento Huddle fechou seu bloco com um estalo. Agora cada minuto era precioso.

– Vamos continuar as perguntas depois se estiver de acordo, Srta. Holton. Precisaremos de mais informações para o relatório, mas agora o mais importante é começar a busca.

Denise assentiu.

– Há algo mais que deveríamos saber? Um apelido, talvez? Um nome diferente a que ele responda?

– Não, só Kyle. Mas...

Foi então que lhe ocorreu – o óbvio. O pior tipo possível de notícia, algo que o policial não pensaria em perguntar.

*Ah, meu Deus...*

A garganta dela se fechou de repente.

*Ah, não... ah, não...*

Por que ela não havia mencionado isso antes? Por que não dissera imediatamente, na hora em que saiu do carro? Quando Kyle poderia estar perto... quando talvez pudessem encontrá-lo antes que se afastasse demais? Kyle poderia estar bem ali...

– Srta. Holton?

Tudo pareceu dominá-la ao mesmo tempo: choque, medo, raiva, negação...

*Kyle não sabe responder!*

Ela afundou o rosto nas mãos.

*Kyle não sabe responder!*

– Srta. Holton? – ouviu ela de novo.

*Ah, meu Deus, por quê?*

Depois do que pareceu um tempo impossivelmente longo, Denise enxugou suas lágrimas, sem conseguir olhar para eles. *Eu deveria ter dito antes.*

– Kyle não vai responder quando o chamarem. Terão de encontrá-lo, realmente *vê-lo.*

Eles a olharam intrigados, sem entender.

– Mas e se dissermos que estamos procurando por ele, que sua mãe está preocupada?

Denise balançou a cabeça, com uma onda de náusea invadindo-a.

– Ele não vai responder.

Quantas vezes ela dissera essas palavras antes? Quantas vezes isso fora apenas uma explicação? Quantas vezes de fato não significara nada comparado com algo assim?

Nenhum dos homens disse nada. Com a respiração entrecortada, Denise continuou.

– Kyle não fala muito bem, só algumas palavras de vez em quando. Ele... por alguma razão, não entende a linguagem... Foi por isso que fomos à Universidade Duke hoje.

Ela olhou de um homem para o outro, para se certificar que entendessem.

– Vocês terão de encontrá-lo. Gritar por ele não vai adiantar. Kyle não vai entender o que vocês disserem. Não vai responder... ele não consegue. Terão de encontrá-lo...

*Por que ele? De todas as crianças, por que isso tinha de acontecer com Kyle?*

Sem conseguir dizer mais nada, Denise começou a soluçar.

Com isso, Taylor pôs a mão no ombro dela, como fizera antes.

– Vamos encontrá-lo, Srta. Holton – afirmou ele com calma e firmeza.

– Vamos encontrá-lo.

Cinco minutos depois, enquanto Taylor e os outros traçavam o plano de busca, outros quatro homens chegaram para ajudar. Isso era tudo o que Edenton podia oferecer. Houvera quatro acidentes de carro nos últimos vinte minutos – dois com feridos graves –, estavam acontecendo três incêndios de grandes proporções causados por relâmpagos e alguns postes de energia elétrica caídos ainda representavam perigo. A polícia e os bombeiros recebiam chamadas em um ritmo frenético – todas eram atendidas de acordo com a prioridade e, a menos que houvesse um risco iminente de morte, as pessoas eram informadas de que nada podia ser feito de imediato.

Uma criança perdida era uma prioridade maior do que praticamente qualquer coisa.

O primeiro passo foi estacionar carros e caminhões o mais perto possível do pântano. Eles foram postos a uns 15 metros um do outro, em ponto morto e com os faróis altos ligados. Não só forneceriam a luz extra necessária para a busca, como também serviriam como guia no caso de alguma das pessoas da equipe ficar desorientada.

Lanternas e walkie-talkies foram distribuídos, junto com pilhas extras. Onze homens (inclusive o caminhoneiro, que quis ajudar) se envolveriam e a busca começaria por onde Taylor encontrara o cobertor. Dali eles se espalhariam em três direções – sul, leste e oeste. As direções leste e oeste eram paralelas à rodovia; o sul era para onde Kyle parecia ter ido. Ficou decidido que um homem ficaria perto da estrada e dos caminhões, para a chance remota de Kyle ver os faróis acesos e voltar sozinho. Ele lançaria foguetes de sinalização a cada hora exata, de forma que os homens pudessem se localizar.

Depois de o sargento Huddle lhes fazer uma breve descrição de Kyle e do que estava usando, Taylor falou. Assim como alguns dos outros homens, ele já caçara no pântano e ressaltou o que poderiam enfrentar.

Ali, nos arredores da rodovia, foi dito à equipe de busca que o chão era sempre úmido, mas geralmente não submerso. Cerca de um quilômetro pântano adentro era que surgiam pequenas áreas alagadas. Mas a lama era um perigo real: envolvia a perna e o pé, às vezes segurando-os com pressão, o que tornava difícil para um adulto escapar, quanto mais uma criança. Naquela noite a água já estava com um centímetro de altura perto da rodovia e subiria ainda mais com a tempestade. Bolsões de lama combinados com água subindo eram uma combinação mortal. Os homens concordaram, sérios. Agiriam com cautela.

O lado bom, se é que havia algum, era que nenhum deles achava que Kyle poderia ter ido longe. Árvores e trepadeiras tornavam a caminhada difícil, portanto eles tinham a expectativa de que elas limitassem a distância que Kyle percorreria. Um quilômetro e meio talvez, menos que três com certeza. Ele ainda estava perto e, quanto antes começassem, melhores seriam suas chances.

– Mas – continuou Taylor –, segundo a mãe, o garoto provavelmente não responderá se o chamarmos. Procurem algum sinal físico de Kyle. Não vão querer passar perto dele sem vê-lo. Ela deixou claro que não devemos depender de que responda a nós.

– Ele não sabe responder? – perguntou um dos homens, claramente confuso.

– Foi o que a mãe disse.

– Por que não?

– Ela não explicou isso.

– Ele tem algum retardo mental? – perguntou outro.

Taylor sentiu suas costas se enrijecerem à pergunta.

– Que diferença isso faz? Ele é um garotinho, está perdido no pântano e não consegue falar. É tudo o que sabemos agora.

Taylor encarou o homem até ele desviar os olhos. Só se ouvia o barulho da chuva caindo ao redor, até que o sargento Huddle finalmente deixou escapar um suspiro profundo.

– Então temos de andar.

Taylor ligou sua lanterna.

– Vamos.

# 5

Denise podia se ver no pântano junto com os outros, afastando galhos do rosto, os pés afundando na terra esponjosa enquanto procurava freneticamente por Kyle. Contudo, na verdade estava deitada em uma maca na ambulância, a caminho do hospital em Elizabeth City – uma cidade 48 quilômetros a nordeste dali –, onde ficava a emergência mais próxima.

Ainda tremendo e confusa, ela olhou para o teto da ambulância. Queria ficar, implorara para ficar, mas lhe disseram que seria melhor para Kyle se ela fosse na ambulância. Que ela só atrapalharia. Denise respondera que não se importava e, ciente de que Kyle precisava dela, teimara em sair da ambulância e voltar para a tempestade. Como se tivesse tudo sob controle, pedira capa de chuva e lanterna. Depois de alguns passos, o mundo começara a girar. Ela se lançou em frente sem o menor controle das pernas e caiu no chão. Dois minutos depois, a sirene da ambulância soava e ela estava a caminho do hospital.

Exceto por tremer, não havia se movido desde que fora posta na maca. Estava com as mãos e os braços total e assustadoramente imóveis, com a respiração rápida e superficial, como a de um animal pequeno. A pele tinha uma palidez doentia e a última queda fizera o machucado da cabeça abrir.

– Tenha fé, Srta. Holton – disse o maqueiro de modo tranquilizador. Ele havia acabado de aferir a pressão sanguínea de Denise e achava que ela estava em choque. – Quero dizer, conheço esses homens. Já houve crianças perdidas aqui e eles sempre as encontraram.

Denise não respondeu.

– E a senhora também ficará bem – continuou o maqueiro. – Daqui a alguns dias, estará em pé de novo.

Houve silêncio por um minuto. Denise continuou a encarar o teto. O maqueiro começou a medir sua pulsação.

– Há alguém para quem queira que eu telefone quando chegar ao hospital?
– Não – sussurrou ela. – Ninguém.

Taylor e os outros chegaram ao ponto em que o cobertor fora encontrado e começaram a se espalhar. O bombeiro, junto com dois outros homens, seguiu para o sul, adentrando mais o pântano, enquanto o restante da equipe ia para leste e oeste. A tempestade não dera trégua e a visibilidade no lugar – mesmo com a lanterna – era de no máximo alguns metros à frente. Em questão de minutos, Taylor já não conseguia ver nem ouvir nada e uma sensação ruim o tomou. A realidade da situação de algum modo se perdera no pico de adrenalina anterior à busca, quando tudo parecia possível.

Taylor já havia procurado pessoas perdidas, mas só naquele instante se deu conta de que não havia homens suficientes ali. O pântano à noite, a tempestade, a criança que não responderia quando chamada... cinquenta pessoas não seriam suficientes. Talvez nem mesmo cem. O modo mais eficaz de se procurar alguém numa floresta era mantendo-se dentro do campo de visão das pessoas à direita e à esquerda, todas se movendo em conjunto, quase como uma banda marcial. Ficando perto, as pessoas na busca podiam cobrir uma área rápida e totalmente, como uma grade, sem questionar se algo tinha passado. Com dez homens, isso era impossível. Minutos depois de se espalharem, todos os envolvidos na busca estavam sozinhos, totalmente afastados uns dos outros. E tudo o que podiam fazer era escolher uma direção e caminhar, apontando as lanternas para aqui e ali – para toda parte –, procurando a agulha no palheiro. Encontrar Kyle subitamente se tornara uma questão de sorte, não de habilidade.

Lembrando a si mesmo de não perder a fé, Taylor seguiu em frente, ao redor de árvores, pela terra cada vez mais macia. Embora não fosse pai, era padrinho dos filhos do melhor amigo, Mitch Johnson, e se dedicava àquela busca como se estivesse procurando por um dos afilhados. Mitch era bombeiro voluntário e Taylor desejou muito que estivesse ali. Ele era seu principal companheiro de caça fazia vinte anos e conhecia o pântano quase tão bem quanto Taylor; sua experiência poderia ser útil. Mas Mitch tinha ido passar alguns dias fora da cidade. Taylor esperava que aquilo não fosse um mau agouro.

À medida que a distância da rodovia aumentava, o pântano se tornava mais denso, mais escuro, mais remoto e estranho a cada passo. As árvores ficavam mais próximas e troncos podres se estendiam pelo chão. Trepadeiras e galhos o feriam enquanto andava, e ele tinha de usar sua mão livre para mantê-los longe do rosto. Taylor apontava sua lanterna para cada grupo de árvores, cada pedaço de tronco, atrás de cada arbusto, andando sem parar, procurando qualquer sinal de Kyle. Os minutos foram passando. Dez.

Depois vinte.

Depois trinta.

Agora, mais no meio do pântano, a água chegava aos tornozelos, dificultando cada vez mais os movimentos. Taylor olhou para o relógio: 22h56. Kyle estava desaparecido fazia uma hora e meia, talvez mais. O tempo, que de início estivera do lado deles, se tornava rapidamente um inimigo. *Quanto tempo levaria para que a temperatura dele caísse demais? Ou...*

Taylor balançou a cabeça. Não queria pensar além disso.

Agora raios e trovões eram constantes e a chuva caía pesada e dolorosa. Parecia vir de todas as direções. Taylor limpava o rosto a cada segundo para melhorar a visão. Apesar da insistência da mãe de Kyle em que ele não responderia, continuava gritando o nome do garoto. Por algum motivo, aquilo o fazia sentir como se estivesse fazendo mais do que realmente estava.

Droga.

Não acontecia uma tempestade assim havia... seis anos? Sete? Por que aquela noite? Por que agora, quando um garoto estava perdido? Em uma noite assim, nem tinham como usar os cães de Jimmie Hick, e eles eram os melhores do condado. O aguaceiro tornava impossível rastrear qualquer coisa. E só andar por ali às cegas não seria suficiente.

Para onde um garoto iria? Um garoto que tivesse medo de tempestades, mas não de florestas? Um garoto que vira a mãe depois do acidente, ferida e inconsciente.

Pense.

Taylor conhecia o pântano tão bem, se não melhor, do que qualquer outra pessoa. Era ali que havia atirado em seu primeiro veado, aos 12 anos; todos os outonos se aventurava no pântano para caçar patos também. Tinha uma capacidade instintiva de rastrear praticamente qualquer coisa; era raro voltar de uma caçada sem nada. As pessoas de Edenton brincavam dizendo que ele tinha o faro de um lobo. Taylor de fato possuía um talento incomum; ele mesmo admitia. É claro que conhecia o que todos os caçadores conheciam – pegadas, excrementos, galhos quebrados indicando uma trilha que um veado poderia ter seguido –, mas essas coisas não justificavam todo o seu sucesso. Quando lhe pediam para explicar sua habilidade secreta, ele simplesmente respondia que tentava pensar como um veado. As pessoas riam, mas Taylor sempre dizia isso com uma cara séria e elas logo percebiam que ele não estava tentando ser engraçado. *Pensar como um veado? O que diabos isso significava?*

Elas balançavam a cabeça. Talvez apenas Taylor soubesse.

E agora estava tentando fazer a mesma coisa, só que tendo muito mais em jogo.

Taylor fechou os olhos. Para onde uma criança de 4 anos iria? Em que direção seguiria?

Ele abriu os olhos de súbito, ao estouro e o brilho do foguete de sinalização no céu noturno. Onze horas.

*Pense.*

A sala de emergência em Elizabeth City estava cheia não só de pessoas com ferimentos graves, como daquelas que apenas não se sentiam muito bem. Sem dúvida estas poderiam ter esperado até o dia seguinte, porém, assim como a lua cheia, as tempestades pareciam fazer vir à tona uma tendência à irracionalidade. Quanto mais fortes eram as intempéries, mais irracionais as pessoas ficavam. Em uma noite como aquela, uma simples azia subitamente se tornava o início de um ataque cardíaco; uma febre que surgira de manhã parecia algo grave demais para ser ignorado; uma cãibra na perna direita poderia significar uma trombose. Os médicos e as enfermeiras sabiam disso; noites assim eram tão previsíveis quanto o nascer do sol. A espera era de pelo menos duas horas.

Mas, em virtude do ferimento na cabeça, Denise Holton foi atendida imediatamente. Ainda estava consciente, embora apenas em parte. Estava com os olhos fechados, repetindo a mesma palavra várias vezes, de um jeito inarticulado. Logo foi levada para fazer uma radiografia. Depois disso o médico iria avaliar se haveria necessidade de uma tomografia.

A palavra que ela ficava repetindo era "Kyle".

Outros trinta minutos se passaram e Taylor McAden tinha entrado mais no pântano. Estava incrivelmente escuro agora, como se ele estivesse explorando uma caverna. Mesmo tendo a luz da lanterna, sentiu-se um pouco enclausurado. As árvores e trepadeiras estavam ainda mais juntas e era impossível se mover em linha reta. Seria muito provável ficar andando em círculos, e ele não podia imaginar como Kyle lidara com isso.

O vento e a chuva não tinham dado trégua, mas a frequência dos relâmpagos aos poucos diminuía. A água agora batia no meio da panturrilha e ele não encontrara nada. Havia falado com os outros pelo walkie-talkie alguns minutos antes e todos disseram a mesma coisa.

Nada. Nenhum sinal de Kyle. Agora estava desaparecido havia duas horas e meia.

*Pense.*

Ele teria conseguido chegar tão longe? Alguém do seu tamanho poderia andar pela água a essa profundidade?

Não, concluiu. Kyle não teria ido tão longe, não de calça jeans e camiseta.

*E se tivesse ido, provavelmente não o encontrariam vivo.*

Taylor pegou a bússola no bolso e apontou a lanterna para ela, orientando-se. Decidiu voltar para onde tinham encontrado o cobertor, para a estaca zero. Kyle estivera lá... era tudo o que sabiam.

Mas que direção teria tomado depois?

O vento soprava em rajadas fortes e as árvores balançavam acima dele. A chuva fustigava seu rosto e os raios brilhavam no céu a leste. O pior da tempestade finalmente estava passando.

*Kyle era pequeno e tinha medo de relâmpagos... a chuva era cortante...*

Taylor olhou para o céu, concentrando-se, e sentiu algo começar a tomar forma... algo começava a surgir nos recônditos de sua mente. Uma ideia? Não, não tão forte... mas uma possibilidade?

*Vento em rajadas... chuva cortante... medo de relâmpagos...*

Essas coisas teriam importado para Kyle... – não teriam?

Taylor pegou o walkie-talkie e pediu que todos voltassem o mais rápido possível para a rodovia. Ele os encontraria lá.

– Tem de ser isso – disse para ninguém em particular.

Como muitas das esposas dos bombeiros voluntários que ligaram para a corporação naquela noite preocupadas com seus maridos, Judy McAden também não se conteve e telefonou. Embora Taylor fosse chamado lá com frequência, duas ou três vezes por mês, Judy era mãe dele e não conseguia deixar de ficar aflita sempre que ele saía. Nunca quisera que o filho fosse bombeiro – e deixara isso claro –, mas desistira de convencê-lo. Acabara percebendo que ele nunca mudaria de ideia. Taylor era teimoso como o pai.

Ainda assim, durante toda a noite, ela ficara com a sensação de que algo ruim acontecera. Não era nada insuportável, e no início ela tentou não pensar nisso, mas o incômodo persistiu, tornando-se mais forte com o passar das horas. Por fim, mesmo relutando, deu o telefonema, quase esperando o pior. Em vez disso, soube do garotinho – "o bisneto de J. B. Anderson" – perdido no pântano. Disseram-lhe que Taylor estava participando da busca e que a mãe do menino estava a caminho do hospital em Elizabeth City.

Depois de desligar, Judy se reclinou na cadeira, aliviada por Taylor estar bem, mas subitamente preocupada com a criança. Como todos em Edenton, conhecera os Andersons. Além disso, na juventude também conhecera a mãe de Denise, antes de ela se mudar e casar com Charles Holton. Isso tinha sido muito tempo antes – no mínimo quarenta anos – e Judy não pensava nela fazia anos. Mas agora as lembranças chegavam em flashes: as duas indo para a escola juntas; passando dias ociosos perto do rio, conversando sobre garotos; recortando fotos da última revista de moda... Também se lembrou de como ficara triste ao saber da morte dela. Não tinha a menor ideia de que a filha da amiga retornara a Edenton.

E o filho dela estava perdido.

*Que volta para casa!*

Judy não pensou muito – deixar para depois não era da sua natureza. Ela sempre fora do tipo que assumia o comando e, aos 63 anos, não havia desacelerado nem um pouco. Anos atrás, depois da morte do marido, havia arranjado um emprego na biblioteca e assumira a criação de Taylor, jurando que faria aquilo sozinha. Não só cumprira as obrigações financeiras da família, como fizera o que geralmente exigia a presença do pai e da mãe. Fora voluntária na escola dele e mãe representante da classe todos os anos, mas também o levara para jogar bola e acampara com os escoteiros. Ensinara-o a cozinhar e limpar, a fazer cestas no basquete e dar tacadas no beisebol. Embora esses dias tivessem ficado para trás, atualmente estava mais ocupada do que nunca. Durante os últimos doze anos seu foco tinha mudado de criar Taylor para ajudar a própria cidade de Edenton, e ela participava de todos os aspectos da vida comunitária. Escrevia regularmente a seu representante no Congresso e aos legisladores e ia de porta em porta recolher assinaturas para várias petições quando achava que sua voz não estava sendo ouvida. Era membro de uma sociedade que angariava fundos para preservar o casario antigo da cidade; ia a todas as reuniões do conselho municipal com opinião formada sobre o que deveria ser feito. Lecionava na escola dominical da igreja episcopal, cozinhava para todos os eventos de arrecadação de fundos e ainda trabalhava na biblioteca trinta horas por semana. Sua agenda não lhe permitia perder muito tempo e, quando ela tomava uma decisão, não voltava atrás. Ainda mais quando acreditava que era a decisão certa.

Embora não conhecesse Denise, também era mãe e compreendia o tamanho do medo quando se tratava de filhos. Taylor estivera em situações perigosas durante toda a sua vida – na verdade, parecia atraí-las, mesmo quando muito jovem. Judy sabia que o garotinho devia estar apavorado – e a mãe... bem, provavelmente estava uma pilha de nervos. *Deus sabe que eu já me senti assim.* Tendo certeza absoluta de que Denise precisava de todo o apoio possível, pegou sua capa de chuva.

A perspectiva de dirigir na tempestade não a assustou – isso nem sequer passou pela sua cabeça. Havia uma mãe e um filho com problemas.

Mesmo que Denise Holton não quisesse vê-la – ou não pudesse por causa dos ferimentos –, Judy sabia que não conseguiria dormir sem se assegurar de que ela soubesse que as pessoas da cidade se importavam com o que estava acontecendo.

# 6

À meia-noite o foguete de sinalização retumbou novamente no céu noturno, como o soar de um relógio.

Kyle desaparecera fazia quase três horas.

Enquanto isso Taylor se aproximava da rodovia surpreso com quanto parecia clara comparada ao lamaçal de onde acabara de sair. Ouviu vozes pela primeira vez desde que se separara dos outros... muitas vozes, pessoas gritando umas para as outras.

Acelerando o passo, Taylor deixou para trás as últimas árvores e viu que mais de uma dúzia de veículos tinha chegado – seus faróis brilhavam junto com os que estavam lá antes. E também havia mais pessoas. As primeiras envolvidas na busca agora estavam cercadas pelas que souberam do desaparecimento por meio dos boatos que corriam na cidade e tinham vindo ajudar. Mesmo a distância, Taylor reconheceu a maioria delas. Craig Sanborn, Rhett Little, Skip Hudson, Mike Cook, Bart Arthur, Mark Shelton... e mais seis ou sete. Pessoas que tinham desafiado a tempestade, pessoas que tinham de trabalhar no dia seguinte. Pessoas que Denise provavelmente nem conhecia.

Pessoas boas, pensou ele.

Contudo, o estado de ânimo geral não era bom. Os membros da equipe de busca estavam encharcados, cobertos de lama e arranhões, exaustos e deprimidos. Como Taylor, tinham visto como o pântano era escuro e impenetrável. Quando o bombeiro se aproximou deles, ficaram em silêncio, assim como os recém-chegados.

O sargento Huddle se virou, seu rosto iluminado pelas lanternas. Havia um arranhão profundo em sua bochecha, parcialmente encoberto pela lama.

– Então, qual é a notícia? Encontrou alguma coisa?

Taylor balançou a cabeça.

– Não, mas acho que tenho uma ideia da direção em que ele foi.

– Como você sabe?

– Não tenho certeza. É só um palpite, mas acho que ele foi para o sudeste.

Como todos os outros, o sargento Huddle conhecia a reputação de Taylor como rastreador. Eles se conheciam desde crianças.

– Por quê?

– Bem, em primeiro lugar, foi lá que encontramos o cobertor e, se ele continuasse seguindo nessa direção, ficaria a favor do vento. Não acho que um garotinho tentaria ir contra o vento, acho que apenas iria com ele. A chuva doeria muito. E também acho que ele ia preferir deixar os raios para trás. A mãe disse que ele tem medo de relâmpagos.

O sargento Huddle o encarou, incrédulo.

– Isso não é muito.

– Não, não é – admitiu Taylor. – Mas acho que é nossa maior esperança.

– Não acha que deveríamos continuar procurando como antes? Cobrindo todas as direções?

Taylor balançou a cabeça.

– Nós ficaríamos muito espalhados e não adiantaria nada. Vocês viram como é aquilo lá.

Ele enxugou o rosto com as costas da mão, refletindo. Queria que Mitch estivesse ali para ajudá-lo. O amigo era muito bom nesse tipo de coisa.

– Olhe – finalmente continuou –, sei que é apenas um palpite, mas posso apostar que estou certo. O que temos? Mais de vinte pessoas agora? Nós poderíamos nos espalhar e cobrir tudo nessa direção.

Huddle estreitou os olhos, inseguro.

– Mas e se ele não seguiu essa direção? E se você estiver errado? Está escuro e... pelo que sabemos, ele poderia estar andando em círculos. Poderia ter se escondido em algum lugar para se abrigar. Só porque tem medo de relâmpagos não significa que ele teria noção de como evitá-los. Só tem 4 anos. Além disso, agora temos pessoas suficientes para irmos em várias direções ao mesmo tempo.

Taylor ficou calado enquanto considerava isso. O que Huddle dissera fazia todo o sentido. Mas Taylor tinha aprendido a confiar em seus instintos. Seu rosto mostrou sua determinação.

O sargento Huddle franziu a testa, as mãos enfiadas nos bolsos de seu casaco ensopado de chuva.

– Confie em mim, Carl – falou Taylor por fim.
– Não é tão fácil assim. A vida de um garotinho está em jogo.
– Eu sei.

Com isso, o sargento Huddle suspirou e desviou o olhar. Em última análise, a responsabilidade era dele. Oficialmente, era ele quem estava coordenando a busca. Era o relatório dele, o dever dele... e, no final das contas, era ele quem teria de responder por isso.

– Está bem – disse. – Faremos do seu jeito. Só espero em Deus que esteja certo.

Meia-noite e meia.

Chegando ao hospital, Judy McAden foi direto para a recepção. Conhecendo o protocolo hospitalar, pediu para ver Denise Holton, "sua sobrinha". A atendente não a questionou – a sala de espera ainda estava lotada –, apenas verificou os registros com rapidez. Denise Holton, explicou, fora levada para um quarto no andar de cima, mas o horário de visita tinha terminado. Se ela voltasse pela manhã...

– Pode ao menos me dizer como ela está? – interrompeu-a Judy.

A atendente encolheu os ombros, cansada.

– Só o que está aqui é que ela fez uma radiografia. Tenho certeza de que receberemos outras informações quando as coisas se acalmarem.

– A que horas começam as visitas?

– Às oito – falou a mulher, que já mexia em outro prontuário.

– Entendo – disse Judy, com ar de derrota.

Por cima do ombro da atendente, notou que as coisas lá dentro estavam ainda mais caóticas do que na sala de espera. As enfermeiras iam de um quarto para outro, parecendo sobrecarregadas e estressadas.

– Tenho de passar por aqui antes de subir para vê-la? Digo, amanhã.

– Não. Pode ir pela entrada principal, na esquina. É só subir e falar com as enfermeiras de lá quando chegar. Elas a levarão ao quarto dela. É o 217.

– Obrigada.

Judy se afastou da recepção e o próximo da fila deu um passo adiante. Era um homem de meia-idade com um cheiro forte de álcool. Ele estava com o braço apoiado em uma tipoia improvisada.

– Por que está demorando tanto? Meu braço está me matando.

A atendente suspirou com impaciência.

– Sinto muito, mas, como pode ver, estamos realmente ocupados esta noite. O médico o atenderá em breve...

Judy se certificou de que a atenção da mulher ainda estava concentrada no homem da tipoia. Então saiu da sala de espera por uma porta dupla de vaivém que levava à área principal do hospital. De suas visitas anteriores, sabia que os elevadores ficavam no fim do corredor.

Em questão de minutos, estava passando por um posto de enfermagem vazio e se dirigindo ao quarto 217.

Enquanto Judy se dirigia ao quarto de Denise, os homens retomavam a busca por Kyle. Vinte e quatro pessoas no total, separadas apenas o suficiente para permitir que vissem as lanternas vizinhas, cobriam uma linha de mais de 300 metros. Lentamente, começaram a ir para o sudeste, apontando as luzes para todos os lugares e ignorando a tempestade. Dentro de minutos os faróis dos carros na rodovia desapareceram. Para os homens que haviam chegado pouco antes, a súbita escuridão foi um choque e eles imaginaram como um garotinho poderia sobreviver ali.

Contudo, alguns dos outros começavam a se perguntar se ao menos conseguiriam encontrar um corpo.

Denise ainda estava acordada, pois não conseguia dormir de jeito nenhum. Ela encarava o relógio na parede ao lado da cama, vendo os minutos passarem com assustadora regularidade.

Kyle estava desaparecido havia quase quatro horas.

*Quatro horas!*

Ela queria fazer alguma coisa – qualquer coisa, menos ficar deitada ali, tão impotente, inútil para Kyle e a equipe de busca. Queria procurá-lo, e o fato de não estar fazendo isso era mais doloroso que seus ferimentos. Tinha de saber o que estava acontecendo. Queria assumir o controle da situação. Mas ali não podia fazer nada.

Seu corpo a traíra. Na última hora a vertigem diminuíra apenas um pouco. Ainda não conseguia manter o equilíbrio por tempo suficiente para andar pelo corredor, muito menos para participar da busca. Qualquer luz forte fazia seus olhos doerem e, enquanto o médico lhe fazia perguntas, ela vira o rosto dele triplicado. Agora, sozinha no quarto, se odiava por sua fraqueza. Que tipo de mãe ela era?

*Nem conseguia procurar pelo próprio filho!*

Ela havia perdido o controle à meia-noite – Kyle estava desaparecido fazia três horas –, ao perceber que não poderia deixar o hospital. Começara a gritar repetidamente o nome do filho assim que a radiografia terminara. Tinha sido um estranho alívio extravasar, gritar o nome dele a plenos pulmões. Em sua mente, Kyle podia ouvi-la – e ela queria que o menino ouvisse sua voz. *Volte, Kyle. Volte para onde mamãe estava. Você está me ouvindo, não está?* Não importava que duas enfermeiras lhe dissessem para se aquietar, se acalmar, Denise lutava violentamente contra elas enquanto tentavam contê-la. Apenas relaxe, diziam, vai ficar tudo bem.

Mas ela não conseguia parar. Continuou gritando o nome dele e lutando até ser levada para o quarto. A essa altura estava exausta e os gritos tinham se transformado em soluços. Uma enfermeira ficara com ela por alguns minutos para se certificar de que estava bem e depois fora atender a uma chamada de emergência em outro quarto. Desde então Denise estava sozinha.

Ela olhou para o ponteiro do relógio ao lado da cama.

Tique.

Ninguém sabia o que estava acontecendo. Antes de a enfermeira ir embora, Denise tinha lhe pedido para telefonar para a polícia e perguntar. Havia implorado, mas a enfermeira gentilmente recusara. Em vez disso, dissera que a informariam assim que soubessem de algo. Até lá a melhor coisa que ela podia fazer era se acalmar e relaxar.

Relaxar.

Eles estavam loucos?

Kyle continuava lá fora, e Denise sabia que estava vivo. Tinha de estar. Se estivesse morto, ela saberia. Sentiria isso em seu íntimo e a dor seria nítida, como um soco no estômago. Talvez eles tivessem uma ligação especial, talvez todas as mães tivessem uma com seus filhos. Talvez fosse porque Kyle não podia falar e ela precisava confiar no instinto para lidar com ele.

Não tinha certeza. Mas, no fundo do coração, acreditava que saberia se o pior acontecesse – e até ali seu coração permanecia calado.

Kyle ainda estava vivo.

Tinha de estar...

*Deus, por favor, permita que esteja.*

Tique.

Judy McAden não bateu. Em vez disso, abriu ligeiramente a porta. Notou que a luz do teto estava apagada. Uma pequena luminária brilhava de forma suave no canto do quarto quando Judy entrou em silêncio. Não sabia se a mulher estava dormindo, mas não queria acordá-la se estivesse. Quando começava a fechar a porta, Denise virou a cabeça devagar e olhou para ela.

Mesmo na penumbra, quando Judy viu Denise deitada na cama, ficou paralisada. Foi uma das poucas vezes em sua vida em que não soube o que dizer.

Ela conhecia Denise Holton.

Apesar da atadura na cabeça, dos machucados no rosto e tudo o mais, Judy logo reconheceu Denise como a jovem que costumava usar os computadores da biblioteca. A que tinha um garotinho que gostava de livros sobre aviões...

*Ah, não... o garotinho fofo...*

Contudo, ao estreitar os olhos para enxergar a senhora à sua frente, Denise não fez a ligação. Seus pensamentos ainda estavam confusos. Enfermeira? Não, não usava uniforme. Policial? Não, velha demais. Mas o rosto da mulher lhe parecia familiar...

– Eu a conheço? – perguntou, por fim, em voz baixa.

Judy se recompôs e andou na direção da cama. Ela falou suavemente.

– Mais ou menos. Já a vi na biblioteca. Trabalho lá.

Denise estava com os olhos apenas semiabertos. *Biblioteca?* O quarto começou a girar de novo.

– O que faz aqui? – perguntou. As palavras saíram arrastadas, com os sons misturados.

*Pois é, o quê?*, Judy não pôde evitar pensar.

Ela ajeitou com nervosismo a alça da bolsa.

– Soube que seu filho se perdeu. Meu filho é um dos homens que estão procurando por ele.

Enquanto ela respondia, Denise sentiu uma mistura de esperança e medo, e sua expressão pareceu clarear. Ela fez uma pergunta, mas dessa vez as palavras saíram mais lucidamente do que antes.

– Soube de alguma coisa?

A pergunta foi súbita, mas Judy percebeu que deveria tê-la esperado. Por que mais teria ido vê-la?

Ela balançou a cabeça.

– Não, nada. Sinto muito.

Denise apertou os lábios, permanecendo em silêncio. Pareceu avaliar a resposta antes de virar a cabeça para o outro lado.

– Eu gostaria de ficar sozinha – disse.

Ainda sem saber o que fazer – *Por que cargas-d'água vim aqui? Ela nem me conhece* –, Judy disse a única coisa que ela própria teria desejado ouvir, a única coisa em que pôde pensar.

– Eles o encontrarão, Denise.

No início Judy achou que a mulher não a ouvira, mas então viu seu queixo tremer e depois os olhos dela se encherem de lágrimas. Mas ela permaneceu em silêncio. Parecia estar contendo as emoções, como se não quisesse que ninguém a visse assim, e isso de algum modo piorava as coisas. Embora não soubesse qual seria a reação de Denise, Judy seguiu um impulso maternal e se aproximou, parando por um instante ao lado da cama antes de se sentar. Denise não pareceu notá-la. Judy a observou, quieta.

*O que eu estava pensando? Que poderia ajudar? O que posso fazer? Talvez não devesse ter vindo... Ela não precisa de mim aqui. Se me pedir de novo para sair, eu saio...*

Seus pensamentos foram interrompidos por uma voz tão baixa que Judy mal pôde ouvir.

– Mas e se não encontrarem?

Judy pegou a mão dela e a apertou.

– Eles encontrarão.

Denise deu um suspiro longo e entrecortado, como se tentasse tirar forças de alguma reserva oculta. Virou lentamente a cabeça e olhou para Judy com os olhos vermelhos e inchados.

– Nem sei se ainda estão procurando por ele...

De perto, Judy notou como Denise era parecida com a mãe – ou melhor, com como a mãe fora. Elas poderiam passar por irmãs, e Judy se perguntou por que não havia se dado conta disso na biblioteca. Mas esse pensamento foi logo posto de lado quando ela assimilou as palavras de Denise. Judy franziu a testa, imaginando se tinha ouvido direito.

– Como? Quer dizer que ninguém a manteve informada do que está acontecendo lá?

Embora Denise estivesse olhando para ela, parecia muito distante, perdida em uma espécie de torpor apático.

– Não soube de nada desde que me puseram na ambulância.

– Nada?! – exclamou Judy, chocada com o fato de não a terem mantido a par de tudo.

Denise balançou a cabeça.

Judy imediatamente olhou ao redor procurando o telefone e se levantou, mais confiante por descobrir que havia algo que ela *podia* fazer. Esse devia ter sido o motivo de ter sentido necessidade de vir. *Não falar com a mãe? Absolutamente inaceitável. Não só inaceitável, mas... cruel. Foi sem querer, certamente, mas ainda assim cruel.*

Judy se sentou na cadeira ao lado da pequena mesa no canto do quarto e pegou o fone. Depois de discar, conseguiu falar com o departamento de polícia de Edenton. Denise arregalou os olhos quando percebeu o que Judy estava fazendo.

– Aqui é Judy McAden e estou com Denise Holton no hospital. Estou ligando para saber o que está acontecendo lá... Não... não... sei que estão muito ocupados, mas preciso falar com Mike Harris... Bem, mande-o atender. Diga que é Judy quem está na linha. É importante.

Ela pôs a mão sobre o fone e falou com Denise.

– Conheço Mike há anos. Ele é o capitão. Talvez saiba de alguma coisa.

Houve um clique e ela ouviu o outro lado atender de novo.

– Oi, Mike... Não, eu estou bem, mas não foi por isso que liguei. Estou aqui com Denise Holton, a mãe do menino que está no pântano. Estou no hospital e parece que ninguém lhe disse o que está havendo por lá... Sei que está tudo um caos, mas ela precisa saber o que está acontecendo... Eu entendo... uhum-uhum... Ah, está bem, obrigada.

Depois de desligar, ela balançou a cabeça e falou com Denise enquanto discava um novo número.

– Ele não soube de nada, mas não é a equipe dele que está conduzindo a busca, porque a área fica fora dos limites do condado. Vou tentar com os bombeiros.

Novamente ela teve a conversa preliminar antes de ser transferida para alguém do comando. Então, cerca de um minuto depois, seu tom se tornou o de uma mãe passando um sermão:

– Eu entendo... Bem, pode se comunicar por rádio com alguém no local? Estou com uma mãe aqui que tem o direito de saber o que está acontecendo e não posso acreditar que não a mantiveram informada. O que você acharia se fosse Linda aqui e Tommy estivesse perdido?... Não me interessa quanto estão ocupados. Não há desculpa para isso. Simplesmente não acredito que deixaram passar algo assim... Não, prefiro não ligar de novo. Vou esperar enquanto você fala pelo rádio... Joe, ela precisa saber agora. Não tem nenhuma notícia há horas... Está bem, então...

Olhando para Denise:

– Estou esperando. Ele está entrando em contato com o pessoal por rádio. Saberemos em alguns minutos. Como você está?

Denise sorriu pela primeira vez em horas.

– Obrigada – disse ela fracamente.

Um minuto se passou, e depois outro, antes que Judy falasse de novo:

– Sim, ainda estou aqui... .

Judy ficou em silêncio enquanto ouvia a informação e, apesar de tudo, Denise se sentiu mais esperançosa. *Talvez... por favor...* Ela observou Judy em busca de sinais de emoção. Quando o silêncio continuou, a boca de Judy formou uma linha reta.

– Ah, entendo... Obrigada, Joe – finalmente disse ela. – Telefone para cá se descobrir alguma coisa, qualquer coisa... Sim, o hospital de Elizabeth City. Nós ligaremos de novo daqui a pouco.

Enquanto observava, Denise sentiu um nó na garganta e a náusea voltar.

*Kyle ainda está perdido.*

Judy desligou e voltou até a cama.

– Ainda não o encontraram, mas continuam procurando. Algumas pessoas da cidade apareceram, por isso há mais gente do que antes. O tempo clareou um pouco e eles acham que Kyle foi para o sudeste. Estão seguindo essa direção há cerca de uma hora.

Denise mal a escutou.

Era quase 1h30.

A temperatura – antes por volta de 15 graus – agora estava próxima dos 4 e eles estavam andando em grupo havia mais de uma hora. Um vento frio vinha do norte, o que fazia a temperatura cair rapidamente, e a equipe de busca começava a perceber que, se quisessem encontrar o garotinho vivo, teriam de encontrá-lo nas próximas horas.

Tinham chegado a uma área do pântano que era um pouco menos densa, onde as árvores cresciam mais afastadas e as trepadeiras e os arbustos não os arranhavam com tanta frequência. Ali podiam procurar mais rápido e Taylor conseguia ver três homens – ou melhor, suas lanternas – em cada direção. Nada passava despercebido.

Taylor já caçara nessa parte do pântano. Como o chão era ligeiramente elevado, costumava ser seco, e os veados iam ali em bandos. Uns 800 metros adiante, a elevação terminava e o terreno ficava outra vez sob a água. Era uma área do pântano que os caçadores chamavam de Casa do Pato. Ao longo da área havia dúzias de esconderijos camuflados com junco e relva, usados durante a temporada de caça. A profundidade da água ali era de alguns centímetros o ano todo e a caçada era sempre boa.

Aquele também era o lugar mais longe aonde Kyle poderia ter ido.

Se, é claro, eles estivessem seguindo a direção certa.

# 7

———— ❦ ————

Agora eram 2h26. Kyle estava desaparecido fazia quase cinco horas e meia.

Judy molhou uma toalha, foi até a cabeceira da cama e passou o tecido gentilmente no rosto de Denise. Ela não tinha falado muito e Judy não a pressionara a fazer isso. Parecia traumatizada: pálida e exausta, com os olhos vermelhos e vidrados. Judy dera outro telefonema à uma hora da madrugada e lhe disseram que ainda não tinham nenhuma notícia. Dessa vez Denise parecera esperar por isso e mal reagira.

– Quer um pouco de água? – perguntou Judy.

Denise não respondeu, mas Judy se levantou e foi pegar um copo assim mesmo. Quando ela voltou, Denise tentou se sentar e dar um gole, mas o acidente começara a afetar o restante do corpo. Uma dor aguda ia do pulso ao ombro, como uma onda elétrica. O estômago e o peito doíam como se algo pesado tivesse sido posto em cima dela por um longo tempo e agora finalmente retirado, e seu corpo estivesse voltando à forma, como um balão sendo dolorosamente reinflado. Seu pescoço estava rígido e parecia que um vergalhão de aço fora colocado na parte superior de sua coluna, impedindo a cabeça de se mover.

– Venha, deixe-me ajudar – ofereceu-se Judy.

Judy pôs o copo na mesa e ajudou Denise a se sentar. Ela estremeceu e prendeu a respiração, apertando fortemente os lábios quando a dor veio em ondas, e depois relaxando quando começou a diminuir. Judy lhe entregou a água.

Enquanto dava um gole, Denise olhou de novo para o relógio. Como antes, os ponteiros se moviam implacavelmente.

*Quando o encontrariam?*

Avaliando a expressão dela, Judy perguntou:
– Quer que eu chame uma enfermeira?
Denise não respondeu.
Judy pôs sua mão sobre a de Denise.
– Quer que eu saia para você descansar?
Denise se virou do relógio para Judy e de novo viu uma estranha... mas uma estranha boa, alguém que se importava com os outros. Alguém com olhos bondosos que faziam com que se lembrasse da senhora de quem era vizinha em Atlanta.

*Só quero Kyle...*
– Acho que não vou conseguir dormir – disse por fim.
Denise terminou de beber sua água e Judy pegou o copo.
– Qual é mesmo o seu nome? – perguntou Denise, com a voz um pouco menos arrastada, mas as palavras saíam fracas por causa do cansaço. – Ouvi quando deu os telefonemas, mas não consigo me lembrar.
Judy pôs o copo na mesa e depois ajudou a mulher a se acomodar de novo.
– Judy McAden. Acho que me esqueci de dizer quando entrei.
– E trabalha na biblioteca?
Judy assentiu.
– Vi você e seu filho lá mais de uma vez.
– Foi por isso que...? – perguntou Denise, a voz sumindo.
– Não, na verdade vim porque conheci sua mãe quando ela era jovem. Fomos amigas muito tempo atrás. Quando soube que você estava com problemas... bem, não quis que pensasse que estava sozinha nisso.
Denise estreitou os olhos, tentando se concentrar em Judy como se a visse pela primeira vez.
– Minha mãe?
Judy fez que sim com a cabeça.
– Morávamos na mesma rua. Crescemos juntas.
Denise tentou lembrar se a mãe a mencionara, mas não conseguia se concentrar. Não conseguia se recordar, e, enquanto tentava, o telefone tocou.
As duas se sobressaltaram e depois se viraram na direção dele, o som estridente e subitamente agourento.

Alguns minutos antes, Taylor e os outros tinham chegado à Casa do Pato. Ali, a quase 2,5 quilômetros de onde o acidente havia ocorrido, o pântano começava a se tornar mais fundo. Kyle não poderia ter ido mais longe, mas ainda assim eles não encontraram nada.

Depois de chegarem à Casa do Pato, um a um os membros do grupo começaram a fazer contato e, quando suas vozes chegavam pelos walkie--talkies, muitas vezes deixavam clara a decepção.

Contudo, a voz de Taylor não foi uma dessas. Ainda procurando, tentou novamente se pôr no lugar do menino fazendo as mesmas perguntas de antes. Kyle tinha vindo nessa direção? Chegava à mesma conclusão todas as vezes. Só o vento já o traria ali. Kyle não ia querer lutar contra as rajadas e tomar aquele rumo teria mantido os raios atrás dele.

Droga. Ele tinha de ter ido naquela direção. Simplesmente tinha de ter.

Mas onde ele estava?

Eles não poderiam ter deixado de vê-lo, poderiam? Antes de começarem, Taylor havia lembrado a todos de examinar cada esconderijo possível ao longo do caminho – árvores, arbustos, toras, troncos caídos –, qualquer lugar onde uma criança pudesse se abrigar da tempestade... e estava certo de que haviam examinado. Todos ali tiveram tanto cuidado quanto ele.

Então onde Kyle estava?

Taylor subitamente desejou ter óculos de visão noturna, algo que tornasse a escuridão menos incapacitante e lhe permitisse captar uma imagem do menino a partir do calor de seu corpo. Embora esse equipamento estivesse disponível no comércio, ele não conhecia ninguém na cidade que o tivesse. Nem era preciso dizer que o corpo de bombeiros não o tinha – eles não podiam nem mesmo se dar ao luxo de ter uma equipe regular, quanto mais algo de tão alta tecnologia. Afinal de contas, orçamentos limitados eram uma característica da vida em uma cidade pequena.

Mas a Guarda Nacional...

Taylor estava certo de que eles teriam o equipamento necessário, mas isso não era uma opção agora. Demoraria demais para uma unidade chegar ali. E pegar os óculos emprestados da Guarda Nacional não era algo viável – o gerente de suprimentos precisaria da autorização do superior, que precisaria da autorização de outra pessoa, que exigiria que formulários fossem preenchidos, blá-blá-blá. E mesmo que por um milagre o pedido fosse atendido, o depósito ficava a quase duas horas de distância. Droga, até lá o dia estaria quase raiando.

*Pense.*

Outro relâmpago brilhou, sobressaltando-o. O último ocorrera fazia algum tempo e, apesar da chuva, Taylor achava que o pior tinha passado.

Mas, quando o céu noturno foi iluminado, ele viu algo a distância... retangular e de madeira, coberto de folhagem. Um das dúzias de esconderijos de caçadores.

Sua mente começou a funcionar rápido... esconderijos de caçadores... quase pareciam casinhas de brinquedo e abrigavam razoavelmente da chuva. Kyle tinha visto um?

Não, seria uma resposta fácil demais... não podia ser... mas...

Taylor sentiu a adrenalina começar a correr e fez o possível para permanecer calmo.

*Talvez – isso era tudo. Apenas um grande "talvez".*

Mas agora o "talvez" era o que ele tinha, então correu para o primeiro esconderijo de caçadores que vira. Suas botas afundavam na lama, produzindo um som de sucção à medida que ele tentava andar na terra esponjosa. Alguns segundos depois, chegou ao esconderijo – não era usado desde o último outono e estava coberto de trepadeiras e arbustos. Afastou as trepadeiras e pôs a cabeça para dentro. Varrendo o interior com a lanterna, quase esperou ver um garotinho escondendo-se da tempestade.

Mas tudo o que viu foi madeira compensada apodrecendo.

Quando deu um passo para trás, outro raio iluminou o céu e Taylor vislumbrou um segundo esconderijo de caçadores a menos de 50 metros de distância. Um que não era tão coberto quanto o que acabara de vasculhar. Ele partiu novamente, correndo, acreditando...

*Se eu fosse um garoto, tivesse ido tão longe e visto o que parecia uma casinha...*

Ele chegou ao abrigo, procurou rapidamente e não encontrou nada. Xingou, cada vez mais ansioso. Partiu de novo, dirigindo-se ao próximo esconderijo sem saber direito onde ficava. Sabia por experiência que não estaria a mais de 100 metros, perto do nível da água.

E tinha razão.

Ofegando, lutou contra a chuva, o vento e, acima de tudo, a lama, sabendo no fundo do coração que seu palpite sobre os esconderijos de caçadores tinha de estar certo. Se Kyle não estivesse naquele, chamaria os outros homens pelo walkie-talkie e os faria procurar em todos os esconderijos na área.

Dessa vez, quando chegou à construção precária, passou direto pela relva crescida. Dando um passo para o lado, preparou-se para não encontrar nada. Apontou a lanterna para dentro e quase parou de respirar.

Um garotinho, sentado no canto, enlameado, sujo e arranhado... mas aparentemente bem.

Taylor piscou, achando que aquilo fosse uma miragem, mas quando os abriu de novo o garotinho ainda estava lá, com camiseta do Mickey e tudo.

Taylor ficou surpreso demais para falar. Apesar das horas dedicadas à busca, a conclusão de tudo parecera acontecer mais rápido do que ele esperava.

No breve silêncio – no máximo alguns segundos – e com uma expressão de surpresa no rosto, como se fosse pego fazendo algo errado, Kyle ergueu os olhos para ele, o homem grande que usava uma longa capa de chuva amarela.

– Oi – disse o menino de forma animada, e Taylor deu uma gargalhada.

Sorrisos imediatamente surgiram nos rostos de ambos. Taylor se pôs sobre um dos joelhos e o garotinho se levantou com dificuldade e foi para os braços dele. Estava frio e molhado, tremendo, e quando Taylor sentiu aqueles bracinhos ao redor do seu pescoço, seus olhos se encheram de lágrimas.

– Oi, rapazinho. Acho que você deve ser o Kyle.

# 8

— Ele está bem, pessoal. Repetindo: ele está bem. Estou com Kyle agora.

Ao ouvirem essas palavras pelo walkie-talkie, os homens deram gritos de alegria e a notícia foi transmitida para o quartel, de onde Joe ligou para o hospital.

Eram 2h31.

Judy pegou o telefone da mesa e o colocou na cama para que Denise pudesse atender. Ela mal respirava ao pegar o fone. Então de repente levou a mão à boca para conter um grito. Seu sorriso, tão verdadeiro e emocionado, foi contagiante. Judy teve que se conter para não saltitar.

As perguntas de Denise foram as esperadas:

– Ele está mesmo bem?... Onde o encontraram?... Tem certeza de que não está ferido?... Quando vou vê-lo?... Por que tanto tempo?... Ah, sim, eu entendo. Mas tem certeza?... Obrigada, muito obrigada a vocês todos... Nem acredito!

Quando desligou, Denise se sentou – dessa vez sem ajuda – e abraçou Judy enquanto lhe contava os detalhes.

– Eles o estão trazendo para o hospital... Ele está molhado e com frio, mas querem trazê-lo por precaução, só para se certificar de que está tudo bem. Deve chegar daqui a mais ou menos uma hora... Não consigo acreditar.

A empolgação trouxe a tontura de volta, mas dessa vez Denise nem se importou.

Kyle estava seguro. Era só o que importava.

No pântano, Taylor havia tirado sua capa de chuva e a colocara ao redor de Kyle para mantê-lo aquecido. Depois o carregara para fora do abrigo e se encontrara com os outros. Esperaram por ali apenas tempo suficiente para se assegurarem de que não faltava ninguém. Quando todos estavam reunidos, voltaram em grupo, dessa vez bem juntos.

As cinco horas de busca tinham produzido seus efeitos em Taylor, e carregar Kyle era um esforço. O garoto tinha pelo menos 18 quilos e seu peso, além de fazer os braços do bombeiro doerem, também o fazia afundar ainda mais na lama. Quando ele chegou à estrada, estava exausto. Como as mulheres conseguiam carregar seus filhos durante horas enquanto iam às compras no shopping?

Uma ambulância os esperava. No início Kyle não quis soltar Taylor, mas, com muita calma, o homem conseguiu convencê-lo a deixar que o examinassem. Sentado na ambulância, não havia nada que Taylor quisesse mais do que um banho quente e demorado, mas como o garoto parecia à beira do pânico sempre que ele se afastava, decidiu acompanhá-lo até o hospital. O sargento Huddle foi na frente com seu carro de polícia, enquanto os outros membros da equipe de busca começavam a voltar para suas casas.

A longa noite finalmente terminara.

Eles chegaram ao hospital pouco depois das 3h30. A essa altura a sala de emergência estava mais tranquila e quase todos os pacientes tinham sido atendidos. Os médicos foram informados de que Kyle estava a caminho e já o esperavam. Assim como Denise e Judy.

Judy surpreendera a enfermeira de plantão indo até o posto de enfermagem no meio da noite para pedir uma cadeira de rodas para Denise Holton.

– O que está fazendo aqui? Não sabe que horas são? O horário de visitas terminou...

Mas Judy apenas ignorou as perguntas e repetiu o pedido. Foi preciso um pouco de adulação – mas não tanto.

– Encontraram o filho dela e o estão trazendo para cá. Ela quer vê-lo quando ele chegar.

A enfermeira assentiu.

A ambulância chegou alguns minutos antes do previsto. A porta de trás foi aberta e Kyle saiu dela na maca enquanto Denise tentava se levantar. Quando o menino entrou, o médico e as enfermeiras deram um passo para trás, de forma que ele pudesse ver a mãe.

Na ambulância, haviam despido o menino e ele fora envolto em cobertores quentes para que sua temperatura subisse. Embora ela tivesse descido um pouco nas últimas horas, Kyle não chegara a correr risco de hipotermia e os cobertores deram conta do recado. O rosto do menino estava rosado e ele se mexia com facilidade – em todos os aspectos, parecia muito melhor do que a mãe.

Denise foi até a maca e se inclinou sobre ela. O filho se sentou imediatamente. Foi para os braços dela e os dois se abraçaram bem apertado.

– Oi, mã – finalmente disse.

Denise riu, assim como o médico e as enfermeiras.

– Oi, querido – disse Denise, sussurrando ao ouvido do filho, os olhos dela fechados com força. – Você está bem?

Kyle não disse nada, mas dessa vez isso não fez diferença para ela.

Denise foi segurando a mão de Kyle enquanto a maca era empurrada para a sala de exame. Judy ficou para trás, vendo-os ir, sem querer interromper. Quando sumiram de vista, ela suspirou, subitamente percebendo quanto estava cansada. Fazia anos que não ficava acordada até tão tarde. Mas tinha valido a pena – nada como uma montanha-russa de emoções para manter o velho coração batendo. Mais algumas noites como essa e ela estaria pronta para uma maratona.

Judy saiu da sala de emergência justamente quando a ambulância se afastava. Ela procurava suas chaves na bolsa quando ergueu os olhos e viu Taylor conversando com Carl Huddle perto do carro da polícia. Deu um suspiro de alívio. O filho a viu no mesmo momento e a princípio pareceu achar que seus olhos estavam lhe pregando uma peça. Ele a olhou com um ar interrogativo ao caminhar em sua direção.

– Mãe, o que você está fazendo aqui? – perguntou, incrédulo.

– Acabei de passar a noite com Denise Holton. Você sabe, a mãe do menino. Achei que ela poderia precisar de um pouco de apoio.

– E simplesmente decidiu vir? Sem nem mesmo conhecê-la?

Eles se abraçaram.

– É claro.

Taylor sentiu orgulho da mãe. Ela era uma mulher e tanto. Judy se soltou do abraço e se afastou, avaliando o filho.

– Você está com uma aparência terrível, Taylor.

Ele riu.

– Obrigado pelo voto de confiança. Mas na verdade me sinto muito bem.

– Aposto que sim. E é para se sentir mesmo. Você fez uma coisa maravilhosa esta noite.

Ele sorriu brevemente antes de ficar sério de novo.

– Como ela estava? – perguntou. – Quero dizer, antes de o encontrarmos.

Judy encolheu os ombros.

– Triste, perdida, apavorada... pode escolher qualquer uma dessas palavras. Ela passou por muita coisa esta noite.

Ele a olhou de um jeito matreiro.

– Soube que passou um sermão no Joe.

– E passaria de novo. No que vocês estavam pensando?

Taylor ergueu as mãos na defensiva.

– Ei, não me culpe. Não sou o chefe. E, além disso, ele estava tão preocupado quanto nós. Pode acreditar.

Ela estendeu a mão e afastou os cabelos do rosto de Taylor.

– Aposto que está cansado.

– Um pouco. Nada que algumas horas de sono não resolvam. Posso acompanhá-la até o carro?

Judy deu o braço a Taylor e eles começaram a ir para o estacionamento. Depois de alguns passos, ela olhou para o filho.

– Você é um rapaz tão gentil! Como é que ainda não se casou?

– Tenho medo da sogra.

– Hein?

– Não da minha. Da que a minha esposa vai ter.

Judy puxou o braço, rindo.

– Retiro tudo o que acabei de dizer.

Taylor riu para si mesmo enquanto pegava o braço da mãe de novo.

– Eu só estava brincando. Você sabe que a amo.

– É bom mesmo.

Ao chegarem ao carro, Taylor pegou as chaves e abriu a porta. Quando Judy estava ao volante, inclinou-se para olhar para ela pela janela aberta.

– Tem certeza de que não está cansada demais para dirigir? – perguntou.

– Não, eu vou ficar bem. Não é tão longe. A propósito, onde está seu carro?

– Ainda na cena. Vim na ambulância com Kyle. Carl vai me levar de volta.

Judy assentiu enquanto virava a chave, ligando o motor.

– Tenho orgulho de você, Taylor.

– Obrigado, mãe. Também tenho orgulho de você.

# 9

O dia seguinte amanheceu nublado e com chuva esporádica, embora a maior parte da tempestade tivesse se dirigido para o mar. Os jornais estavam cheios de notícias do que acontecera na noite anterior, e as principais manchetes falavam de um tornado perto de Maysville, que destruíra parte de um estacionamento para trailers e deixara quatro mortos e sete feridos. Não diziam absolutamente nada sobre a bem-sucedida busca por Kyle Holton – o fato de ele ter se perdido só chegou ao conhecimento dos repórteres no dia seguinte, horas depois de ser encontrado. Com o sucesso da busca, o que tinha lhe acontecido não era notícia, ainda mais quando comparado com os relatos que não paravam de chegar do leste do estado.

Denise e Kyle ainda estavam hospitalizados e tinham obtido permissão para ficarem no mesmo quarto. Ambos tiveram de passar a noite (ou o que restou dela) no hospital e, embora o garoto pudesse ter recebido alta na tarde seguinte, os médicos quiseram manter Denise em observação mais um dia.

O barulho no hospital tornava impossível dormir até tarde e depois que o médico de plantão reexaminou Denise e o filho, ambos passaram a manhã assistindo a desenhos animados. Estavam na cama dela, apoiados em travesseiros, usando camisolas hospitalares largas. Kyle assistia a *Scooby-Doo*, seu favorito. Também fora o preferido de Denise na infância. Só faltava a pipoca, mas só de pensar nisso ela sentia o estômago revirar. Apesar de a vertigem ter praticamente passado, ela ainda ficava incomodada com luzes fortes e tinha dificuldade em manter a comida no estômago.

– Ei coe – disse Kyle, apontando para a tela e vendo as pernas de Scooby girando em círculos.

– Sim, está correndo do fantasma. Consegue dizer isso?

– Coe fa tam – disse Kyle.

Os braços de Denise estavam em volta do filho e ela bateu de leve em seu ombro:

– Você também correu na noite passada?

Kyle fez que sim com a cabeça, sem desgrudar os olhos da tela.

A mãe o olhou com ternura.

– Você ficou com medo na noite passada?

– Ei ficô.

Embora o tom de Kyle tivesse mudado ligeiramente, Denise não sabia se ele falava sobre si mesmo ou ainda sobre Scooby-Doo. Kyle não entendia as diferenças entre os pronomes (eu, tu, ele, ela e assim por diante) e também não usava os tempos verbais certos. Correndo, correu, correr... tudo significava a mesma coisa, pelo menos até onde ela entendia. O conceito de tempo (ontem, amanhã, a noite passada) também estava além da sua compreensão.

Não era a primeira vez que ela havia tentado falar com ele sobre o que acontecera. Tentara mais cedo, mas não tinha ido muito longe. Por que você correu? O que estava pensando? O que você viu? Onde o encontraram? Kyle não respondeu a nenhuma de suas perguntas e Denise não esperava que respondesse, mas quis fazê-las mesmo assim. Talvez um dia ele pudesse lhe dizer. Um dia, quando conseguisse falar, poderia se lembrar e lhe explicar: "Sim, mãe, eu me lembro..." Mas até lá isso continuaria a ser um mistério.

Um dia.

Parecia mais longe do que nunca.

Com um lento empurrão, a porta rangeu e se abriu.

– Toc, toc.

Denise se virou na direção da porta quando Judy McAden espiou para dentro.

– Espero não ter vindo em uma má hora. Telefonei para o hospital e disseram que vocês dois estavam acordados.

Denise se sentou reta e tentou arrumar sua camisola hospitalar amassada.

– Não, é claro que não. Só estávamos assistindo à TV. Entre.

– Tem certeza?

– Por favor. Preciso de uma pausa depois de tantas horas de desenhos animados.

Denise pegou o controle remoto e baixou um pouco o volume.

Judy andou até a cama.

– Bem, eu só queria conhecer seu filho. Agora ele é o assunto das conversas na cidade. Recebi uns vinte telefonemas esta manhã.

Denise inclinou sua cabeça, olhando para Kyle com orgulho.

– Bem, aqui está ele, o danadinho. Kyle, diga oi para a Sra. Judy.

– Oi, siora juudi – sussurrou ele.

Seus olhos ainda estavam grudados na TV. Judy puxou a cadeira e se sentou ao lado da cama. Acariciou a perna do menino.

– Olá, Kyle. Como vai? Soube que passou por uma grande aventura na última noite. Você deixou sua mãe bastante preocupada.

Depois de um momento de silêncio, Denise incentivou o filho.

– Kyle, diga "Sim, passei".

– Sim, sei.

Judy relanceou os olhos para Denise.

– Ele se parece muito com você.

– Foi por isso que o comprei – disse Denise rapidamente.

Judy riu, depois voltou sua atenção para o menino.

– Sua mãe é engraçada, não é?

Kyle não respondeu.

– Ele ainda não fala muito bem – disse Denise em voz baixa. – Está atrasado na linguagem.

Judy assentiu e depois se inclinou um pouco para a frente como se estivesse contando um segredo a Kyle.

– Ah, não faz mal, não é, Kyle? De qualquer jeito, eu não sou tão divertida quanto os desenhos animados. O que está assistindo?

Novamente ele não respondeu, e Denise bateu de leve em seu ombro.

– Kyle, o que está passando na TV?

Sem olhar para ela, ele sussurrou:

– Scoody-Doo.

Judy se alegrou.

– Ah, Taylor costumava ver isso quando era pequeno. – Então disse um pouco mais devagar: – É engraçado?

Kyle assentiu, animado.

– É engaado.

Os olhos de Denise se arregalaram apenas um pouco quando ele respondeu, depois voltaram ao normal. *Agradeça a Deus pelas pequenas dádivas...*

Judy voltou sua atenção para Denise.

– Nem acredito que isso ainda passe.

– Scooby? Sim, duas vezes por dia – disse Denise. – Nós assistimos de manhã *e* à tarde.

– Que sorte a sua.

– Pois é, que sorte. – Denise revirou os olhos e Judy riu baixinho.

– Então, como vocês estão?

Denise se ajeitou na cama.

– Bem, Kyle está tão saudável quanto seria possível. Olhando para ele, ninguém imaginaria o que aconteceu na noite passada. Eu, por outro lado... bem, digamos que poderia estar melhor.

– Vai ter alta em breve?

– Amanhã, eu espero. Se eu estiver bem, é claro.

– Se tiver de ficar aqui, quem cuidará de Kyle?

– Ah, ele vai ficar comigo. O hospital tem sido muito bom nesse sentido.

– Bem, se precisar de alguém para cuidar dele, é só me avisar.

– Obrigada – disse ela, dirigindo o olhar novamente para o filho. – Mas acho que estaremos bem amanhã, não é, Kyle? Mamãe já ficou longe de você por tempo de mais.

No desenho, a tumba de uma múmia se abriu e Salsicha e Scooby saíram correndo de novo, com Velma logo atrás. Kyle riu, sem parecer ter ouvido a mãe.

– Além disso, a senhora já fez mais do que o suficiente – continuou Denise. – Sinto muito não ter tido a chance de lhe agradecer na noite passada, mas... bem...

Judy ergueu as mãos para fazê-la parar.

– Ah, não se preocupe. Estou feliz por tudo ter dado certo. Carl já veio aqui?

– Carl?

– Ele é o policial. O da noite passada.

– Não, ainda não. Ele vem?

Judy assentiu.

– Foi o que eu soube. Esta manhã Taylor me disse que Carl ainda tinha de terminar algumas coisas.

– Taylor? É o seu filho, não é?

– Meu único filho.

Denise tentou se lembrar da noite anterior.

– Foi ele quem me encontrou, certo?

Judy fez que sim com a cabeça.

– Ele tinha ido conferir uns postes de energia que caíram e viu o seu carro.

– Acho que preciso agradecer a ele também.

– Darei o recado por você. Mas, sabe, ele não era o único lá. No final havia mais de vinte pessoas. Apareceu gente de toda a cidade para ajudar.

Denise balançou a cabeça, impressionada.

– Mas as pessoas nem me conhecem.

– A gente se surpreende, não é? Mas há muitas pessoas boas aqui. Para falar a verdade, não fiquei nem um pouco surpresa. Edenton é uma cidade pequena, mas tem um coração grande.

– A senhora morou aqui a vida toda?

Judy assentiu.

– Aposto que sabe quase tudo o que acontece por aqui – sussurrou Denise de modo conspiratório.

Judy pôs a mão em seu coração de um jeito dramático e disse devagar:

– Querida, eu poderia lhe contar histórias que a deixariam de cabelo em pé.

Denise riu.

– Talvez possamos marcar uma visita qualquer dia desses e senhora me conta tudo.

Judy manteve o papel de dama inocente:

– Mas isso seria fofocar, e fofocar é pecado.

– Eu sei. Mas eu sou fraca.

Judy piscou um olho.

– Ótimo. Eu também. Vamos marcar. E quando nos encontrarmos, vou lhe contar como sua mãe era quando pequena.

Uma hora depois do almoço, Carl Huddle se encontrou com Denise e preencheu a papelada que faltava. Alegre e muito mais alerta do que na noite anterior, Denise respondeu a tudo em detalhes. Mesmo assim – já que o caso estava mais ou menos oficialmente encerrado –, isso não demorou mais que vinte minutos. Kyle ficou sentado no chão, brincando com um avião que Denise tirara da bolsa – também devolvida pelo sargento.

Quando eles acabaram, Huddle guardou tudo em uma pasta de papelão, mas não se levantou de imediato. Em vez disso, fechou os olhos, contendo um bocejo com as costas da mão.

– Desculpe-me – disse ele, tentando afastar o sono.

– Cansado? – perguntou Denise, solidária.

– Um pouco. Tive uma noite agitada.

Ela se acomodou na cama.

– Bem, fico feliz que tenha vindo. Queria lhe agradecer pelo que fez na noite passada. Não pode imaginar quanto isso significa para mim.

O sargento Huddle assentiu como se já estivesse passado por situações parecidas.

– Não há de quê. É o meu trabalho. Além disso, tenho uma filha pequena e, se tivesse sido com ela, ia querer que todos em um raio de 100 quilômetros parassem tudo o que estavam fazendo para ajudar a encontrá-la. Ninguém conseguiria me tirar de lá ontem à noite.

Pelo tom do sargento, Denise não duvidou dele.

– Então tem uma filha pequena? – perguntou ela.

– Sim, tenho. O aniversário dela foi na segunda-feira passada. Acabou de fazer 5 anos. É uma fase ótima.

– Só há fases ótimas, pelo menos foi o que me disseram. Qual é o nome dela?

– Campbell. É o sobrenome de solteira de Kim, minha esposa.

– É filha única?

– Até agora. Mas vai deixar de ser daqui a alguns meses.

– Ah, parabéns! Menino ou menina?

– Ainda não sabemos. Queremos que seja surpresa, como a Campbell.

Denise assentiu, fechando os olhos por um momento. O sargento Huddle bateu com a pasta na perna e então se levantou para ir embora.

– Bem, é melhor eu ir. É bom que descanse.

Embora Denise suspeitasse que Huddle estava falando mais sobre ele mesmo, se endireitou na cama.

– Bem... hum... antes de ir, posso lhe fazer algumas perguntas sobre a noite passada? Com toda aquela comoção ontem e tudo o que houve esta manhã, eu na verdade não soube o que aconteceu. Pelo menos não de fonte segura.

– Claro. Pergunte.

– Como vocês conseguiram... quero dizer, estava tão escuro e com a tempestade... – Ela fez uma pausa, tentando encontrar as palavras certas.

– Quer saber como o encontramos? – sugeriu o sargento.

Denise assentiu.

Ele olhou de relance para Kyle, que ainda brincava com o avião no canto.

– Bem, eu gostaria de dizer que foi habilidade e treinamento, mas não. Nós tivemos sorte. Muita sorte. Ele poderia ter ficado lá durante dias. O mato é muito denso no pântano. Durante algum tempo, não tivemos a menor ideia da direção que Kyle tinha tomado, mas Taylor achou que ele teria andado a favor do vento e mantido os relâmpagos atrás de si. E estava certo.

O sargento apontou com a cabeça para o garoto com o olhar de um pai depois que o filho levou seu time à vitória e então continuou.

– Seu filho é corajoso, Srta. Holton. O fato de ele estar bem tem mais a ver com o próprio Kyle do que com qualquer um de nós. A maioria das crianças, todas as que conheço, se apavoraria, mas seu garotinho não. Isso é surpreendente.

Denise franziu as sobrancelhas ao pensar no que ele acabara de lhe dizer.

– Espere... foi o mesmo Taylor McAden?

– Sim, o homem que a encontrou. – Huddle coçou o queixo. – Na verdade, foi ele quem encontrou vocês dois. Ele encontrou Kyle em um abrigo de caçadores e seu filho não o largou até chegarem ao hospital. Grudou nele como um caranguejo.

– Foi Taylor McAden quem encontrou Kyle? Pensei que tinha sido o senhor.

O sargento Huddle pegou seu chapéu na extremidade da cama.

– Não, não fui eu, mas pode apostar que eu estava tentando. É só que Taylor pareceu saber onde ele estava, não me pergunte como.

O sargento Huddle pareceu perdido em pensamentos. De onde estava, Denise pôde ver suas olheiras. Ele parecia esgotado, como se não quisesse fazer nada além de dormir.

– Bem... mesmo assim, obrigada. Sem o senhor, Kyle provavelmente não estaria aqui.

– Tudo bem. Adoro um final feliz e estou contente por termos conseguido um.

Depois de se despedir, Huddle foi embora. Quando a porta se fechou, Denise olhou para cima, na direção do teto, sem realmente vê-lo.

Taylor McAden? Judy McAden?

Nem acreditava no tamanho da coincidência, mas tudo o que acontecera na noite anterior parecia fruto do acaso. A tempestade, a corça, ter passado o cinto de segurança por cima da cabeça (ela nunca havia feito isso e com certeza jamais voltaria a fazê-lo), Kyle perambulando sozinho enquanto Denise estava inconsciente e incapaz de impedi-lo... tudo.

Inclusive os McAdens.

Um achava o seu carro, a outra aparecia ali para lhe dar apoio. Um acabou encontrando Kyle, a outra conhecera sua mãe muito tempo atrás.

Coincidência? Destino? Nada disso?

Horas depois, naquela tarde, com a ajuda de uma enfermeira e da lista telefônica, Denise escreveu bilhetes de agradecimento individuais para Carl e Judy, assim como um geral (aos cuidados do corpo de bombeiros) para todos os envolvidos na busca.

Por último, escreveu seu bilhete para Taylor McAden e, ao fazer isso, não pôde evitar ficar pensando nele.

# 10

Três dias depois do acidente e da bem-sucedida busca por Kyle Holton, Taylor McAden caminhava sob a arcada de pedra da entrada do Cypress Park, o cemitério mais antigo de Edenton. Sabia exatamente para onde se dirigia e cortou caminho pelo gramado, passando por várias sepulturas. Eram tão velhas que dois séculos de chuva tinham apagado quase todas as inscrições nas lápides. Ele se lembrou das vezes em que parara para tentar decifrá-las. Como logo percebera, era uma tarefa impossível.

Hoje, entretanto, Taylor prestava pouca atenção a elas enquanto andava sob um céu nublado. Parou somente ao chegar à sombra de um gigantesco salgueiro. O marco que fora visitar ali, no lado oeste do cemitério, tinha pouco mais de 30 centímetros de altura. Era um bloco de granito de aparência comum com inscrição apenas na face superior.

Exceto pela relva alta nas laterais, estava bem-cuidado. Bem na frente do bloco, em um pequeno tubo cravado no chão, havia um buquê de cravos secos. Ele não precisou contá-los para saber quantos eram, nem ficou se perguntando quem os deixara ali.

Sua mãe colocara os onze cravos ali, um para cada ano de casada. Ela sempre levava aquelas flores, em maio, no aniversário de casamento deles, e fizera isso nos últimos 27 anos. Durante esse tempo todo nunca contou nada disso a Taylor, e ele jamais mencionara já saber. Contentava-se em deixá-la guardar seu segredo, como se isso o autorizasse a ter o dele.

Não era no aniversário de casamento dos pais que Taylor visitava o túmulo. Aquela data era dela, o dia em que o casal trocara juras de amor diante da família e dos amigos. Em vez disso, Taylor o visitava em junho, no dia da morte do pai. Um dia que nunca esqueceria.

Como sempre, ele estava usando jeans e camisa de trabalho de manga curta. Viera direto de um projeto em que estava envolvido – escapara no horário de almoço – e partes de sua camisa estavam grudadas no peito e nas costas. Ninguém havia lhe perguntado para onde ia, e Taylor não se dera o trabalho de explicar. Aquilo não era da conta de ninguém.

Taylor se curvou e começou a puxar as folhas de relva mais alta, enrolando-as em volta da mão para segurá-las melhor e partindo-as para nivelá-las com o gramado. Não se apressou: se deu tempo para clarear a mente enquanto nivelava os quatro lados. Quando terminou, passou seu dedo sobre o granito polido. As palavras eram simples:

*Mason Thomas McAden*
*Pai e marido amoroso*
*1936 – 1972*

A cada ano, a cada visita, Taylor ficava mais velho, e agora estava com a idade que seu pai tinha ao morrer. O garoto assustado se transformara em homem. Contudo, a imagem que tinha do pai permanecera: a daquele último, abrupto e terrível dia. Por mais que tentasse, não conseguia imaginar como o pai seria se estivesse vivo. Em sua mente, ele teria 36 anos para sempre. Nunca seria mais jovem nem mais velho – a memória seletiva assegurava isso e, obviamente, a foto fazia o mesmo.

Taylor fechou os olhos, esperando que a imagem viesse. Não precisava levar a foto com ele para saber exatamente como era. Ainda estava no console da lareira na sala de estar. Vira-a todos os dias ao longo dos últimos 27 anos.

A foto tinha sido tirada uma semana antes do acidente, em uma manhã quente de junho, do lado de fora da casa deles. Nela o pai estava saindo da varanda dos fundos com a vara de pescar na mão, a caminho do rio Chowan. Embora Taylor não aparecesse nela, ele se lembrava de estar logo atrás do pai, ainda dentro de casa, pegando as iscas, tentando encontrar tudo de que precisava. A mãe se escondera atrás da picape, chamara o nome do pai e, quando Mason se virara, ela tirara a foto. O filme fora enviado para revelação e, por isso, não fora destruído com as outras fotos. Judy só o buscara depois do funeral. Chorara ao ver a imagem, depois a guardara na bolsa. Para os outros, a foto não tinha nada de especial – o pai no meio de uma passada, os cabelos despenteados, a camisa de botões manchada

–, mas para Taylor ela captava a essência do pai. Estava lá aquele espírito irreprimível que definia o homem que ele era, por isso sua mãe ficara tão abalada. Estava na expressão dele, no brilho de seus olhos, na postura ao mesmo tempo alegre e muito alerta.

Um mês depois da morte dele, Taylor pegara a foto na bolsa da mãe e adormecera segurando-a. Ao entrar no quarto, a mãe a encontrara presa firmemente naquelas pequenas mãos, o papel molhado de lágrimas. No dia seguinte, ela fez outra cópia do negativo e Taylor usou quatro palitos de picolé em um pedaço de vidro descartado para fazer um porta-retratos. Em todos aqueles anos, ele nunca pensara em trocar a moldura.

*Trinta e seis.*

O pai parecia tão jovem na foto! Seu rosto era fino e jovial, com os olhos e a testa mostrando apenas leves traços das rugas que nunca teriam a chance de se aprofundar. Então por que o pai parecia tão mais velho do que Taylor se sentia agora? Parecia tão... sábio, seguro de si, corajoso. Aos olhos do filho de 9 anos, era um homem de proporções míticas, alguém que conhecia a vida e podia explicar quase tudo. Era porque vivera mais intensamente? Teria passado por experiências mais abrangentes, mais extraordinárias? Ou a impressão de Taylor era apenas o produto dos sentimentos de um garoto pelo pai, inclusive do último momento que passaram juntos?

Taylor não sabia nem nunca saberia. As respostas tinham sido enterradas muito tempo atrás.

Mal conseguia se lembrar das semanas logo após a morte dele. Estranhamente, aquele período se transformara em uma série de recordações fragmentadas: o funeral, ter ficado na casa dos avós no outro lado da cidade, pesadelos sufocantes quando tentava dormir. Era verão – época de férias –, e Taylor passou a maior parte de seu tempo no quintal, tentando apagar o que acontecera. A mãe usou preto durante dois meses, enlutada. Então por fim o preto foi posto de lado. Eles encontraram outro lugar para morar, menor, e embora crianças de 9 anos compreendam pouco sobre a morte e como lidar com ela, Taylor entendeu exatamente o que a mãe estava tentando lhe dizer.

*Agora somos só nós dois. Temos de seguir em frente.*

Depois daquele verão fatídico, Taylor voltara à escola e, todo ano, tirara notas satisfatórias – não espetaculares –, suficientes para que fosse aprovado. As pessoas diziam que ele era muito forte, e de certa forma tinham razão. Com os cuidados e a coragem da mãe, a adolescência de Taylor foi como a da maioria dos outros garotos que moravam naquela parte do condado. Ele ia acampar e andar de barco sempre que podia; jogou futebol, basquete e beisebol durante todo o ensino médio. Porém, sob muitos aspectos era considerado solitário. Mitch era – e sempre fora – seu único amigo de verdade, e nos verões iam caçar e pescar, só os dois. Desapareciam por uma semana, às vezes viajavam até a Georgia. Embora agora Mitch estivesse casado, eles ainda faziam isso sempre que podiam.

Quando se formou na escola, em vez de ir para a universidade, Taylor começou a trabalhar, colocando paredes de gesso e aprendendo carpintaria. Foi aprendiz de um homem amargo e alcoólatra, que tinha sido abandonado pela esposa e se importava mais com o dinheiro ganho do que com a qualidade do trabalho. Depois de uma discussão que quase terminou em briga, Taylor parou de trabalhar para ele e entrou em um curso para obter a própria licença de empreiteiro.

Ele se sustentava trabalhando na mina de gipsita, um trabalho que o fazia tossir quase todas as noites, mas aos 24 anos guardara dinheiro suficiente para abrir o próprio negócio. Não dispensava nenhum projeto, por menor que fosse, e frequentemente cobrava preços abaixo do mercado para conseguir firmar sua empresa e sua reputação. Aos 28 anos quase falira duas vezes, mas fora obstinado o bastante para seguir em frente e, no final, dera tudo certo. Nos últimos oito anos o negócio crescera a ponto de deixá-lo numa situação confortável. Nada excepcional – sua casa era pequena e sua picape não era nova –, mas o suficiente para levar a vida simples que desejava.

Uma vida que incluía ser voluntário do corpo de bombeiros.

Sua mãe tentara com afinco dissuadi-lo da ideia. Foi a única vez que ele agiu contra a vontade dela.

É claro que a mãe também queria ser avó, e de vez em quando deixava isso escapar. Geralmente Taylor não levava o comentário a sério e apenas tentava mudar de assunto. Ele não havia chegado nem perto de se casar e duvidava que esse dia chegaria. Não se imaginava casando, embora houvesse tido dois namoros sérios. O primeiro fora no início dos 20 anos, com Valerie. Quando eles se conheceram, Valerie estava saindo de um relacionamento desastroso – o namorado engravidara outra mulher – e ela se voltara para Taylor naquela hora difícil. Dois anos mais velha, inteligente, e eles se deram bem por algum tempo. Mas ela queria algo mais e Taylor lhe dissera honestamente que talvez nunca se sentisse pronto para esse compromisso. A questão se complicou e, com o tempo, eles se separaram e Valerie acabou indo embora da cidade. A última notícia que Taylor tivera era de que ela estava casada com um advogado e morando em Charlotte.

Depois viera Lori. Ao contrário de Valerie, ela era mais nova do que Taylor e se mudara para Edenton para trabalhar no banco. Era analista de crédito e trabalhava por longas horas; ainda não tivera chance de fazer nenhuma amizade quando Taylor entrou na agência para requerer uma hipoteca. Taylor se ofereceu para apresentá-la às pessoas e ela aceitou. Logo estavam namorando. Lori tinha uma inocência infantil que tanto encantava Taylor quanto despertava seus instintos protetores, mas ela acabou querendo mais do que Taylor estava disposto a dar. Eles romperam pouco depois. Agora ela estava casada com o filho do prefeito, tinha três filhos e os levava pela cidade em uma minivan. Desde o noivado de Lori, eles só tinham trocado amenidades sem importância.

Quando Taylor tinha 30 anos, já namorara grande parte das mulheres solteiras de Edenton; aos 36, não restavam muitas. Melissa, esposa de Mitch, tentara lhe arranjar vários encontros, mas também não deram em nada. Ele também não estava à procura de alguém, estava? Tanto Valerie quanto Lori disseram que havia algo dentro dele que não conseguiam alcançar, algo no modo como via a si próprio que nenhuma delas conseguia realmente entender. E, embora Taylor soubesse que tinham boas intenções, suas tentativas de conversar sobre seu distanciamento não mudaram nada – e talvez nem pudessem.

Quando terminou, Taylor se levantou, seus joelhos estalando ligeiramente e doendo por causa da posição em que estivera. Antes de ir embora, fez uma breve oração em memória do pai e se inclinou para tocar novamente na lápide.

– Sinto muito, pai – sussurrou. – Sinto muito mesmo.

Quando Taylor saiu do cemitério, Mitch Johnson estava encostado na picape dele, segurando duas latas de cerveja pelos anéis de plástico – o restante da embalagem com seis que começara a tomar na noite anterior. Mitch pegou

77

uma e a jogou para o amigo quando ele se aproximou. Taylor a agarrou no ar, surpreso ao ver o outro, seus pensamentos ainda concentrados no passado.

– Achei que você tinha viajado para ir ao casamento – disse Taylor.

– Eu viajei, mas voltei ontem à noite.

– O que está fazendo aqui?

– Imaginei que você poderia estar precisando de uma cerveja agora – respondeu Mitch.

Mais alto e mais magro do que Taylor, ele tinha 1,88 metro e uns 73 quilos. A maior parte de seus cabelos se fora – começara a perdê-los com 20 e poucos anos – e ele usava óculos de aro de metal, o que lhe dava a aparência de um contador ou engenheiro. Na verdade, trabalhava na casa de ferragens do pai e era tido na cidade como um gênio da mecânica. Sabia consertar praticamente tudo, de cortadores de grama a escavadeiras, e estava sempre com os dedos sujos de graxa. Ao contrário de Taylor, fizera faculdade – East Carolina University, com foco na área de negócios – e, antes de voltar para Edenton, conhecera Melissa Kindle, formada em psicologia pela Rocky Mount. Eles estavam casados fazia doze anos e tinham quatro meninos. Taylor fora padrinho de casamento deles e era também padrinho do filho mais velho do casal. Às vezes, pelo modo como Mitch falava sobre a família, Taylor suspeitava que ele amava mais a esposa agora do que no dia em que subiram ao altar.

Mitch também era voluntário do corpo de bombeiros de Edenton. Por insistência de Taylor, os dois haviam feito juntos o treinamento necessário e se apresentado ao mesmo tempo. Embora Mitch considerasse isso mais um dever do que uma vocação, era alguém que Taylor sempre queria por perto quando os bombeiros eram requisitados. Nas situações difíceis, equilibravam um ao outro: Taylor era do tipo que desafiava o perigo, ao passo que Mitch optava pela cautela.

– Sou tão previsível assim?

– Ah, Taylor, eu o conheço melhor do que a minha própria esposa.

Taylor revirou os olhos e se encostou na picape.

– Como está Melissa?

– Bem. A irmã a enlouqueceu durante o casamento, mas ela voltou ao normal depois que chegou em casa. Agora somos apenas eu e as crianças que a deixamos louca – respondeu Mitch, depois seu tom de voz ficou mais suave ao dizer: – E você? Como está?

Taylor encolheu os ombros sem fitá-lo.

– Estou bem.

Mitch não insistiu; sabia que Taylor não revelaria mais nada. O pai dele era um dos poucos assuntos sobre os quais nunca conversavam. Ele abriu sua cerveja e Taylor fez o mesmo. Mitch tirou um lenço do bolso de trás e enxugou o suor da testa.

– Soube que vocês tiveram uma noite e tanto no pântano enquanto eu estava fora.

– É, tivemos.

– Queria ter estado lá.

– Com certeza você teria sido útil. Foi uma tempestade horrível.

– Pois é, mas, se eu estivesse lá, não teria havido todo esse drama. Eu teria ido direto para aqueles esconderijos de caçadores. Nem acreditei que vocês demoraram horas para atinar isso.

Taylor riu baixinho, tomou um gole de cerveja e olhou para o amigo.

– Melissa ainda quer que você desista disso?

Mitch pôs o lenço de volta no bolso e assentiu.

– Sabe como é, com as crianças e tal... Ela só não quer que aconteça nada comigo.

– Como você se sente com relação a isso?

Ele demorou um momento para responder.

– Antes eu achava que faria isso para sempre, agora não tenho tanta certeza.

– Então está considerando isso? – perguntou Taylor.

Mitch tomou uma golada grande de cerveja antes de responder.

– Sim, acho que sim.

– Precisamos de você – disse Taylor, sério.

Mitch deu uma gargalhada.

– Você está falando como um recrutador do Exército.

– Mas é verdade.

Mitch balançou a cabeça.

– Não, não é. Temos muitos voluntários agora e há uma lista de pessoas que podem me substituir a qualquer momento.

– Elas não vão saber o que fazer.

– Nós também não sabíamos no início. – Ele fez uma pausa, pensando, seus dedos apertando a lata. – Sabe, não é só Melissa, sou eu também. Estou nisso há muito tempo e acho que simplesmente não significa o mesmo que antes. Não sou como você. Já não sinto necessidade de fazer isso. Gosto de poder passar um tempo com os garotos sem ter de sair de repente. Gostaria de poder jantar com minha esposa tendo certeza de que o dia terminou.

– Parece que você já tomou sua decisão.

Mitch percebeu o desapontamento na voz de Taylor e demorou um segundo para assentir.

– Sim, na verdade, sim. Quero dizer, vou ficar até o fim do ano, mas só. Queria que você fosse o primeiro a saber.

Taylor não respondeu. Depois de um instante, Mitch levantou a cabeça e olhou timidamente para o amigo.

– Mas não foi por isso que vim aqui hoje. Vim para lhe dar apoio, não para falar sobre esse assunto.

Taylor pareceu perdido em pensamentos.

– Como eu disse, estou bem.

– Quer sair e tomar umas cervejas?

– Não, preciso voltar ao trabalho. Estamos terminando a obra de Skip Hudson.

– Tem certeza?

– Tenho.

– Bem, então que tal jantar conosco na semana que vem? Depois de voltarmos à vida normal?

– Bifes na grelha?

– É claro – respondeu Mitch como se nunca tivesse pensado em outra opção.

– Eu adoraria – garantiu Taylor, mas depois olhou de um jeito desconfiado para Mitch. – Melissa não vai convidar nenhuma amiga de novo, vai?

O outro riu.

– Não, mas posso dizer para convidar, se você quiser.

– Não, obrigado. Depois de Claire, acho que não confio mais no julgamento dela.

– Ora, vamos! Claire não era tão ruim assim.

– Não foi você quem passou a noite com uma mulher que não parava de falar. Ela era como um daqueles coelhos da Duracell, simplesmente não conseguia ficar quieta, nem que fosse por um minuto.

– Ela estava nervosa.

– Ela era uma mala.

– Vou contar para Melissa que você disse isso.

– Não, não...

– Estou brincando. Você sabe que eu não faria isso. Que tal na quarta-feira?

– Seria ótimo.

– Então está certo.

Mitch fez um sinal afirmativo com a cabeça e foi se afastando do carro, procurando as chaves no bolso. Depois de amassar sua lata, ele a atirou ruidosamente na carroceria da picape de Taylor.

– Obrigado – disse Taylor.

– Não há de quê.

– Quero dizer, por ter vindo hoje.

– Eu tinha entendido.

# 11

Sentada na cozinha, Denise Holton chegou à conclusão de que a vida era como esterco.

Quando usado em um jardim, o esterco era fertilizante. Eficaz e barato, nutria o solo e ajudava as plantas a ganhar toda a sua beleza. Mas fora do jardim – em um pasto, por exemplo –, quando sem querer você pisava nele, o esterco era apenas um monte de bosta.

Uma semana antes, quando ela e Kyle haviam se reencontrado no hospital, Denise sentira como se seu jardim estivesse sendo adubado. Naquele momento, só Kyle importava e, quando ela vira que ele estava bem, tudo parecera certo no mundo. Sua vida, por assim dizer, tinha sido fertilizada.

Mas bastaram alguns dias para que tudo parecesse diferente. Na esteira do acidente, a realidade por fim se estabelecera, e não era fertilizante. Denise estava sentada à mesa de fórmica em sua pequena cozinha, examinando os papéis na sua frente e fazendo o possível para entendê-los. A internação era coberta pelo seguro, mas havia uma franquia por usá-lo. Seu Datsun podia ser velho, mas funcionava. Agora tinha sofrido perda total e ela só tinha seguro para terceiros. Seu patrão, Ray, que Deus o abençoasse, lhe dissera que não precisava se apressar para voltar ao trabalho, mas haviam se passado oito dias sem que ela ganhasse um centavo. As contas de consumo – telefone, eletricidade, água, gás – venceriam dali a menos de uma semana. E, para completar, estava olhando para a fatura do reboque chamado para tirar seu carro da estrada.

A vida de Denise estava uma bosta.

É claro que nada disso pareceria tão ruim se ela fosse milionária. Esses problemas não passariam de uma inconveniência. Ela podia até imaginar uma socialite explicando a *chatice* que era ter de lidar com coisas assim.

Mas, com umas poucas centenas de dólares no banco, isso não era uma chatice. Era um problema, e um problema dos grandes.

Se ela fosse criteriosa, conseguiria pagar as contas regulares com o que tinha no banco e comprar comida com o que restasse. Muitos cereais este mês, com certeza. Que bom que Ray os deixava comer de graça no restaurante. Poderia usar o cartão de crédito para pagar a franquia do plano de saúde – 500 dólares. Também havia telefonado para Rhonda – outra garçonete no Eights – e, para sua alegria, ela concordara em lhe dar carona na ida e na volta do trabalho. Restava o reboque, e felizmente eles se ofereceram para ficar com seu carro em troca do serviço: 75 dólares pelo que restara dele e dariam o assunto por encerrado.

O resultado final? Uma conta a mais no cartão de crédito todos os meses e ela ter de começar a usar a bicicleta. Pior ainda, dependeria de alguém para levá-la e trazê-la do trabalho. Para alguém com formação universitária, não era algo de que se orgulhar.

Que bosta.

Se ela tivesse uma garrafa de vinho, a abriria. Tinha certeza de que uma pequena fuga não lhe faria mal agora. Mas, bem, não podia nem mesmo se dar a esse luxo.

Seu carro por setenta e cinco dólares. Embora fosse justo, de algum modo não parecia certo. Ela nem chegaria a ver o dinheiro.

Depois de preencher os cheques para pagar as contas, Denise fechou os envelopes e usou seus últimos selos. Precisaria dar uma passada na agência de correio para comprar mais, e anotou isso no bloco perto do telefone. Então se lembrou de que "dar uma passada" ganhara um significado totalmente novo. Se não fosse tão patético, teria rido do absurdo de tudo aquilo.

Bicicleta. Pelo amor de Deus!

Tentando ver o lado bom, disse a si mesma que pelo menos ficaria em boa forma física. Dali a alguns meses poderia até mesmo se sentir grata pelo exercício extra. "Olhe aquelas pernas", imaginou as pessoas dizendo. "Nossa, parecem de *aço*. Como conseguiu que ficassem assim?", perguntariam. "Andando de bicicleta."

Dessa vez ela não pôde deixar de rir. Conversando sobre sua bicicleta aos 29 anos. Pelo amor de Deus!

Denise conteve o riso, sabendo que era apenas uma reação ao estresse, e saiu da cozinha para ver como Kyle estava. Dormindo profundamente. Depois de ajeitar as cobertas e lhe dar um rápido beijo na bochecha, foi se sentar na varanda dos fundos, onde mais uma vez se perguntou se a mudança para Edenton fora a decisão certa. Mesmo sabendo que isso era impossível, viu-se desejando ter ficado em Atlanta. Seria bom às vezes ter alguém com quem conversar, alguém que conhecesse há anos. Havia o telefone, mas este mês ela não tinha condições financeiras de usá-lo, e de modo algum ligaria a cobrar. Embora provavelmente seus amigos não se incomodassem, ela não se sentiria bem fazendo isso.

Ainda assim, queria conversar. Mas com quem?

Com exceção de Rhonda (que tinha 20 anos e era solteira) e Judy McAden, Denise não conhecia ninguém na cidade. Uma coisa era ter perdido a mãe alguns anos antes, outra totalmente diferente era perder todos os amigos. E perceber que a culpa era dela não ajudava em nada. Decidira se mudar, sair do emprego, dedicar a vida ao filho. Viver assim tinha a ver com simplicidade – assim como necessidade –, mas às vezes ela não conseguia evitar o pensamento de que outras partes de sua vida estavam passando sem que ela visse.

Contudo, não podia pôr a culpa da solidão apenas na mudança. Revendo o passado, sabia que até mesmo enquanto estava em Atlanta as coisas tinham começado a mudar. A maioria de suas amigas estava casada, algumas com filhos. Outras continuavam solteiras. Mas nenhuma tinha nada em comum com ela. As casadas gostavam da companhia de outros casais e as solteiras queriam levar a mesma vida da época da faculdade. Denise não se encaixava em nenhum desses mundos. Mesmo as que tinham filhos... Bem, era difícil ouvir quão maravilhosamente eles progrediam. E falar sobre Kyle? Elas davam apoio, mas nunca entenderiam sua situação de verdade.

E, é claro, havia a questão masculina. Brett – o bom e velho Brett – fora o último homem com quem tinha saído, e na verdade aquilo nem ao menos fora um encontro. Uma transa, não um encontro. Mas que transa, hein? Vinte minutos e bum – sua vida inteira mudou. Como estaria ela agora se isso não tivesse acontecido? É verdade que Kyle não estaria ali, mas... Mas o quê? Talvez ela estivesse casada, talvez tivesse filhos, talvez até mesmo uma casa com uma cerca branca ao redor do jardim. Teria um Volvo ou uma minivan e iria à Disney nas férias. Esta vida parecia boa e definitivamente mais fácil, mas seria melhor?

Kyle. O doce Kyle. Sorriu só de pensar nele.

Não, concluiu, não seria melhor. Se havia uma alegria em sua vida, era o filho. Era engraçado como ele podia deixá-la maluca e ainda fazer com que o amasse por isso.

Suspirando, Denise saiu da varanda e foi para o quarto. No banheiro, tirou as roupas e ficou em pé diante do espelho. Os machucados no rosto ainda apareciam, mas muito pouco. O corte na testa fechara bem com os pontos e, embora houvesse uma cicatriz, ela ficaria perto da linha dos cabelos, não muito evidente.

Exceto por isso, estava satisfeita com a própria imagem. Como dinheiro sempre era um problema, nunca tinha biscoitos ou salgadinhos em casa. E, como Kyle não gostava de carne, ela também raramente comia. Estava mais magra agora do que antes de ter o filho – caramba, mais magra do que na época da faculdade. Perdera sete quilos sem nem ao menos tentar. Se tivesse tempo, escreveria um livro: *Estresse e pobreza: a receita simples e rápida para diminuir a cintura*. Provavelmente venderia um milhão de cópias e se aposentaria.

Ela riu de novo. *Ah, tá.*

Como Judy mencionara no hospital, Denise era parecida com a mãe. Tinha os mesmos cabelos escuros e ondulados e olhos cor de avelã e elas eram mais ou menos da mesma altura. Assim como o tempo fora gentil com a mãe, também estava sendo com ela: tinha uns poucos pés de galinha nos cantos dos olhos, mas, fora isso, sua pele era lisa. Em suma, não estava nada mal. Na verdade, diria até que estava bem bonita.

Pelo menos uma coisa estava dando certo.

Decidiu que era um bom pensamento para terminar o dia. Vestiu um pijama, ligou o velho ventilador na velocidade baixa, foi para debaixo dos lençóis e apagou as luzes. Com o barulhinho e o chacoalhar ritmados, levou apenas alguns minutos para adormecer.

Quando a luz do início da manhã entrava pelas janelas, Kyle atravessou de mansinho o quarto e foi direto para a cama de Denise, pronto para começar o dia.

– Acoda, mã, acoda.

Denise se virou com um gemido e o menino escalou a mãe e, com os dedinhos, tentou erguer suas pálpebras. Não conseguiu, mas achou isso engraçado e seu riso foi contagiante.

– Ábi olo, mã – insistiu e, apesar da hora, Denise teve de rir com ele.

Para deixar a manhã ainda melhor, Judy telefonou um pouco depois das nove para ver se a visita ainda estava de pé. Após conversarem alguns minutos – Judy viria na tarde seguinte, oba! –, Denise desligou o telefone, pensando em seu estado de ânimo na noite anterior e na diferença que uma boa noite de sono podia fazer.

Devia ser TPM.

Mais tarde, depois do café da manhã, Denise foi preparar as bicicletas. A de Kyle estava pronta para uso; a dela estava cheia de teias de aranha e precisou ser limpa. Denise notou que os pneus das duas estavam baixos, mas cheios o suficiente para chegarem à cidade.

Ela ajudou o filho a pôr seu capacete, e eles partiram para a cidade sob um céu limpo e azul, com Kyle pedalando na frente. No último dezembro Denise passara o dia no estacionamento de seu condomínio em Atlanta, segurando a bicicleta do garoto pelo selim até que ele pegasse o jeito. Isso havia demorado algumas horas e custara meia dúzia de quedas ao menino, mas Kyle tinha um instinto natural para aquilo. Ele sempre tivera habilidades motoras acima da média, um fato que surpreendia os médicos que o examinavam. Denise aprendera que ele era um menino de muitas contradições.

É claro que, como muitas crianças de 4 anos, não conseguia se concentrar em muito mais do que manter o equilíbrio e tentar se divertir. Para Kyle, andar de bicicleta era uma aventura (principalmente quando a mãe andava junto), e ele pedalava despreocupado. Embora o trânsito estivesse leve, Denise se viu gritando instruções a intervalos de poucos segundos.

"Fique perto da mamãe."... "Pare!"... "Não vá para a estrada."... "Pare!"... "Chegue para o canto, querido, está vindo um carro."... "Pare!"... "Cuidado com o buraco."... "Pare!"... "Não vá tão rápido."... "Pare!"

*Pare* era a única ordem que Kyle realmente entendia. Assim que Denise ordenava, ele acionava os freios, apoiava os pés no chão e se virava com um sorriso cheio de dentes, como se dissesse: *Isto é muito divertido! Por que está tão preocupada?*

Quando chegaram à agência de correio, Denise estava uma pilha de nervos.

Logo compreendeu que se locomover de bicicleta não daria certo, por isso decidiu pedir a Ray dois turnos extras por semana, temporariamente. Pagaria a franquia do seguro de saúde, economizaria cada centavo e talvez conseguisse comprar outro carro dali a alguns meses.

*Alguns meses?*

Provavelmente a essa altura teria enlouquecido.

Em pé na fila – sempre havia fila na agência de correio –, Denise limpou o suor da testa e torceu para que seu desodorante estivesse fazendo efeito. Essa era outra coisa para a qual ela não havia exatamente se preparado ao sair de casa pela manhã. Usar a bicicleta não era apenas uma inconveniência, era um esforço, sobretudo para alguém que não pedalava havia algum tempo. As pernas estavam cansadas, ela sabia que as nádegas estariam doloridas no dia seguinte e podia sentir o suor escorrendo entre os seios e nas costas. Tentou manter certa distância dos outros na fila para não incomodá-los. Felizmente, ninguém pareceu notar.

Um minuto depois, estava na frente do balcão recebendo seus selos. Depois de pagar, colocou-os na bolsa e saiu. Ela e Kyle montaram nas bicicletas e se dirigiram ao mercado.

Edenton tinha um centro pequeno, mas, do ponto de vista histórico, a cidade era uma pérola. As casas datavam do início do século XIX e, nos últimos trinta anos, quase todas tinham sido restauradas e voltado à antiga glória. Carvalhos gigantescos ladeavam os dois lados da rua e sombreavam os caminhos, fornecendo uma agradável cobertura contra o calor do verão.

Embora Edenton tivesse um supermercado, ele ficava do outro lado da cidade, então Denise decidiu ir ao Merchants, uma loja fundada na década de 1940. Era antiga em todos os modos possíveis e uma maravilha em termos de estoque. A loja vendia tudo, de comida a iscas para pesca e produtos automotivos, tinha uma videolocadora e também uma pequena grelha em um canto, onde preparavam comidas rápidas na hora. Contribuindo para essa atmosfera de passado, na frente dela havia quatro cadeiras de balanço e um banco, onde um grupo regular de habitantes tomava café da manhã.

A loja em si era pequena – talvez uns 200 metros quadrados – e Denise sempre se surpreendia ao ver quantos itens diferentes conseguiam pôr nas prateleiras. Ela encheu um cesto de plástico com algumas coisas de que precisava – leite, farinha de aveia, queijo, ovos, pão, bananas, cereal, macarrão com queijo, biscoitos salgados e balas (para treinar com Kyle).

87

Depois foram para a caixa registradora. A conta foi menor do que ela esperava, o que foi bom, mas ao contrário do supermercado, a loja não oferecia sacolas plásticas para pôr as compras. Em vez disso, o proprietário – um homem com cabelos brancos bem penteados e sobrancelhas cerradas – colocou tudo em dois sacos de papel marrons.

E isso, é claro, era um problema em que Denise não havia pensado.

Teria preferido sacolas de plástico que pudesse pendurar no guidom... Mas sacos? Como levaria tudo para casa? Dois braços, dois sacos de papel, duas manetes – era uma operação impossível. Principalmente quando tinha de ficar atenta a Kyle.

Enquanto ainda pensava no problema, Denise relanceou os olhos para o filho e percebeu que ele olhava para a rua pela porta de vidro, com uma expressão incomum no rosto.

– O que foi, querido?

Kyle respondeu, mas ela não entendeu o que o menino tentara dizer. Parecia algo como *omeilo*. Deixou as compras no balcão e se abaixou para poder observá-lo enquanto ele repetia a palavra. Observar seus lábios às vezes tornava mais fácil compreendê-lo.

– O que você disse? "Omeilo"?

Kyle assentiu e repetiu:

– Omeio.

Dessa vez apontou para o lado de fora e Denise olhou nessa direção. Enquanto isso, Kyle já ia na direção da porta e ela entendeu imediatamente o que ele quisera dizer.

Não era omeilo, embora fosse parecido: *bombeiro*.

Taylor McAden estava em pé do lado de fora, mantendo a porta parcialmente aberta enquanto falava com alguém ao lado, alguém que Denise não conseguia enxergar. Ela o viu assentir e acenar, rir de novo e depois abrir um pouco mais a porta. Enquanto Taylor terminava sua conversa, Kyle correu para ele. O homem deu um passo para o lado sem prestar atenção e quase caiu sobre o menino antes de recuperar o equilíbrio.

– Opa, desculpe, não vi você – disse instintivamente. – Desculpe.

Ele deu um passo involuntário para trás antes de pestanejar, confuso. Então abriu um sorriso largo que revelou que ele reconhecera o menino e se agachou para ficar no nível dos olhos de Kyle.

– Ah, olá, rapazinho. Como vai?

– Oi, Taior – disse Kyle alegremente.

Sem dizer mais nada, o garoto pôs os braços ao redor do bombeiro como fizera naquela noite no abrigo. Taylor, no início hesitante, cedeu e o abraçou também, parecendo ao mesmo tempo contente e surpreso.

Denise observou em silêncio, perplexa, com a mão sobre a boca. Depois de um longo instante, Kyle finalmente soltou o abraço, permitindo que Taylor chegasse um pouco para trás. Os olhos de Kyle dançavam, como se tivesse reconhecido um amigo que não encontrava fazia tempos.

– Omeilo – disse, empolgado. – Ei econtô cê.

Taylor inclinou a cabeça para o lado.

– O quê?

Denise finalmente despertou e foi na direção dos dois, ainda sem acreditar muito no que vira. Mesmo após um ano de tratamento, Kyle só abraçara sua terapeuta quando a mãe lhe pedira muito. Ao contrário de agora, nunca fora voluntário, e ela não estava certa de como se sentia em relação ao novo e extraordinário vínculo de Kyle. Observar seu filho abraçar um estranho – mesmo sendo uma boa pessoa – lhe provocou sentimentos contraditórios. Bom, mas perigoso. Agradável, mas uma coisa que não deveria se tornar um hábito. Ao mesmo tempo, houve algo no modo natural como Taylor reagira a Kyle – e vice-versa – que fez o gesto não parecer ameaçador. Tudo isso passava pela sua cabeça quando Denise se aproximou e respondeu pelo filho.

– Ele está tentando dizer que você o encontrou – explicou ela.

Taylor olhou para cima e viu Denise pela primeira vez depois do acidente. Por um momento, não conseguiu tirar os olhos dela. Apesar de já tê-la visto, parecia... bem... muito mais bonita do que se lembrava. É claro que ela estava em péssimas condições naquela noite, mas ele não havia pensado em como Denise poderia ser em circunstâncias normais. Não era do tipo glamoroso ou elegante, mas alguém que irradiava uma beleza natural, como se tivesse consciência de ser bonita, mas não passasse o dia inteiro pensando nisso.

– Sim. Ei econtô cê – repetiu Kyle, interrompendo os pensamentos de Taylor.

Kyle assentiu para enfatizar suas palavras, e Taylor ficou grato por ter um motivo para olhar para o garoto de novo. Imaginou se Denise teria adivinhado seus pensamentos.

– Foi mesmo – disse Taylor com a mão ainda no ombro de Kyle –, mas você é que foi corajoso, rapazinho.

Denise o observou conversar com Kyle. Apesar do calor, Taylor usava jeans e botas de trabalho. As botas estavam bastante gastas e cobertas de uma leve camada de lama seca, provavelmente por serem usadas todos os dias havia meses. O couro grosso estava arranhado. A camisa branca de mangas curtas revelava músculos fortes nos braços bronzeados – braços de alguém que trabalhava pesado o dia inteiro. Quando ele se levantou, pareceu mais alto do que Denise se lembrava.

– Desculpe-me por quase derrubar seu filho agora há pouco – disse Taylor. – Não o vi quando entrei. – Ele ficou calado, como se não soubesse como prosseguir, e Denise notou uma timidez inesperada.

– Vi o que aconteceu. Você não teve culpa. Ele se aproximou quase sem fazer barulho. – Ela sorriu. – A propósito, sou Denise Holton. Nós já nos conhecemos, mas não me lembro de muita coisa daquela noite.

Ela estendeu a mão e Taylor a apertou. Denise sentiu os calos em sua palma.

– Taylor McAden – disse ele. – Recebi seu bilhete. Obrigado.

– Omeilo – disse Kyle de novo, dessa vez mais alto do que antes.

O menino entrelaçou as mãos e as torceu quase compulsivamente. Era algo que sempre fazia quando estava empolgado.

– Omeilo gande – disse o menino, enfatizando o *grande*.

Taylor franziu as sobrancelhas e estendeu o braço, pondo a mão no capacete de Kyle de modo amistoso e quase fraternal. A cabeça do garoto se moveu junto com a mão dele.

– Você acha, é?

Kyle fez que sim com a cabeça.

– Gande.

Denise riu.

– Acho que esse é um caso de adoração a um herói.

– Bem, o sentimento é mútuo, rapazinho. Você foi mais herói do que eu.

Kyle estava com os olhos arregalados.

– Gande.

Se Taylor notou que o menino não havia entendido o que ele acabara de dizer, não o demonstrou. Em vez disso, piscou para o garoto. Legal.

Denise pigarreou.

– Não tive a chance de lhe agradecer pessoalmente pelo que fez naquela noite.

Taylor encolheu os ombros. Em algumas pessoas esse gesto teria parecido arrogante, teria dado a entender que se achavam superiores pelo que tinham feito. Mas em Taylor pareceu diferente, como se ele não tivesse pensado muito no assunto.

– Ah, tudo bem – disse ele. – Já me agradeceu no bilhete.

Por um instante nenhum dos dois falou. Enquanto isso, Kyle – como se estivesse entediado – começou a andar na direção do corredor de doces. Os dois o observaram parar no meio do caminho, concentrado nas embalagens coloridas.

– Parece bem – disse Taylor, por fim. – Quero dizer, Kyle. Depois de tudo o que aconteceu, fiquei me perguntando como ele estaria.

Ela seguiu o olhar de Taylor.

– Acho que ele está bem. Só o tempo dirá, imagino, mas neste momento não estou muito preocupada com ele. O médico garantiu que a saúde está boa.

– E quanto a você? – perguntou Taylor.

Ela respondeu automaticamente.

– Tudo igual.

– Não... Estou me referindo aos ferimentos. Estava bastante machucada na última vez que a vi.

– Ah... acho que também estou OK – falou Denise.

– Só OK?

A expressão dela se suavizou.

– Mais do que OK. Ainda estou um pouco dolorida em alguns lugares, mas, de resto, bem. Poderia ter sido pior.

– Que bom. Fico feliz em saber. Também estava preocupado com você.

Houve algo em seu modo tranquilo de falar que fez Denise olhar para ele com mais atenção. Ainda que Taylor não fosse o homem mais bonito que já vira, algo nele chamou sua atenção – uma suavidade, talvez, apesar de seu tamanho; um jeito de olhar firme de quem observa a fundo sem ser ameaçador. Embora Denise tivesse consciência de que isso era impossível, era quase como se ele soubesse quanto a vida dela fora difícil nos últimos anos. Olhando de relance para a mão esquerda de Taylor, notou que não usava aliança.

Então desviou rapidamente o olhar, perguntando-se de onde viera essa ideia. Por que isso importaria? Kyle ainda estava absorto no corredor de doces e prestes a abrir um saco de confeitos quando Denise viu o que ele estava fazendo.

– Kyle... não! – Ela deu rapidamente um passo na direção do filho e depois se virou para Taylor. – Com licença, ele está fazendo bagunça.

Taylor deu um passo curto para trás.

– Tudo bem.

Enquanto ela se afastava, Taylor não pôde evitar observá-la. O rosto bonito e quase misterioso acentuado pelas maçãs do rosto salientes e pelos olhos exóticos, cabelos escuros compridos presos em um rabo de cavalo frouxo que passava dos ombros, um corpo atraente realçado pelos shorts e pela blusa...

– Kyle, largue isso. Já compramos balas.

Antes que Denise o pegasse olhando para ela, Taylor balançou a cabeça e virou o rosto para o outro lado, perguntando-se de novo como sua beleza passara despercebida naquela noite. Um momento depois, Denise estava de novo na frente dele, agora com Kyle ao lado. O garoto tinha a expressão aborrecida de quem fora pego com a mão na massa.

– Sinto muito. Ele sabe que não deve fazer isso – disse ela, desculpando-se.

– Estou certo disso, mas as crianças sempre testam os limites.

– Você parece falar por experiência.

Ele sorriu.

– Não, não. Só a experiência da minha infância mesmo. Não tenho filhos.

Houve uma pausa embaraçosa antes que Taylor voltasse a falar.

– Bem, imagino que tenha vindo até o centro para resolver algumas coisas...

Taylor sabia que isso era conversa fiada, vazia, mas por algum motivo relutava em deixá-la ir.

Denise passou a mão pelo rabo de cavalo em desalinho.

– Sim, precisávamos fazer compras. O armário da cozinha estava ficando vazio. E você?

– Só vim comprar refrigerantes para os rapazes.

– Os bombeiros?

– Não, sou só voluntário lá. Os rapazes que trabalham para mim. Sou empreiteiro. Faço reformas em casas, coisas desse tipo.

Por um instante, Denise ficou confusa.

– Você é bombeiro voluntário? Pensei que isso não existia há décadas.

– Não, aqui existe. Na verdade, acho que existe na maioria das cidades pequenas. Geralmente não há movimento suficiente para justificar uma equipe em tempo integral, por isso eles dependem de pessoas como eu quando surgem emergências.

– Eu não sabia.

A descoberta tornou ainda mais importante o que Taylor fizera por eles, embora Denise não achasse que isso fosse possível.

Kyle ergueu os olhos para a mãe.

– Ei tá fome – disse.

– Está com fome, querido?

– Sim.

– Bem, logo estaremos em casa. Vou fazer um queijo quente quando chegarmos. Que tal?

Kyle assentiu.

– Sim, é bo.

Só que Denise não saiu imediatamente – ou pelo menos não rápido o suficiente para Kyle. Em vez disso, olhou de novo para Taylor. O garoto estendeu o braço e puxou a bainha do short da mãe, e as mãos dela desceram para fazê-lo parar.

– Vam – acrescentou Kyle.

– Estamos indo, querido.

As mãos de Kyle e Denise começaram uma pequena batalha enquanto ela soltava os dedos dele e ele tentava agarrar a bainha de novo. Ela o pegou pela mão para fazê-lo parar.

Taylor pigarreou para conter uma risada.

– Bem, é melhor eu não atrasá-la. Um garoto em idade de crescimento precisa comer.

– Sim, acho que sim.

Ela olhou para Taylor com uma expressão de cansaço conhecida por todas as mães e sentiu um estranho alívio ao perceber que ele não parecia se importar com o fato de Kyle estar se comportando de modo inconveniente.

– Foi um prazer revê-lo – acrescentou Denise e, embora isso de "Oi. Como vai? Que bom. Prazer em vê-lo!" parecesse mecânico aos seus ouvidos, ela torceu para que ele entendesse que estava sendo sincera.

– O prazer foi meu – respondeu Taylor. Ele pôs a mão no capacete de Kyle como fizera antes e o balançou. – E também foi um prazer revê-lo, rapazinho.

O menino acenou com sua mão livre.

– Tchau, Taior – disse, alegremente.

– Tchau.

Taylor sorriu antes de se dirigir aos refrigeradores ao longo da parede para pegar os refrigerantes que fora buscar.

Denise se virou para o balcão, suspirando sozinha. O dono estava absorto na revista *Field and Stream*, com os lábios movendo-se levemente enquanto lia o artigo. Quando Denise ameaçou ir na direção dele, Kyle falou de novo:

– Ei tá fome.

– Eu sei que você está. Já vamos, está bem?

O dono a viu se aproximar, esperou para ver se precisava dele ou se só pegaria suas compras, então pôs sua revista de lado.

Denise apontou para os sacos.

– O senhor se importaria se deixássemos isto aqui por alguns minutos? Temos de arranjar outros tipos de sacolas para pendurar na bicicleta.

Apesar de já estar do outro lado da loja tirando uma embalagem com seis Coca-Colas do refrigerador, Taylor tentou prestar atenção ao que estava acontecendo. Denise continuou:

– Viemos de bicicleta e acho que não conseguirei levar isto tudo para casa. Não vai demorar muito. Voltaremos logo.

A voz dela sumiu em segundo plano e Taylor ouviu o dono responder:

– Ah, é claro, tudo bem. Vou deixar atrás do balcão por enquanto.

Com os refrigerantes na mão, Taylor se dirigiu para a frente da loja. Denise estava conduzindo Kyle para fora, com a mão empurrando gentilmente as costas dele. Taylor deu alguns passos, pensando no que acabara de ouvir, e imediatamente chegou a uma decisão.

– Ei, Denise, espere...

Ela se virou e parou enquanto Taylor se aproximava.

– Aquelas duas bicicletas lá fora são suas?

Denise fez que sim com a cabeça.

– Uhum. Por quê?

– Não pude evitar ouvir o que você estava dizendo e... bem... – Ele parou, aqueles olhos azuis mantendo-a imóvel. – Posso ajudá-la a levar suas compras para casa? Vou passar por lá e ficaria feliz em levar tudo para você.

Enquanto falava, ele apontou para a picape estacionada bem ao lado da porta.

– Ah, não, não precisa...

– Tem certeza? Fica no caminho. Isso vai me tomar no máximo dois minutos.

Embora Denise soubesse que ele estava tentando ser gentil, uma consequência de ter sido criado em uma cidade pequena, não sabia ao certo se deveria aceitar.

Taylor ergueu as mãos, como se percebesse a indecisão dela, tendo um sorriso quase travesso no rosto.

– Não vou roubar nada, juro.

Kyle deu um passo na direção da porta e Denise pôs a mão no ombro do filho para fazê-lo parar.

– Não, não é isso...

Mas então o que era? Tinha vivido sozinha por tanto tempo que já nem sabia aceitar gentilezas? Ou era porque Taylor já fizera muito por ela?

*Aceite. Ele não a está pedindo em casamento nem nada do gênero...*

Denise engoliu em seco, pensando no trajeto: cruzar a cidade e voltar à loja, tendo de transportar todas as compras para casa.

– Se você não tiver que desviar do seu caminho...

Taylor sentiu como se tivesse obtido uma pequena vitória.

– Não, não vou ter que desviar nem um pouco do meu caminho. Só me deixe pagar isto e a ajudarei a carregar suas coisas para a picape.

Ele voltou para o balcão e pôs as Coca-Colas ao lado da caixa registradora.

– Como sabe onde eu moro? – perguntou ela.

Ele olhou por cima do ombro.

– Cidade pequena. Sei onde todos moram.

Mais tarde, ao anoitecer, Melissa, Mitch e Taylor estavam sentados no quintal dos fundos com carne chiando sobre a brasa e os primeiros vestígios do verão alongando-se quase como um sonho. Era um anoitecer lento, com o ar carregado de umidade e calor. O sol amarelo pairava baixo no céu, logo acima dos arbustos, e as folhagens permaneciam imóveis no ar de início da noite.

Mitch preparava a carne e Taylor tomava uma cerveja, a terceira da noite. Sentia um torpor agradável e bebia num ritmo que lhe permitia permanecer assim. Depois de inteirá-los dos últimos acontecimentos – inclusive da busca no pântano –, mencionou que vira Denise de novo e que levara suas compras.

– Eles parecem estar bem – observou Taylor, dando um tapa no mosquito que pousara em sua perna.

Embora ele houvesse falado com toda a inocência, Melissa o olhou com mais atenção e depois se inclinou para a frente na cadeira.

– Então você gostou dela, não é? – disse, sem esconder sua curiosidade.

Antes que Taylor tivesse chance de responder, Mitch interrompeu a conversa.

– O que foi que ele disse? Que gostava dela?

– Eu não falei nada isso – retrucou Taylor de imediato.

– Nem precisava. Deu para ver no seu rosto. Além disso, você não teria levado as compras se não gostasse – argumentou Melissa, depois se virou para o marido: – É, ele gostou dela.

– Você está pondo palavras na minha boca.

Melissa lhe deu um sorriso irônico.

– Então... ela é bonita?

– Que tipo de pergunta é essa?

Melissa se virou para o marido de novo.

– Ele também a acha bonita.

Mitch assentiu, convencido.

– Achei que ele estava um pouco calado quando chegou – comentou ele. – E agora? Vai convidá-la para sair?

Taylor se virou de um para o outro, perguntando-se como a conversa tomara aquele rumo.

– Eu não havia pensado nisso.

– Deveria pensar. Você precisa sair de casa de vez em quando.

– Já fico fora o dia inteiro...

– Você sabe do que eu estou falando – disse Mitch, e piscou para o amigo, divertindo-se com seu desconforto.

Melissa se reclinou em sua cadeira.

– Ele está certo, sabia? O tempo está passando. Você não está mais na flor da idade.

Taylor balançou a cabeça.

– Muito obrigado. Na próxima vez que eu quiser ser maltratado, sei exatamente aonde vir.

Melissa deu uma risadinha.

– Você sabe que só estamos brincando.

– Isso é o seu pedido de desculpas?

– Só se fizer você mudar de ideia e convidá-la para sair.

Melissa subiu e desceu as sobrancelhas de um jeito brincalhão. Mesmo sem querer, Taylor riu. Melissa tinha 34, mas parecia dez anos mais nova – e agia como se fosse. Loura e pequena, sempre tinha uma palavra gentil, era leal com os amigos e nunca parecia ficar ressentida com nada. Os filhos podiam estar brigando, o cachorro podia ter sujado o tapete, o carro podia não ligar – não importava. Minutos depois ela estava bem de novo. Mais de uma vez Taylor dissera a Mitch que ele era um homem de sorte. A resposta do amigo era sempre a mesma: "Eu sei."

Taylor tomou outro gole de sua cerveja.

– Afinal, por que vocês estão tão interessados? – perguntou.

– Porque nós o amamos – respondeu Melissa docemente, como se isso explicasse tudo.

E não entendem por que ainda estou sozinho, pensou Taylor.

– Está certo – disse ele por fim. – Vou pensar no assunto.

– Faz muito bem – emendou Melissa, sem se dar o trabalho de esconder seu entusiasmo.

# 12

No dia seguinte ao encontro com Taylor no mercado, Denise e Kyle passaram a manhã inteira treinando. No final, Denise não achou que o acidente tivesse causado nenhum impacto – negativo ou positivo – no aprendizado do filho. Porém, agora que o verão chegara, o menino parecia se sair melhor nos exercícios antes do meio-dia. Depois disso a casa ficava quente demais para que eles se concentrassem.

Mais cedo, depois do café da manhã, ela havia telefonado para Ray e lhe pedido alguns turnos extras por algum tempo. Para sua alegria, ele consentira. A partir do dia seguinte, trabalharia todas as noites, exceto domingo, em vez de seus quatro turnos semanais. Como sempre, chegaria por volta das sete e iria até meia-noite. Embora ganhasse menos gorjetas chegando mais tarde – já que perdia boa parte do movimento do jantar –, não poderia em sã consciência deixar Kyle sozinho no quarto dos fundos uma hora antes, quando estaria acordado. Chegando mais tarde, podia pô-lo na cama e ele adormecia em minutos.

Denise se pegara pensando em Taylor McAden algumas vezes desde que topara com ele no dia anterior. Como ele prometera, havia deixado as compras na varanda da frente, à sombra do telhado. Denise não chegara em mais de dez ou quinze minutos, de forma que o leite e os ovos ainda estavam resfriados quando ela os guardara na geladeira, sem perigo de estragarem.

Enquanto Taylor carregava os sacos para a picape, também se oferecera para pôr as bicicletas deles na carroceria e lhes dar uma carona, mas Denise não aceitara. O motivo fora mais Kyle do que Taylor – o menino já estava subindo na bicicleta e ela sabia que ele adoraria passear mais com a mãe. Não quis estragar a diversão do filho – até porque pedalar provavelmente se tornaria rotina e a última coisa que ela queria era que Kyle ficasse na expectativa de uma carona toda vez que fossem à cidade.

Ainda assim, parte de Denise desejara aceitar a proposta de Taylor. Tinha experiência o suficiente para saber que ele a achava bonita – o modo como a olhava deixava isso claro, porém não fazia com que ela se sentisse desconfortável, como o olhar de outros homens. Taylor não a avaliava com avidez, sugerindo que uma relação sexual resolvesse tudo. Os olhos dele também não desciam enquanto ela falava – outro problema comum. Era impossível levar um homem a sério quando ele estava vidrado em seus peitos.

Não, havia algo diferente no modo como Taylor a olhava. Em vez de ameaçar, era como se apreciasse e, por mais que ela resistisse à ideia, se sentira não só lisonjeada, como também satisfeita.

É claro que sabia que isso podia ser o modo de Taylor se aproximar das mulheres, uma estratégia aprimorada com o passar do tempo. Alguns homens eram bons nisso. Ela os conhecia e conversava com eles, e todas as suas facetas pareciam indicar que eram diferentes, mais confiáveis. Tinha vivido o suficiente para deparar com muitos assim – e geralmente seu alarme interno disparava. Mas ou Taylor era o melhor ator que já conhecera ou de fato era diferente, porque dessa vez nenhum alerta soara.

Então, qual alternativa ele seria?

Das muitas coisas que ela havia aprendido com a mãe, havia uma que sempre se destacara, a que lhe ocorria quando avaliava os outros. "Na vida você vai conhecer pessoas que sempre lhe dirão as palavras certas nos momentos certos. Mas no final você deve julgá-las é pelas suas ações. São as ações, não as palavras, que importam."

Talvez, pensou consigo mesma, esse fosse o motivo de Taylor tê-la impressionado. Ele já provara ser capaz de atos de heroísmo, mas não era apenas o resgate dramático de Kyle que causara certo... *interesse* nele, se era essa a palavra adequada. Até mesmo canalhas podiam fazer a coisa certa de vez em quando. Não, eram as pequenas coisas que ele fizera enquanto estavam na loja. O modo como oferecera ajuda sem esperar algo em troca... o modo como parecera se importar com ela e o filho... o modo como tratara Kyle...

Principalmente isso.

Embora Denise não quisesse admitir, nos últimos anos passara a julgar as pessoas pelo modo como tratavam seu filho. Lembrava-se de ter feito uma lista mental dos amigos que tentaram se aproximar de Kyle e dos que se mantiveram longe. "Ela se sentou no chão e brincou de montar blocos com ele" – *ela era boa*. "Ela mal notou que ele estava lá" – *ela era má*. A lista de pessoas "más" era muito maior do que a de "boas".

Mas ali estava um homem que por algum motivo estabelecera um vínculo com seu filho e Denise não conseguia parar de pensar nisso. Também não conseguia se esquecer da reação de Kyle a ele. *Oi, Taior...*

Embora Taylor não tivesse entendido tudo o que o garoto dissera – era preciso um pouco de tempo para se acostumar com a dicção dele –, continuara a conversar com ele como se tivesse. Piscara para Kyle, brincara com o capacete dele, abraçara o menino e olhara em seus olhos enquanto falava. Fizera questão de se despedir dele.

Pequenas coisas, mas incrivelmente importantes para ela.

*Ações.*

Taylor tratara Kyle como um garotinho normal.

Por ironia, Denise ainda estava pensando em Taylor quando Judy entrou no cascalho da entrada de carros e estacionou à sombra de uma grande magnólia. Denise acenou lá de dentro quando a viu e deu uma rápida olhada ao redor. Acabara de lavar a louça. A cozinha não era perfeita, mas estava limpa o suficiente, concluiu enquanto ia se encontrar com Judy na porta da frente.

Depois das conversas preliminares – como cada uma estava indo e tudo o mais –, as duas se sentaram na varanda para poderem ficar de olho em Kyle. Ele brincava com seus caminhões perto da cerca, empurrando-os por estradas imaginárias. Logo antes de Judy chegar, Denise o cobrira com uma camada generosa de filtro solar e repelente de insetos, e as loções agiam como cola enquanto ele brincava na terra. Seu short e sua camiseta regata estavam bem sujos e seu rosto parecia não ser lavado fazia uma semana, o que fazia Denise se lembrar das crianças pobres de *As vinhas da ira*, de John Steinbeck.

Na pequena mesa de madeira (*comprada por 3 dólares em um bazar de garagem – outra excelente aquisição da especialista em pechinchas Denise Holton!*) havia dois copos de chá. Ela o preparara naquela manhã de um modo típico do sul: fervera-o acrescentando muito açúcar enquanto ainda estava quente, de modo que dissolvesse por completo, depois o resfriara com gelo, dentro da geladeira. Judy tomou um gole, seus olhos presos em Kyle.

– Sua mãe costumava se sujar assim – comentou ela.

– Minha mãe?

Judy olhou de relance para a outra, sorrindo.

– Não fique tão surpresa. Sua mãe era um moleque quando criança.

Denise pegou seu copo.

– Tem certeza de que estamos falando da mesma mulher? – perguntou ela. – Minha mãe nunca seria capaz de sequer sair para pegar o jornal de manhã sem antes se maquiar.

– Ah, isso aconteceu por volta da época em que ela descobriu os rapazes. Foi quando ela mudou de estilo. Transformou-se praticamente da noite para o dia na quinta-essência da dama do Sul, com luvas brancas e modos impecáveis. Mas não se deixe enganar. Antes disso, sua mãe era mais como Huckleberry Finn.

– Está brincando, não é?

– Não. De verdade. Sua mãe pegava sapos, xingava como um pescador de camarões que havia perdido sua rede e chegou a se meter em algumas brigas com garotos para mostrar quanto era durona. E posso dizer que ela era boa de briga. Enquanto o garoto estava pensando se poderia bater em uma garota, ela lhe dava um soco bem no nariz. Certa vez, os pais da outra criança chamaram o xerife. O pobre menino ficou tão envergonhado que faltou à escola durante uma semana, mas nunca provocou sua mãe de novo. Ela era durona.

Judy piscou, sua mente vagueando entre o presente e o passado. Denise permaneceu em silêncio, esperando que ela continuasse.

– Lembro que costumávamos andar pela beira do rio para catar amoras--pretas. Sua mãe nem mesmo usava sapatos para andar sobre aquelas coisas espinhentas. Tinha os pés mais resistentes que já vi. Passava o verão todo descalça, exceto quando tinha de ir à igreja. Quando chegava setembro, seus pés estavam tão sujos que a mãe dela só conseguia tirar as manchas usando lã de aço e Ajax. Quando as aulas voltavam, ela passava os primeiros dias mancando. Nunca soube se isso era por causa da faxina nos pés ou porque ela perdia o costume de usar sapatos.

Denise riu, sem conseguir acreditar. Era um lado de sua mãe do qual nunca ouvira falar. Judy prosseguiu.

– Eu morava perto daqui, descendo a rua. Conhece a casa de Boyles? A branca com venezianas verdes e um celeiro vermelho grande nos fundos?

Denise fez que sim com a cabeça. Passava por ela a caminho da cidade.

– Bem, eu morava lá quando era pequena. Sua mãe e eu éramos as duas únicas garotas que moravam nessas redondezas, por isso fazíamos quase tudo juntas. Também éramos da mesma idade, então estudávamos as mesmas coisas na escola. Isso foi na década de 1940. Naquela época, havia só uma sala para todas as séries, mas os professores agrupavam os alunos por idade. Sua mãe e eu sempre nos sentamos perto uma da outra. Ela provavelmente foi a melhor amiga que já tive.

Judy pareceu perdida em nostalgia, olhando na direção das árvores distantes.

– Por que ela não manteve contato depois que se mudou? – perguntou Denise. – Quero dizer...

Ela se interrompeu, sem saber como perguntar o que realmente queria saber, e Judy a olhou de esguelha.

– Quer dizer, se éramos tão amigas, por que ela não lhe falou sobre essa amizade?

Denise assentiu, e Judy ordenou seus pensamentos.

– Acho que isso teve a ver principalmente com a mudança. Demorei muito tempo para entender que a distância pode arruinar a melhor das intenções.

– Isso é triste...

– Nem tanto. Acho que depende de como você encara. Para mim... bem, isso apenas acrescenta uma riqueza que de outro modo não se teria. As pessoas vêm e vão. Elas entram e saem da sua vida, quase como personagens em um livro. Quando você finalmente o fecha, os personagens contaram suas histórias e você recomeça outro livro, cheio de novos personagens e aventuras. Então se vê concentrando-se nos novos, não nos do passado.

Denise demorou um instante para falar. Lembrou-se dos amigos que deixara em Atlanta.

– Isso é bastante filosófico – disse afinal.

– Eu sou velha. O que você esperava?

Denise pôs seu copo de chá sobre a mesa e limpou distraidamente a mancha que deixara em seu short.

– Então nunca mais falou com minha mãe? Depois que ela foi embora?

– Ah, nós mantivemos contato durante alguns anos, mas ela estava apaixonada, e quando as mulheres se apaixonam só conseguem pensar nisso. Para começar, foi esse o motivo de ela se mudar de Edenton. Um rapaz, Michael Cunningham. Sua mãe lhe falou sobre ele?

Denise negou, balançando a cabeça, fascinada.

– Não me surpreende. Michael era de certo modo má companhia, não exatamente o tipo de homem de quem você quer se lembrar mais do que o necessário. Ele não tinha a melhor das reputações, se entende o que quero dizer, mas muitas garotas o achavam atraente. Imagino que elas o consideravam excitante e perigoso. A mesma velha história, até hoje. Bem, sua mãe foi atrás dele em Atlanta logo depois de se formar.

– Mas ela me disse que se mudou para lá por causa da faculdade.

– Ah, isso podia ser a desculpa que ela dava a si mesma, mas o verdadeiro motivo foi Michael. Ele tinha certo poder sobre sua mãe, com certeza. Também foi por causa dele que ela não voltou para nos visitar.

– Como assim?

– Bem, a mãe e o pai dela, seus avós, não conseguiam perdoá-la por fugir daquela maneira. Eles viam Michael como ele era e disseram que se ela não retornasse para casa imediatamente não precisava mais voltar. Eles eram tradicionais e tão teimosos quanto se podia ser, mas sua mãe também era. Foi como dois búfalos se encarando, cada um esperando que o outro cedesse. Mas nenhum deles jamais cedeu, mesmo depois que Michael foi trocado por outra pessoa.

– Meu pai?

Judy balançou a cabeça, negando.

– Não... outra pessoa. Seu pai surgiu depois que perdi contato com ela.

– Então não o conheceu?

– Não. Mas me lembro dos seus avós indo ao casamento, um pouco magoados por sua mãe não ter me mandado um convite. Não que eu pudesse ir, é claro. Naquela altura estava casada e, como muitos casais jovens, meu marido e eu tínhamos pouco dinheiro, além de um bebê, então, bem, teria sido impossível.

– Lamento muito por isso.

Judy pôs seu copo de chá sobre a mesa.

– Não há o que lamentar. Não foi culpa sua e, de certo modo, nem dela, ou pelo menos a mulher que eu conheci. Seu pai vinha de uma família muito distinta em Atlanta e, naquele ponto da vida, acho que sua mãe se sentia um pouco envergonhada da própria origem. Não que seu pai se importasse, obviamente, já que se casou com ela. Mas eu me lembro de que seus avós não falaram muito sobre isso depois que voltaram do casamento. Acho que também se sentiram um pouco constrangidos, embora não devessem ter ficado. Eram ótimas pessoas, mas acho que sentiram que não se encaixavam no mundo da filha, mesmo depois da morte do seu pai.

– Isso é terrível.

– É triste, mas, como eu disse, o problema teve dois lados. Seus avós eram teimosos e sua mãe também. Pouco a pouco, eles se distanciaram.

– Eu sabia que minha mãe não era próxima dos meus avós, mas ela nunca me contou nada disso.

– Não, eu não esperava que tivesse contado. Mas, por favor, não pense mal dela. Eu certamente não penso. Sua mãe era tão cheia de vida, tão apaixonada... era empolgante estar perto dela. E tinha o coração de um anjo, tinha mesmo. Foi a pessoa mais doce que já conheci.

Judy se virou para olhar Denise.

– Vejo muito dela em você.

Denise tentou digerir essa nova informação sobre a mãe enquanto Judy tomava outro gole de chá. Então, como se soubesse que havia falado demais, Judy acrescentou:

– Mas olhe para mim, falando sem parar como uma velha senil. Você deve estar pensando que estou a um passo do asilo. Vamos falar um pouco sobre você?

– Sobre mim? Não há muito a dizer.

– Então por que não começa pelo óbvio? Por que se mudou para Edenton?

Denise observou Kyle brincando com seus caminhões e se perguntou o que ele estaria pensando.

– Por alguns motivos.

Judy se inclinou para a frente e sussurrou com ar conspirador:

– Problemas com homens? Estava sendo assediada por um desses loucos que a gente vê na TV?

Denise deu uma risadinha.

– Não, nada tão dramático – disse, depois parou, franzindo levemente as sobrancelhas.

– Se for pessoal demais, não precisa me contar. De qualquer modo, não é da minha conta.

Denise balançou a cabeça.

– Não me importo de falar sobre isso. É só que é muito difícil saber por onde começar.

Judy permaneceu em silêncio, e Denise suspirou, organizando os pensamentos.

– Acho que teve a ver principalmente com Kyle. Eu lhe contei que ele tem um problema de fala, não foi?

Judy fez que sim com a cabeça.

– Contei que problema é?

– Não.

Denise olhou na direção do filho.

– Bem, agora estão dizendo que ele tem dificuldades para processar o som, mais especificamente, um atraso no que diz respeito a decodificar sons e se expressar. Significa que, por algum motivo, ninguém sabe qual, é difícil para ele compreender a linguagem e aprender a falar. Acho que a melhor analogia é com a dislexia, só que, em vez de ter a ver com o processamento de sinais visuais, tem a ver com o processamento de sons. Por alguma razão, todos os sons parecem se misturar, como se ele em um segundo estivesse ouvindo chinês, no outro alemão e no seguinte uma conversa sem sentido. Se o problema está na conexão do ouvido com o cérebro ou dentro do próprio cérebro, ninguém sabe. Mas, no começo, não sabiam ao certo como diagnosticá-lo e, bem...

Denise passou a mão pelos cabelos e olhou para Judy de novo.

– Tem certeza de que quer ouvir tudo isso? É uma longa história.

Judy estendeu o braço e deu um tapinha no joelho de Denise.

– Só se você quiser contar.

A expressão séria de Judy fez Denise de repente se lembrar da mãe. Por mais estranho que fosse, lhe pareceu bom falar sobre o assunto, e ela hesitou apenas por um instante antes de continuar.

– Bem, no início os médicos acharam que ele era surdo. Passei semanas levando Kyle a consultas com audiologistas e otorrinolaringologistas, especialistas em ouvido, nariz e garganta, sabe?, até descobrirem que ele ouvia. Então acharam que era autista. Esse diagnóstico durou cerca de um ano, provavelmente o ano mais estressante da minha vida. Depois veio o transtorno invasivo do desenvolvimento, que é uma espécie de autismo, só que um pouco menos aguda. Esse também durou alguns meses até fazerem outros exames. Então, disseram que era retardado e, para completar, que tinha transtorno do déficit de atenção. Faz só uns nove meses que finalmente chegaram ao diagnóstico atual.

– Deve ter sido muito difícil para você...

– Não pode imaginar quanto. Eles lhe dizem algo horrível sobre seu filho e você passa por todas as etapas: negação, raiva, tristeza e aceitação. Aprende tudo sobre o assunto. Pesquisa, lê e conversa com todos que podem ajudar, até que, justamente quando está pronta para encarar o problema, alguém muda de ideia e começa tudo de novo.

– Onde estava o pai dele durante todo esse tempo?

Denise encolheu os ombros, com uma expressão quase de culpa no rosto.

– O pai não estava por perto. Basta dizer que eu não planejei engravidar. Kyle foi um "ops", se entende o que quero dizer.

Ela fez outra pausa e as duas observaram o garoto em silêncio. Judy não pareceu surpresa ou chocada com a revelação, e sua expressão não deu a entender que julgasse Denise. A mãe do menino pigarreou.

– Depois que Kyle nasceu, tirei uma licença na escola onde dava aulas. Minha mãe tinha morrido e eu queria passar o primeiro ano com o bebê. Mas, quando tudo isso começou a acontecer, não consegui voltar para o trabalho. Eu passava o dia inteiro levando Kyle a médicos, terapias e centros de avaliação, até que finalmente deparei com um programa de tratamento que podia ser feito em casa. Isso tudo não me deixou espaço para um emprego em tempo integral. O *trabalho com Kyle* é em tempo integral. Herdei esta casa, mas não consegui vendê-la e, com o passar dos anos, o dinheiro acabou.

Ela olhou de relance para Judy, com uma expressão de tristeza no rosto.

– Então acho que a resposta para a sua pergunta é que me mudei para cá por necessidade, para poder continuar cuidando de Kyle.

Quando ela terminou, Judy olhou para ela por um instante então lhe deu outro tapinha no joelho.

– Você é uma mãe e tanto. Poucas pessoas fariam esse tipo de sacrifício.

Denise observou o filho brincar na terra.

– Só quero que ele melhore.

– Pelo que você me disse, parece que já vem melhorando. – Judy deixou Denise assimilar aquilo antes de se reclinar na cadeira e prosseguir: – Sabe, eu me lembro de que observava Kyle quando você usava o computador na biblioteca, mas nunca me ocorreu que ele tivesse algum problema. Ele me parecia igual a todos os outros garotinhos lá, exceto pelo fato de provavelmente ser mais bem-comportado.

– Mas ele ainda tem dificuldades para falar.

– Albert Einstein e Edward Teller também tinham e se tornaram os maiores físicos da história.

– Como sabe sobre os problemas de linguagem deles?

Embora Denise soubesse (já lera quase tudo sobre o assunto), ficou surpresa – e impressionada – por Judy também conhecer.

– Ah, você ficaria surpresa com a quantidade de cultura inútil que adquiri ao longo dos anos. Sou como um aspirador de pó para essas coisas, não me pergunte por quê.

– Você deveria tentar ficar rica em algum programa de auditório.

– Eu faria isso, mas esses programas têm uns apresentadores tão bonitos que provavelmente me esqueceria de tudo assim que ele me cumprimentasse. Ia ficar só olhando para o sujeito o tempo todo, tentando descobrir um modo de fazê-lo me beijar, como Richard Dawson fazia no programa dele.

– O que seu marido pensaria se soubesse que você disse isso?

– Tenho certeza de que não se importaria. – A voz dela se tornou um pouco mais séria. – Ele morreu muito tempo atrás.

– Sinto muito – começou a dizer Denise. – Eu não sabia.

– Tudo bem.

No súbito silêncio, Denise mexeu nervosamente as mãos.

– Então... não quis se casar novamente?

Judy balançou a cabeça, negando.

– Não. Eu não tive muito tempo para conhecer alguém. Taylor dava trabalho. Eu mal dava conta dele.

– Nossa, isso me soa familiar. Parece que tudo o que faço é treinar com Kyle e trabalhar no Eights.

– Você trabalha no Eights? Com Ray Toler?

– Uhum. Arranjei o emprego quando me mudei para cá.

– Ray lhe falou sobre os filhos dele?

– Só umas vinte vezes – respondeu Denise.

Dali, a conversa passou rapidamente para o trabalho de Denise e os intermináveis projetos que pareciam ocupar Judy. Fazia algum tempo que Denise não conversava assim com alguém, e ela achou isso uma surpresa reconfortante. Cerca de meia hora depois, Kyle se cansou de brincar com seus caminhões e os levou para a varanda (sem que a mãe tivesse de pedir, Judy não pôde evitar notar), depois foi até Denise. Ele estava com o rosto vermelho de calor e a franja colada na testa.

– Dá caão quei?

– Macarrão com queijo?

– Sim.

– Claro, querido. Vou fazer.

Denise e Judy se levantaram e seguiram para a cozinha, com Kyle deixando pegadas no chão. Ele foi para a mesa e se sentou enquanto a mãe abria o armário.

– Quer almoçar conosco? Posso fazer alguns sanduíches rapidinho também.

Judy olhou para o relógio.

– Eu adoraria, mas não posso. Tenho uma reunião no centro da cidade sobre o festival deste fim de semana. Ainda temos de acertar alguns detalhes de última hora.

Denise estava enchendo a caçarola de água quente e a olhou por cima do ombro.

– Festival?

– Sim, é este fim de semana. É nosso evento anual para fazer todo mundo entrar no clima do verão. Espero que você vá.

Denise pôs a caçarola sobre a boca do fogão e acendeu o fogo.

– Eu não havia pensado nisso.

– Por que não?

– Bem, primeiro porque nem sabia do festival.

– Você anda *realmente* por fora dos eventos.

– Nem me fale.

– Então deveria ir. Kyle adoraria. Tem comida e artesanato, competições, vem um parque de diversões à cidade, sempre há algo de que se goste.

A mente de Denise logo se voltou para os gastos que isso implicaria.

– Não sei se poderemos – finalmente disse, pensando em uma desculpa. – Eu trabalho no sábado à noite.

– Ah, você não precisa ficar muito tempo. Apenas apareça de dia, se quiser. É muito divertido e, se quiser, posso lhe apresentar algumas pessoas da sua idade.

Denise não respondeu de imediato e Judy percebeu sua hesitação.

– Apenas pense nisso, está bem?

Judy pegou sua bolsa no balcão e Denise verificou a água – ainda não estava fervendo – antes de elas andarem na direção da porta da frente e voltarem à varanda.

Denise passou a mão pelos cabelos, afastando algumas mechas soltas que haviam caído sobre o rosto.

– Obrigada por vir. Foi bom conversar com um adulto, para variar.

– Eu gostei muito – disse Judy, inclinando-se para dar um abraço inesperado. – Obrigada por me convidar.

Quando ela se virou para ir embora, Denise se deu conta do que havia se esquecido de mencionar.

– Ah, a propósito, eu não lhe contei que encontrei Taylor por acaso ontem na cidade.

– Eu já sei. Falei com ele na noite passada.

Depois de um instante de silêncio embaraçoso, Judy ajeitou a alça da bolsa.

– Vamos repetir a dose qualquer dia desses, que tal?

– Eu gostaria muito.

Denise observou Judy descer a escada para a entrada de cascalho. Quando ela chegou ao carro, parou para olhá-la de novo.

– Sabe, Taylor vai estar no festival este fim de semana com o restante do corpo de bombeiros – disse Judy casualmente. – O time de *softball* deles joga às três.

– É? – Foi tudo o que Denise conseguiu pensar em dizer.

– Bem, no caso de você aparecer, é lá que eu estarei.

Um segundo depois, Judy abriu a porta do carro. Denise ficou esperando e acenou quando a outra se sentou e ligou o motor, com os leves contornos de um sorriso surgindo em seus lábios.

# 13

— Oi! Não tinha certeza se vocês dois conseguiriam vir! – gritou Judy alegremente.

Era sábado à tarde, um pouco depois das três, quando Denise e Kyle andaram pela arquibancada na direção de Judy, evitando pisar nos outros espectadores.

Não tinha sido muito difícil encontrar a área do jogo de *softball* – era a única com arquibancada no parque e o campo em si era demarcado por uma cerca de correntes baixa. Ao estacionar as bicicletas, Denise não teve dificuldades em encontrar onde Judy estava sentada. A outra acenou ao vê--los: Denise segurava Kyle, fazendo o possível para manter o equilíbrio ao se dirigir aos bancos superiores.

– Oi, Judy... Conseguimos. Eu não sabia que Edenton tinha tantos habitantes. Demoramos um pouco para atravessar a multidão.

As ruas do centro da cidade tinham sido fechadas ao trânsito e estavam cheias de gente. Faixas estendidas, barraquinhas dos dois lados da calçada, pessoas examinando artesanato e entrando e saindo de lojas carregando compras. Perto da loja Cook's, haviam montado uma área só para as crianças. Lá elas podiam fazer seus próprios objetos de artesanato usando cola, pinhas, feltro, isopor, balões e qualquer coisa que as pessoas tivessem doado. Na praça principal, o parque de diversões estava em plena atividade. Denise notou as filas já longas.

Denise e Kyle tinham atravessado a cidade calmamente de bicicleta, ambos apreciando a energia do festival. No lado oposto, o parque estava animado, com comida e jogos. Uma competição de churrasco ocorria em uma área sombreada perto da estrada e havia ainda um grupo vendendo peixe frito para ajudar um hospital infantil. Em todo o espaço restante, pessoas preparavam cachorros-quentes e hambúrgueres em pequenas churrasqueiras para familiares e amigos.

Judy chegou para o lado para abrir espaço e Kyle se acomodou entre as duas mulheres. Ao fazer isso, se inclinou para Judy quase galanteadoramente e riu como se achasse engraçado. Então se acomodou e pegou um dos aviões de brinquedo que trouxera. Denise havia insistido em que os pusesse nos bolsos antes de sair de casa. Não tivera a pretensão de achar que poderia explicar o jogo para ele o suficiente para mantê-lo interessado, e queria que Kyle tivesse algo com que brincar.

– Ah, vêm pessoas de todos os lugares para o festival – explicou Judy. – Ele atrai gente de todo o condado. É uma das poucas ocasiões em que as pessoas podem ter certeza de que encontrarão amigos que não veem há algum tempo, e é um ótimo modo de todos porem as novidades em dia.

– Parece mesmo.

Judy cutucou as costelas de Kyle.

– Oi, Kyle. Como vai?

Com uma expressão séria, Kyle apertou o queixo contra o peito antes de erguer seu brinquedo e exibi-lo.

– Vião – disse, entusiasmado, certificando-se de que Judy poderia vê-lo.

Embora Denise soubesse que esse era o modo de o filho tentar se comunicar em um nível que ele entendia – algo que fazia com frequência–, ela o incentivou a responder corretamente.

– Kyle, diga "Vou bem, obrigado" – pediu, dando-lhe um tapinha de leve no ombro.

– Vo be, obgado.

Ele balançou a cabeça para a frente e para trás ao ritmo das sílabas e depois voltou a prestar atenção no brinquedo. Denise pôs o braço ao redor do filho e apontou com a cabeça para o campo.

– Então para quem exatamente estamos torcendo?

– Na verdade, qualquer um dos times. Taylor está no campo agora na terceira base do time vermelho, o Voluntários de Chowan. É o time do corpo de bombeiros. O time azul é o Força de Chowan. É o time da polícia, dos xerifes e dos policiais estaduais. Eles fazem jogos beneficentes todos os anos. A equipe perdedora tem de doar 500 dólares para a biblioteca.

– De quem foi essa ideia? – perguntou Denise intencionalmente.

– Minha, é claro.

– Então a biblioteca ganha de qualquer jeito?

– Esse é o ponto principal – confirmou Judy. – Mas na verdade os rapazes levam isso muito a sério. Há muitos egos em jogo lá. Você sabe como são os homens.

– Como está o placar?

– Quatro a dois para o corpo de bombeiros.

No campo, Denise viu Taylor pronto para receber a bola, semiagachado, batendo distraidamente na mão enluvada. O arremessador lançou uma bola bem alta e o batedor a golpeou com perfeição, direcionando-a para o campo central. Ela pousou a salvo – um corredor da terceira base chegou à primeira, marcando um ponto.

– Foi Carl Huddle quem acabou de fazer isso?

– Sim, Carl é um dos melhores jogadores. Ele e Taylor jogavam juntos no colégio.

Durante a hora seguinte, as duas assistiram ao jogo, falando sobre Edenton e torcendo para os dois times. O jogo estava apenas na sétima entrada e, na verdade, seguia mais empolgante do que Denise achara possível: muitos pontos marcados e nem de longe tantas bolas perdidas quanto ela esperara. No início Taylor fizera uma série de jogadas tendo por estratégia eliminar os corredores, mas a maior parte do jogo foi dos rebatedores e a liderança se alternava a cada entrada. Quase todos os jogadores conseguiram atirar a bola para o campo externo, dando muito trabalho a quem estava na posição. Denise notou que os homens do campo externo tendiam a ser bem mais jovens – e a suar muito mais – do que os do campo interno.

Contudo, Kyle se entediara com o jogo após apenas uma entrada e começara a brincar na arquibancada, sob ela, ou subindo e pulando, ou correndo de um lado para o outro. Com tantas pessoas ao redor, aquilo deixou Denise nervosa, com medo de perdê-lo de vista, e mais de uma vez ela se levantou para procurá-lo.

Sempre que fazia isso, Taylor olhava em sua direção. Vira-a chegar segurando Kyle pela mão e andando devagar enquanto examinava a arquibancada, sem notar que os homens viravam suas cabeças quando passava por eles. Mas Taylor os vira olhando, admirando-a: sua blusa branca dentro do short preto, as longas pernas com sandálias combinando e os cabelos escuros abaixo do ombro agitados pelo vento. E por um motivo que ele não entendeu bem, invejou a mãe por ser ela – não ele – a pessoa a sentar com Denise.

A presença dela o distraía, e não só porque ficava pensando nas coisas que Melissa dissera. A arquibancada onde ela estava sentada ficava entre a base principal e a primeira base e a posição dele na terceira tornava impossível não vê-la. Ainda assim, não conseguia parar de olhar na direção de Denise, como se para se certificar de que ela não tinha ido embora. Sempre que fazia isso, ele se censurava, perguntando-se que diferença fazia, mas se pegava repetindo o gesto um instante depois. Até que uma vez o olhar dele se demorou um pouco mais, e Denise acenou.

Taylor respondeu com um aceno e um sorriso constrangido, depois desviou o olhar, perguntando-se por que, do nada, começara a se sentir como um adolescente de novo.

– É ela, não é? – perguntou Mitch enquanto eles estavam sentados no banco de reservas no intervalo.
– Quem?
– Denise, a que está sentada com sua mãe.
– Nem notei – disse Taylor, girando distraidamente seu taco e fazendo o possível para parecer desinteressado.
– Você tinha razão – disse Mitch.
– Sobre o quê?
– Ela é bonita.
– Eu não disse isso. Melissa é que disse.
– Ah – disse Mitch –, certo.
Taylor voltou sua atenção para o jogo e Mitch seguiu os olhos dele.
– Então por que estava olhando para ela? – finalmente perguntou.
– Eu não estava olhando para ela.
– Ah – disse Mitch de novo, assentindo com a cabeça.
Ele nem tentou esconder o sorriso.

Na sétima entrada, com o placar em 14-12, o time dos Voluntários estava perdendo enquanto Taylor esperava sua vez de bater. Kyle tinha feito um intervalo em suas atividades e estava em pé perto da cerca quando viu Taylor ensaiando seus giros.

– Oi, Taior – disse alegremente, como fizera quando o viu no Merchants. Taylor se virou ao som da sua voz e se aproximou da cerca.

– Oi, Kyle. Que bom ver você. Como vai?

– Ei é omeilo – disse Kyle, apontando para Taylor.

– Sou mesmo. Está se divertindo com o jogo?

Em vez de responder, Kyle ergueu seu avião para que Taylor o visse.

– O que é isso aí, rapazinho?

– Vião.

– Tem razão. É um belo avião.

– Ce pó gurá ei.

Kyle lhe estendeu o avião e Taylor hesitou antes de pegá-lo. Ele o examinou enquanto Kyle o observava, com um olhar orgulhoso em seu rostinho. Por cima do ombro, Taylor ouviu seu nome sendo chamado para a base principal.

– Obrigado por me mostrar seu avião. Você o quer de volta?

– Ce pó gurá ei – repetiu Kyle.

Taylor ponderou por um segundo até responder:

– Está bem, ele será meu talismã da sorte. Eu o devolverei logo.

Ele se assegurou de que Kyle o visse pôr o avião em seu bolso, e Kyle entrelaçou e torceu as mãos.

– Assim está bem? – perguntou Taylor.

Kyle não respondeu, mas pareceu concordar.

Taylor esperou para se certificar disso e então correu para a base principal. Denise apontou com a cabeça na direção de Kyle. Tanto ela quanto Judy tinham visto o que acabara de acontecer.

– Acho que Kyle gosta do Taylor – disse Denise.

– Acho que o sentimento é recíproco – respondeu Judy.

No segundo arremesso, Taylor lançou a bola para a direita – ele bateu de esquerda – e partiu em uma volta completa na direção da primeira base enquanto dois outros em posição de pontuar contornavam as bases. A bola quicou três vezes no chão antes que o defensor pudesse alcançá-la, e ele se desequilibrou ao jogá-la. Taylor contornou rápido a segunda base, esforçando-se, pensando se deveria tentar chegar à principal. Mas seu bom senso acabou vencendo e a bola voltou o campo interno justamente quando ele chegava à terceira base, validando o lance. Dois corredores haviam marcado, o jogo estava empatado e Taylor marcou um ponto quando o jogador seguinte bateu. A caminho do abrigo para jogadores, ele entregou o avião para Kyle, com um grande sorriso no rosto.

– Eu lhe disse que ele me daria sorte, rapazinho. É um bom avião.

– É, é bom vião.

Esse teria sido o modo perfeito de terminar o jogo, mas, infelizmente, não era para ser. No fim da sétima entrada os jogadores do Força marcaram o *home run* vencedor quando Carl Huddle fez uma bela jogada.

Depois que o jogo terminou, Denise e Judy desceram da arquibancada com o resto da multidão, prontas para se dirigirem ao parque, onde comida e bebida as esperavam. Judy apontou para onde elas se sentariam.

– Já estou atrasada – explicou Judy. – Eu devia estar ajudando na organização. Posso encontrar você lá?

– É claro. Estarei lá em alguns minutos. Primeiro tenho de buscar Kyle.

O menino ainda estava em pé perto da cerca, observando Taylor pegar seu equipamento no banco de reservas, quando Denise se aproximou dele. Ele não se virou, mesmo depois de a mãe chamá-lo, e ela teve de lhe dar um tapinha no ombro.

– Kyle, vamos – disse Denise.

– Não – respondeu ele, balançando a cabeça.

– O jogo terminou.

Kyle ergueu os olhos para ela, uma expressão preocupada no rosto.

– Não, ei não é.

– Kyle, você prefere ir brincar?

– Ei não é – repetiu Kyle, agora fazendo careta e falando um pouco mais baixo.

Denise sabia exatamente o que isso significava – era um dos modos de ele revelar frustração com sua incapacidade de se comunicar. Também era o primeiro passo para um autêntico, longo e arrasador festival de gritos. E, puxa vida, como Kyle gritava.

É claro que todas as crianças tinham explosões de raiva de vez em quando, e Denise não esperava que Kyle fosse perfeito. Mas, no caso de Kyle, as explosões às vezes aconteciam por ele não conseguir falar bem o suficiente para ser compreendido. Ele ficava furioso com a mãe por não entendê-lo, Denise ficava zangada porque ele não conseguia dizer o que queria e daí para a frente a coisa toda degringolava.

Mas piores ainda eram os sentimentos que esses incidentes provocavam. Quando eles ocorriam, lembravam a Denise que seu filho tinha um sério problema e, apesar de ela saber que a culpa não era dele e que gritar em resposta era errado, quando a explosão de raiva durava muito tempo, às vezes se via berrando com o filho do mesmo modo irracional que ele gritava com ela. *É tão difícil assim dizermos algumas palavras juntos? Por que você não consegue? Por que não é como todas as outras crianças? Por que não pode ser normal, pelo amor de Deus?*

Depois, quando as coisas se acalmavam, ela se sentia péssima. Como podia dizer essas coisas para ele? Como podia ao menos *pensar* nelas? Nunca conseguia dormir depois e ficava olhando para o teto durante horas, acreditando piamente ser a pior mãe do mundo.

Mais do que tudo, não queria que isso acontecesse ali. Controlou-se, jurando não erguer a voz.

*OK, comece com o que você sabe... Não se apresse... Ele está fazendo o melhor que pode...*

– Ele não é – disse Denise, repetindo as palavras de Kyle.

– Sim.

Denise segurou gentilmente o braço do filho, prevendo o que poderia acontecer. Queria mantê-lo focado.

– Kyle, ele não é o quê?

– Não... – As palavras saíram como um lamento, e um ronco baixo veio de sua garganta. Ele tentou se soltar.

*Definitivamente à beira de um festival de gritos.*

Denise tentou de novo com coisas que sabia que ele entendia.

– Quer ir para casa?

– Não.

– Está cansado?

– Não.

– Está com fome?

– Não.

– Kyle...

– Não! – disse ele, balançando a cabeça e interrompendo-a.

Agora estava zangado, com as bochechas ficando vermelhas.

– Ele não é o quê? – perguntou ela com o máximo de paciência possível.

– Ei não é...

– Ele não é o quê? – repetiu Denise.

Kyle balançou a cabeça de frustração, tentando encontrar as palavras.

– Ei não é... Kye – finalmente disse.

Agora Denise estava perdida.

– Você não é Kyle?

– Sim.

– Você não é Kyle – repetiu ela, dessa vez como uma afirmação.

Aprendera que a repetição era importante. Algo que fazia para descobrir se eles estavam em sintonia.

– Sim.

*Como assim?*

Denise pensou sobre isso, tentando entendê-lo, antes de se concentrar no filho de novo.

– Qual é seu nome? É Kyle?

Ele balançou a cabeça.

– Ei não é Kye. É rapzim.

Ela pensou sobre isso de novo, certificando-se de que havia entendido o que ele dissera.

– Rapazinho? – perguntou.

Kyle fez que sim com a cabeça, triunfante, e sorriu, sua raiva desaparecendo tão rápido quanto surgira.

– É rapzim – repetiu Kyle, e tudo o que Denise pôde fazer foi olhar para ele.

Rapazinho. Ah, meu Deus, quanto tempo *isto* ia durar?

Naquele momento Taylor se aproximou deles, com o saco de equipamento pendurado no ombro.

– Oi, Denise, como vai?

Taylor tirou o boné e enxugou a testa com as costas da mão.

Denise voltou sua atenção para ele, ainda confusa.

– Não sei exatamente – respondeu com sinceridade.

Os três começaram a atravessar o parque juntos e Denise contou para Taylor sua conversa com o filho. Quando terminou, acariciou as costas do menino.

– Rapazinho, é?

– Sim. Rapzim – respondeu Kyle com orgulho.

– Não o encoraje – disse Denise, balançando a cabeça com tristeza.

Taylor pareceu achar a coisa toda muito divertida e não se deu o trabalho de esconder isso. Kyle, por outro lado, olhava para Taylor como se ele fosse uma das sete maravilhas do mundo.

– Mas ele é um rapazinho – disse Taylor em defesa de Kyle. – Não é?

Kyle fez que sim com a cabeça, feliz por ter alguém do seu lado. Taylor abriu o zíper do saco de equipamento, tirou de dentro uma velha bola de beisebol e a entregou para Kyle.

– Você gosta de beisebol? – perguntou.

– É ua bóua – respondeu Kyle.

– Não é apenas uma bola. É uma bola de beisebol – disse Taylor seriamente.

O garoto pensou sobre isso.

– Sim – sussurrou. – É ua bóua beibou.

Kyle segurou firme a bola em sua pequena mão e pareceu estudá-la, como se procurasse um segredo que só ele podia entender. Então, erguendo os olhos, viu um escorrega ao longe, e de repente isso teve prioridade sobre tudo o mais.

– Ei qué coê – disse Kyle, olhando ansiosamente para a mãe. – Lá. – Ele apontou para onde queria ir.

– Diga "*Eu* quero correr".

– Ei qué coê – disse ele baixinho.

– Está bem, pode ir – disse ela. – Só não vá muito longe.

Kyle disparou para o parquinho, como um feixe de energia incontida. Felizmente a área ficava perto das mesas onde eles se sentariam – Judy escolhera o lugar por esse motivo, já que quase todos os participantes do jogo tinham levado os filhos com eles. Denise e Taylor observaram Kyle enquanto ele corria.

– Ele é um garoto bonito – disse Taylor com um sorriso.

– Obrigada. É um bom menino.

– Isso de rapazinho não é realmente um problema, é?

– Não deveria ser... Alguns meses atrás, ele passou por uma fase em que fingia ser Godzilla. Não respondia a mais nada.

– Godzilla?

– Sim, é engraçado quando você pensa nisso agora que passou. Mas na época, nossa! Lembro que certa vez estávamos numa loja e Kyle desapareceu. Fiquei andando pelos corredores chamando por Godzilla, e você não acreditaria nos olhares que as pessoas me lançaram. Quando ele voltou, uma mulher me olhou como se eu fosse uma alienígena. Eu sabia que ela estava se perguntando que tipo de mãe chamaria o filho de Godzilla.

Taylor riu.

– Essa é ótima.

– Sim, bem...

Ela revirou os olhos, transmitindo uma mistura de contentamento e exasperação. Então seus olhares se encontraram e se fixaram por apenas um instante antes de ambos os desviarem. Eles caminharam em silêncio, exatamente como qualquer um dos outros jovens casais no parque.

Contudo, Taylor ainda olhava pelo canto do olho para ela.

Denise resplandecia à luz do sol quente de junho. Ele notou que seus olhos eram da cor de jade, exóticos e misteriosos. Ela era mais baixa do que ele – calculava que tivesse pouco menos de 1,70 metro – e andava com a graça e a naturalidade das pessoas que estavam seguras de seu lugar no mundo. Mais do que isso, percebeu a inteligência dela no modo paciente como lidava com o filho e, acima de tudo, como o amava. Para Taylor, essas eram as coisas que realmente importavam.

Ele soube que afinal de contas Melissa estivera certa.

– Você jogou bem – disse Denise, interrompendo os pensamentos de Taylor.

– Mas nós não ganhamos.

– Mas você jogou bem. Isso conta.

– Sim, bem, nós não ganhamos.

– É bem típico dos homens dizer isso. Espero que Kyle não fique assim.

– Mas ele vai ficar. Não tem como evitar. Está nos nossos genes.

Denise riu e eles deram alguns passos em silêncio.

– Então, por que você se envolveu com o corpo de bombeiros? – perguntou ela.

A pergunta trouxe à mente de Taylor a imagem do pai. Ele engoliu em seco, forçando-se a afastar esse pensamento.

– Era só algo que eu queria fazer desde criança – respondeu.

Embora Denise tivesse notado uma ligeira mudança no tom, sua expressão pareceu neutra enquanto ele examinava a multidão a distância.

– Como isso funciona? Quero dizer, quando você é um voluntário. Eles simplesmente lhe telefonam quando há uma emergência?

Ele encolheu os ombros, por algum motivo aliviado.

– Basicamente, sim.

– Foi assim que você encontrou meu carro naquela noite? Alguém lhe telefonou?

Taylor balançou a cabeça.

– Não, foi apenas sorte. Todos no corpo de bombeiros tinham sido chamados mais cedo por causa da tempestade. Já havia postes de energia caídos nas estradas e eu estava instalando sinalizadores de advertência para que as pessoas conseguissem parar a tempo. Por acaso deparei com seu carro e parei para ver o que estava errado.

– E lá estava eu – disse ela.

Ao ouvir isso, ele parou e a olhou nos olhos, os dele da mesma cor do céu.

– E lá estava você.

As mesas tinham comida suficiente para alimentar um pequeno exército, o que equivalia ao número de pessoas andando na área.

Do lado das churrasqueiras onde hambúrgueres e salsichas eram preparados, havia quatro grandes caixas de isopor cheias de gelo e cerveja. Quando eles se aproximaram, Taylor atirou seu saco de equipamento para um lado, sobre outros, e pegou uma bebida. Ainda curvado, ergueu uma lata de cerveja light.

– Quer uma?

– Claro, se tiver bastante.

– Tem. Se bebermos tudo o que há nessas caixas, é melhor que nada aconteça na cidade esta noite. Ninguém conseguiria atender.

Ele lhe entregou a lata e Denise a abriu. Nunca fora de beber muito, mesmo antes de Kyle, mas a cerveja era refrescante em um dia tão quente.

Taylor tomou um grande gole justamente quando Judy os avistou. Ela pôs uma pilha de pratos de papel no centro de uma das mesas e foi ao encontro deles.

Deu um rápido abraço em Taylor.

– Lamento que seu time tenha perdido – disse em tom de brincadeira. Mas agora vocês me devem 500 dólares.

– Obrigado pelo apoio moral.

Judy riu.

– Ah, você sabe que eu só estou brincando. – Ela o abraçou de novo antes de voltar sua atenção para Denise. – Bem, agora que você está aqui, posso apresentá-la às pessoas?

– É claro, mas primeiro me deixe ver como Kyle está.

– Ele está bem. Eu o vi quando cheguei. Está brincando no escorrega.

Como um radar, Denise conseguiu localizá-lo quase imediatamente. Ele de fato brincava, mas parecia estar com calor. Mesmo de longe, dava para ver como o rosto dele estava vermelho.

– Hum... será que posso pegar alguma coisa para ele beber? Um refrigerante ou algo assim?

– É claro. Do que ele gosta? Temos Coca-Cola, Sprite, refresco...

– Sprite.

Pelo canto do olho, Taylor viu Melissa e Kim – a esposa de Carl Huddle, que estava grávida – vindo cumprimentá-los. Melissa tinha a mesma expressão triunfante que exibira no jantar. Sem dúvida os vira andando juntos.

– Deixe que eu levo para ele – pediu Taylor rapidamente, sem querer enfrentar o olhar exultante de Melissa. – Acho que tem gente vindo aqui para dar um olá.

– Tem certeza? – perguntou Denise.

– Toda – respondeu. – Levo a lata ou ele prefere copo?

– Um copo.

Taylor tomou outro gole de cerveja enquanto se dirigia à mesa para preparar a bebida de Kyle. Escapou por um triz de Melissa e Kim.

Judy apresentou Denise e, depois de conversarem por alguns minutos, elas a levaram para ser apresentada a outras pessoas.

Embora Denise nunca tivesse se sentido à vontade com estranhos, nesse caso não foi tão difícil quanto imaginava. O ambiente informal – crianças correndo de um lado para outro, todos com roupas de verão, pessoas rindo e fazendo piadas – tornou fácil para ela relaxar. Aquilo parecia uma reunião onde todos eram bem-vindos.

Nos cerca de trinta minutos seguintes, Denise conheceu algumas dúzias de pessoas e, como Judy mencionara, quase todas tinham filhos. Eram muitos nomes – os das próprias pessoas e os de seus filhos –, de forma que seria impossível para Denise se lembrar de todos, embora se esforçasse para não se esquecer pelo menos daquelas que pareciam estar na sua faixa etária.

O almoço das crianças veio a seguir e, depois que os cachorros-quentes ficaram prontos, elas surgiram de todos os lugares, correndo para as mesas.

Kyle, é claro, não foi para a mesa com o restante das crianças, mas, estranhamente, Denise também não viu Taylor. Não o tinha visto desde que ele fora para o parquinho. Examinou a multidão, perguntando a si mesma se ele voltara sem ser notado. Não o encontrou.

Curiosa, olhou na direção do parquinho, e foi então que viu os dois a apenas alguns metros um do outro. Quando Denise percebeu o que eles estavam fazendo, prendeu a respiração.

Quase não acreditou. Fechou os olhos por um longo momento e depois os abriu de novo.

Paralisada, viu Taylor arremessar gentilmente a bola de beisebol na direção de Kyle. O menino estava em pé com os dois braços estendidos, os antebraços juntos. Ele não moveu um músculo enquanto a bola voava. Mas, como em um passe de mágica, a bola caiu diretamente em suas pequeninas mãos.

Tudo o que ela pôde fazer foi olhar, maravilhada.

Taylor McAden estava jogando bola com seu filho.

O último arremesso de Kyle saiu errado – como muitos antes dele – e Taylor tentou inutilmente pegar a bola que passou por ele e por fim caiu na relva curta. Ao ir pegá-la, viu Denise aproximando-se.

– Ah, oi – disse casualmente. – Estávamos jogando – comentou ele, pegando a bola no chão.

– Vocês estavam jogando esse tempo todo? – perguntou Denise, ainda incapaz de esconder seu espanto.

Kyle nunca quisera jogar bola. Ela havia insistido muitas vezes em fazê-lo se interessar por isso, mas ele nunca nem ao menos tentara. Porém, sua surpresa não estava limitada a Kyle, tinha a ver também com Taylor. Era a primeira vez que alguém se dava o trabalho de ensinar algo novo ao garoto, algo que as outras crianças faziam.

Ele estava brincando com Kyle. Ninguém fazia isso.

Taylor assentiu.

– Praticamente. Ele parece gostar disso.

Ao mesmo tempo, Kyle a viu e acenou.

– Oiê, mã! – gritou ele.

– Está se divertindo? – perguntou ela.

– Ei joga – disse Kyle, empolgado.

Denise não pôde evitar sorrir.

– Eu vi. Foi um bom arremesso.

– Ei joga – repetiu Kyle, concordando com ela.

Taylor ergueu a aba de seu boné.

– Às vezes ele tem um braço e tanto – disse, como que explicando por que não conseguira pegar o arremesso de Kyle.

Denise só pôde olhar para ele.

– Como conseguiu que ele fizesse isso?

– O quê? Jogar bola? – Taylor encolheu os ombros, ignorante do tamanho de seu feito. – Na verdade, a ideia foi dele. Depois que terminou o refrigerante, ele arremessou uma bola para mim. Quase me atingiu na cabeça. Então a joguei de volta e lhe dei algumas instruções sobre como pegá-la. Ele aprendeu bem rápido.

– Joga! – gritou Kyle, impaciente, com os braços estendidos de novo.

Taylor olhou para ela para ver se concordava.

– Vá em frente – disse Denise. – Preciso ver isso de novo.

Ele assumiu sua posição a alguns metros de Kyle.

– Está pronto? – perguntou.

O garoto, muito concentrado, não respondeu. Denise cruzou os braços, nervosa pela expectativa.

– Lá vai – avisou Taylor, arremessando a bola.

Ela atingiu Kyle no pulso e quicou para o peito dele como uma bola de fliperama, antes de cair no chão. O menino imediatamente a pegou, apontou-a para Taylor e depois a arremessou de volta. Dessa vez a bola atingiu o alvo e o bombeiro conseguiu pegá-la sem se mover.

– Boa! – incentivou Taylor.

A bola foi arremessada de um lado para o outro mais algumas vezes até Denise finalmente se manifestar.

– Está pronto para um intervalo? – perguntou ela.

– Só se ele estiver – respondeu Taylor.

– Ah, ele continuaria jogando por algum tempo. Quando encontra algo de que gosta, não costuma largar.

– Eu notei.

– Está bem, querido, a última! – gritou Denise para Kyle.

O menino sabia o que aquilo significava e olhou a bola com cuidado antes de arremessá-la. Ela foi para a direita e mais uma vez Taylor não conseguiu pegá-la. A bola parou perto de Denise, que a apanhou enquanto Kyle começava a ir na direção dela.

– Simples assim? Sem discussões? – perguntou Taylor, impressionado com a tranquilidade de Kyle.

– Ele é muito bonzinho com esse tipo de coisa.

Quando o menino a alcançou, Denise o pegou no colo e lhe deu um abraço.

– Você jogou bem.

– Sim – disse ele alegremente.

– Quer brincar no escorrega? – sugeriu ela.

Kyle assentiu e ela o pôs no chão. Ele imediatamente se virou e foi para o parquinho.

Quando ficaram a sós, Denise olhou para Taylor.

– Foi muito gentil da sua parte, mas não precisava ficar tanto tempo aqui com ele.

– Sei que não. Eu quis ficar. Ele é muito divertido.

Ela sorriu, grata, pensando em quão raramente ouvia alguém dizer isso do seu filho.

– A comida está pronta, se quiser alguma coisa – avisou ela.

– Ainda não estou com fome, mas gostaria de terminar minha cerveja, se não se importa.

A lata estava sobre o banco, perto do limite do parquinho, e Taylor e Denise andaram naquela direção. Ele a pegou e tomou um grande gole. Pelo ângulo da lata, Denise percebeu que ele mal conseguira tocar nela. Viu o suor escorrendo pelo rosto de Taylor. Seus cabelos escuros saíam de baixo do boné, curvando-se levemente, e sua camisa colara no peito. O filho dela o mantivera ocupado.

– Gostaria de se sentar por um minuto? – perguntou ele.

– É claro.

Enquanto isso, Kyle tinha voltado sua atenção do escorrega para o trepa-trepa. Ele subiu, estendeu os braços o mais alto que pôde e depois começou a passar pelas barras.

– Mã, oie! – gritou subitamente.

Denise se virou e viu Kyle pular do trepa-trepa, de uma altura de cerca de um metro, e cair com um baque. Ele se levantou rapidamente e tirou a terra dos joelhos, com um sorriso largo no rosto.

– Tenha cuidado, está bem? – gritou ela.

– Ei pulô – respondeu Kyle.

– Sim, você pulou.

– Ei pulô – repetiu Kyle.

Enquanto Denise prestava atenção ao filho, Taylor pôde ver o peito dela subindo e descendo a cada respiração e a observou cruzar as pernas. Por algum motivo, o movimento pareceu sensual.

Quando Denise se virou de novo para ele, Taylor se assegurou de manter a conversa em terreno seguro.

– Então, teve chance de conhecer todo mundo? – perguntou.

– Acho que sim – respondeu Denise. – Parecem ser boas pessoas.

– São. Conheço a maioria desde criança.

– Também gostei da sua mãe. Ultimamente ela tem sido uma verdadeira amiga.

– Ela é um doce.

Eles continuaram a observar Kyle enquanto o garoto ia de brinquedo em brinquedo no parquinho, escorregando, subindo, pulando e rastejando. Parecia ter reservado uma fonte de energia inexplorada para algo assim. Apesar do calor e da umidade, nunca desacelerava.

– Acho que agora estou pronto para um hambúrguer – disse Taylor. – Você já deve ter comido, não?

Denise olhou para o relógio.

– Na verdade não, mas não podemos ficar. Tenho de trabalhar esta noite.

– Já vai embora?

– Daqui a alguns minutos. São quase cinco horas e ainda preciso dar comida ao Kyle e me arrumar para o trabalho.

– Ele pode comer aqui. Há muita comida.

– Kyle não gosta de cachorros-quentes ou batatas fritas. Ele é enjoado para comer.

Taylor assentiu. Por um longo momento, pareceu perdido em pensamentos.

– Posso lhe dar uma carona para casa? – perguntou.

– Nós viemos de bicicleta.

Taylor fez que sim com a cabeça.

– Eu sei.

Assim que ele disse isso, Denise compreendeu que aquele era um momento decisivo para ambos. Ela não precisava da carona, e ele sabia disso; oferecera-a apesar de ter amigos e comida à sua espera a apenas alguns passos de distância. Era óbvio que queria que ela dissesse sim; sua expressão deixava isso claro. Diferente de sua oferta de levar as compras até a casa dela, dessa vez Denise entendia que a proposta tinha menos a ver com ser um homem gentil do que com o que poderia acontecer entre eles.

Teria sido fácil dizer não. A vida dela já era complicada o bastante – precisava acrescentar algo mais à mistura? A mente de Denise lhe dizia que ela não tinha tempo, que não seria uma boa ideia, que mal o conhecia. Os pensamentos vinham em rápida sucessão, todos fazendo sentido, mas, apesar disso, ela se surpreendeu dizendo:

– Seria muito bom.

A resposta também pareceu surpreendê-lo. Ele tomou outro gole de cerveja e depois assentiu sem dizer uma só palavra. Foi então que Denise notou nele a mesma timidez que vira no mercado e subitamente admitiu o que negara para si mesma o tempo todo.

Não fora ao festival para se encontrar com Judy e tampouco para conhecer pessoas.

Fora para ver Taylor McAden.

Mitch e Melissa observavam enquanto Taylor e Denise iam embora. Mitch se inclinou na direção do ouvido da esposa para que os outros não pudessem ouvi-lo.

– Então, o que achou dela?

– Gostei – disse Melissa, com sinceridade. – Mas não depende apenas dela. Você sabe como Taylor é. Como será daqui para a frente depende dele.

– Acha que eles vão ficar juntos?

– Você o conhece melhor do que eu. O que acha?

Mitch encolheu os ombros.

– Não sei ao certo.

– Sabe, sim. Você sabe como Taylor pode ser encantador quando está de olho em uma mulher. Só espero que desta vez não magoe ninguém.

– Ele é que é seu amigo, Melissa. Você nem conhece a Denise.

– Eu sei. E é por isso que sempre o perdoo.

# 14

— Caião monsto! – exclamou Kyle.

O Dodge 4x4 preto tinha rodas enormes, além de dois holofotes no santantônio, um forte cabo de reboque enganchado no para-choque dianteiro, um suporte para armas acima dos bancos na cabine e uma caixa de ferramentas prateada na carroceria.

Contudo, ao contrário de outras picapes do mesmo tipo que Denise já vira, esta não era um primor. A pintura estava desbotada, com arranhões profundos por toda parte, e havia uma mossa no painel lateral dianteiro bem perto da porta do motorista. Um dos espelhos retrovisores fora arrancado, deixando um buraco que enferrujara nas bordas, e toda a metade inferior da picape estava incrustada de uma grossa camada de lama.

Kyle juntou as mãos com força, animado.

– Caião monsto – repetiu.

– Você gostou? – perguntou Taylor.

– Sim – respondeu Kyle, assentindo com a cabeça, cheio de entusiasmo.

Taylor pôs as bicicletas na carroceria e depois abriu a porta para eles. Como a picape era alta, teve de ajudar Kyle a entrar. Denise veio em seguida, e Taylor acidentalmente roçou nela enquanto lhe mostrava onde agarrar para subir.

Taylor ligou o motor e seguiu para os arredores da cidade, com Kyle sentado entre eles. Como se soubesse que Denise precisava pensar, não disse nada, e ela ficou grata por isso. Algumas pessoas se sentiam desconfortáveis com o silêncio, consideravam-no um vazio que precisava ser preenchido, mas ele não era assim. Contentava-se em dirigir.

Os minutos se passaram e Denise se perdeu em pensamentos. Observou os pinheiros, um após o outro, ainda surpresa por estar na picape com

Taylor. Pelo canto do olho, o viu concentrado na estrada. Como notara no início, ele não era tipicamente bonito. Se tivesse passado por ele na rua em Atlanta, não teria lhe dado muita atenção. Taylor não possuía a beleza marcante de alguns homens, mas havia algo nele que Denise achava atraente. Seu rosto era bronzeado e magro; o sol talhara pequenas rugas em suas bochechas e ao redor dos olhos. O abdome era firme e os ombros, muito musculosos, como se transportassem cargas pesadas há anos. Ele tinha os braços de quem havia martelado milhares de pregos, o que sem dúvida fizera. Era quase como se o trabalho de empreiteiro tivesse moldado seu corpo.

Denise se perguntou por que Taylor nunca se casara. Nem ele e nem Judy o mencionaram, mas isso não significava nada. As pessoas frequentemente relutam em falar sobre erros do passado. Deus sabia que ela nunca falava em Brett se não fosse absolutamente necessário. Ainda assim, algo em Taylor fazia Denise suspeitar de ele nunca se comprometera. Durante o churrasco no parque, não pôde evitar notar que ele parecia ser o único solteiro.

Logo à frente estava a Charity Road, e Taylor desacelerou, fez a curva e acelerou de novo. Estavam quase em casa.

Um minuto depois, chegou à entrada de cascalho e foi freando devagar, até que a picape parasse totalmente. Pressionou a embreagem, mas deixou o carro engrenado. Denise o olhou com curiosidade.

– Ei, rapazinho – chamou ele. – Quer dirigir minha picape?

Kyle demorou um momento para se virar.

– Vamos – disse, chamando-o com a mão. – Você pode dirigir.

O garoto hesitou e Taylor o chamou com a mão de novo. Kyle se moveu apenas um pouco antes de o bombeiro o puxar para seu colo. Ele colocou as mãos do menino na parte superior do volante mantendo as suas próprias perto o suficiente para segurá-lo se necessário.

– Está pronto?

Kyle não respondeu, mas Taylor soltou a embreagem devagar e a picape começou a se mover.

– Tudo bem, rapazinho, vamos.

Um pouco inseguro, Kyle manteve as mãozinhas firmes no volante enquanto a picape começava a andar pela entrada para automóveis. Ele arregalou os olhos ao perceber que estava mesmo no controle e, de repente, deu uma guinada no volante para a esquerda. A picape foi para a grama, sacolejando um pouco e indo na direção da cerca, mas então o menino puxou o volante para o outro lado. Seguiu fazendo isso ao acaso, mas no fim atravessou a entrada para automóveis.

Estavam se movendo a menos de 10 quilômetros por hora, mas Kyle tinha um sorriso largo no rosto e se virou para a mãe com uma expressão de "olhe o que eu estou fazendo". Riu, radiante, antes de puxar o volante outra vez.

– Ei tá diigim! – exclamou Kyle.

A picape foi na direção da casa desenhando um S, desviando-se de cada árvore graças ao leve porém necessário ajuste no curso por parte de Taylor. Quando Kyle riu alto pela segunda vez, Taylor piscou o olho para Denise.

– Meu pai costumava me deixar fazer isso quando eu era pequeno. Achei que Kyle poderia gostar também.

Com a ajuda – verbal e manual – de Taylor, Kyle estacionou a picape na sombra da grande magnólia. Depois de abrir a porta do motorista, Taylor pegou o garoto no colo e o pôs no chão. Kyle se equilibrou e começou a andar na direção da casa.

Enquanto o observavam, nenhum deles disse nada, até que por fim Taylor desviou seu olhar do menino e pigarreou.

– Deixe-me pegar as bicicletas – disse, e saltou da cabine.

Enquanto andava até a traseira da picape e abria a trava, Denise ficou sentada imóvel, sentindo-se levemente relaxada. Mais uma vez Taylor a surpreendera. Duas vezes em uma única tarde fizera algo gentil para Kyle, algo considerado normal na vida das outras crianças. A primeira vez a havia feito olhar, maravilhada; contudo, a segunda havia tocado em um ponto que ela não esperara. Mesmo sendo mãe dele, não podia fazer tudo – podia amá-lo e protegê-lo, mas não podia fazer com que as outras pessoas o aceitassem. Mas era óbvio que Taylor já o aceitara, e ela sentiu um leve nó na garganta.

Depois de quatro anos e meio, Kyle finalmente arranjara um amigo.

Ela ouviu um baque e sentiu a picape se inclinar quando Taylor subiu na carroceria. Recompôs-se antes de abrir a porta e saltar.

Ele pôs as bicicletas no chão e depois saiu da carroceria com um movimento fluido. Ainda não muito segura, Denise olhou na direção de Kyle e o viu em pé à porta da frente. O rosto de Taylor sumira com o sol espreitando sobre as árvores atrás dele.

– Obrigada por nos trazer em casa – disse ela.

– Foi um prazer – respondeu ele em voz baixa.

Em pé perto de Taylor, Denise não pôde evitar as imagens dele jogando bola com seu filho ou deixando-o dirigir a picape, e então compreendeu que queria saber mais sobre Taylor McAden. Queria passar mais tempo com ele, queria conhecer a pessoa que fora tão gentil. Acima de tudo, queria que ele tivesse os mesmos desejos.

Ela sentiu que começava a corar enquanto levava a mão à testa, protegendo os olhos do sol.

– Ainda tenho algum tempo antes de começar a me arrumar para o trabalho – disse, seguindo seus instintos. – Gostaria de entrar e tomar um copo de chá?

Taylor empurrou seu boné para mais alto na cabeça.

– Seria ótimo, se não for incomodar.

Eles empurraram as bicicletas até os fundos da casa e as deixaram na varanda. Depois passaram por uma porta de pintura ressecada e que descascara ao longo dos anos. A casa não estava muito melhor, e Denise deixou as portas de trás abertas para ajudar o ar a circular. Kyle os seguiu para dentro.

– Deixe-me pegar o chá – disse Denise, tentando esconder o súbito nervosismo na voz.

Ela tirou da geladeira uma jarra de chá e pôs alguns cubos de gelo em copos que tirou do armário. Entregou um a Taylor, deixando o dela sobre o balcão, muito consciente de quanto estava perto dele. Virou-se para Kyle, na esperança de que Taylor não percebesse o que ela estava sentindo.

– Quer beber alguma coisa?

Kyle fez que sim com a cabeça.

– Ei qué aua.

Feliz por poder desviar o foco de seus pensamentos, Denise pegou a água e a entregou ao filho.

– Pronto para o banho? Você está todo suado.

– Sim – disse ele.

Kyle tomou um gole de seu pequeno copo de plástico, derramando parte da água na camisa.

– Pode me dar um minuto para preparar o banho dele? – perguntou ela, olhando de relance para Taylor.

– Claro, não se apresse.

Denise e Kyle saíram da cozinha e, alguns minutos depois, sob o murmúrio distante da voz dela, Taylor ouviu a água começar a correr na banheira. Apoiando-se no balcão, examinou a cozinha com os olhos de um empreiteiro. Sabia que a casa estivera vazia por no mínimo dois anos antes que Denise se mudasse para lá e, apesar dos esforços dela, a cozinha ainda apresentava sinais de abandono. O piso estava meio empenado e o linóleo amarelara com o tempo. Três portas do armário estavam tortas e havia um lento gotejamento na pia que, com o passar dos anos, deixara marcas de ferrugem na porcelana. A geladeira, sem dúvida, viera junto com a casa – ela o fez se lembrar da que tinha quando criança. Não via um modelo daqueles havia anos.

Ainda assim, era óbvio que Denise havia feito o melhor que pudera para deixar o cômodo o mais apresentável possível. Estava tudo limpo e em ordem, isso era claro. Todos os pratos tinham sido guardados, o balcão fora lavado e havia um esfregão cuidadosamente dobrado sobre a pia. Perto do telefone estava uma pilha de cartas que pareciam já ter sido separadas.

Perto da porta dos fundos, Taylor viu uma pequena mesa de madeira com alguns livros, mantidos no lugar por dois pequenos vasos de flores, cada qual abrigando um pequeno gerânio. Curioso, foi até lá e examinou os títulos. Todos tinham a ver com desenvolvimento infantil. Numa prateleira baixa, havia um grosso fichário azul, etiquetado com o nome de Kyle.

A água foi fechada e Denise voltou para a cozinha, consciente de quanto tempo fazia desde que ficara a sós com um homem. Era uma sensação estranha, algo que fazia com que se lembrasse de sua vida de muito tempo atrás, de antes de seu mundo mudar.

Taylor estava examinando os títulos quando ela pegou seu copo e foi ao encontro dele.

– Leitura interessante – disse ele.

– Às vezes.

A própria voz soou diferente aos ouvidos dela, embora Taylor não parecesse notar.

– Kyle?

Denise assentiu e Taylor apontou para outros fichários.

– O que são?

– Os diários dele. Sempre que treino com Kyle, registro o que consegue dizer, como o diz, com o que está tendo dificuldade, esse tipo de coisa. Assim posso acompanhar o progresso dele.

– Isso parece muito trabalhoso.

– É. – Ela fez uma pausa. – Quer se sentar?

Os dois se sentaram à mesa da cozinha e, embora ele não tivesse perguntado, ela explicou, até onde sabia, qual era o problema do filho, como fizera com Judy. Taylor ouviu sem interromper até que ela terminasse.

– Então você treina com Kyle todos os dias? – perguntou.

– Não, todos os dias não. Tiramos os domingos de folga.

– Por que a linguagem é tão difícil para ele?

– Esse é o X da questão – respondeu Denise. – Ninguém sabe realmente.

Taylor apontou com a cabeça para a prateleira.

– O que os livros dizem?

– A maioria não diz muito. Eles falam bastante sobre atrasos na fala das crianças, mas geralmente apenas como um aspecto de um problema maior, como autismo, por exemplo. Recomendam terapia, mas não especificam que tipo é melhor. Apenas recomendam algum programa, mas não há um consenso sobre qual seja o mais útil.

– E os médicos?

– São eles que escrevem os livros.

Taylor olhou para seu copo, pensando em suas conversas com Kyle, depois ergueu os olhos de novo.

– Sabe, ele não fala tão mal assim– disse sinceramente. – Eu entendi o que disse, e acho que ele me entende também.

Denise passou a unha por uma das rachaduras na mesa, pensando que aquilo era uma coisa gentil a se dizer – ainda que não fosse totalmente verdade.

– Ele progrediu bastante no último ano.

Taylor se inclinou para a frente em sua cadeira.

– Não estou falando por falar – disse, sério. – Estou sendo sincero. Quando estávamos jogando bola, ele me pedia para arremessá-la e, sempre que a pegava, dizia "muito bem".

Três palavras, basicamente. *Arremesse. Muito bem.* Denise poderia ter dito: "Se você pensar bem, isso não é muito, é?", e teria razão. Mas Taylor estava sendo gentil e, naquele momento, ela não queria discutir as limitações de fala de Kyle. Em vez disso, estava mais interessada no homem sentado na sua frente. Ela assentiu, organizando os pensamentos.

– Acho que isso tem muito a ver com você, não apenas com Kyle. É muito paciente com ele, o que a maioria das pessoas não é. Você me lembra alguns professores com quem trabalhei.

– Você era professora?

– Dei aula por três anos, até Kyle nascer.

– E gostava?

– Eu adorava. Trabalhava com alunos do segundo ano, que é uma fase ótima. As crianças gostam dos professores e ainda estão ansiosas por aprender. Isso faz você sentir que realmente pode fazer diferença na vida delas.

Taylor deu outro gole, observando-a com mais atenção por cima da borda do copo. Sentar-se na cozinha cercado pelas coisas de Denise, observar as expressões dela quando falava sobre o passado – tudo isso a fazia parecer quase mais suave, de algum modo menos defensiva do que antes. Ele também percebeu que falar sobre si não era algo que Denise costumava fazer.

– Vai voltar a dar aulas?

– Um dia – respondeu Denise. – Talvez daqui a alguns anos. Veremos o que o futuro reserva. – Ela se aprumou um pouco na cadeira. – Mas e quanto a você? Disse que é empreiteiro?

Taylor assentiu.

– Há doze anos.

– E constrói casas?

– Já construí, mas em geral me concentro em reformas. Quando comecei, era o único tipo de trabalho que conseguia porque ninguém mais queria fazê-lo. Eu também gostava disso. É um pouco mais desafiador do que construir algo novo. Você precisa trabalhar com o que já está lá, e nada nunca é tão fácil quanto se imagina. Além disso, a maioria das pessoas tem um orçamento determinado, e é legal descobrir como fazê-las tirar o máximo proveito do dinheiro.

– Você acha que poderia fazer alguma coisa com esta casa?

– Eu poderia deixá-la nova em folha se você quisesse. Isso depende de quanto queira gastar.

– Bem – disse ela em tom de brincadeira –, por coincidência tenho 10 dólares no bolso esperando para serem gastos.

Taylor levou a mão ao queixo.

– Hum. – Seu rosto assumiu uma expressão séria. – Talvez precisássemos abrir mão das bancadas de resina e da geladeira ultramoderna – disse ele, e ambos riram. – Então, você gosta de trabalhar no Eights? – perguntou ele.

– Gosto. É do que preciso agora.

– E quanto ao Ray?

– Ele é maravilhoso. Deixa Kyle dormir nos fundos enquanto eu trabalho, e isso resolve muitos problemas.

– Ray lhe falou sobre os filhos dele?

Denise ergueu as sobrancelhas de leve.

– Sua mãe me fez exatamente a mesma pergunta.

– Bem, quando você tiver vivido aqui tempo suficiente, descobrirá que todos sabem tudo sobre todo mundo e, mais à frente, lhe farão as mesmas perguntas. É uma cidade pequena.

– É difícil permanecer anônimo, não é?

– Impossível.

– E se eu ficar quieta no meu canto?

– As pessoas falarão sobre isso também. Mas não é tão ruim, depois que você se acostuma. A maioria das pessoas não é mesquinha, apenas curiosa. Desde que você não esteja fazendo nada imoral ou ilegal, a maioria de fato não se importa, e com certeza não vai se concentrar nisso. É só um passatempo para elas, porque aqui não há muito mais para se fazer.

– Então, o que você gosta de fazer? Quero dizer, em seu tempo livre?

– Meu trabalho e o corpo de bombeiros me mantêm bastante ocupado, mas, quando consigo dar uma fugida, vou caçar.

– Isso não seria muito bem-visto por alguns dos meus amigos em Atlanta.

– O que posso dizer? Sou apenas um bom e velho sujeito do Sul.

Mais uma vez Denise se surpreendeu com quanto ele era diferente dos homens que namorara. Não só nas coisas óbvias – o que fazia e sua aparência física –, mas por dar a impressão de estar satisfeito no mundo que criara para si. Não ansiava por fama ou glória, não sonhava ficar rico, não era cheio de planos ambiciosos. De certo modo, quase parecia ser de outro tempo, quando as coisas não eram complicadas como agora e o que realmente importava eram as coisas simples.

Enquanto Denise pensava em Taylor, Kyle a chamou do banheiro e ela se virou ao som da voz do filho. Olhando para o relógio, percebeu que Rhonda chegaria para buscá-la dali a meia hora e ela ainda não estava pronta. Taylor sabia o que ela estava pensando e tomou o último gole do copo.

– É melhor eu ir.

Kyle a chamou de novo e dessa vez Denise respondeu:

– Já vou, querido – avisou, depois perguntou para Taylor: – Vai voltar para o churrasco?

Taylor fez que sim com a cabeça.

– Provavelmente estão se perguntando onde estou.

Ela lhe deu um sorriso travesso.

– Acha que estão fofocando sobre nós?

– Provavelmente.

– Então acho que também terei que me acostumar com isso.

– Não se preocupe. Vou deixar claro para todos que não foi nada.

Os olhos de Denise procuraram os de Taylor e, quando os olhares se encontraram, ela sentiu algo se agitar em seu íntimo, algo súbito e inesperado. Antes que pudesse conter as palavras, elas já haviam saído.

– Para mim, foi.

Taylor pareceu estudá-la em silêncio, pensando no que acabara de dizer, e um rubor de constrangimento começou a surgir no rosto e no pescoço de Denise. Taylor olhou ao redor pela cozinha, depois para o chão, antes de finalmente se virar de volta para ela.

– Você vai trabalhar amanhã à noite? – perguntou.

– Não – disse ela, um pouco ofegante.

Taylor respirou fundo. *Meu Deus, como ela é bonita.*

– Posso levar você e Kyle para o festival amanhã? Tenho certeza de que ele vai adorar as atrações.

Apesar de ter suspeitado que ele a convidaria, Denise se sentiu aliviada ao ouvir aquelas palavras.

– Eu iria adorar – disse em voz baixa.

Mais tarde naquela noite, sem conseguir dormir, Taylor pensou que aquele dia havia começado sem nada de incomum e se transformara em algo totalmente inesperado. Não entendia como aquilo acontecera... todas as situações com Denise foram como uma bola de neve, quase fora do seu controle.

É claro que ela era bonita e inteligente – ele admitia isso. Mas já tinha conhecido mulheres bonitas e inteligentes antes. Só que havia algo em Denise, algo no relacionamento deles, que já o fizera afrouxar um pouco seu controle normalmente rígido. Era como se ele ficasse *confortável* ao lado dela – sim devia ser essa a palavra adequada.

E isso não fazia sentido, disse a si mesmo, virando e ajeitando seu travesseiro. Mal a conhecia. Só conversara com ela alguns minutos, só a vira umas poucas vezes na vida. Denise provavelmente não era tudo o que ele imaginava.

Além disso, não queria se comprometer. Já passara por isso antes.

Taylor afastou o cobertor com súbita irritação.

Por que diabos se oferecera para levá-la em casa? Por que a convidara para sair no dia seguinte?

E, mais importante, por que as respostas para essas perguntas o incomodavam tanto?

# 15

Felizmente o domingo foi mais fresco que o dia anterior. Nuvens surgiram naquela manhã, impedindo o sol de extravasar toda a sua fúria, e a brisa do entardecer começava a soprar quando Taylor chegou na entrada de automóveis de Denise. Faltavam poucos minutos para as seis quando a picape sacolejou nos buracos da entrada, espalhando cascalho. Denise apareceu na varanda usando jeans desbotados e uma blusa de mangas curtas justamente quando ele saltava da picape.

Ela esperava não parecer tão nervosa quanto se sentia. Era seu primeiro encontro no que parecia ser uma eternidade. Era verdade que Kyle estaria com eles, portanto tecnicamente não era um encontro *de verdade*, mas mesmo assim parecia. Ela passara quase uma hora tentando encontrar algo para vestir antes de finalmente tomar sua decisão, e mesmo então a questionara. Somente ao ver que Taylor também estava usando jeans ficara um pouco mais tranquila.

– Oi – disse ele. – Espero não estar atrasado.

– De modo algum – disse Denise. – Você chegou bem na hora.

Ele coçou distraidamente o lado do rosto.

– Onde está Kyle?

– Ainda está lá dentro. Vou buscá-lo.

Demorou apenas um minuto para ela voltar. Quando ela trancou a porta ao sair, Kyle atravessou o jardim correndo.

– Oi, Taior! – gritou ele.

Taylor abriu a porta para o menino e o ajudou a entrar, como fizera no dia anterior.

– Oi, Kyle. Está ansioso para ir ao festival?

– É caião monsto – disse ele alegremente.

Imediatamente após se sentar no banco, ele se pôs atrás do volante, tentando em vão virá-lo de um lado para o outro.

Ao se aproximar, Denise ouviu Kyle imitando sons de motor.

– Ele falou sobre sua picape o dia inteiro – explicou ela. – Esta manhã encontrou um carro de brinquedo parecido com ela e não o largou.

– E o avião dele?

– Essa era a atração de ontem. Hoje é a picape.

Taylor apontou com a cabeça para a cabine.

– Devo deixá-lo dirigir de novo?

– Acho que ele não vai lhe dar chance de dizer não.

Taylor abriu espaço para Denise subir e, ao passar, ela sentiu o cheiro da colônia dele. Nada sofisticado, provavelmente comprado na loja de conveniência local, mas ficou enternecida por ele ter se preocupado em passá-la. Kyle se afastou para que Taylor se sentasse e então pulou no colo dele.

Denise encolheu os ombros com uma expressão de "eu avisei" no rosto. Taylor sorriu enquanto acionava a ignição.

– Está bem, rapazinho, vamos.

Eles seguiram em S de novo, sem pressa, sacolejando de vez em quando no gramado e ao redor das árvores antes de chegarem à estrada. Naquele ponto, Kyle, satisfeito, saiu do colo de Taylor, que virou o volante e dirigiu até a cidade.

A ida para o festival só demorou alguns minutos. Taylor ficou explicando para Kyle os vários itens na picape: o rádio comum, o radioamador, os botões no painel – e, embora Kyle não entendesse o ele que estava dizendo, Taylor continuou tentando mesmo assim. Contudo, Denise notou que ele parecia estar falando mais alto do que no dia anterior e usando palavras mais simples. Ela não sabia se isso era por causa da conversa deles na cozinha ou porque Taylor estava seguindo o ritmo dela, mas ficou grata pela atenção dele.

Chegaram ao centro da cidade e viraram à direita em uma das ruas laterais para encontrar um lugar onde estacionar. Embora fosse a última noite do festival, a multidão diminuíra, e eles encontraram uma vaga perto da via principal. Caminhando na direção do parque de diversões, Denise notou que as barraquinhas dos dois lados da calçada estavam relativamente vazias e as pessoas que trabalhavam nelas pareciam cansadas, como se mal pudessem esperar para fechá-las. Algumas já estavam fazendo isso.

Contudo, o parque de diversões ainda estava animado – principalmente com crianças e pais querendo aproveitar as últimas horas de diversão. No dia seguinte tudo estaria desmontado e a caminho da próxima cidade.

– Então, Kyle, o que você quer fazer? – perguntou Denise.

Ele logo apontou para a sombrinha – um brinquedo em que diversos balanços de metal giravam em círculos, primeiro para a frente e depois para trás. Cada criança tinha seu próprio assento – sustentado em cada lado por uma corrente – e todas elas gritavam, fosse de terror ou de alegria. Kyle observou o brinquedo girando, hipnotizado.

– É u baanso.

– Quer andar nele? – perguntou-lhe Denise.

– Baanso – disse Kyle, fazendo um sinal afirmativo com a cabeça.

– Diga "Quero andar no balanço".

– Qué andá baanso – sussurrou ele.

– Está bem.

Denise avistou a barraquinha que vendia os tíquetes – tinha guardado alguns dólares das gorjetas da noite anterior e começou a procurá-los na carteira. Porém, Taylor viu o que ela estava fazendo e ergueu as mãos, indicando que ela parasse.

– Faço questão. Fui eu quem convidou, lembra-se?

– Mas Kyle...

– Eu o convidei também.

Depois de Taylor comprar os tíquetes, eles esperaram na fila. O brinquedo parou e esvaziou, e ele entregou os tíquetes para um homem que parecia estar caracterizado para uma peça teatral. Suas mãos estavam pretas de graxa; seus braços, cobertos de tatuagens e lhe faltava um dente da frente. Ele rasgou os tíquetes antes de inseri-los em uma caixa de madeira trancada.

– Esse brinquedo é seguro? – perguntou Denise.

– Foi inspecionado ontem – respondeu o homem automaticamente.

Sem dúvida era o que dizia para todos os pais que perguntavam, e isso não ajudou muito a diminuir a ansiedade dela. Partes do brinquedo pareciam presas com arames.

Mesmo nervosa, Denise levou o filho para seu assento. Ela o ergueu para sentá-lo, depois baixou a barra de segurança para ele enquanto Taylor esperava do lado de fora do portão.

– É u baanso – repetiu o garoto quando estava pronto.

– Sim, é. – Ela pôs as mãos de Kyle na barra. – Agora segure e não largue. A única resposta dele foi rir de prazer.

– Segure – repetiu ela, mais séria desta vez, e Kyle agarrou a barra.

Denise voltou para o lado de Taylor e ficou lá rezando para que Kyle obedecesse. Um minuto depois, o brinquedo foi ligado e começou a ganhar velocidade. Na segunda volta, os balanços já se abriam em leque. Denise não tirava os olhos do filho e, quando ele passava, era impossível não ouvir sua risada aguda. Quando ele deu outra volta, Denise notou que suas mãos estavam onde deveriam estar. Ela soltou um suspiro de alívio.

– Você parece surpresa – disse Taylor, inclinando-se para perto dela para que sua voz fosse ouvida acima do barulho do brinquedo.

– Eu estou – disse Denise. – É a primeira vez que ele anda em um brinquedo como esse.

– Você nunca o levou a um parque de diversões?

– Achei que ele ainda não estava pronto para isso.

– Porque ele tem problemas de fala?

– Em parte. – Ela olhou de relance para ele. – Há muita coisa sobre Kyle que nem mesmo eu entendo.

Ela hesitou sob o olhar sério de Taylor. De repente, quis mais do que tudo que Taylor entendesse Kyle, entendesse como tinham sido os últimos quatro anos. Mais que isso, quis que a entendesse.

– Quero dizer – começou ela –, imagine um mundo em que nada é explicado, onde tudo tem de ser aprendido por meio de tentativa e erro. Para mim, é assim que o mundo de Kyle é agora. Às vezes as pessoas acham que a linguagem só tem a ver com conversação, mas para as crianças é muito mais do que isso. É por meio da linguagem que elas aprendem sobre o mundo. É assim que aprendem que os queimadores do fogão estão quentes sem tê-los tocado. É assim que aprendem que atravessar a rua é perigoso mesmo que nunca tenham sido atropeladas. Sem a capacidade de compreender a linguagem, como posso lhe ensinar essas coisas? Se Kyle não consegue entender o conceito de perigo, como posso mantê-lo seguro? Quando ele saiu perambulando pelo pântano naquela noite... bem, você mesmo disse que ele não parecia assustado quando o encontrou.

Ela olhou séria para Taylor.

– Bem, pelo menos para mim, isso faz todo o sentido. Nunca o levei para passear no pântano, nunca lhe mostrei cobras, nunca lhe mostrei o que poderia acontecer se ele ficasse preso em algum lugar e não conseguisse sair. Como eu não lhe mostrei, ele não sabia o suficiente para ter medo. É claro que se você levar isso um passo adiante e considerar cada possível perigo no mundo e o fato de que tenho de literalmente lhe mostrar o que eles significam, em vez de lhe *dizer*, às vezes parece que estou tentando atravessar o oceano a nado. Não sei quantos quase acidentes houve. Subir alto demais e querer pular, pedalar perto demais da estrada, sair perambulando, se aproximar de cães que rosnavam... parece que todos os dias há algo novo.

Denise fechou os olhos por um momento antes de prosseguir, como se revivesse cada experiência.

– Mas, acredite ou não, isso é apenas parte das minhas preocupações. Na maioria das vezes eu me preocupo com as coisas óbvias. Se ele nunca conseguirá falar normalmente, se frequentará uma escola comum, se algum dia fará amizades, se as pessoas o aceitarão... se terei de treinar com ele para sempre. Essas são as coisas que me fazem perder o sono.

Então ela fez uma pausa, as palavras vindo mais lentas, cada sílaba com um toque de sofrimento.

– Não quero que pense que eu me arrependo de ter tido Kyle, porque não me arrependo. Eu o amo de todo o coração. Sempre o amei. Mas...

Ela olhou para o balanço, seus olhos cegos, nublados.

– Criar um filho não é exatamente o que eu imaginei que seria.

– Eu não imaginava – disse Taylor gentilmente.

Denise não respondeu, perdida em pensamentos. Por fim, com um suspiro, olhou para ele outra vez.

– Sinto muito. Eu não deveria ter lhe dito essas coisas.

– Não, não sinta. Estou feliz que tenha dito.

Como se suspeitasse de que falara demais, Denise deu um sorriso triste.

– Provavelmente fiz isso parecer desesperador, não é?

– Não mesmo – mentiu ele.

À luz do sol que se punha, Denise estava estranhamente resplandecente. Ela estendeu a mão e tocou no braço de Taylor. Sua pele era macia e quente.

– Você não é muito bom nisso, sabia? Deveria se limitar a dizer a verdade. Sei que fiz isso parecer terrível, mas este é apenas o lado triste da minha vida. Não lhe contei as coisas boas.

Taylor ergueu as sobrancelhas.

– Há coisas boas também? – perguntou, arrancando uma risada constrangida de Denise.

– Na próxima vez que eu precisar desabafar, lembre-me de parar, está bem?

Embora tentasse dar pouca importância ao comentário, a voz traiu sua ansiedade. Taylor logo suspeitou de que ele era a única pessoa com quem ela se abrira assim e que não era o momento para brincadeiras.

O tempo no brinquedo terminou, e o balanço rodou mais três vezes antes de parar. Kyle a chamou do assento, com a mesma expressão de êxtase no rosto.

– Baanso! – gritou, quase cantando a palavra e sacudindo as pernas para a frente e para trás.

– Quer andar no balanço de novo? – gritou Denise.

– Sim – respondeu ele, assentindo.

Não havia muitas pessoas na fila e o homem assentiu com a cabeça indicando que Kyle podia continuar onde estava. Taylor lhe entregou outros tíquetes e voltou para o lado de Denise.

Quando o balanço recomeçou a girar, Taylor viu Denise olhando para Kyle.

– Acho que ele gostou – disse ela, quase orgulhosa.

– Acho que sim.

Taylor se inclinou para a frente, apoiando seus cotovelos na grade e ainda lamentando sua brincadeira anterior.

– Então, me conte as coisas boas – disse em voz baixa.

O balanço girou duas vezes e, a cada vez, Denise acenou para Kyle antes de dizer alguma coisa.

– Quer saber mesmo? – perguntou.

– Sim, quero.

Denise hesitou. O que ela estava fazendo? Confidências sobre o filho para um homem que mal conhecia, expressando coisas que nunca dissera no passado – ela se sentiu insegura, como uma pedra se movendo gradualmente para a beira de um penhasco. Contudo, por alguma razão, queria concluir o que começara.

Ela pigarreou.

– Está bem, as coisas boas... – Denise olhou brevemente para Taylor e depois desviou seu olhar. – Kyle está melhorando. Às vezes pode não parecer e os outros não notam, mas ele está, lenta mas constantemente. No ano passado, seu vocabulário variava apenas de quinze a vinte palavras. Este ano está na casa das centenas, e às vezes ele junta de três a quatro em uma única frase. Agora geralmente consegue expressar seus desejos. Kyle me diz quando está com fome, quando está cansado, o que quer comer, e tudo isso é novo para ele. Meu filho só começou a fazer isso há alguns meses.

Denise deu um suspiro profundo, sentindo suas emoções virem novamente à tona.

– Você tem de entender... Kyle treina *muito* todos os dias. Enquanto outras crianças podem brincar lá fora, ele tem de se sentar em sua cadeira, olhando para livros de gravuras, tentando descobrir sozinho o mundo. Demora horas para aprender coisas que outras crianças poderiam aprender em minutos.

Ela parou, virando-se para Taylor com um olhar quase rebelde.

– Mas, sabe, Kyle persiste... continua a tentar, dia após dia, palavra a palavra, conceito a conceito. E não se queixa, não chora, apenas faz. Se você soubesse quanto ele tem de se esforçar para entender as coisas... quanto tenta fazer as pessoas felizes... quanto deseja que as pessoas gostem dele, ao passo que só é ignorado...

Sentindo um aperto na garganta, Denise deu um suspiro longo e entrecortado, tentando manter a compostura.

– Você não tem ideia de quão longe ele chegou, Taylor. Só o conhece há pouco tempo. Mas se soubesse onde ele começou e quantos obstáculos teve de superar até agora, ficaria *muito* orgulhoso dele...

Apesar de seus esforços, os olhos de Denise começaram a se encher de lágrimas.

– E você não sabe o que eu sei. Que Kyle tem mais *coração*, mais *espírito* do que qualquer criança que já conheci. Você saberia que Kyle é o filho mais maravilhoso que qualquer mãe poderia desejar. Saberia que, apesar de tudo, ele é a melhor coisa que já me aconteceu. É o que há de bom na minha vida.

Tantos anos com aquelas palavras sufocadas dentro de si, tantos anos querendo dizê-las para alguém. Tantos anos, tantos sentimentos – os bons e os ruins... Era um grande alívio finalmente expressá-los. De repente Denise ficou muito grata por ter feito isso e esperou, do fundo do coração, que Taylor de algum modo entendesse.

Incapaz de responder, Taylor tentou engolir o nó que se formara na garganta. Ver Denise falar sobre o filho – o medo absoluto e o amor absoluto – tornou o gesto seguinte quase instintivo. Sem dizer uma só palavra, segurou a mão dela. Foi uma sensação estranha, um prazer esquecido, embora ela não tivesse tentado puxá-la.

Denise fungou e enxugou com a mão livre uma lágrima que lhe escorrera pelo rosto. Parecia exausta, ainda rebelde, e linda.

– Acho que essa foi a coisa mais bonita que eu já ouvi – confessou Taylor.

Kyle quis andar no brinquedo pela terceira vez, então Taylor precisou soltar a mão de Denise para entregar os tíquetes adicionais. Quando voltou, o momento passara; ela estava com os cotovelos apoiados na grade e ele achou melhor deixar assim. Contudo, em pé ao lado dela, ainda podia sentir o toque de Denise em sua pele.

Eles passaram mais uma hora no parque, andando na roda-gigante – os três espremidos no banco oscilante com Taylor apontando para alguns dos lugares que podiam ser vistos do alto – e no polvo, um brinquedo vertiginoso que girava erguendo e abaixando os tentáculos e em que Kyle quis ir várias vezes.

Depois desse período, foram para a área dos jogos. "Estoure três balões com três dardos e ganhe um prêmio, acerte duas cestas e ganhe um presente!", gritavam os vendedores para os transeuntes, mas Taylor passou por todos eles até chegar à galeria de tiro ao alvo. Usou os primeiros tiros para conhecer a mira da arma e depois deu quinze disparos seguidos, conquistando prêmios maiores à medida que comprava mais rodadas. Quando terminou, ganhara um panda só um pouco menor do que o próprio Kyle, que o vendedor relutou em entregar.

Denise adorou cada minuto daquilo. Era gratificante ver Kyle experimentar coisas novas – e *gostar!* – e caminhar pelo parque de diversões era uma agradável mudança do mundo em que ela vivia. Houve momentos em que quase se sentiu outra pessoa, alguém que não conhecia. Ao entardecer, as luzes dos brinquedos se acenderam e, à medida que o parque escurecia, a energia da multidão parecia se intensificar, como se todos soubessem que tudo estaria acabado no dia seguinte.

Tudo estava tão bem quanto ela não ousara esperar que estivesse.

Ou, se era possível, melhor ainda.

Quando chegaram em casa, Denise pegou um copo de leite e levou Kyle para o quarto. Colocou o panda em um canto em que ele pudesse vê-lo e o ajudou a vestir o pijama. Depois de conduzi-lo em suas orações, deu-lhe o leite.

Os olhos de Kyle já estavam se fechando.

Quando ela terminou de ler uma história, o menino dormia profundamente.

Denise se esgueirou para fora do quarto e deixou a porta parcialmente aberta.

Taylor a esperava na cozinha, com suas longas pernas esticadas debaixo da mesa.

– Ele apagou.

– Foi rápido.

– Foi um dia e tanto para ele. Geralmente Kyle não fica acordado até tão tarde.

A cozinha estava iluminada por uma única lâmpada no teto. A outra queimara na semana anterior; Denise desejou tê-la trocado. A pequena cozinha parecia escura demais, íntima demais. Desconfortável, ela recorreu à tradição.

– Quer beber alguma coisa?

– Uma cerveja, se você tiver.

– Não tenho tantas opções a oferecer...

– O que você tem?

– Chá gelado.

– E?

Ela encolheu os ombros.

– Água?

Taylor não conteve um sorriso.

– Chá está ótimo.

Denise encheu dois copos e entregou um para ele, desejando ter algo mais forte para servir. Algo que diminuísse o nervosismo que sentia.

– Está um pouco quente aqui – disse ela. – Prefere se sentar na varanda?

– Pode ser.

Eles saíram e se sentaram nas cadeiras de balanço, Denise mais perto da porta para poder ouvir Kyle se ele acordasse.

– Isto é interessante – disse Taylor depois de se acomodar.

– O quê?

– Isto. Sentar do lado de fora. Sinto-me como se estivesse em um episódio de *Os Waltons*.

Denise riu, sentindo um pouco do nervosismo se dissipar.

– Não gosta de se sentar na varanda?

– É claro que gosto, mas quase nunca me sento. É uma daquelas coisas que parece que nunca mais tive tempo de fazer.

– Logo você, um bom e velho sujeito do Sul? – disse Denise, repetindo as palavras que ele usara no dia anterior. – Eu imaginaria um homem como você sentado do lado de fora com um banjo, tocando uma música após a outra e com um cachorro deitado aos seus pés.

– Com meus familiares, um jarro de bebida ilegal e uma escarradeira?

Ela sorriu.

– É claro.

Taylor balançou a cabeça.

– Se eu não soubesse que você é do Sul, acharia que estava me insultando.

– Mas como sou de Atlanta...?

– Vou deixar passar desta vez.

Ele sentiu os cantos da boca se curvando em um sorriso.

– Então, do que você sente mais falta em relação à cidade grande?

– Não de muitas coisas. Acho que se eu fosse mais jovem e Kyle não estivesse comigo, este lugar me deixaria louca. Mas já não preciso de shoppings, restaurantes sofisticados ou museus. Houve uma época em que eu achava essas coisas importantes, mas elas não estiveram ao meu alcance nos últimos anos, nem quando eu morava lá.

– Sente falta dos seus amigos?

– Às vezes. Tentamos manter contato. Por meio de cartas, telefonemas, coisas assim. E você? Nunca sentiu vontade de fazer as malas e ir embora?

– Na verdade, não. Sou feliz nesta cidade e, além disso, minha mãe está aqui. Eu me sentiria mal deixando-a sozinha.

Denise assentiu.

– Não sei se eu teria me mudado se minha mãe ainda estivesse viva, mas acho que não.

Taylor subitamente se viu pensando no pai.

– Você passou por muitas coisas na vida – disse ele.

– Às vezes acho que mais do que a minha cota.

– Mas continua seguindo em frente.

– Preciso fazer isso. Tenho alguém que depende de mim.

A conversa deles foi interrompida por um farfalhar nos arbustos, seguido de um grito quase como o de um gato. Dois guaxinins saíram correndo da floresta e atravessaram o gramado. Passaram pela luz refletida da varanda e Denise se levantou, tentando ver melhor. Taylor se juntou a ela na balaustrada, olhando para a escuridão. Os guaxinins pararam e se viraram, finalmente notando as duas pessoas ali, depois continuaram pela grama até desaparecerem de vista.

– Eles vêm quase todas as noites, acho que procurando comida.

– Provavelmente. Ou isso ou suas latas de lixo.

Denise balançou a cabeça, concordando.

– Quando me mudei para cá, achei que eram os cachorros que reviravam as latas. Então uma noite peguei esses dois em flagrante. Eu não sabia o que eram.

– Você nunca tinha visto um guaxinim?

– É claro que sim. Mas não no meio da noite, não rastejando pelo meu lixo e com certeza não na minha varanda. Eu não tinha grandes problemas com animais selvagens no meu apartamento em Atlanta. Insetos, sim; mamíferos, nunca.

– Você é como aquela história infantil sobre o rato da cidade que pega o caminhão errado e vai parar no campo.

– Pode acreditar, às vezes me sinto assim.

Os cabelos de Denise se moveram ligeiramente à brisa e mais uma vez Taylor ficou impressionado com sua beleza.

– Então, como era a sua vida? Quero dizer, crescendo em Atlanta?

– Provavelmente um pouco parecida com a sua.

– O que quer dizer? – perguntou ele, com curiosidade.

Ela o olhou nos olhos, pronunciando as palavras como se estivesse fazendo uma revelação.

– Nós dois fomos filhos únicos, criados por mães viúvas que cresceram em Edenton.

Ao ouvir suas palavras, Taylor sentiu algo mudar inesperadamente dentro dele.

– Sabe como é – continuou Denise. – Você se sente um pouco diferente porque as outras pessoas têm um pai e uma mãe, mesmo que sejam divorciados. Você meio que cresce sabendo que não tem algo importante que todo mundo tem, mas não sabe exatamente o que é. Lembro-me de ouvir minhas amigas dizendo que o pai não as deixava chegar tarde em casa ou não gostava dos namorados delas. Eu ficava muito chateada porque elas não davam valor ao que tinham. Entende o que quero dizer?

Taylor fez que sim com a cabeça, percebendo com súbita clareza quanto eles tinham em comum.

– Mas, fora isso, minha vida era bem típica. Eu morava com minha mãe, estudei em escolas católicas, saía para comprar roupas com as amigas, ia a bailes de formatura e sempre que me aparecia uma espinha eu me preocupava com a possibilidade de as pessoas não gostarem mais de mim.

– Você chama isso de vida típica?

– Para uma garota, sim.

– Eu nunca me preocupei com coisas assim.

Ela o olhou de esguelha.

– Você não foi criado pela minha mãe.

– Não, mas Judy abrandou com a idade. Ela era um pouco mais rígida quando eu era mais novo.

– Ela disse que você sempre se metia em encrencas.

– E suponho que você era perfeita.

– Eu tentava ser – disse Denise, brincando.

– Mas não era?

– Não, mas obviamente era melhor em enganar minha mãe do que você.

Taylor deu uma risadinha.

– É bom ouvir isso. Se há algo que não suporto, é perfeição.

– Sobretudo a alheia, não é?

– Exato.

Houve uma breve pausa na conversa antes de Taylor falar de novo.

– Importa-se se eu lhe fizer uma pergunta? – disse ele, quase hesitante.

– Depende da pergunta – respondeu ela, tentando não ficar tensa.

Taylor olhou para os limites da propriedade, fingindo procurar os guaxinins.

– Onde está o pai de Kyle? – perguntou depois de um momento.

Denise sabia que aquilo estava por vir.

– Ele não está por perto. Eu nem o conhecia direito. Kyle não foi planejado.

– Ele sabe sobre Kyle?

– Eu lhe telefonei quando estava grávida. Ele me disse logo de cara que não queria nada com o filho.

– Ele algum dia o viu?

– Não.

Taylor franziu as sobrancelhas.

– Como ele pode não se importar com o próprio filho?

Denise encolheu os ombros.

– Não sei.

– Você gostaria que ele estivesse por perto?

– Ah, céus, não – Denise apressou-se a dizer. – De jeito nenhum. Quero dizer, eu gostaria que Kyle tivesse um pai. Mas não alguém como ele. Além disso, para Kyle ter um pai do tipo certo, não só alguém que se diz um, o homem também teria de ser meu marido.

Taylor assentiu, demonstrando que entendia.

– Mas agora, Sr. McAden, é a sua vez – disse Denise, virando-se de frente para ele. – Eu lhe contei tudo sobre mim, mas você não me contou nada sobre você. Então comece a falar.

– Você já sabe quase tudo.

– Você não me contou nada.

– Eu lhe contei que sou empreiteiro.

– E eu sou garçonete.

– E você já sabia que sou voluntário no corpo de bombeiros.

– Descobri isso na primeira vez que o vi. Não é o bastante.

– Mas realmente não há muito mais – protestou Taylor, erguendo as mãos para fingir frustração. – O que quer saber?

– Posso perguntar o que eu quiser?

– Vá em frente.

– Está bem. – Ela ficou em silêncio por um momento e depois o olhou nos olhos. – Fale-me sobre seu pai – pediu suavemente.

150

As palavras o surpreenderam. Não esperara essa pergunta e se viu meio tenso, pensando em se esquivar. Poderia ter encerrado o assunto com algo simples, algumas frases que não significariam nada, mas por um instante ficou calado.

A noite estava cheia de sons. Sapos e insetos, folhas farfalhando. A lua subira e agora pairava acima da linha das árvores. No céu leitoso, um morcego passou voando rápido. Denise teve de se aproximar para ouvir Taylor.

– Meu pai morreu quando eu tinha 9 anos – começou ele.

Denise o observou com cuidado enquanto ele falava. Taylor se expressava devagar, como se organizasse os pensamentos, mas ela pôde ver a relutância em cada linha de seu rosto.

– Mas ele era mais do que apenas meu pai. Também era meu melhor amigo – revelou Taylor, hesitante. – Sei que parece estranho. Quero dizer, eu era só um garotinho e ele era um adulto, mas era meu melhor amigo. Nós éramos inseparáveis. Assim que o relógio marcava cinco horas, eu me sentava na escada da frente esperando a picape dele chegar. Meu pai trabalhava na serraria e eu corria para ele assim que abria a porta do carro e pulava em seus braços. Meu pai era forte. Até mesmo quando fiquei maior, ele nunca me disse para parar. Eu o abraçava e suspirava. Ele trabalhava duro e mesmo no inverno eu sentia o cheiro de suor e serragem em suas roupas. Ele me chamava de "rapazinho".

Denise assentiu.

– Minha mãe sempre esperava dentro de casa enquanto ele me perguntava o que eu havia feito naquele dia ou como tinha ido na escola. E eu falava muito rápido, tentando dizer o máximo que podia antes de ele entrar. Mas, embora meu pai estivesse cansado e provavelmente querendo ver minha mãe, nunca me apressava. Deixava que eu dissesse tudo o que me viesse à cabeça e só depois me colocava no chão. Então ele pegava sua marmita, me dava a mão e nós entrávamos.

Taylor engoliu em seco, fazendo o melhor que podia para pensar nas coisas boas.

– Nós também costumávamos ir pescar todos os fins de semana. Não consigo me lembrar de quantos anos eu tinha quando comecei a ir com ele. Provavelmente era mais novo que Kyle. Nós saíamos de barco e nos sentávamos juntos durante horas. Às vezes ele me contava histórias... parecia conhecer milhares delas e sempre respondia às minhas perguntas da melhor forma possível. Meu pai não chegou a fazer o ensino médio, mas mesmo assim era muito bom em explicar coisas. E se eu lhe perguntava algo que ele não sabia, ele dizia isso também. Não era o tipo de pessoa que tinha de estar certa o tempo todo.

Denise quase estendeu a mão para tocá-lo, mas ele parecia perdido no passado, de cabeça baixa.

– Eu nunca o vi se zangar e nunca o ouvi levantar a voz para ninguém. Quando eu não me comportava bem, tudo o que ele precisava fazer era dizer "Agora chega, filho". E eu parava, porque sabia que o estava desapontando. Sei que isso deve parecer estranho, mas acho que eu simplesmente não queria decepcioná-lo.

Quando terminou, Taylor deu um longo e lento suspiro.

– Ele parece ter sido um homem maravilhoso – disse Denise, consciente de que deparara com algo importante sobre Taylor, mas incerta quanto à magnitude e ao significado disso.

– Ele era.

O tom da voz dele deixou claro que o assunto estava encerrado, embora Denise suspeitasse de que havia muito mais a ser dito. Eles ficaram calados por um longo tempo, ouvindo os grilos.

– Quantos anos você tinha quando seu pai morreu? – perguntou Taylor, quebrando o silêncio.

– Quatro.

– Você se lembra dele como eu me lembro do meu?

– Não muito, não do mesmo modo que você. Na verdade só tenho flashes dele me contando histórias ou da sensação de seu bigode quando me dava um beijo de boa-noite. Eu sempre ficava feliz quando ele estava por perto. Mesmo agora, não se passa um dia sem que eu deseje poder voltar no tempo e mudar o que aconteceu.

Assim que Denise disse isso, Taylor se virou para ela com uma expressão surpresa, ciente de que ela havia acertado em cheio. Em apenas algumas palavras, tinha expressado o que ele tentara explicar para Valerie e Lori. Mas, embora elas o tivessem ouvido com compaixão, não haviam realmente entendido. Não podiam entender. Nenhuma delas já acordara com a terrível noção de que se esquecera do som da voz do pai. Nenhuma delas tivera uma fotografia como única lembrança. Nenhuma delas sentira necessidade de cuidar de uma pequena lápide de granito à sombra de um salgueiro.

Tudo o que Taylor sabia era que finalmente ouvira alguém ecoar as coisas que ele vivenciara e, pela segunda vez naquela noite, pegou a mão de Denise.

Eles ficaram de mãos dadas em silêncio, os dedos entrelaçados, ambos com medo de falar e quebrar o encanto. Nuvens preguiçosas prateadas de luar se espalhavam pelo céu. Em pé perto de Taylor, Denise observou as sombras brincarem nas feições dele, sentindo-se levemente relaxada. No maxilar de Taylor havia uma pequena cicatriz que ela nunca notara e outra logo abaixo do dedo anelar da mão que segurava a dela, talvez uma pequena queimadura, mas que sarara muito tempo atrás. Se Taylor teve consciência de que ela o observava, não o demonstrou. Em vez disso, apenas ficou olhando para o campo.

Esfriara um pouco. Uma brisa marinha soprara mais cedo, trazendo quietude. Denise tomou um gole do chá, ouvindo os insetos zumbirem ruidosamente ao redor da luz da varanda. Uma coruja piou na escuridão. Cigarras cantaram nas árvores. Ela sentiu que a noite estava chegando ao fim. Quase acabando.

Taylor terminou seu copo, os cubos de gelo tinindo, e o deixou sobre a balaustrada.

– É melhor eu ir embora. Tenho de acordar cedo amanhã.

– Tudo bem – concordou ela.

Mas ele ficou lá por mais um minuto sem dizer nada. Por algum motivo, lembrou-se de como Denise parecera ao revelar seus medos em relação ao filho: a expressão rebelde, a emoção intensa enquanto as palavras transbordavam. Sua mãe também havia se preocupado com ele, mas sequer chegara perto do que Denise enfrentava todos os dias?

Ele sabia que não fora igual.

Comoveu-o perceber que os medos de Denise só fortaleciam seu amor pelo filho. E testemunhar um amor tão incondicional, tão puro em face das dificuldades... era natural ver beleza nisso. Quem não veria? Mas havia mais, não havia? Algo mais profundo, uma semelhança que ele nunca encontrara em outra pessoa.

*Mesmo agora, não se passa um dia sem que eu deseje poder voltar no tempo e mudar o que aconteceu.*

Como ela soubera?

Seus cabelos cor de ébano, ainda mais escuros à noite, pareciam envolvê-la em mistério.

Taylor finalmente se afastou da balaustrada.

– Você é uma boa mãe, Denise – falou, relutando em largar aquela mão delicada. – Embora isso seja difícil, embora não seja o que você esperava, não posso evitar acreditar que tudo acontece por um motivo. Kyle precisava de alguém como você.

Denise fez um sinal afirmativo com a cabeça.

Com grande relutância, Taylor deu as costas para a balaustrada, para os pinheiros e carvalhos, para os próprios sentimentos. O chão da varanda rangeu enquanto ele se dirigia para a escada, com Denise ao seu lado.

Ela ergueu os olhos para ele.

Taylor quase a beijou. À luz amarela suave da varanda, os olhos dela pareciam brilhar com uma intensidade oculta. Mesmo assim, Taylor não teve certeza se ela realmente queria isso dele e, no último segundo, se conteve. A noite já fora mais marcante do que qualquer outra que ele tivera em muito tempo; não queria estragá-la.

Em vez disso, deu um pequeno passo para trás, como se abrisse espaço para Denise.

– Foi uma noite maravilhosa para mim – disse ele.

– Para mim também.

Taylor finalmente largou a mão dela e lamentou vê-la deslizar da sua. Desejou dizer a Denise que ela tinha algo muito raro, algo que ele havia procurado, mas nunca esperara encontrar. Quis dizer todas essas coisas, mas achou que não devia.

Ele sorriu de novo e então se virou e desceu a escada ao luar, seguindo para a escuridão de sua picape.

Em pé na varanda, Denise acenou uma última vez enquanto Taylor se afastava da entrada de automóveis, os faróis dianteiros brilhando na distância. Ela o ouviu parar na estrada e esperar que um carro passasse. A picape virou na direção da cidade.

Depois de ele ir embora, Denise foi para seu quarto e se sentou na cama. Na mesa de cabeceira havia uma pequena luminária de leitura, uma foto de Kyle ainda bebê e um copo de água pela metade que ela se esquecera de levar para a cozinha naquela manhã. Suspirando, abriu a gaveta. No passado, podia conter revistas e livros, mas agora estava vazia exceto por um pequeno frasco de perfume que ganhara da mãe alguns meses antes que ela se fosse. O presente de aniversário viera embrulhado em papel dourado e amarrado com uma fita. Denise usara metade dele logo nas primeiras semanas; desde a morte da mãe, nunca mais o pusera. Guardara-o como uma lembrança dela e agora ele a fazia se lembrar que havia muito não usava nenhum perfume. Mesmo esta noite, se esquecera de passá-lo.

Ela era mãe. Acima de tudo, era assim que se definia agora. Contudo, por mais que quisesse negar, sabia que também era mulher e, depois de anos reprimindo sua feminilidade, percebia de novo sua presença. Sentada no quarto olhando para o perfume, foi dominada por uma sensação de inquietude. Algo dentro dela ansiava por ser desejado, cuidado, protegido, ouvido, aceito sem julgamentos. Ser amado.

Denise cruzou os braços, apagou a luz do quarto e foi até o corredor. Kyle dormia profundamente. Fazia calor no quarto e ele afastara os cobertores. Na cômoda, um ursinho brilhante tocava suave e repetidamente a mesma música. Tinha sido a luz noturna de Kyle desde que ele era bebê. Denise o desligou e depois foi à cama do filho. Kyle rolou para o lado quando a mãe o cobriu com o lençol. Ela beijou a pele macia e imaculada do rosto do filho e se esgueirou para fora do quarto.

A cozinha estava silenciosa. Lá fora, Denise ouviu os grilos entoando o canto de verão. Olhou pela janela. As árvores estavam prateadas ao luar, as folhas serenas e paradas. O céu estava cheio de estrelas, estendendo-se até a eternidade. Denise olhou para elas sorrindo, pensando em Taylor McAden.

# 16

Duas noites depois, Taylor estava sentado na cozinha, cuidando de alguns documentos, quando recebeu o telefonema.

Um acidente na ponte entre um caminhão-tanque e um automóvel.

Ele pegou suas chaves e saiu pela porta menos de um minuto depois; dali a cinco, era um dos primeiros a chegar ao local. Ouviu as sirenes do carro dos bombeiros soando a distância.

Ao parar sua picape, perguntou-se se eles chegariam a tempo. Saiu apressado sem fechar a porta e olhou ao redor. Carros davam marcha a ré dos dois lados da ponte e pessoas saíam deles, assustadas diante daquela horrível visão.

O caminhão-tanque batera na traseira do Honda, esmagando-a totalmente, antes de se chocar com o cabo de aço que guarnecia as laterais da ponte. Na hora do acidente, o motorista pisara fundo no freio, a roda travara e o caminhão atravessara as duas pistas, bloqueando-as totalmente nos dois sentidos. O carro, preso sob a frente da cabine, estava pendurado na ponte pelos pneus traseiros, já bem vazios. O teto fora rasgado, como uma lata parcialmente aberta, ao ser arrastado no cabo da ponte. A única coisa que impedia o Honda de cair no rio uns 25 metros abaixo era o peso do caminhão-tanque, mas até a cabine dele parecia pouquíssimo estável.

Saía muita fumaça do motor do caminhão e um líquido vazava para o Honda, espalhando uma camada brilhante sobre o capô.

Quando Mitch viu Taylor, correu para inteirá-lo da situação, indo direto ao ponto.

– O motorista do caminhão está bem, mas ainda há alguém no carro. Não sabemos se é homem ou mulher. Quem quer que seja, está tombado para a frente.

– E quanto aos tanques naquele caminhão?

– Três quartos cheios.

*Fumaça no motor... vazamento sobre o carro...*

– Se aquela cabine explodir, os tanques explodirão também?

– O motorista disse que não se o revestimento dos tanques não tiver sido danificado no acidente. Não encontrei vazamento, mas não posso garantir.

Taylor olhou ao redor, seu corpo se enchendo de adrenalina.

– Temos de tirar essas pessoas daqui.

– Eu sei, mas há um engarrafamento agora e eu mesmo só cheguei aqui alguns minutos atrás. Ainda não tive chance de fazer isso.

Dois carros de bombeiros chegaram – o que trazia água e o que tinha a escada Magirus –, com suas luzes vermelhas circundando a área, e sete homens saltaram antes mesmo que os veículos parassem totalmente. Já com suas roupas de proteção, avaliaram a cena, começaram a dar ordens e foram buscar as mangueiras. Uma vez que Mitch e Taylor tinham ido para lá sem passar pelo posto do corpo de bombeiros, pegaram com os colegas as roupas que tinham levado para eles, vestindo-as sobre as suas próprias com a agilidade proporcionada pela prática.

Carl Huddle e dois outros policiais da cidade tinham chegado. Após uma rápida consulta, voltaram sua atenção para os veículos na ponte. Carl tirou um megafone do carro; os espectadores receberam ordens para voltar a seus carros e liberar a área. Os dois outros policiais – em Edenton havia um policial por carro – foram em direções opostas, para o fim das filas que já se formavam na rodovia. O último carro foi o primeiro a receber a ordem:

– O senhor precisa se afastar ou retornar. Estamos com uma situação grave na ponte.

– Tenho que ficar a que distância?

– Oitocentos metros.

O motorista hesitou, como se tentasse decidir se isso era realmente necessário.

– Agora! – vociferou o policial.

Taylor considerava que 800 metros seriam distância suficiente para criar uma zona de segurança, só que demoraria um pouco até que todos os carros se afastassem.

Nesse meio-tempo, o caminhão-tanque soltava mais fumaça.

Em geral, o corpo de bombeiros conectaria mangueiras no hidrante mais próximo para obter a água necessária. Mas não havia hidrantes na ponte. Portanto, a única água disponível seria a do caminhão que levaram. Era suficiente para a cabine do caminhão, mas nem de longe para controlar o fogo se os tanques explodissem.

Controlar o fogo era crucial; porém, para os socorristas, ajudar o motorista preso no carro era ainda mais urgente.

Mas como chegar até ele? Ideias eram gritadas enquanto todos se preparavam para o inevitável.

Subir na cabine? Usar a escada e ir engatinhando nela? Estender uma corda e usá-la para entrar no carro?

Não importava a linha de ação que escolhessem, o problema permanecia o mesmo – todos temiam aumentar o peso sobre o carro. Era um milagre que ainda estivesse ali pendurado; pôr carga extra sobre ele ou movê-lo poderia fazê-lo cair. Quando um jato d'água da mangueira atingiu a cabine do caminhão, todos perceberam que seus temores eram justificados.

A água jorrou violentamente na direção do motor do caminhão e depois cascateou para dentro do para-brisa traseiro estilhaçado do Honda. Quase 2 mil litros por minuto, enchendo parcialmente o interior do carro. Então fluiu com a gravidade na direção do motor, deixando a área de passageiros. Momentos depois a água começou a sair pela grade dianteira. O nariz do carro abaixou um pouco, elevando a cabine do caminhão, depois subiu de novo. Os bombeiros que manejavam a mangueira viram o carro destruído perder o equilíbrio e imediatamente desviaram o jato, para então fechá-lo.

Todos empalideceram.

A água ainda escorria pela frente do carro. O motorista dentro dele não se movera.

– Vamos usar a escada – disse Taylor. – Vamos estendê-la sobre o carro e usar a corda para puxar a pessoa para fora.

O carro continuou balançando, e o movimento agora parecia espontâneo.

– Talvez ela não aguente vocês dois – Joe apressou-se a dizer.

Ele era o chefe, o único que trabalhava em tempo integral no corpo de bombeiros. Era também quem dirigia um dos carros da corporação e uma influência tranquilizadora em situações de crise como aquela.

Era óbvio que Joe tinha certa razão. Em virtude do ângulo do acidente e da largura relativamente pequena da ponte, o caminhão com a Magirus não chegaria a uma distância ideal. De onde podia ser estacionado, sua escada teria de ser estendida acima do carro por pelo menos 6 metros, até o lado onde estava o motorista. Não seria muito se a escada estivesse inclinada, mas, uma vez que ela teria de ser posicionada quase na horizontal acima do rio, isso testaria seus limites de segurança.

Provavelmente não haveria problema se o carro de bombeiros fosse mais moderno. Mas o autoescada de Edenton era um dos modelos mais antigos em operação no estado; fora adquirido levando em conta que os prédios mais altos da cidade tinham três andares. A escada não fora projetada para ser usada em uma situação como aquela.

– Que outra opção nós temos? Eu vou e volto antes que vocês percebam – disse Taylor.

Joe quase esperara que ele se oferecesse para a tarefa. Doze anos antes, no segundo ano de Taylor na equipe, Joe lhe perguntara por que ele sempre era o primeiro voluntário nas missões mais perigosas. Embora o perigo fosse parte do trabalho, correr riscos desnecessários era outra coisa, e Taylor lhe parecera alguém com vontade de provar algo. Joe não queria alguém assim atrás dele – não que não confiasse em Taylor, mas porque não queria arriscar a própria vida salvando alguém que desafiava a sorte a troco de nada.

Mas Taylor dera uma explicação simples: "Meu pai morreu quando eu tinha 9 anos e sei como é crescer sozinho. Não quero que isso aconteça com outra criança."

Não que os outros não arriscassem suas vidas, é claro. Todos os envolvidos com o corpo de bombeiros aceitavam os riscos de forma consciente. Sabiam o que poderia acontecer e em diversas ocasiões a oferta de Taylor não fora aceita.

Mas desta vez...

– Está bem – aceitou Joe. – Vá em frente, Taylor. Agora vamos ao trabalho.

Como o caminhão com a escada Magirus estava de frente, precisou sair da ponte e usar o canteiro central para se posicionar melhor. O motorista teve de levar o veículo para a frente e para trás três vezes antes de conseguir dar marcha a ré na direção do acidente. Levou sete minutos para ficar bem posicionado.

Nesses sete minutos, o motor do caminhão batido continuou a soltar muita fumaça. Pequenas chamas eram agora visíveis sob ele, lambendo e marcando a traseira do Honda. As chamas pareciam perto demais dos tanques de gasolina, mas usar a mangueira já não era uma opção e eles não podiam chegar perto o suficiente com os extintores.

O tempo estava se esgotando e tudo o que podiam fazer era observar.

Enquanto o autoescada se posicionava, Taylor pegou a corda de que precisava e prendeu-a ao próprio equipamento com um mosquetão. Quando o carro estava no lugar ideal, Taylor subiu nele e prendeu a outra ponta da corda num dos últimos degraus. Uma corda muito mais longa também se estendia da traseira do carro de bombeiros até a escada. Na outra ponta estava um equipamento de segurança bem acolchoado. Quando ele fosse fechado em volta do tronco do passageiro, a corda poderia ser lentamente recolhida, erguendo-o.

Taylor estava de bruços na escada, que começava a ser estendida. Sua mente lhe dizia: *Mantenha o equilíbrio... fique o mais atrás que puder na escada... quando chegar a hora, abaixe-se rápido mas com cuidado... não toque no carro...*

Mas o motorista ocupava a maior parte dos seus pensamentos. Estaria preso? Poderia ser movido sem o risco de maiores lesões? Seria possível tirá-lo sem que o carro caísse?

A escada continuou a ser estendida, e agora estava perto do veículo. Ainda faltavam uns 3 ou 4 metros, e Taylor a sentiu um pouco instável, rangendo sob ele, como um velho celeiro sob a força de um vendaval.

Dois metros e meio. Agora estava perto o suficiente para estender o braço e tocar na frente do caminhão.

Dois metros.

Taylor podia sentir o calor das pequenas chamas, vê-las lambendo o teto destroçado do carro. Quando a escada seguiu um pouco mais, começou a balançar ligeiramente.

Um metro e vinte. Agora ele estava acima do carro... aproximando-se do para-brisa dianteiro.

Então a escada chacoalhou e parou. Ainda de bruços, Taylor olhou por cima do ombro para ver se ocorrera alguma pane. Mas, pela expressão nos rostos dos outros bombeiros, percebeu que a escada chegara ao máximo de sua extensão e que teria de se contentar com aquilo.

A escada oscilou precariamente quando Taylor soltou a corda que fora presa ao próprio equipamento de segurança. Agarrando o arnês que içaria o motorista, começou a avançar lentamente na direção da extremidade da escada, aproveitando os três últimos degraus. Precisava do espaço deles para se posicionar acima do para-brisa e se abaixar o suficiente para alcançar a vítima.

Apesar do caos ao redor, ao se arrastar, ele se impressionara com a improvável beleza da noite. Como num sonho, o céu noturno se abrira diante dele. As estrelas, a lua, as nuvens onduladas... Lá, um vaga-lume no céu noturno; 25 metros abaixo, a água cor de carvão, escura como o tempo e, contudo, de algum modo captando a luz das estrelas. Taylor se ouviu respirando enquanto avançava, sentiu o coração batendo no peito. Debaixo dele, a escada subia, descia e oscilava a cada movimento.

Taylor se arrastou para a frente como um soldado na relva, agarrando-se aos degraus frios de metal. Atrás dele, o último dos carros saía da ponte. No silêncio mortal, ouviu as chamas lambendo a parte inferior do caminhão e, do nada, o carro sob ele começou a balançar.

Por duas vezes o nariz do carro abaixou um pouco e voltou ao lugar. Não soprava nenhum vento. Na fração de segundo em que Taylor notou aquilo, ouviu um gemido baixo, um som abafado e quase indecifrável.

– Não se mexa! – gritou instintivamente.

O gemido aumentou e o Honda começou a balançar mais.

– Não se mexa! – gritou Taylor de novo.

Sua voz cheia de desespero era o único som na escuridão. Tudo o mais estava em silêncio. Um morcego cruzou rapidamente o ar noturno.

Ele ouviu o gemido de novo e o carro se inclinou para a frente, seu nariz abaixando na direção do rio antes de se endireitar mais uma vez.

Taylor se moveu rápido. Prendeu sua corda no último degrau, dando o nó tão habilmente quanto um marinheiro. Puxou as pernas para a frente, se apoiou nos degraus e foi descendo aos poucos, fazendo o possível para se mover o mais suavemente possível, de forma que não se soltasse do arnês. A escada oscilou como uma gangorra, rangendo, subindo e descendo como se estivesse prestes a se partir. Ele se segurou o melhor que pôde, quase como se estivesse em um balanço. Era a melhor posição que teria. Segurando a corda em uma das mãos, estendeu a outra para baixo, na direção da vítima, testando gradualmente a resistência da escada. Avançando pelo para-brisa até o painel, percebeu que estava alto demais, mas viu a pessoa que tentava salvar.

Um homem na casa dos 20 ou 30 anos, com a mesma estatura dele. Parecia confuso e se debatia nas ferragens, fazendo o carro balançar violentamente. Taylor percebeu que o fato de o homem poder se movimentar era uma faca de dois gumes. Por ele estar se mexendo, significava que provavelmente poderia ser retirado do carro sem risco de lesão na coluna; porém, se não parasse de se mover, poderia fazer o carro cair.

Com a mente acelerada, Taylor estendeu a mão para cima na escada, agarrou o arnês extra e o puxou em sua direção. Com o súbito movimento, a escada foi de novo para cima e para baixo, como se quicasse. A corda ficou esticada ao máximo.

– Mais corda! – gritou ele, e um momento depois sentiu-a folgar e começou a baixá-la.

Quando havia corda suficiente, gritou para avisar que parassem. Soltou uma das travas do arnês para tentar passá-lo ao redor do homem e prendê-lo de novo.

Inclinou-se novamente para baixo, mas descobriu com frustração que ainda não alcançava o homem. Precisava de mais alguns centímetros.

– Consegue me ouvir? – gritou para dentro do carro. – Se entender o que eu digo, responda.

Ele ouviu o gemido de novo e, embora o passageiro tivesse mudado de posição, era óbvio que, na melhor das hipóteses, estava semiconsciente.

As chamas debaixo do caminhão subitamente refulgiram e se intensificaram.

Rangendo os dentes, Taylor mudou sua pegada na corda para o ponto mais baixo que pôde e depois se esticou para o motorista de novo. Chegou mais perto desta vez – conseguiu ir além do painel –, mas a vítima continuava fora de alcance.

Taylor ouviu os outros chamando da ponte.

– Consegue tirá-lo daí? – gritou Joe.

Taylor avaliou a cena. A lataria da frente do carro parecia intacta e o homem estava sem o cinto de segurança, com metade do corpo no banco e metade no chão debaixo do volante. Estava curvado, mas parecia ser possível puxá-lo pela abertura rasgada no teto. Taylor pôs a mão livre em concha ao redor da boca, gritando de modo que o escutassem:

– Acho que sim. O para-brisa está totalmente destruído e o teto está bem aberto. Há espaço suficiente para ele subir, e não vi nada que o prenda.

– Consegue alcançá-lo?

– Ainda não – gritou Taylor de volta. – Estou perto, mas não consigo pôr o equipamento ao redor dele. Ele está desorientado.

– Ande logo e faça o que puder – disse Joe com uma voz ansiosa. – Parece que o fogo no motor está aumentando.

Mas Taylor já sabia disso. Agora o caminhão irradiava um calor extremo e ele ouvia estranhos sons de estouro vindo de lá. O suor começou a escorrer pelo seu rosto.

Ele se preparou, agarrou a corda e se esticou. Desta vez as pontas de seus dedos passaram pelo para-brisa estilhaçado e roçaram no braço do homem inconsciente. A escada subia e descia e ele tentava usar seu movimento para ampliar o próprio alcance. Mas continuava a centímetros de distância.

Subitamente, como num pesadelo, Taylor ouviu um som sibilante e chamas explodiram do motor do caminhão, indo na direção dele. Por instinto, cobriu o rosto, porém as chamas recuaram para o caminhão.

– Você está bem? – gritou Joe.

– Estou!

Sem tempo para planos, sem tempo para ponderações...

Taylor pegou a corda e puxou-a em sua direção. Esticando a ponta do pé, moveu o gancho que sustentava o equipamento de segurança até centralizá-lo sob sua bota. Então, apoiando o peso no pé, ergueu-se um pouco e soltou o próprio equipamento da corda de apoio.

Segurando-se como se sua vida dependesse disso e tendo apenas um pequeno ponto de apoio no centro da bota, ele deslizou as mãos para baixo na corda até quase se agachar. Quando desceu o suficiente para alcançar o motorista, soltou uma das mãos e pegou o equipamento de segurança. Tinha de passá-lo ao redor do peito do homem, por baixo dos braços.

A escada balançava muito agora. Chamas começavam a queimar o teto do Honda a apenas centímetros de sua cabeça. Filetes de suor entraram em seus olhos, turvando-lhe a visão. A adrenalina percorreu seu corpo.

– Acorde! – gritou ele, a voz rouca de pânico e frustração. – Precisa me ajudar!

O motorista gemeu de novo e pestanejou. Não era o bastante.

Com as chamas indo em sua direção, Taylor puxou com força o braço do homem.

– *Ajude aqui,* droga! – gritou.

Finalmente desperto por algum lampejo de autopreservação, o homem ergueu ligeiramente a cabeça.

– Passe o equipamento de segurança por baixo do braço!

Ele não pareceu entender, mas, na posição em que seu corpo estava agora, talvez Taylor conseguisse prendê-lo. Levou uma das alças do equipamento de segurança na direção do braço do homem – o que estava sobre o banco – e a passou por baixo dele.

Uma já fora.

Ele gritava o tempo todo, seus gritos tornando-se cada vez mais desesperados.

– Ajude! Acorde! Não vai dar tempo!

As chamas aumentavam e a escada subia e descia perigosamente.

Mais uma vez o homem mexeu a cabeça – não muito, nem de longe o suficiente. O outro braço dele parecia preso entre o próprio corpo e o volante. Deixando de lado o que poderia acontecer, Taylor empurrou o homem, sacudindo-o. A escada abaixou mais – assim como o carro, que começou a apontar na direção do rio.

Contudo, de algum modo o empurrão foi suficiente. Dessa vez o homem abriu os olhos e começou a tentar sair do vão entre o volante e o banco. Agora o carro balançava muito. Ainda sem forças, o homem soltou o outro braço e o ergueu ligeiramente enquanto tentava se apoiar no banco. Taylor passou o equipamento de segurança ao redor dele. Com a mão suada na corda, prendeu a extremidade solta do equipamento, completando o círculo, e depois o afivelou com força.

– Agora vamos içá-lo. Precisamos fazer isso rápido.

O homem apenas deixou a cabeça pender, desmaiando de novo, mas Taylor pôde ver que o caminho finalmente estava livre.

– Puxem! – gritou. – O motorista está seguro!

Taylor subiu suas mãos pela corda até ficar na vertical. Os bombeiros começaram a recolher a corda, tomando o cuidado de não dar solavancos, temendo a tensão que isso poria na escada.

A corda se esticou e a escada começou a ranger e tremer. Mas, em vez de o acidentado subir, foi a escada que pareceu descer.

E descer...

*Ah, droga...*

Taylor achou que ela estivesse prestes a ceder, mas então ambos começaram a subir.

Um centímetro. E mais outro.

Depois, como num pesadelo, a corda parou de correr e a escada começou a descer de novo. Taylor logo compreendeu que ela não aguentaria o peso dos dois.

– Parem! – gritou. – A escada vai quebrar.

Ele tinha de sair da corda e da escada. Certificando-se mais uma vez de que o homem não ficaria preso, alcançou os degraus acima dele, depois tirou cuidadosamente o pé do gancho, deixando as pernas penduradas e rezando para que os sacolejos adicionais não fizessem a escada quebrar.

Decidiu seguir pela escada trocando de mão nos degraus, como uma criança em um trepa-trepa. Um degrau... dois... três... quatro. O carro já não estava sob ele, mas Taylor ainda sentia o metal ceder.

Foi nesse momento, quando ele seguia pelos degraus, que as chamas cresceram, estendendo-se com intensidade mortal em direção aos tanques de combustível. Ele já vira muitos motores pegar fogo e aquele estava prestes a explodir.

Taylor olhou na direção da ponte. Como se estivessem em câmera lenta, viu os bombeiros, seus amigos, agitando freneticamente os braços, gritando para avisar que ele se apressasse, que saísse da escada, que voltasse em segurança antes que o caminhão explodisse. Mas ele sabia que não havia como voltar a tempo e ainda tirar o motorista do Honda.

– Puxem! – gritou, rouco. – Ele precisa subir agora!

Pendurado bem acima da água, afrouxou os dedos e depois se soltou totalmente. Em um instante era engolido pelo ar noturno.

O rio estava 25 metros abaixo.

– Essa foi a coisa mais estúpida, mais idiota, que já o vi fazer – disse Mitch sem rodeios.

Tinham se passado quinze minutos e eles estavam sentados na margem do rio Chowan.

– Quero dizer, já vi muita estupidez na vida, mas essa leva o prêmio.

– Nós o tiramos, não foi? – argumentou Taylor.

Estava ensopado e tinha perdido uma bota enquanto nadava para ficar em segurança. Quando o nível de adrenalina em seu organismo baixou, ele sentiu o corpo começar a desacelerar de exaustão. Foi como se não dormisse havia dias: seus músculos pareciam de borracha e suas mãos tremiam de forma incontrolável. Felizmente os outros estavam cuidando do acidente na ponte – ele não teria forças para ajudar. Embora o motor tivesse explodido, os lacres que seguravam os tanques não tinham se rompido, e os brigadistas puderam controlar o fogo com relativa facilidade.

– Você não tinha de pular. Poderia ter conseguido voltar.

Mesmo dizendo isso, Mitch não estava bem certo de que era verdade. Logo após Taylor ter se soltado, os bombeiros superaram o choque e começaram a recolher a corda com cuidado. Sem o peso de Taylor, a escada teve resistência suficiente para permitir que o acidentado fosse erguido pelo para-brisa. Como Taylor previra, ele foi içado sem problemas. Quando ele estava a salvo, a escada girou para longe do acidente, voltando. No momento em que ela chegou à ponte, o motor do caminhão explodiu, lançando chamas brancas e amarelas em todas as direções. O carro se soltou e seguiu Taylor até a água abaixo. Porém, graças a seu bom senso, ele nadara para debaixo da ponte logo depois de cair no rio, prevendo o que aconteceria. De fato, o carro caiu perto, muito perto.

No momento em que Taylor atingira a água, fora sugado para o fundo, onde a pressão da queda o mantivera durante vários segundos. Ele foi empurrado e girado como um pano na máquina de lavar, mas conseguiu subir à superfície, onde tomou ar desesperadamente.

Na primeira vez que viera à tona, ainda tivera energia para gritar, avisando que estava bem. Após o carro atingir a água e ele escapar por pouco de ser esmagado, gritara de novo. Mas, depois de nadar para a margem, estava nauseado e tonto, finalmente registrando os acontecimentos da última hora. Tinha sido nesse momento que suas mãos começaram a tremer.

Joe não sabia se devia ficar furioso por causa do pulo ou aliviado por ter dado tudo certo. O motorista do Honda ficaria bem, então Joe mandara Mitch descer para falar com Taylor.

Mitch o encontrara sentado na lama, abraçando as pernas, com a cabeça apoiada nos joelhos. Ele não havia se movido desde que Mitch se sentara ao seu lado.

– Você não devia ter pulado – disse o amigo depois que Taylor não respondeu.

Ele ergueu lentamente a cabeça, tirando a água do rosto.

– É que pareceu perigoso – disse, sem emoção.

– Porque *era* perigoso. Mas o pior foi o carro cair na água. Você podia ter sido esmagado.

*Eu sei...*

– Foi por isso que nadei para debaixo da ponte – respondeu Taylor.

– Mas e se o carro tivesse caído antes? E se o motor tivesse explodido vinte segundos mais cedo? E se você tivesse atingido algo submerso na água, pelo amor de Deus?

E se?

*Aí eu estaria morto.*

Taylor balançou a cabeça, entorpecido. Sabia que teria de responder a todas aquelas perguntas de novo, quando Joe o interrogasse.

– Eu não sabia mais o que fazer – explicou.

Mitch estudou o amigo com preocupação, percebendo o desconforto na voz dele. Já vira isso antes, a aparência traumatizada de alguém que sabia que tinha sorte em estar vivo. Notou as mãos trêmulas de Taylor e se aproximou, dando-lhe um tapinha nas costas.

– Estou feliz por você estar bem.

Taylor assentiu. Estava cansado demais para falar.

# 17

Mais tarde naquela noite, quando a situação na ponte estava sob controle, Taylor entrou em seu carro para ir para casa. Como previra, Joe tinha lhe feito todas as perguntas que Mitch fizera e mais algumas, revendo com ele cada decisão e os motivos para ela e cobrindo tudo duas ou três vezes. Embora Joe ainda estivesse zangado como jamais o vira, Taylor fez o possível para convencê-lo de que não agira de forma imprudente.

– Olhe – disse –, eu não queria pular. Mas, se não tivesse pulado, nem eu nem ele estaríamos vivos.

Para esse argumento, Joe não teve resposta.

As mãos de Taylor haviam parado de tremer e seu sistema nervoso aos poucos voltara ao normal, embora ele estivesse esgotado. Ao dirigir de volta pelas tranquilas estradas rurais, ainda sentia calafrios.

Alguns minutos depois, ele subiu os degraus de cimento rachados de sua pequena casa. Na pressa de sair, deixara as luzes acesas e a casa quase disse olá quando ele entrou. A papelada de sua empresa ainda estava espalhada sobre a mesa e a calculadora fora deixada ligada. O gelo em seu copo de água derretera.

Ouviu a televisão ao fundo, na sala de estar: o jogo que estivera acompanhando dera lugar ao noticiário local.

Pôs as chaves sobre o balcão e tirou a camisa enquanto atravessava a cozinha para o pequeno cômodo onde ficavam a máquina de lavar e de secar. Abriu a tampa e pôs a camisa na máquina. Tirou os sapatos e os chutou para a parede. Calças, meias e cueca foram junto com a camisa, seguidas do sabão. Depois de ligar a máquina, ele pegou uma toalha dobrada em cima da secadora, foi para o banheiro e tomou uma chuveirada quente para tirar a água salobra do corpo.

Após pentear rapidamente os cabelos, percorreu a casa desligando tudo antes de ir para a cama.

Foi de forma relutante que apagou as luzes. Queria dormir; porém, apesar de sua exaustão, teve certeza de que o sono não viria. Em vez disso, logo após fechar os olhos, as imagens das últimas horas começaram a surgir em sua mente. Quase como um filme, algumas avançavam rápido, outras voltavam, mas em todos os casos eram diferentes do que de fato havia acontecido. As imagens não eram de sucesso – pareciam pesadelos.

Em uma sequência após a outra, observou, impotente, tudo dar errado.

Viu-se tentando alcançar a vítima, ouviu um estalo e sentiu um calafrio nauseante quando a escada se partiu, mandando ambos para a morte...

Ou...

Viu horrorizado a vítima tentar pegar a mão que lhe estendia, seu rosto contorcido de terror, enquanto o carro caía da ponte e Taylor não podia fazer nada para impedir...

Ou...

Sentiu sua mão suada subitamente escorregar da corda e ele cair na direção das colunas da ponte, para a morte...

Ou...

Ao enganchar o equipamento, ouviu um estranho som metálico logo antes de o motor do caminhão explodir, e então sua pele se rasgava e queimava, e vinha o som dos próprios gritos enquanto a vida lhe era tirada...

Ou...

*O pesadelo com o qual vivia desde a infância...*

Seus olhos se abriram de súbito. As mãos tremiam de novo e a garganta estava seca. Com a respiração acelerada, sentiu outra descarga de adrenalina, só que dessa vez ela fez seu corpo doer.

Virando a cabeça, olhou para o relógio. As luzes digitais vermelhas brilhantes mostravam que eram quase 23h30.

Ciente de que não dormiria, Taylor acendeu a luz ao lado da cama e começou a se vestir.

Não entendeu direito a própria decisão. Tudo o que sabia era que precisava conversar.

Não com Mitch, não com Melissa. Nem mesmo com a mãe.
Precisava conversar com Denise.

O estacionamento do Eights estava quase vazio quando ele chegou. Havia apenas um carro parado a um canto. Taylor estacionou a picape na vaga mais próxima da porta e olhou para seu relógio. O restaurante fecharia dali a dez minutos.

Ele abriu as portas de madeira e ouviu o pequeno sino bater, avisando de sua chegada. O lugar era o mesmo de sempre. Um balcão ao longo da parede do fundo; era ali que a maioria dos caminhoneiros se sentava nas primeiras horas da manhã. Havia uma dúzia de mesas quadradas no centro do salão sob um ventilador de teto. À esquerda e à direita da porta, embaixo das janelas, havia três reservados, com mesas entre bancos compridos com encostos altos forrados de vinil vermelho, todos com pequenos rasgos. O ambiente tinha cheiro de bacon, apesar da hora avançada.

Para além do balcão, viu Ray limpando os fundos. Ele se virou ao som da porta e reconheceu Taylor quando entrou. Acenou com um pano de prato engordurado.

– Oi, Taylor – cumprimentou-o. – Há quanto tempo não nos vemos. Veio comer?

– Ah, oi, Ray. – Ele olhou de um lado para o outro. – Na verdade, não.

Ray balançou a cabeça, rindo sozinho.

– Por algum motivo, achei que não – disse de um jeito travesso. – Denise sairá em um minuto. Está guardando algumas coisas no freezer. Veio se oferecer para levá-la em casa?

Como Taylor não respondeu, os olhos de Ray brilharam.

– Acha que é o primeiro a chegar aqui com esse olhar de cachorrinho perdido? Vieram um ou dois na semana passada, com exatamente essa sua cara de agora e esperando a mesma coisa. Caminhoneiros, ciclistas, até mesmo homens casados. – Ray sorriu. – Ela é mesmo demais, não é? Bonita como uma flor. Mas não se preocupe, Denise ainda não aceitou o convite de ninguém.

– Eu não estava... – gaguejou Taylor, subitamente sem palavras.

– É claro que estava. – Ele piscou um olho, deixando que Taylor assimilasse aquilo, e então baixou a voz. – Mas, como eu disse, não se preocupe. Tenho a estranha sensação de que ela pode dizer sim para você. Vou avisar que está aqui.

Tudo o que Taylor pôde fazer foi ficar observando-o enquanto ele desaparecia de vista. Quase de imediato, Denise saiu da área da cozinha por uma porta de vaivém.

– Taylor? – disse, claramente surpresa.

– Oi – respondeu ele, meio tímido.

– O que está fazendo aqui?

Denise começou a ir na direção dele, sorrindo com um ar de curiosidade no rosto.

– Eu queria vê-la – respondeu ele em voz baixa, sem saber o que mais dizer.

Enquanto Denise caminhava, ele captou sua imagem. Ela usava um avental branco manchado do trabalho sobre o vestido amarelo. O vestido, de mangas curtas e gola V, estava abotoado o mais alto possível; a saia ficava abaixo dos joelhos. Denise usava tênis brancos, algo com que ficaria confortável mesmo depois de horas em pé. Os cabelos estavam puxados para trás em um rabo de cavalo e o rosto brilhava de suor e gordura.

Ela estava linda.

Denise percebeu a apreciação de Taylor, mas, ao se aproximar, notou algo mais nos olhos dele, algo que nunca vira.

– Você está bem? – perguntou. – Parece que viu um fantasma.

– Eu não sei – murmurou ele, quase para si mesmo.

Denise ergueu os olhos para ele, preocupada, e depois olhou por cima do próprio ombro.

– Ray, posso fazer um pequeno intervalo?

O dono do restaurante agiu como se nem mesmo tivesse notado que Taylor entrara e continuou a limpar a grelha enquanto falava.

– Não se apresse, querida. De qualquer modo, estou quase terminando.

Denise olhou para Taylor de novo.

– Quer se sentar e conversar?

Fora exatamente por isso que ele viera, mas os comentários de Ray o haviam desconcertado. Tudo em que conseguia pensar agora era nos homens que iam ao restaurante procurando por ela.

– Talvez eu não devesse ter vindo – disse ele.

Mas, como se soubesse exatamente o que fazer, Denise sorriu de forma solidária e disse:

– Fico feliz que tenha vindo. O que aconteceu?

Taylor ficou em silêncio, com tudo se precipitando sobre ele de uma só vez. O leve cheiro do xampu dela, seu desejo de abraçá-la e lhe contar sobre aquela noite, os pesadelos que o faziam acordar, como queria que ela o ouvisse.

*Os homens que iam ao restaurante procurar por ela...*

Apesar de tudo, esse pensamento apagou o que o afligia. Não que ele tivesse algum motivo para sentir ciúme. Ray dissera que Denise sempre rejeitava os outros e ele não tinha nada sério com ela. Mas, mesmo assim, o sentimento o dominou. Que homens? Quem queria levá-la para casa? Ele sentiu vontade de lhe perguntar, mas sabia que não era da sua conta.

– É melhor eu ir embora – disse, balançando a cabeça. – Não deveria estar aqui. Você ainda está trabalhando.

– Não – falou Denise, desta vez séria, sentindo que algo o perturbava. – Aconteceu alguma coisa esta noite. O que foi?

– Eu queria conversar com você – disse ele simplesmente.

– Sobre o quê?

Os olhos de Denise procuraram os dele e não se desviaram. Aqueles olhos maravilhosos. Deus, ela era linda! Taylor engoliu em seco, sua mente girando.

– Houve um acidente na ponte esta noite – revelou ele, de súbito.

Denise assentiu, ainda sem saber aonde isso ia chegar.

– Eu sei. Ficou vazio aqui a noite toda. Quase ninguém veio porque a ponte estava fechada. Você estava lá?

Taylor fez que sim com a cabeça.

– Ouvi dizer que foi horrível. Foi?

Ele assentiu com a cabeça de novo.

Denise estendeu a mão, seus dedos gentilmente pousados no braço dele.

– Espere aqui, está bem? Deixe-me ver o que ainda precisa ser feito antes de fecharmos.

Ela lhe deu as costas, seus dedos escorregaram da pele dele, e voltou para a cozinha. Taylor ficou sozinho com seus pensamentos por um minuto, até Denise voltar.

Para sua surpresa, Denise passou direto por ele, indo na direção da porta da frente, onde inverteu a tabuleta de "Aberto". O Eights estava fechado.

– A cozinha fechou – explicou. – Tenho de fazer algumas coisas e depois estarei pronta para ir. Por que não espera por mim? Podemos conversar na minha casa.

Taylor carregou o menino para a picape, a cabeça do garoto apoiada em seu ombro. Uma vez lá dentro, Kyle se enroscou imediatamente em Denise, sem acordar.

Quando chegaram à casa, Taylor tirou Kyle do colo de Denise e o carregou para o quarto. Pôs o menino na cama e a mãe o cobriu com o lençol. A caminho da porta, ela apertou o botão do ursinho de plástico, acendendo a luz e ligando a música. Deixou a porta entreaberta quando saíram.

Na sala de estar, Denise acendeu uma das luzes enquanto Taylor se sentava no sofá. Ela hesitou um instante, mas acabou se acomodando em uma cadeira que ficava na diagonal em relação ao sofá.

Nenhum deles dissera nada a caminho de casa temendo acordar Kyle, mas, assim que se sentaram, Denise foi direto ao assunto.

– O que aconteceu? – perguntou. – Na ponte. Esta noite.

Taylor lhe contou tudo: o resgate, o que Mitch e Joe haviam dito, as imagens que o atormentaram depois. Denise ficou em silêncio enquanto ele falava, seus olhos fixos no rosto dele. Quando ele terminou, ela se inclinou para a frente.

– Você o salvou?

– Eu, não. Todos nós o salvamos – disse Taylor.

– Mas quantos de vocês foram para a escada? Quantos de vocês tiveram de pular porque a escada não aguentaria?

Taylor não respondeu e Denise se levantou da cadeira para se sentar perto dele no sofá.

– Você é um herói – disse ela, com um pequeno sorriso no rosto. – Como aconteceu quando Kyle estava perdido.

– Não, eu não sou – disse Taylor, e as imagens do passado vieram à tona contra a sua vontade.

– Sim, você é.

Denise procurou a mão dele. Durante os vinte minutos seguintes, eles falaram sobre coisas irrelevantes, a conversa mudando de um assunto para outro. Finalmente Taylor perguntou sobre os homens que queriam levá-la para casa; ela riu e revirou os olhos, explicando que aquilo era parte do trabalho.

– Quanto mais gentil eu sou, mais gorjetas ganho. Mas acho que alguns homens interpretam isso errado.

O simples fluir da conversa foi relaxante. Denise fez o possível para manter a mente de Taylor longe do acidente. Quando ela era criança e tinha pesadelos, sua mãe costumava fazer a mesma coisa. Falavam sobre outra coisa, qualquer coisa, e ela acabava se acalmando.

Aquilo também pareceu funcionar com Taylor. Pouco a pouco ele começou a falar menos, suas respostas vindo mais devagar. Seus olhos se fechavam e abriam, e se fechavam de novo. Sua respiração foi ficando mais pesada à medida que os esforços do dia começavam a cobrar seu preço.

Ela segurou a mão dele, observando-o até que ele cochilasse. Então se levantou do sofá e foi buscar um cobertor extra em seu quarto. Ela o cutucou e ele se deitou, então Denise o cobriu.

Meio adormecido, ele murmurou algo sobre ter de ir. Denise sussurrou que ele ficaria ali mesmo.

– Durma – murmurou ela ao apagar a luz.

Denise foi para o próprio quarto, tirou as roupas de trabalho e vestiu o pijama. Soltou o rabo de cavalo, escovou os dentes e limpou a oleosidade do rosto. Então foi para a cama e fechou os olhos.

O fato de Taylor McAden estar dormindo no outro cômodo foi seu último pensamento antes de adormecer também.

– Oi, Taior – disse Kyle alegremente.

Taylor abriu os olhos e os estreitou à luz do início da manhã que entrava pela janela da sala de estar. Esfregando sonolento as pálpebras com as costas da mão, viu Kyle em pé diante dele, com o rosto muito perto. Os cabelos do garoto, despenteados e embaraçados, apontavam em várias direções.

Demorou um segundo para ele entender onde estava. Quando Kyle se afastou sorrindo, Taylor se sentou. Ele correu as duas mãos pelos cabelos.

Olhando para o relógio, viu que passava um pouco das seis da manhã. O resto da casa estava em silêncio.

– Bom dia, Kyle. Como vai?

– Ei tá duminu.

– Onde está sua mãe?

– Ei tá soufa.

Taylor se aprumou, sentindo a rigidez em suas articulações. Seu ombro doía, o que era comum na hora que ele acordava.

– Sim.

Taylor esticou os braços para o lado, espreguiçando-se, e bocejou.

– Bom dia – ouviu atrás dele.

Por cima do ombro, viu Denise saindo do quarto com um pijama cor--de-rosa comprido e meias. Ele se levantou do sofá.

– Bom dia – disse, virando-se. – Acho que caí no sono na noite passada.

– Você estava cansado.

– Sinto muito por isso.

– Tudo bem – disse ela.

Kyle fora para o canto da sala de estar e se sentara para mexer com seus brinquedos. Denise foi até ele, se curvou e beijou no alto de sua cabeça.

– Bom dia, querido.

– Dia – respondeu ele.

– Está com fome?

– Não.

– Quer um pouco de iogurte?

– Não.

– Quer ficar com seus brinquedos?

Kyle fez que sim com a cabeça e Denise voltou sua atenção para Taylor.

– E você? Está com fome?

– Não quero que tenha de fazer nada especial.

– Eu ia lhe oferecer um pouco de cereal – disse Denise, arrancando um sorriso de Taylor. Ela ajeitou a parte de cima do pijama. – Dormiu bem?

– Como uma pedra – respondeu Taylor. – Obrigado pela noite passada. Você foi mais do que paciente comigo.

Denise encolheu os ombros, seus olhos captando a luz matutina. Seus cabelos, longos e emaranhados, roçavam nos ombros.

– Para que servem os amigos?

Constrangido por algum motivo, Taylor pegou o cobertor e começou a dobrá-lo, feliz por ter algo para fazer. Sentia-se deslocado ali, na casa dela, tão cedo pela manhã.

Denise se aproximou dele.

– Tem certeza de que não quer ficar para o café? Eu tenho meia caixa.

Taylor hesitou.

– E leite? – perguntou por fim.

– Não, nós usamos água no cereal – disse ela, séria.

Ele a olhou como se não soubesse se devia ou não acreditar nela e Denise subitamente soltou uma risada melodiosa.

– É claro que temos leite, seu bobo.

– Bobo?

– É um termo carinhoso. Significa que gosto de você – disse ela, piscando um olho.

As palavras foram estranhamente enaltecedoras.

– Nesse caso, terei prazer em ficar.

– Então, como está sua agenda hoje? – perguntou Taylor.

Eles haviam terminado o café da manhã e Denise o acompanhava até a porta. Taylor ainda precisava trocar de roupa antes de se encontrar com sua equipe.

– O de sempre. Vou treinar com Kyle por algumas horas e depois não sei ao certo. Depende do que ele quiser fazer. Brincar no quintal, andar de bicicleta, o que for. Depois trabalhar à noite.

– Servindo aqueles homens cheios de luxúria?

– Tenho de pagar as contas – disse ela maliciosamente. – Além disso, eles não são assim tão ruins. O que apareceu na última noite até que era legal. Eu o deixei ficar na minha casa.

– Um homem realmente sedutor, não era?

– Na verdade, não. Mas ele estava com uma cara de dar dó. Não tive coragem de mandá-lo para casa.

– Essa doeu.

Quando chegaram à porta, Denise se encostou nele, cutucando-o de brincadeira.

– Você sabe que eu estava brincando.

– Espero que sim.

O céu não tinha nuvens e o sol começava a espreitar sobre as árvores no leste quando eles chegaram à varanda.

– Olhe, sobre a noite passada... obrigado por tudo.

– Você já tinha me agradecido, lembra?

– Eu sei – disse Taylor, sério. – Mas queria agradecer de novo.

Eles ficaram em pé próximos um do outro, sem falar nada, até que Denise finalmente deu um pequeno passo adiante. Olhando para baixo e depois para Taylor de novo, inclinou ligeiramente a cabeça, seu rosto aproximando-se do dele. Ela pôde ver a surpresa nos olhos de Taylor quando o beijou de leve nos lábios.

Não foi mais do que um selinho, mas tudo o que Taylor conseguiu fazer depois foi olhar para ela, pensando em quanto fora maravilhoso.

– Estou feliz que tenha me procurado – disse Denise.

Ainda de pijama e com os cabelos emaranhados, ela parecia absolutamente perfeita.

# 18

Mais tarde naquele dia, a pedido de Taylor, Denise lhe mostrou o diário de Kyle.

Sentada na cozinha ao lado dele, ela folheou as páginas, fazendo comentários de vez em quando. Cada página continha os objetivos de Denise, assim como palavras e frases específicas, pronúncias e suas observações finais.

– Veja bem, é apenas um registro do que fazemos. Só isso.

Taylor foi para a primeira página. No alto estava escrita uma única palavra: maçã. Embaixo, mais para o meio da página e continuando na parte de trás, estava a descrição de Denise do primeiro dia em que trabalhara com o filho.

– Posso? – perguntou ele, apontando para a página.

Denise assentiu e Taylor leu devagar, assimilando cada palavra. Quando terminou, ergueu os olhos.

– Quatro horas?

– Sim.

– Apenas para falar "maçã"?

– Na verdade, ele não falou exatamente certo, nem mesmo no final. Mas chegou perto o suficiente para eu entender o que estava tentando dizer.

– Como conseguiu que Kyle fizesse isso?

– Apenas continuei trabalhando com ele até conseguir.

– Como sabia o que ia dar certo?

– Na verdade, eu não sabia. Não no começo. Havia estudado muitas técnicas diferentes sobre como trabalhar com crianças como Kyle. Tinha lido sobre diversos programas que as universidades estavam testando. Aprendi um pouco sobre o método dos fonoaudiólogos. Mas nada parecia realmente descrever Kyle. Quero dizer, algumas partes, sim, mas no geral eram crianças com outro perfil. Mas encontrei dois livros, *Late-Talking Children* (Crianças que demoram a falar), de Thomas Sowell, e *Let Me Hear Your Voice* (Deixe-me ouvir a sua voz), de Catherine Maurice, que pareciam ter mais a ver com ele. O livro de Thomas Sowell foi o primeiro que deixou claro que eu não estava sozinha nisso, que muitas crianças têm dificuldade com a fala, embora não pareça haver mais nada de errado com elas. O livro de Catherine Maurice me deu uma ideia de como ensinar Kyle, embora tratasse principalmente de autismo.

– Então o que você faz?

– Uso um programa de modificação do comportamento desenvolvido pela Universidade da Califórnia. Ao longo dos anos, eles tiveram muito sucesso com crianças autistas recompensando o comportamento positivo e punindo o negativo. Adaptei o programa à fala, já que esse era o único problema de Kyle. Basicamente, quando ele diz o que deve dizer, ganha uma balinha. Quando não diz, não ganha. Se ele nem mesmo tenta ou é teimoso, eu o repreendo. Quando lhe ensinei a dizer "maçã", apontei para a figura de uma maçã e fiquei repetindo a palavra. Eu lhe dei uma bala toda vez que ele emitia um som; depois disso, só lhe dei quando emitia o som certo, mesmo se fosse apenas parte da palavra. Por fim, Kyle passou a ser recompensado apenas quando dizia a palavra inteira.

– E isso demorou quatro horas?

Denise assentiu.

– Quatro horas incrivelmente longas. Ele chorou e se alvoroçou, tentando sair da cadeira e gritou como se eu estivesse batendo nele. Se alguém tivesse nos ouvido naquele dia, provavelmente pensaria que era uma surra. Devo ter dito aquela palavra umas quinhentas ou seiscentas vezes, não sei. Fiquei repetindo-a até estarmos fartos dela. Foi desagradável, realmente terrível para nós dois, e achei que aquilo nunca terminaria, mas, sabe...

Ela se inclinou um pouco mais para perto.

– Quando ele finalmente disse a palavra, todas as partes terríveis daquele dia desapareceram: a frustração, a raiva e o medo que nós dois sentíamos. Lembro-me de como fiquei animada, você não pode nem imaginar. Comecei a chorar e o fiz repetir a palavra pelo menos uma dúzia de vezes antes de acreditar mesmo que a dissera. Foi a primeira vez que tive certeza de que

Kyle era capaz de aprender. Eu tinha feito isso sozinha, e não posso descrever quanto significou, depois de tudo o que os médicos disseram sobre ele.

Denise balançou a cabeça, lembrando-se daquele dia.

– Bem, depois disso ficamos tentando palavras novas, uma de cada vez, até ele dizê-las também. Kyle chegou a um ponto em que podia dizer o nome de cada árvore e flor que existia, cada tipo de carro, cada tipo de avião... seu vocabulário era enorme, mas ele ainda não tinha capacidade de entender que a linguagem era realmente *usada* para alguma coisa. Então começamos com combinações de duas palavras, como "caminhão azul" ou "árvore grande", e acho que isso o ajudou a entender o que eu estava tentando lhe ensinar, que as palavras são o modo pelo qual as pessoas se comunicam. Depois de alguns meses, ele conseguia repetir quase tudo o que eu dizia, por isso comecei a tentar lhe ensinar o que eram perguntas.

– Isso foi difícil?

– Ainda é. É mais difícil do que ensinar palavras, porque ele precisa perceber a diferença de entonação, entender qual é a pergunta e só depois respondê-la corretamente. Todas essas três partes são difíceis para ele e é nisso que temos trabalhado nos últimos meses. No início, as perguntas apresentaram todo um novo conjunto de desafios, porque Kyle queria apenas imitar o que eu estava dizendo. Eu apontava para a figura de uma maçã e perguntava: "O que é isso?" Kyle respondia: "O que é isso?" Eu dizia: "Não, diga 'É uma maçã'." E ele respondia: "Não, diga 'É uma maçã'." Por fim, comecei a sussurrar a pergunta e depois a dizer a resposta em voz alta, esperando que ele entendesse o que eu queria. Mas por um longo tempo ele sussurrou a pergunta como eu e depois respondeu em voz alta, repetindo exatamente minhas palavras e meus tons. Demorou semanas para dizer apenas a resposta. Eu o recompensava, é claro, sempre que isso acontecia.

Taylor assentiu, começando a entender quanto tudo isso devia ser difícil.

– Você deve ter a paciência de uma santa – observou.

– Nem sempre.

– Mas fazer isso todos os dias...

– Tenho de fazer. Além disso, veja aonde ele chegou.

Taylor folheou o diário até a parte final. De uma página quase em branco com uma única palavra escrita, agora as observações de Denise sobre as horas passadas com Kyle preenchiam três ou quatro páginas de cada vez.

– Ele percorreu um longo caminho.

– Sim. Mas ainda tem um longo caminho pela frente. Ele é bom em algumas perguntas, como "o que" e "quem", mas ainda não entende "por que" e "como". Também não consegue conversar. Geralmente só diz uma única frase. Além disso, tem dificuldade na formulação de perguntas. Ele sabe o que eu quero quando digo "Onde está o seu brinquedo?", mas se pergunto "Onde você pôs o seu brinquedo?", tudo o que obtenho é um olhar vazio. Coisas assim são o motivo de eu ficar feliz por ter feito este diário. Sempre que Kyle tem um dia ruim, e isso acontece com bastante frequência, eu o abro e me lembro de todos os desafios que ele enfrentou até agora. Um dia, quando ele estiver melhor, vou lhe dar isto. Quero que o leia para que saiba quanto o amo.

– Ele já sabe disso.

– Eu sei. Mas um dia quero ouvi-lo dizer que me ama também.

– Ele não faz isso agora, quando você o põe na cama à noite?

– Não – respondeu ela. – Kyle nunca me disse isso.

– Você não tentou lhe ensinar a dizer?

– Não.

– Por quê?

– Porque quero me surpreender no dia em que ele finalmente disser sozinho.

Durante a próxima semana e meia Taylor passou cada vez mais tempo na casa de Denise, sempre indo lá de tarde quando sabia que ela terminara de treinar com Kyle. Às vezes ficava por uma hora, às vezes um pouco mais. Em duas tardes, jogou bola com o garoto enquanto Denise os observava da varanda; na terceira tarde, ensinou Kyle a bater na bola com um pequeno taco e um suporte para bola que usara quando era pequeno. Jogada após jogada, Taylor pegava a bola e a colocava de volta no suporte, encorajando o menino a tentar de novo. Quando Kyle quis parar, a camisa de Taylor estava toda molhada de suor. Denise o beijou pela segunda vez depois de lhe entregar um copo de água.

181

No domingo, na semana depois do parque de diversões, Taylor os levou de carro a Kitty Hawk, onde passaram o dia na praia. Ele apontou para o local onde Orville e Wilbur Wright fizeram seu voo histórico em 1903, depois leram os detalhes em um monumento erguido em homenagem aos irmãos. Fizeram um piquenique e, mais tarde, uma longa caminhada pela praia, entrando e saindo da água enquanto andorinhas-do-mar voavam acima de suas cabeças. Perto do fim da tarde, Denise e Taylor construíram castelos de areia que Kyle adorou demolir. Rugindo como Godzilla, pisava nos montes quase tão rapidamente quanto eram moldados.

A caminho de casa, pararam na barraca de um fazendeiro na estrada, onde compraram milho fresco. Enquanto Kyle comia macarrão com queijo, Taylor jantou pela primeira vez na casa de Denise. O sol e o vento na praia tinham esgotado o garoto e ele dormiu logo depois. Taylor e Denise conversaram na cozinha até quase meia-noite. Na porta, beijaram-se de novo, e Taylor passou os braços ao redor dela.

Alguns dias depois, ele emprestou sua picape para Denise fazer algumas coisas na cidade. Quando ela voltou, ele havia consertado as portas desconjuntadas do armário da cozinha.

– Espero que não se importe – disse Taylor, sem saber se havia passado do limite.

– De modo algum! – exclamou ela, batendo palmas. – Será que você pode fazer algo em relação ao vazamento na pia?

Trinta minutos depois, isso também estava consertado.

Em seus instantes a sós, Taylor se via hipnotizado pela beleza simples e pela graça de Denise. Mas também havia momentos em que podia ver no rosto dela os sacrifícios que fizera pelo filho. Era uma expressão quase cansada, como a de um guerreiro depois de uma longa batalha nas planícies, e inspirava em Taylor uma admiração que ele achava difícil exprimir em palavras. Denise parecia ser de uma raça em extinção: um nítido contraste com todos aqueles que estavam sempre numa caçada, numa correria, ocupados em aumentar a autoestima e obter realização pessoal. Ao que lhe parecia, muitas pessoas acreditavam que essas coisas só podiam advir do trabalho, não da família, e que ter filhos não tinha nada a ver com criá-los. Quando ele disse isso, Denise apenas desviou seu olhar para a janela.

– Eu também já fui assim.

Na quarta-feira da semana seguinte, Taylor convidou mãe e filho para irem à casa dele. Sob muitos aspectos, ela se parecia com a de Denise, uma vez que a dele também era antiga e situada em um terreno grande. Contudo, a dele fora reformada ao longo dos anos, tanto antes quanto depois de ele tê-la comprado. Kyle adorou o depósito de ferramentas nos fundos e, depois que apontou para o "trator" (na verdade, um cortador de grama), Taylor o levou para passear nele, sem encaixar a lâmina. Exatamente como quando dirigira a picape, o menino ficou radiante, ziguezagueando pelo quintal.

Observando-os juntos, Denise percebeu que sua primeira impressão de que Taylor era tímido não fora totalmente certa. Mas de fato havia coisas que ele não revelava sobre si, refletiu. Embora eles tivessem conversado sobre o trabalho de Taylor e seu papel no corpo de bombeiros, ele permanecia estranhamente calado em relação ao pai, nunca tendo dito mais do que naquela primeira noite. Também não dissera nada sobre as mulheres que conhecera no passado, nem mesmo de modo casual. É claro que isso não importava, mas a omissão a deixava confusa.

Ainda assim, tinha de admitir que se sentia atraída por ele. Taylor havia entrado em sua vida quando menos esperava, do modo mais improvável. Ele já era mais do que um amigo. Mas à noite, deitada sob o lençol com o ventilador de teto chacoalhando, viu-se esperançosa e rezando para que a história deles se tornasse séria.

– Quanto tempo mais? – perguntou Denise.

Taylor a surpreendera trazendo uma velha máquina de sorvete com todos os ingredientes necessários. Ele estava girando a manivela, o suor escorrendo de seu rosto, enquanto o creme batia e engrossava lentamente.

– Cinco minutos, talvez dez. Por quê? Está com fome?

– Nunca fiz sorvete em casa.

– Quer fazer um pouco? Pode ficar no meu lugar por um tempo...

Ela ergueu as mãos.

– Não, assim está bom. É mais divertido ver você fazendo.

Taylor assentiu como se estivesse desapontado, depois bancou o mártir, fingindo lutar com a manivela. Denise riu. Quando ela parou, ele enxugou a testa com as costas da mão.

– Você vai fazer alguma coisa no domingo à noite?

Denise sabia que ele ia perguntar.

– Na verdade, não.

– Quer sair para jantar?

Denise encolheu os ombros.

– É claro. Mas você sabe como Kyle é. Não come nada na maioria dos lugares.

Taylor engoliu em seco, sem parar de girar a manivela. Seus olhos encontraram os de Denise.

– Quero dizer, eu poderia levar apenas você? Sem Kyle desta vez? Minha mãe disse que ficaria feliz em vir cuidar dele.

Denise hesitou.

– Não sei como ele ficará com ela. Não a conhece muito bem.

– E se eu a buscar depois que ele já estiver dormindo? Você pode pô-lo na cama, aconchegá-lo, e só iremos quando tiver certeza de que está tudo bem.

Então ela cedeu, incapaz de esconder seu contentamento.

– Você pensou mesmo em tudo, não é?

– Eu não queria que você tivesse chance de dizer não.

Denise sorriu, inclinando-se e ficando a centímetros do rosto dele.

– Sendo assim, eu adoraria ir.

Judy chegou às 19h30, alguns minutos depois de Denise ter posto Kyle na cama. Ela o mantivera ocupado o dia inteiro na esperança de que ele ficasse cansado e não acordasse enquanto ela estivesse fora. Tinham ido à cidade de bicicleta, parado no parquinho e brincado no campo. O dia estava quente e úmido, do tipo que esgota as energias, e Kyle começara a bocejar pouco antes do jantar. Depois de lhe dar um banho e vestir seu pijama, Denise leu três livros no quarto enquanto ele bebia seu leite com os olhos semiabertos. Após cerrar as cortinas – ainda estava claro lá fora –, ela fechou a porta: Kyle já dormia profundamente.

Denise tomou um banho e depilou as pernas. Depois ficou enrolada na toalha, tentando decidir o que vestir. Taylor tinha dito que eles iriam ao Fontana, um restaurante bem tranquilo no centro da cidade. Quando ela lhe perguntara o que deveria usar, ele lhe dissera para não se preocupar com isso, o que não adiantou nada.

Finalmente se decidiu por um vestido de coquetel preto que parecia apropriado para quase todas as ocasiões. Estava no fundo do armário havia anos, ainda enrolado no plástico de uma lavanderia de Atlanta. Ela não conseguia se lembrar da última vez que o usara, mas ao vesti-lo ficou feliz em ver que ainda lhe caía bem. Depois calçou escarpins pretos com bico arredondado. Pensou em usar meias pretas também, mas a ideia logo foi descartada. A noite estava muito quente e, além disso, quem usava meias pretas em Edenton, a não ser em um funeral?

Depois de secar e arrumar os cabelos, pôs uma leve maquiagem e pegou o perfume na gaveta da mesa de cabeceira. Um pouco no pescoço e nos cabelos, depois um toque no pulso, que esfregou no outro. Na gaveta de cima, guardava uma pequena caixa de joias, de onde tirou um par de brincos de argola.

Em pé na frente do espelho do banheiro, ela se avaliou, satisfeita com sua aparência. Não exagerado, não simples demais. Na verdade, na medida certa. Foi então que ouviu Judy bater à porta. Taylor chegou dois minutos depois.

O Fontana existia fazia doze anos. Pertencia a um casal de meia-idade nascido em Berna, na Suíça, que se mudara de Nova Orleans para Edenton em busca de uma vida mais simples. Contudo, nesse processo, eles também trouxeram um toque de elegância para a cidade. Com iluminação indireta e serviço de primeira qualidade, o restaurante era popular entre os casais que comemoravam noivados e aniversários de casamento; sua reputação fora consolidada quando teve um artigo a seu respeito publicado na revista *Southern Living*.

Taylor e Denise estavam sentados a uma pequena mesa no canto, ele bebericando uísque com soda e ela sorvendo um Chardonnay.

– Você já comeu aqui? – perguntou Denise, examinando o cardápio.

– Algumas vezes, mas não venho há algum tempo.

Ela folheou as páginas, desacostumada com tantas opções depois de anos de refeições simples.

– O que você recomenda?

– Na verdade, tudo. A costeleta de carneiro é a especialidade da casa, mas também são famosos por seus bifes e frutos do mar.

– Não está ajudando muito.

– Mas é sério. Você não ficará desapontada com nada.

Estudando a lista das entradas, ela entrelaçou uma mecha de cabelo nos dedos. Taylor a observou com uma mistura de fascínio e divertimento.

– Já disse como você está bonita esta noite? – perguntou.

– Só duas vezes – respondeu Denise tranquilamente. – Mas não pense que precisa parar. Eu não me importo.

– Não mesmo?

– Não quando se trata de um homem vestido de um modo tão fofo quanto você.

– Fofo?

Ela piscou um olho.

– É um termo carinhoso, como "seu bobo".

O jantar foi maravilhoso em todos os detalhes, a comida deliciosa e o ambiente inegavelmente íntimo. Durante a sobremesa, Taylor pegou a mão de Denise. Ele não a soltou por toda a hora seguinte.

Com o passar da noite, eles se aprofundaram na vida um do outro. Taylor falou com Denise sobre seu passado no corpo de bombeiros e alguns dos mais perigosos incêndios que ajudara a combater; também falou sobre Mitch e Melissa, os dois amigos que sempre estiveram ao seu lado. Denise contou histórias de sua época na universidade e descreveu os primeiros dois anos que passara lecionando e como se sentira totalmente despreparada ao pisar numa sala de aula pela primeira vez. Para ambos, essa noite pareceu marcar o início de sua vida como casal. Também foi a primeira vez que tiveram uma conversa em que Kyle não foi mencionado.

Depois do jantar, quando saíram para a rua deserta, Denise notou como a velha cidade parecia diferente à noite, como um lugar perdido no tempo. Afora o restaurante em que tinham estado e um bar na esquina, tudo estava fechado. Andando pelas calçadas de tijolos que haviam rachado ao longo do tempo, eles passaram por um antiquário e uma galeria de arte.

A rua estava perfeitamente silenciosa, e nenhum deles sentiu necessidade de falar. Alguns minutos depois, chegaram ao porto e Denise viu os barcos atracados. Grandes e pequenos, novos e velhos, variavam de veleiros de madeira a traineiras usadas nos fins de semana. Alguns estavam iluminados por dentro, mas o único som vinha da água batendo no quebra-mar.

Apoiado em uma grade erguida perto das docas, Taylor pigarreou e pegou a mão de Denise.

– Edenton foi uma das primeiras cidades do Sul a ter um porto e, embora não fosse mais do que um posto avançado, barcos de comércio paravam aqui para vender seus produtos ou repor seus estoques. Está vendo aquelas balaustradas no alto daquelas casas?

Ele apontou para algumas das casas históricas ao longo do porto e Denise fez que sim com a cabeça.

– Nos tempos coloniais, era perigoso navegar, e as mulheres ficavam naqueles terraços altos, esperando os barcos dos maridos entrarem no porto. Porém, tantos maridos morreram que esse tipo de mirante ficou conhecido como "passeio de viúva". Mas, aqui em Edenton, os navios nunca vinham direto para o porto. Em vez disso, costumavam parar no meio da enseada, não importava quanto tempo a viagem tivesse demorado, e as mulheres estreitavam os olhos nas varandas, tentando avistar os maridos quando o barco parava.

– Por que eles paravam lá?

– Havia uma árvore, um cipreste solitário gigantesco. Era um dos modos de os navios saberem que haviam chegado a Edenton, sobretudo se nunca tivessem vindo aqui. Não existia nenhuma árvore como aquela em toda a Costa Leste. Geralmente os ciprestes crescem a apenas alguns metros das margens, mas esse ficava a quase 200 metros. Era como um marco, porque parecia fora do lugar. Bem, de algum modo se tornou costume os marinheiros pararem na árvore sempre que chegavam à enseada. Eles entravam em um pequeno barco, remavam até a árvore e colocavam uma garrafa de rum ao seu pé, gratos por terem voltado em segurança. E sempre que um barco saía do porto, os marinheiros paravam na árvore e tomavam um trago de rum, na esperança de que a viagem fosse segura e próspera. É por isso que a chamam de "árvore do trago".

– Sério?

– Sim. A cidade é cheia de lendas de navios cujos marinheiros não paravam para o "trago" de rum e depois se perderam no mar. Isso era considerado mau agouro e somente os tolos ignoravam o costume. Os marinheiros que o desconsideravam se punham em risco.

– E se não houvesse nenhum rum lá quando um barco estivesse partindo? Eles voltavam?

– Segundo a lenda, isso nunca aconteceu.

Taylor olhou para a água, seu tom mudando ligeiramente.

– Lembro que meu pai me contava essa história quando eu era criança. Ele também me levou ao lugar em que ficava a árvore e me contou tudo sobre isso.

Denise sorriu.

– Você sabe outras histórias sobre Edenton?

– Algumas.

– Algumas histórias de fantasmas?

– É claro. Todas as cidades antigas da Carolina do Norte têm histórias de fantasmas. No dia das Bruxas, meu pai se sentava comigo e meus amigos depois de termos corrido a vizinhança em busca de doces e nos contava a história de Brownrigg Mill. Era sobre uma bruxa e tinha tudo para aterrorizar as crianças: superstições, feitiços, mortes misteriosas e até mesmo um gato de três pernas. Quando meu pai terminava, nós estávamos apavorados demais para dormir. Ele sabia contar histórias como ninguém.

Denise pensou na vida em uma cidade pequena, nas antigas histórias e em como aquilo tudo era diferente de suas próprias experiências em Atlanta.

– Deve ter sido ótimo.

– E foi. Se você quiser, posso fazer o mesmo com Kyle.

– Não sei se ele vai entender o que você está dizendo.

– Talvez eu lhe conte a história do caminhão monstro do condado de Chowan.

– Isso não existe.

– Eu sei. Mas posso inventar.

Denise apertou a mão dele de novo.

– Como é que você nunca teve filhos? – perguntou ela.

– É que não sou mulher.

– Você entendeu o que eu quis dizer – disse ela, dando-lhe uma leve cotovelada. – Você seria um bom pai.

– Eu não sei. Simplesmente não tive.

– Já quis ter?

– Algumas vezes.

– Bem, você deveria.

– Agora você está parecendo a minha mãe.

– É como dizem: mentes brilhantes pensam igual.

– Se está dizendo...

– Exatamente.

Quando eles saíram do porto e começaram a voltar para o centro da cidade, Denise pensou em quanto seu mundo mudara recentemente... e tudo podia ser atribuído ao homem ao seu lado. Mas, apesar de tudo o que tinha feito por ela, Taylor nunca, nem uma única vez, pedira nada em troca, algo para o qual ela poderia não estar pronta. Fora ela quem o beijara na primeira e na segunda vez. Mesmo depois de passarem o dia juntos na praia, ele fora embora de sua casa quando percebeu que era hora de partir.

Denise tinha consciência de que a maioria dos homens não faria isso. Aproveitaria a oportunidade assim que surgisse. Deus sabia que fora isso que acontecera com o pai de Kyle. Mas Taylor era diferente. Contentava--se em conhecê-la primeiro, refletiu, em ouvir seus problemas, consertar portas de armário e fazer sorvete na varanda. De todos os modos, ele se revelara um cavalheiro.

Mas, porque ele nunca a pressionara, Denise se viu desejando-o com uma intensidade que a surpreendia. Perguntou-se como seria quando por fim a tomasse nos braços e tocasse seu corpo, os dedos deslizando por sua pele. Pensar nisso acendeu algo dentro dela e Denise instintivamente aper-tou a mão de Taylor de novo.

Ao se aproximarem da picape, eles passaram por uma fachada com uma porta de vidro aberta e escorada. Sobre ela estava gravado "Trina's Bar". Exceto pelo Fontana, era o único lugar aberto no centro. Quando espiaram lá dentro, Denise viu três casais conversando em pequenas mesas redon-das. No canto havia uma máquina que tocava música country, com a voz de barítono anasalada do cantor ficando mais baixa ao chegar ao final da letra. Houve um breve silêncio até a música seguinte começar: "Unchained Melody". Denise parou quando a reconheceu, puxando a mão de Taylor.

– Adoro essa música – disse.

– Quer entrar?

Denise hesitou enquanto era envolvida pela melodia.

– Podemos dançar se você quiser – acrescentou ele.

– Não, eu ficaria sem graça com todas aquelas pessoas olhando – disse ela um instante depois. – E, de qualquer modo, não há espaço para isso.

A rua estava vazia, com as calçadas desertas. Uma única luz no alto de um poste bruxuleava, iluminando a esquina. Um burburinho de conversas íntimas se misturava à música do bar. Indecisa, Denise se afastou da porta aberta. Ainda dava para ouvir a melodia suave atrás deles quando Taylor subitamente parou. Ela o olhou com curiosidade.

Sem dizer uma só palavra, ele pôs um dos braços ao redor de suas costas e a puxou para si. Com um sorriso terno, ergueu a mão dela, a beijou e a baixou de novo. Percebendo de súbito o que estava acontecendo, mas ainda sem poder acreditar, Denise deu um passo desajeitado antes de começar a acompanhá-lo.

Por um instante, ambos ficaram um pouco envergonhados. Mas a melodia continuava ao fundo, dissipando o constrangimento, e, após alguns passos, Denise fechou os olhos e se encostou nele. O braço de Taylor subiu por suas costas e ela ouviu a respiração dele enquanto giravam em círculos lentos, movendo-se suavemente ao som da música. De repente já não fazia diferença se alguém estivesse olhando. Exceto pelo toque de Taylor e a sensação do corpo quente dele contra o seu, nada importava, e eles dançaram e dançaram, colados um no outro sob a luz bruxuleante do poste da pequena cidade de Edenton.

# 19

Judy lia um romance na sala de estar quando os dois voltaram. Disse que Kyle nem se mexera no tempo que eles passaram fora.

– Vocês se divertiram? – perguntou ela, vendo as bochechas coradas de Denise.

– Ah, sim – respondeu Denise. – Obrigada por ter ficado com Kyle.

– O prazer foi meu – disse Judy sinceramente, pondo no ombro a alça da bolsa e se preparando para ir embora.

Denise foi dar uma olhada em Kyle enquanto Taylor acompanhava Judy até o carro. Ele não falou muito enquanto andavam, e Judy teve esperanças de que isso significasse que estava tão apaixonado por Denise quanto ela parecia estar por ele.

Quando Denise saiu do quarto de Kyle, Taylor estava na sala de estar, agachado perto de uma pequena caixa de isopor que tirara da carroceria da picape. Absorto no que fazia, não a ouvira fechar a porta do filho. Em silêncio, ela o observou abrir a tampa da caixa e pegar duas taças de cristal. As taças tilintaram quando Taylor as sacudiu para secá-las. Depois ele as colocou sobre a pequena mesa diante do sofá. Então, de dentro da caixa, puxou uma garrafa de champanhe.

Depois de retirar a folha metálica, Taylor destorceu o arame que prendia a rolha e a abriu com um único movimento. A garrafa foi para a mesa, perto das taças. Mais uma vez ele levou a mão à caixa, pegando então um prato de morangos envolto em celofane. Desembrulhou-os, arrumou tudo na mesa e empurrou a caixa para o lado. Recuou para obter uma perspectiva melhor e se sentiu satisfeito. Enxugou as mãos nas calças e olhou para o corredor. Ao ver Denise em pé lá, ficou paralisado, com uma expressão envergonhada no rosto. Então, sorrindo timidamente, se levantou.

– Achei que seria uma boa surpresa – explicou ele.

Denise olhou para a mesa e depois para Taylor de novo, dando-se conta de que estivera prendendo a respiração.

– E é – disse ela.

– Eu não sabia se você gostava de vinho ou champanhe, então resolvi arriscar.

Ele pegou a garrafa.

– Posso lhe servir uma taça?

– Por favor.

Taylor encheu duas taças enquanto Denise se aproximava da mesa. De repente hesitante, ele lhe entregou a taça em silêncio, e tudo o que Denise conseguiu fazer foi olhar para ele, perguntando-se quanto tempo levara para planejar tudo aquilo.

– Espere um instante, está bem? – pediu ela com rapidez, percebendo exatamente o que estava faltando.

Taylor a observou pousar sua taça e correr para a cozinha. Ouviu-a procurar em uma gaveta e depois a viu voltar com duas pequenas velas e uma caixa de fósforos. Ela colocou as velas sobre a mesa, ao lado do espumante e dos morangos, e as acendeu. Assim que apagou a luz, a sala se transformou, as sombras dançando na parede enquanto ela erguia sua taça. À luz brilhante, estava mais bonita do que nunca.

– A você – disse Taylor quando eles brindaram.

Denise tomou um gole. As bolhas fizeram cócegas em seu nariz, mas o sabor era maravilhoso.

Taylor foi para o sofá e eles se sentaram perto um do outro, Denise com um dos joelhos tocando na perna dele. Do lado de fora da janela, a lua subira e o luar incidia sobre as nuvens, deixando-as claras e prateadas. Taylor tomou outro gole de espumante, observando Denise.

– No que você está pensando? – perguntou ela.

Taylor desviou brevemente seu olhar antes de fitá-la de novo.

– Eu estava pensando no que teria acontecido se você não tivesse sofrido o acidente naquela noite.

– Eu ainda teria um carro – declarou ela, e Taylor riu.

Mas então voltou a ficar sério e perguntou:

– Mas você acha que eu estaria aqui agora se aquilo não tivesse acontecido?

Denise refletiu.

– Eu não sei – disse por fim. – Mas gosto de imaginar que sim. Minha mãe acreditava que as pessoas eram destinadas umas às outras. É uma ideia romântica que algumas mulheres têm, e acho que parte de mim acredita nisso.

Taylor assentiu.

– Minha mãe dizia isso também. Acho que esse é um dos motivos de nunca ter se casado de novo. Ela sabia que ninguém jamais poderia substituir meu pai. Acho que minha mãe nem cogitou namorar alguém desde que ele morreu.

– É mesmo?

– Pelo menos foi o que sempre me pareceu.

– Tenho certeza de que você está errado em relação a isso, Taylor. Sua mãe é humana e todo mundo precisa de um companheiro.

Assim que ela disse isso, percebeu que estava falando tanto de si mesma quanto de Judy. Contudo, Taylor não pareceu notar.

Em vez disso, ele sorriu.

– Você não a conhece tão bem quanto eu.

– Talvez, mas lembre-se de que minha mãe passou pelas mesmas coisas que a sua. Ela sempre lamentou a morte do meu pai, mas eu sabia que ainda desejava ser amada.

– Ela namorou alguém?

Denise assentiu, tomando um gole do espumante. Sombras tremularam em seu rosto.

– Depois de alguns anos, sim. Teve alguns relacionamentos sérios e houve ocasiões em que pensei que logo ganharia um padrasto, mas nenhum deles deu certo.

– Isso a aborrecia? Quero dizer, o fato de ela namorar?

– Não, de modo algum. Eu queria que minha mãe fosse feliz.

Taylor ergueu uma das sobrancelhas antes de tomar o resto de seu espumante.

– Eu não sei se teria sido tão maduro em relação a isso quanto você foi.

– Talvez não. Mas sua mãe ainda é nova. Talvez uma hora isso aconteça.

Taylor levou a taça ao colo percebendo que nunca havia pensado nessa possibilidade.

– E quanto a você? Achava que a esta altura estaria casada? – perguntou ele.

– É claro – disse Denise sem rodeios. – Eu tinha tudo planejado. Diploma universitário aos 22 anos, casamento aos 25, primeiro filho aos 30. Era um ótimo plano, só que nada saiu como eu pensei.

– Você parece desapontada.

– Por muito tempo, eu fiquei – admitiu Denise. – Quero dizer, minha mãe sempre teve essa ideia de como minha vida seria e nunca perdeu a oportunidade de me lembrar. E sei que tinha boas intenções. Queria que eu aprendesse com seus erros e eu estava disposta a isso. Mas quando ela morreu... Não sei. Acho que por um tempo esqueci tudo o que ela me ensinou.

Denise parou, com um olhar pensativo no rosto.

– Foi porque você engravidou? – perguntou Taylor suavemente.

Denise balançou a cabeça.

– Não, não porque eu engravidei, embora por isso também. Foi mais porque, depois que minha mãe morreu, senti que ela não estava mais me vigiando o tempo todo, avaliando tudo na minha vida. E, é claro, não estava, e tirei vantagem disso. Só depois percebi que as coisas que ela dizia não eram para me reprimir, e sim para o meu próprio bem, para que todos os meus sonhos se realizassem.

– Todo mundo comete erros, Denise...

Ela ergueu uma das mãos, interrompendo-o.

– Não estou dizendo isso por autopiedade. Como eu disse, a decepção passou. Hoje em dia, quando penso na minha mãe, sei que ela se orgulharia das decisões que tomei nos últimos cinco anos.

Denise hesitou e depois respirou fundo.

– Acho que ela também gostaria de você.

– Porque sou bom para o Kyle?

– Não – respondeu. – Porque você me fez mais feliz nas duas últimas semanas do que fui nos últimos cinco anos.

Taylor só conseguiu olhar para Denise, sentindo-se pequeno diante da emoção em suas palavras. Ela era tão honesta, tão vulnerável, tão incrivelmente bonita...

Sentada perto dele à luz das velas, ela o olhou diretamente, com um brilho de mistério e compaixão no olhar. E foi naquele momento que Taylor McAden se apaixonou por Denise Holton.

Tantos anos se perguntando o que isso significava, tantos anos de solidão, o tinham levado exatamente àquele ponto, àquele aqui e àquele agora. Ele pegou a mão de Denise, sentiu a suavidade da pele dela, e uma onda de ternura o invadiu.

Quando tocou o rosto de Denise, ela fechou os olhos, desejando se lembrar daquele momento para sempre. Sabia intuitivamente o significado do toque de Taylor, as palavras que ele não dissera. Não porque o conhecesse muito bem, mas porque se apaixonara por ele no mesmo instante em que ele se apaixonara por ela.

Tarde da noite, o luar se espalhava pelo quarto. Taylor estava deitado na cama, com a luz prateada e a cabeça de Denise repousando em seu peito. Ela havia ligado o rádio e os fracos acordes do jazz atenuavam os sons de seus sussurros.

Denise levantou a cabeça, maravilhada com a beleza de sua forma nua, vendo ao mesmo tempo o homem que amava e a imagem do jovem que não conhecera. Com um toque de culpa e de prazer, lembrou-se de seus corpos apaixonados entrelaçados, dos próprios gemidos suaves quando eles se tornaram um só e de como enterrara seu rosto no pescoço de Taylor para conter seus gritos. Sabendo que era disso que ela precisava e o que desejava, ele fechara os olhos, entregando-se sem reservas.

Quando Taylor a viu olhando, estendeu a mão e passou os dedos pelo rosto dela, com um sorriso melancólico nos lábios e os olhos inescrutáveis à suavidade do luar. Denise aproximou o rosto enquanto ele abria a mão.

Eles ficaram deitados em silêncio enquanto os números do relógio digital piscavam, avançando gradualmente. Mais tarde, Taylor se levantou, vestiu a calça e foi à cozinha pegar dois copos d'água. Quando voltou, viu o corpo de Denise parcialmente coberto pelo lençol. Enquanto ela se virava de barriga para cima, Taylor bebeu um gole e pôs os dois copos sobre a mesa de cabeceira. Quando a beijou entre os seios, Denise sentiu a temperatura fria de sua língua.

– Você é perfeita – sussurrou Taylor.

Denise envolveu o pescoço de Taylor com um dos braços e passou a mão pelas suas costas, sentindo a plenitude da noite e o peso silencioso da paixão.

– Não sou, mas obrigada. Por tudo.

Então Taylor se sentou na cama, recostado na cabeceira. Denise se sentou também e Taylor passou o braço pelo ombro dela, puxando-a para perto.

Foi nessa posição que os dois finalmente adormeceram.

# 20

Na manhã seguinte, quando acordou, Denise estava só. As cobertas do lado de Taylor tinham sido puxadas e as roupas dele não estavam mais lá. Olhando para o relógio, viu que faltavam alguns minutos para as sete. Intrigada, saiu da cama, vestiu um roupão curto de seda e percorreu rapidamente a casa antes de olhar para fora da janela.

A picape se fora.

Franzindo as sobrancelhas, voltou ao quarto para dar uma olhada na mesa de cabeceira – nenhum bilhete. Na cozinha também não.

Kyle, que ouvira a mãe andando pela casa, saiu sonolento do quarto na hora que ela se jogou no sofá da sala para analisar a situação.

– Oi, mã – murmurou ele com os olhos semicerrados.

Enquanto respondia, Denise ouviu a picape chegar à entrada para automóveis. Um minuto depois, com um saco de supermercado nos braços, Taylor abria devagar a porta da frente, como se tentasse não acordar ninguém.

– Ah, oi – disse ele, sussurrando assim que os viu. – Achei que vocês dois ainda estariam dormindo.

– Oi, Taior! – gritou Kyle, subitamente alerta.

Denise ajustou um pouco mais seu roupão.

– Aonde você foi?

– Dei um pulo no mercado.

– A esta hora?

Taylor fechou a porta atrás de si e atravessou a sala de estar.

– Abre às seis.

– Por que está sussurrando?

– Não sei. – Ele riu, e seu tom voltou ao normal. – Desculpe por ter saído, mas meu estômago estava roncando.

Denise o olhou intrigada.

– Então, já que eu estava acordado, decidi preparar um café da manhã de verdade para vocês dois. Ovos, bacon, panquecas, tudo.

Ela sorriu.

– Você não gosta do meu cereal?

– Adoro. Mas o dia de hoje é especial.

– Por que é tão especial?

Ele olhou de relance para Kyle, que estava concentrado nos brinquedos empilhados no canto. Judy os organizara na noite anterior e ele estava fazendo o possível para corrigir isso. Certo de que o garoto estava ocupado, Taylor ergueu as sobrancelhas.

– Está usando algo por baixo desse roupão, Srta. Holton? – murmurou, o desejo óbvio na sua voz.

– Nem lhe conto – respondeu ela, de um jeito provocador.

Taylor pôs o saco de compras na mesa lateral e a abraçou, suas mãos descendo pelas costas de Denise e depois um pouco mais. Ela pareceu momentaneamente constrangida, seus olhos indo na direção de Kyle.

– Acho que acabei de descobrir – disse ele em um tom conspiratório.

– Pare – sussurrou Denise, séria, mas sem de fato querer que ele parasse. – Kyle está na sala.

Taylor assentiu e se afastou com uma piscadela. Kyle não desviara a atenção dos brinquedos.

– Bem, o dia de hoje é especial por motivos óbvios – disse Taylor naturalmente enquanto pegava o saco de compras de novo. – Mas, além disso, depois que eu preparar nosso café da manhã gourmet, gostaria de levar você e Kyle à praia.

– Mas preciso treinar com ele e trabalhar à noite.

Ao passar por Denise a caminho da cozinha, Taylor parou e se inclinou para o ouvido dela como se contasse um segredo.

– Eu sei. Fiquei de ir à casa do Mitch esta manhã para ajudar a consertar o telhado. Mas estou disposto a matar aula hoje se você estiver.

– Mas eu faltei ao trabalho na loja – protestou Mitch, veementemente. – Você não pode me dar bolo agora. Já tirei tudo da garagem.

Usando jeans e uma camisa velha, ele esperava Taylor chegar quando ouviu o telefone tocando.

– Bem, arrume tudo de volta – disse Taylor de um jeito afável. – Como eu disse, hoje não vou poder.

Enquanto Taylor falava, moveu o bacon com um garfo na frigideira quente. O cheiro invadiu a casa. Denise estava em pé perto dele, ainda de roupão, colocando pó de café no filtro. Vê-la daquele jeito fez Taylor desejar que Kyle passasse a próxima hora longe dali. Ele mal conseguia se concentrar na conversa.

– Mas e se chover?

– Você tinha me dito que ainda não há vazamento. Foi por esse motivo que me deixou adiar isso até agora.

– Quatro ou seis xícaras? – perguntou Denise.

Taylor afastou o fone e respondeu:

– Oito. Adoro café.

– Quem é? – perguntou Mitch, entendendo tudo subitamente. – Ah... você está com Denise?

Taylor olhou para ela com admiração.

– Não que seja da sua conta, mas sim.

– Então passou a noite com ela?

– Isso é pergunta que se faça?

Denise sorriu, sabendo exatamente o que Mitch questionava do outro lado da linha.

– Seu danadinho...

– Então, quanto ao seu telhado – disse Taylor em voz alta, tentando retomar o assunto.

– Ah, não se preocupe – disse Mitch, de repente muito compreensivo. – Aproveite seu tempo aí com ela. Já estava na hora de encontrar alguém...

– Tchau, Mitch – disse Taylor, interrompendo-o.

Balançando a cabeça, desligou enquanto o amigo ainda falava.

Denise tirou os ovos do saco de compras.

– Mexido? – perguntou.

Taylor sorriu.

– Com você tão linda, como eu poderia não estar mexido?

Ela revirou os olhos.

– Você é mesmo um bobo.

Duas horas depois, eles estavam sentados em uma manta na praia perto de Nags Head, e Taylor passava protetor solar nas costas de Denise. Ali perto, Kyle usava uma pá de plástico para tirar areia de um ponto da praia e levar para outro. Nem Taylor nem Denise tinham ideia do que ele pretendia com isso, mas parecia estar se divertindo.

Denise reviveu as lembranças da noite anterior ao sentir a carícia de Taylor espalhando a loção em sua pele.

– Posso lhe fazer uma pergunta? – pediu ela.

– É claro.

– Na noite passada... depois que nós... bem... – Ela fez uma pausa.

– Depois que dançamos tango na horizontal? – sugeriu Taylor.

Denise lhe deu uma cotovelada nas costelas.

– Não faça parecer tão romântico – protestou, e Taylor riu.

Ela balançou a cabeça, mas não conseguiu conter um sorriso.

– Seja como for – prosseguiu Denise, recuperando a compostura –, depois você ficou meio quieto, como se estivesse... triste ou algo assim.

Taylor assentiu, olhando para o horizonte. Denise esperou que ele dissesse alguma coisa, mas não disse.

Observando as ondas quebrarem na praia, ela tomou coragem.

– Foi porque lamentou o que aconteceu?

– Não – disse Taylor baixinho, suas mãos na pele de Denise de novo. – Não foi nada disso.

– Então o que houve?

Sem responder diretamente, Taylor seguiu o olhar dela, observando as ondas.

– Você se lembra de quando era criança? Da época do Natal e de como a expectativa às vezes era ainda mais empolgante do que abrir os presentes?

– Sim.

– Foi o que me fez lembrar. Eu tinha sonhado em como isso enfim seria...

Ele parou, pensando em como transmitir melhor o que sentia.

– Então a expectativa foi realmente mais empolgante do que a noite passada? – perguntou Denise.

– Não – apressou-se a dizer Taylor. – Você entendeu errado. Foi exatamente o oposto. A noite passada foi maravilhosa, você foi maravilhosa. Tudo foi tão perfeito... Acho que me entristece pensar que nunca haverá outra primeira vez com você.

Nesse ponto, Taylor ficou calado de novo. Refletindo sobre aquelas palavras e a súbita quietude dele, Denise decidiu não estender o assunto. Em vez disso, encostou-se nele, reconfortada pelo calor dos braços que a envolviam. Ficaram sentados assim por um longo tempo, cada qual perdido nos próprios pensamentos.

No meio da tarde, enquanto o sol se preparava para o fim de sua marcha no céu, eles arrumaram as coisas, prontos para ir para casa. Taylor carregava a manta, as toalhas e a cesta de piquenique que trouxeram. Kyle andava na frente deles com o corpo coberto de areia, carregando seu balde e sua pá e ziguezagueando pela última duna. Ao longo do caminho, um mar de flores laranja e amarelas florescia, suas cores espetaculares. Denise se abaixou e colheu uma, levando-a ao nariz.

– Aqui nós a chamamos de flor de Jobell – disse Taylor, observando-a.

Denise a entregou para ele e Taylor lhe apontou um dedo, fingindo repreendê-la.

– É proibido colher flores nas dunas, sabia? Elas seguram a areia em caso de furacão.

– Vai me denunciar?

Taylor balançou a cabeça.

– Não, mas vou fazê-la ouvir a lenda sobre a origem do nome da flor.

Denise afastou os fios de cabelo que lhe tampavam o rosto.

– É outra história como a da árvore do trago?

– Mais ou menos. Só que um pouco mais romântica.

Ela deu um passo para se aproximar dele.

– Então me fale sobre a flor.

Taylor a girou entre os dedos e as pétalas pareceram se misturar.

– Ela recebeu esse nome por causa de Joe Bell, que morava nesta ilha muito tempo atrás. Supostamente, ele se apaixonou por uma mulher, mas ela acabou se casando com outro. De coração partido, Joe se mudou para Outer Banks, onde pretendia se isolar do mundo. Mas na primeira manhã em seu novo lar, viu uma mulher andando pela praia na frente de casa, parecendo terrivelmente triste e sozinha. Todos os dias, à mesma hora, ele a via, e finalmente foi ao seu encontro. Porém, quando ela o viu, se virou e saiu correndo. Ele pensou que a havia afugentado para sempre, mas na manhã seguinte ela estava andando pela praia de novo. Dessa vez, quando foi ao seu encontro, ela não correu. Joe imediatamente ficou impressionado com sua beleza. Eles conversaram o dia inteiro, e no dia seguinte, e logo estavam apaixonados. Surpreendentemente, no momento em que ele se apaixonou, um pequeno grupo de flores começou a crescer bem atrás da sua casa, flores nunca vistas na região. À medida que o amor dele aumentava, as flores continuavam a se espalhar, e no fim do verão tinham se transformado em um mar de cores. Foi lá que Joe se ajoelhou e a pediu em casamento. Quando ela aceitou, Joe colheu uma dúzia de flores e lhe entregou, mas estranhamente ela recuou, recusando-se a recebê-las. Mais tarde, no dia do casamento deles, explicou o motivo. "Esta flor é o símbolo vivo do nosso amor", disse. "Se as flores morrerem, nosso amor também morrerá." Isso apavorou Joe – por algum motivo, no fundo de seu coração, soube que nunca ouvira palavras mais verdadeiras. Então começou a plantar ou semear flores de Jobell em toda a faixa da praia onde foram encontradas pela primeira vez, e depois por toda a Outer Banks, como um testemunho de quanto amava a esposa. E a cada ano, enquanto as flores se espalhavam, eles sentiam o amor se tornar cada vez mais forte.

Quando Taylor terminou, abaixou-se, colheu mais algumas flores e entregou o buquê para Denise.

– Gostei dessa história – disse ela.

– Eu também.

– Mas você também não acabou de infringir a lei?

– É claro. Mas acho que assim teremos algo para manter um ao outro na linha.

– Tipo a confiança?

– Isso também – disse ele, inclinando-se e lhe dando um beijo no rosto.

Naquela noite Taylor a levou de carro para o trabalho e se ofereceu para ficar com Kyle na casa dela.

– Nós vamos nos divertir. Jogaremos um pouco de bola, assistiremos a um filme e comeremos pipoca.

Depois de certa hesitação, Denise finalmente concordou. Taylor a deixou no trabalho logo antes das sete. Quando a picape se afastou, ele piscou o olho para Kyle.

– OK, rapazinho. A primeira parada é na minha casa. Se vamos assistir a um filme, precisaremos de um videocassete.

– Ei tá diigim – respondeu Kyle vigorosamente, e Taylor riu, a essa altura acostumado com a forma de se comunicar de Kyle.

– Depois teremos de fazer outra parada, está bem?

Kyle apenas fez que sim com a cabeça de novo, aparentemente aliviado por não ter de ir para o restaurante. Taylor pegou seu celular e deu um telefonema, na expectativa de que o homem do outro lado da linha não se importasse de lhe fazer um favor.

À meia-noite, Taylor pôs Kyle no carro e foi buscar Denise. O garoto acordou apenas por um instante quando Denise entrou e depois se aconchegou no colo dela, como sempre. Quinze minutos depois, estavam todos na cama; Kyle em seu quarto, Denise e Taylor no dela.

– Estive pensando no que você disse – falou Denise, tirando o vestido de trabalho.

Quando o vestido caiu no chão, Taylor achou difícil se concentrar.

– Sobre o quê?

– Sobre você ficar triste ao pensar que nunca haverá outra primeira vez.

– E?

Ela se aproximou de sutiã e calcinha, aconchegando-se nele.

– Bem, eu só estava pensando que, se tornarmos esta noite ainda melhor do que a última, a empolgação da expectativa pode voltar.

Taylor sentiu o corpo de Denise se aproximar do dele.

– Como assim?

– Se todas as vezes forem melhores do que a anterior, você sempre ansiará pela próxima.

Taylor pôs os braços ao redor dela, excitado.

– Você acha que isso pode dar certo?

– Não tenho a menor ideia – falou Denise, começando a desabotoar a camisa dele –, mas com certeza gostaria de descobrir.

Taylor se esgueirou para fora do quarto de Denise logo antes do amanhecer, como fizera no dia anterior, só que dessa vez parou no sofá. Não queria que Kyle os visse dormindo juntos, então cochilou por mais algumas horas ali, até que mãe e filho saíssem de seus quartos. Eram quase oito horas – o menino não dormia até tão tarde havia muito tempo.

Denise examinou a sala e imediatamente entendeu o motivo. Ao que tudo indicava, o filho tinha ficado acordado até tarde. A TV estava em um ângulo estranho, com o videocassete no chão ao lado dela e cabos serpenteado por toda parte. Duas xícaras pela metade estavam na mesa lateral, junto de três latas de Sprite. Havia pipoca espalhada no chão e no sofá e uma embalagem de confeitos se alojara entre as almofadas. Sobre a televisão havia dois filmes, *Bernardo e Bianca* e *O rei leão*, com os estojos abertos e as fitas em cima.

Denise pôs as mãos na cintura, olhando para aquela confusão.

– Quando entrei na noite passada, não notei a bagunça que vocês dois fizeram. Parece que se divertiram muito.

Taylor se sentou no sofá e esfregou os olhos.

– Nós nos divertimos.

– Aposto que sim – suspirou ela.

– Mas você viu o que mais fizemos?

– Fora espalhar pipoca por todos os meus móveis?

Taylor riu.

– Ora, vamos. Deixe-me mostrar. Vou limpar isto em um minuto.

Ele se levantou e esticou os braços acima da cabeça.

– Você também, Kyle. Vamos mostrar para sua mãe o que fizemos na noite passada.

Para a surpresa de Denise, o garoto pareceu entender o que Taylor dissera e o seguiu obedientemente até a porta dos fundos. Taylor os conduziu pela varanda até a escada de trás, apontando para o jardim.

Quando Denise viu o que a esperava, ficou sem fala. Ao longo dos fundos da casa, havia flores de Jobell recém-plantadas.

– Você fez isso? – perguntou ela.

– Kyle também – disse ele com um toque de orgulho na voz, ao perceber que ela estava satisfeita.

– Isso é maravilhoso – disse Denise suavemente.

Já passava de meia-noite, bem depois de Denise ter terminado outro turno no Eights. Na última semana, ela e Taylor tinham se encontrado absolutamente todos os dias. No Quatro de Julho, Taylor os levara para passear em seu velho barco a motor reformado e depois soltaram fogos, para a alegria de Kyle. Fizeram um piquenique às margens do rio Chowan e cataram mariscos na praia. Para Denise, aquele foi o tipo de descanso que nunca se permitira imaginar, mais doce do que qualquer sonho.

Esta noite, como em tantas das últimas, estava nua deitada na cama, com Taylor ao seu lado. Ele tinha as mãos besuntadas de óleo e a sensação delas deslizando por seu corpo escorregadio era irresistivelmente tentadora.

– Você é celestial – sussurrou Taylor.

– Nós não podemos continuar a fazer isso – gemeu ela.

Ele massageou os músculos da lombar de Denise, aplicando uma pressão suave, e depois relaxou as mãos dela.

– Fazer o quê?

– Ficar acordados até esta hora da noite. Isso está me matando.

– Para uma mulher moribunda, você parece muito bem.

– Não tenho mais de quatro horas de sono desde o último fim de semana.

– É porque não consegue tirar as mãos de mim.

Com os olhos quase fechados, Denise sentiu um sorriso se formando nos cantos da boca. Taylor se abaixou e a beijou entre as omoplatas.

– Quer que eu vá embora para poder descansar? – perguntou ele, as mãos subindo novamente para os ombros de Denise.

– Ainda não – ronronou ela. – Vou deixá-lo terminar primeiro.

– Está só me usando?

– Se não se importar.

– Não me importo.

– Então, o que está acontecendo entre você e Denise? – perguntou Mitch. – Melissa me deu ordens para não deixá-lo sair enquanto não contar todos os detalhes.

205

Era segunda-feira e eles estavam na casa de Mitch, finalmente consertando o telhado. O sol estava escaldante e ambos tinham tirado a camisa enquanto usavam pés de cabra para arrancar as telhas quebradas. Taylor pegou sua bandana e enxugou o suor do rosto.

– Nada de mais.

Mitch esperou que o amigo dissesse algo mais, porém Taylor ficou calado.

– Só isso? – exclamou ele. – Nada de mais?

– O que você quer que eu diga?

– Tudo. Apenas comece a falar e eu o interromperei se precisar de alguma explicação.

Taylor olhou de um lado para outro como se para se certificar de que não havia ninguém por perto.

– Consegue guardar um segredo?

– É claro.

Taylor se aproximou um pouco.

– Eu também – disse ele com uma piscadela, e Mitch deu uma gargalhada.

– Por que vai guardar tudo isso para si mesmo?

– Eu não sabia que tinha de lhe contar tudo – retorquiu ele, fingindo indignação. – Acho que presumi que isso era só da minha conta.

Mitch balançou a cabeça.

– Sabe, você pode usar essa abordagem com outras pessoas. Acho que mais cedo ou mais tarde vai acabar me contando, então bem que podia ser agora.

Taylor olhou para o amigo com um sorriso no rosto.

– Acha mesmo, é?

Mitch começou a arrancar um prego do telhado.

– Não acho. *Sei*. E, além do mais, como eu disse, Melissa não vai deixar você sair daqui antes de contar. Acredite em mim, aquela mulher é capaz de atirar uma frigideira com precisão mortal.

Taylor riu.

– Bem, pode dizer a Melissa que nós estamos ótimos.

Mitch pegou uma telha quebrada com as mãos enluvadas e fez força para arrancá-la, mas ela se partiu ao meio. Atirou o pedaço no chão e começou a trabalhar na outra metade.

– E?

– E o quê?

– Ela o faz feliz?

Taylor demorou um momento para responder. Por fim, disse:

– Sim, faz mesmo. – Ele procurou as palavras certas enquanto continuava a usar o pé de cabra. – Nunca conheci ninguém como ela.

Mitch pegou sua moringa de água gelada e tomou um gole, esperando Taylor continuar.

– Quero dizer, Denise tem tudo. É bonita, inteligente, charmosa, me faz rir... E você devia ver como é com o filho. Ele é um ótimo garoto, mas tem problemas de fala, e o modo como ela trabalha com ele... é tão paciente, dedicada e amorosa... Realmente fantástica.

Taylor arrancou outro prego solto e o atirou para o lado.

– Ela parece ótima – disse Mitch, impressionado.

– Ela é.

O amigo se aproximou, segurou o ombro de Taylor e lhe deu uma boa sacudida.

– Então o que ela está fazendo com um cara preguiçoso feito você? – brincou.

Mas, em vez de rir, Taylor deu de ombros.

– Não tenho a mínima ideia.

Mitch pôs a moringa de lado.

– Posso lhe dar um conselho?

– Posso impedir?

– Não, não pode. Quando se trata dessas coisas, sou praticamente uma colunista de jornal.

Taylor mudou de posição no telhado, indo na direção de outra telha.

– Então vá em frente.

Mitch se retesou um pouco, prevendo a reação de Taylor.

– Bem, se ela é tudo o que você diz e ela o faz feliz, não estrague as coisas desta vez.

Taylor interrompeu um movimento.

– O que quer dizer?

– Sabe como você é com essas coisas. Lembra-se de Valerie? Lembra-se de Lori? Se não lembra, eu lembro. Você saiu com elas, jogou seu charme, passou todo o seu tempo com elas, fez com que se apaixonassem por você... e então, pimba, terminou.

– Você não sabe do que está falando.

Mitch observou a boca de Taylor se transformar em uma linha severa.

– Não? Então me diga no que estou errado.

Relutante, Taylor considerou o que o amigo dissera.

– Elas eram diferentes de Denise – falou devagar. – Eu era diferente. Eu mudei.

Mitch ergueu as mãos para impedi-lo de continuar.

– Não é a mim que você tem de convencer, Taylor. Como dizem, não mate o mensageiro. Só estou lhe dizendo isso porque não quero vê-lo se arrepender depois.

Taylor balançou a cabeça. Trabalharam em silêncio por alguns minutos até que finalmente ele disse:

– Você é um mala, sabia?

Mitch tirou alguns pregos.

– Sim, eu sei. Melissa me diz a mesma coisa, portanto não leve isso para o lado pessoal. É só meu jeito de ser.

– Então, terminaram o telhado?

Taylor assentiu. Tinha no colo uma cerveja, que tomava devagar.

Faltavam algumas horas para que Denise começasse seu turno no Eights. Estavam os dois sentados na escada da frente enquanto Kyle brincava com seus caminhões no quintal. Apesar de seus esforços em contrário, Taylor continuava pensando nas coisas que Mitch dissera. Sabia que havia alguma verdade nas palavras do amigo, mas não podia evitar desejar que não tivesse tocado no assunto. Aquilo o incomodava como uma lembrança ruim.

– Sim, terminamos – disse ele.

– Foi mais difícil do que você imaginava? – perguntou Denise.

– Não, na verdade não. Por quê?

– Você parece distraído.

– Desculpe. Acho que só estou um pouco cansado.

Denise o examinou.

– Tem certeza de que é só isso?

Taylor levou a cerveja aos lábios e tomou um gole.

– Acho que sim.

– Acha?

Ele pôs a lata no degrau.

– Bem, Mitch me disse umas coisas hoje...

– O quê?

– Apenas bobagens – falou Taylor, sem querer se estender no assunto.

Denise viu a preocupação nos olhos dele.

– O quê? – insistiu.

Taylor respirou fundo, perguntando-se se deveria ou não responder, mas acabou decidindo por fazê-lo.

– Ele me disse que se eu a estou levando a sério, não devo estragar as coisas desta vez.

A franqueza da resposta fez Denise prender a respiração. Por que Mitch precisaria alertá-lo assim?

– O que você respondeu?

Taylor balançou a cabeça.

– Eu disse que ele não sabia do que estava falando.

– Bem... – Ela hesitou. – Ele sabia?

– Não, é claro que não.

– Então por que isso o incomoda?

– Porque fico chateado só de pensar que ele acha que eu poderia fazer isso. Ele não sabe nada sobre você ou sobre nós. E com certeza não sabe o que eu sinto.

Denise estreitou os olhos na direção dele, banhado nos últimos raios de sol.

– E o que você sente?

Taylor pegou a mão dela.

– Você não sabe? – disse. – Ainda não deixei isso óbvio?

# 21

O verão chegou com toda a sua fúria em meados de julho, com temperaturas acima de 37 graus, e depois começou a amainar. Perto do fim do mês, um furacão ameaçou a costa da Carolina do Norte, perto de Cape Hatteras, antes de ir para o mar. No início de agosto, outro furacão fez o mesmo. Em meados de agosto veio a seca; no final do mesmo mês, as lavouras murchavam sob o calor.

Setembro começou com a chegada de uma frente fria fora de época, algo que não acontecia havia vinte anos. Calças jeans foram tiradas do fundo de gavetas e as pessoas saíam de casaco à tardinha. Uma semana depois, veio outra onda de calor e as calças compridas foram postas de lado, esperava-se que pelos próximos meses.

Diferente do clima, o relacionamento de Taylor e Denise permaneceu constante durante todo o verão. Entrando em uma rotina, eles passaram quase todas as tardes juntos – para escapar do calor, a equipe de Taylor começava a trabalhar de manhã cedo e terminava às duas da tarde – e ele continuou a levar Denise para o trabalho e a buscá-la depois, sempre que podia. Jantaram algumas vezes na casa de Judy; em outras ela ficou na casa de Denise para tomar conta de Kyle e os dois poderem ter algum tempo a sós.

Nesses três meses, Denise passou a gostar cada vez mais de Edenton. Taylor, é claro, a mantinha ocupada como seu guia, explorando as paisagens ao redor da cidade, saindo de barco e indo à praia. Com o passar do tempo, ela começou a enxergar Edenton como era, um lugar que seguia o próprio ritmo lento, com uma cultura atrelada à criação de filhos, a domingos passados na igreja, a cuidar da água e a cultivar o solo fértil; um lugar em que *lar* ainda significava alguma coisa. Denise se via olhando para Taylor – em pé na cozinha dela segurando uma xícara de café – e se perguntava preguiçosamente se ele ainda lhe pareceria o mesmo em um futuro distante, quando ficasse com os cabelos grisalhos.

Denise ansiava por tudo o que faziam juntos. Em uma noite quente perto do fim de julho, Taylor a levou para dançar em Elizabeth City, outra novidade em muitos anos para ela. Ele a conduziu pela pista com uma graça surpreendente, rodopiando e dançando ao som de uma banda country local. Ela não pôde deixar de notar que as mulheres se sentiam atraídas por Taylor – uma ou outra sorria para ele na pista – e sentiu uma pontada de ciúme, embora Taylor nunca parecesse notá-las. Em vez disso, continuava com o braço na cintura de Denise e, naquela noite, olhou para ela como se fosse a única pessoa no mundo. Mais tarde, comendo sanduíches de queijo na cama, Taylor a puxou para perto enquanto um temporal com relâmpagos e trovões rugia do lado de fora da janela do quarto.

– Melhor é impossível – confessou ele.

Kyle também floresceu sob a atenção de Taylor. Ganhando confiança em sua linguagem, começou a falar com mais frequência, embora grande parte das frases não fizesse sentido. Também havia parado de sussurrar quando usava mais de uma palavra. No final do verão, aprendera a bater a bola de beisebol para fora do suporte e sua capacidade de lançá-la melhorara muito. Taylor improvisou bases no quintal e, embora fizesse o possível para ensinar a Kyle as regras do jogo, o garoto não estava nem um pouco interessado nelas. Só queria se divertir.

Mas por mais que tudo parecesse perfeito, havia momentos em que Denise notava uma inquietude inexplicável em Taylor. Como em sua primeira noite juntos, às vezes ele se tornava quase distante depois que faziam amor. Taylor a abraçava e acariciava como sempre, mas ela sentia algo nele que a deixava vagamente desconfortável, algo sombrio e misterioso que o fazia parecer mais velho e mais cansado do que Denise jamais se sentira. Isso às vezes a assustava, embora ao amanhecer frequentemente se censurasse por se deixar levar pela imaginação.

Perto do fim de agosto, Taylor se ausentou da cidade por três dias para ajudar a combater um grande incêndio na floresta nacional de Croatan, uma situação perigosa que foi piorada pelo calor escaldante daquele mês. Denise teve dificuldade em dormir enquanto Taylor estava fora. Preocupada com ele, ligou para Judy e elas passaram uma hora inteira ao telefone.

Denise acompanhava a cobertura do incêndio pelo jornal e pela TV, tentando em vão avistar Taylor. Quando ele finalmente voltou para Edenton, foi direto para a casa dela. Com a permissão de Ray, Denise tirou a noite de folga, mas Taylor estava tão exausto que adormeceu no sofá logo após o pôr do sol. Ela o cobriu, acreditando que ele dormiria ali mesmo; contudo, no meio da noite, ele se esgueirou para o quarto dela. Como da outra vez, ele teve tremores, só que levou horas para pararem. Taylor se recusou a falar sobre o que acontecera e Denise o abraçou, preocupada, até ele finalmente dormir de novo. Mesmo em sonho, seus demônios não lhe deram trégua. Contorcendo-se e virando-se, ele falou dormindo, suas palavras ininteligíveis exceto pelo medo que Denise percebeu nelas.

Na manhã seguinte, ele se desculpou timidamente. Mas não deu nenhuma explicação. Não tinha de dar. De algum modo, ela sabia que não eram apenas as lembranças do incêndio que o consumiam; era mais, algo oculto e obscuro, vindo à tona.

A mãe de Denise certa vez lhe dissera que havia homens que guardavam segredos e que isso era um mau sinal para as mulheres que os amavam. Instintivamente percebeu a verdade dessa afirmação, mas era difícil conciliar as palavras da mãe com o amor que sentia por Taylor McAden. Denise adorava seu cheiro, adorava a textura áspera de suas mãos no corpo dela e as rugas ao redor dos seus olhos sempre que ria. Adorava o modo como ele a olhava quando ela ia trabalhar, encostado na picape no estacionamento, com uma perna por cima da outra. Adorava tudo nele.

Às vezes Denise também se via sonhando em um dia subir com ele ao altar. Podia negar isso, podia ignorar, podia dizer para si mesma que não estavam prontos ainda. E talvez a última parte fosse verdade. Eles não estavam juntos há tanto tempo e, se Taylor a pedisse em casamento amanhã, gostaria de achar que teria o bom senso de dizer exatamente isso. No entanto... ela não diria essas palavras, admitia para si mesma em seus momentos de pura franqueza. Diria *sim... sim... sim*.

Em seus devaneios, só podia esperar que Taylor sentisse o mesmo.

– Você parece nervosa – comentou Taylor, estudando o reflexo de Denise no espelho.

Estava em pé atrás dela no banheiro enquanto Denise dava os últimos retoques na maquiagem.

– Porque eu estou.

– Mas são só Mitch e Melissa. Não há nenhum motivo para ficar nervosa.

Segurando dois brincos diferentes, um em cada orelha, ela ficou em dúvida entre a argola dourada e o de bolinha simples.

– Para você, talvez. Já os conhece. Eu só os vi uma vez, três meses atrás, e nem conversamos muito. E se eu causar má impressão?

– Não se preocupe. – Taylor segurou o braço dela. – Não vai causar.

– Mas e se eu causar?

– Eles não vão se importar. Você verá.

Denise pôs os brincos de argola de lado, escolhendo os de bolinha. Enfiou um em cada orelha.

– Bem, eu não estaria tão nervosa se tivesse me levado para conhecê-los antes, sabia? Você esperou muito para começar a me apresentar aos seus amigos.

Taylor ergueu suas mãos.

– Ei, não ponha a culpa em mim. É você quem trabalha seis noites por semana, e me desculpe se a quero só para mim em sua noite de folga.

– Sim, mas...

– Mas o quê?

– Bem, eu estava começando a me perguntar se você tinha vergonha de ser visto comigo.

– Não seja boba. Garanto que minhas intenções foram puramente egoístas. Sou mesquinho quando o assunto é dividir o tempo que tenho com você.

Olhando por cima do seu ombro, Denise perguntou:

– Isso é algo com que terei de me preocupar no futuro?

Taylor encolheu os ombros, com um sorriso travesso no rosto.

– Depende. Se continuar a trabalhar seis noites por semana...

Denise suspirou, terminando de pôr os brincos.

– Bem, isso deve acabar em breve. Já economizei quase o suficiente para comprar um carro e então, acredite em mim, vou implorar para Ray reduzir meus turnos novamente.

Taylor pôs os dois braços ao redor dela, ainda olhando-a no espelho.

– Ei, já disse como você está maravilhosa?

– Está mudando de assunto.

– Eu sei. Mas, nossa, olhe para você. Está linda.

Após ver o reflexo deles no espelho, Denise se virou para Taylor.

– Bem o bastante para um churrasco com seus amigos?

– Você está fantástica – respondeu ele, sincero. – Mas, mesmo se não estivesse, eles a adorariam.

Trinta minutos depois, Taylor, Denise e Kyle estavam andando na direção da porta de Mitch quando ele surgiu dos fundos da casa, com uma cerveja na mão.

– Oi, pessoal – cumprimentou-os. – Fico feliz por terem vindo. A turma está lá atrás.

Taylor e Denise o seguiram pelo portão, passando pelo balanço e pelos arbustos de azaleias antes de chegarem ao deque.

Melissa estava sentada a uma mesa ao ar livre, observando seus quatro garotos entrarem e saírem da piscina, seus berros fundindo-se em um rugido confuso pontuado por gritos agudos. A piscina fora instalada no verão anterior, depois que muitas cobras foram avistadas no rio. Mitch gostava de dizer que não havia nada como uma serpente venenosa para mudar a opinião das pessoas sobre as maravilhas da natureza.

– Ei, vocês! – gritou Melissa, levantando-se. – Obrigada por virem.

Taylor deu um abraço apertado e um beijo rápido no rosto de Melissa.

– Vocês duas já se conhecem, não é? – disse ele.

– Do festival – disse Melissa tranquilamente. – Mas isso foi há muito tempo e, além do mais, a gente conhece muitas pessoas nesse dia. Como vai, Denise?

– Bem, obrigada – respondeu ela, ainda um pouco nervosa.

Mitch apontou para a caixa de isopor.

– Querem uma cerveja?

– É uma ótima ideia – respondeu Taylor. – Quer uma, Denise?

– Por favor.

Enquanto Taylor ia pegar as cervejas, Mitch se instalou à mesa, ajeitando o guarda-sol para ficarem à sombra. Melissa se sentou de novo, e Denise fez o mesmo. Kyle, de calção de banho e camiseta, ficou em pé timidamente ao lado da mãe, com uma toalha sobre os ombros. Melissa se inclinou para ele.

– Oi, Kyle, como vai?

Ele não respondeu.

– Kyle, diga "Bem, obrigado".

– Be, obgado.

Melissa sorriu.

– Que bom. Quer entrar na piscina com os outros garotos? Eles esperaram o dia inteiro por você.

O filho olhou de Melissa para sua mãe.

– Você quer nadar? – perguntou Denise, refazendo a pergunta.

Kyle assentiu entusiasticamente.

– Sim.

– Está bem, pode ir. Tome cuidado.

Denise tirou a toalha dele e o menino foi andando devagar para a piscina.

– Quer uma boia para ele? – ofereceu Melissa.

– Não, ele sabe nadar. Mas preciso ficar de olho nele, é claro.

Kyle chegou à piscina e desceu os degraus, a água batendo nos seus joelhos. Abaixou-se e a agitou, como se testasse a temperatura, então abriu um grande sorriso. Denise e Melissa o observavam enquanto ele andava na água.

– Com que idade ele está?

– Vai fazer 5 daqui a alguns meses.

– Ah, Jud também. – Melissa apontou para o outro lado da piscina. – É aquele ali, segurando-se na borda, perto do trampolim.

Denise o viu. Do mesmo tamanho de Kyle, com um corte de cabelo curto, quase raspado. Os quatro filhos de Melissa estavam pulando, espirrando água, gritando. Em resumo, se divertindo muito.

– Todos os quatro são seus? – perguntou Denise, surpresa.

– Por enquanto. Mas se quiser levar um, é só dizer. Pode escolher da ninhada.

Denise relaxou um pouco.

– Dão muito trabalho?

– São garotos. Têm energia saindo pelas orelhas.

– Que idade eles têm?

– Dez, 8, 6 e 4.

– Minha mulher tinha um plano – disse Mitch, interrompendo a conversa enquanto descascava o rótulo de sua garrafa. – Ano sim, ano não, em nosso aniversário de casamento, me deixava dormir com ela, independentemente de ela me querer ou não.

Melissa revirou os olhos.

– Não lhe dê ouvidos. Ainda não aprendeu a conversar com gente civilizada.

Taylor voltou com as cervejas e abriu a garrafa de Denise antes de colocá-la na frente dela. A dele já estava aberta.

– Do que vocês estavam falando?

– Da nossa vida sexual – disse Mitch seriamente, e dessa vez Melissa lhe deu um soco no braço.

– Olhe aqui, seu fanfarrão, temos visita. Você não vai querer causar má impressão, vai?

Mitch se inclinou para Denise.

– Não estou causando má impressão, estou?

Denise sorriu, concluindo imediatamente que gostava daqueles dois.

– Não.

– Viu? Eu lhe disse, querida – falou Mitch, vitorioso.

– Ela só disse isso porque você não lhe deu outra opção. Agora deixe a pobre moça em paz. Estávamos tendo uma conversa muito boa aqui antes de você se intrometer.

– Bem...

Foi tudo o que conseguiu dizer antes que a esposa o cortasse:

– Não abuse.

– Mas...

– Quer dormir no sofá esta noite?

Mitch levantou e abaixou as sobrancelhas.

– Isso é um convite?

Ela o olhou fixamente.

– Agora é.

Todos na mesa riram, e Mitch se inclinou para a esposa, pondo a cabeça no ombro dela.

– Desculpe, querida – disse, olhando-a como um cachorrinho que sujou o tapete.

– Pedir desculpas não basta – disse ela, fingindo arrogância.

– E se eu lavar os pratos depois?

– Estamos usando pratos descartáveis.

– Eu sei. Foi por isso que me ofereci.

– Por que você e o Taylor não nos deixam a sós para conversar? Vão limpar a churrasqueira ou algo assim.

– Acabei de chegar aqui – queixou-se Taylor. – Por que tenho de ir embora?

– Porque a churrasqueira está imunda.

– Está? – perguntou Mitch.

– Xô! – fez Melissa, com se estivesse enxotando uma mosca de seu prato. – Deixem-nos a sós para podermos falar de coisas de mulher.

Mitch se virou na direção do amigo.

– Acho que elas não nos querem aqui, Taylor.

– Acho que você tem razão, Mitch.

– Esses dois devem ser gênios – sussurrou Melissa para Denise. – Nada lhes escapa.

Mitch estava boquiaberto, fingindo espanto.

– Acho que ela acabou de nos insultar, Taylor – disse.

– Acho que você tem razão.

– Está vendo o que eu quero dizer? – disse Melissa assentindo com a cabeça como se tivesse provado seu ponto de vista. – Gênios.

– Vamos, Mitch – disse Taylor, fingindo estar ofendido. – Não precisamos suportar isto. Somos superiores.

– Ótimo. Sejam superiores limpando a churrasqueira.

Mitch e Taylor se levantaram da mesa, deixando as mulheres a sós. Denise ainda estava rindo quando eles se dirigiram à churrasqueira.

– Há quanto tempo vocês estão casados?

– Doze anos. Mas parece que são vinte.

Melissa piscou um olho e tudo o que Denise pôde fazer foi se perguntar por que subitamente tinha a impressão de que a conhecia há uma eternidade.

– Como se conheceram? – perguntou Denise.

– Em uma festa na faculdade. Na primeira vez que o vi, Mitch estava equilibrando uma garrafa de cerveja na testa enquanto tentava atravessar a sala. Se ele conseguisse fazer isso sem derramar a cerveja, ganharia 50 dólares.

– Ele conseguiu?

– Não, acabou ensopado da cabeça aos pés. Mas era óbvio que não se levava muito a sério. E depois de alguns outros caras que namorei, acho que era disso que eu precisava. Começamos a namorar, e alguns anos depois, nos casamos.

217

Ela olhou na direção do marido com um afeto evidente.

– Mitch é um bom sujeito. Acho que vou ficar com ele.

– Então, como foi na floresta?

Algumas semanas antes, quando Joe pedira voluntários para combater o fogo na floresta, somente Taylor levantara a mão. Mitch apenas balançara a cabeça quando Taylor lhe pedira para ir também.

O que Taylor desconhecia era que Mitch sabia exatamente o que acontecera. Joe lhe telefonara em segredo, contando-lhe que Taylor quase fora morto quando o fogo subitamente se fechou ao seu redor. Se não fosse por uma pequena mudança no vento, que afastou a fumaça o suficiente para ele encontrar uma saída, o amigo estaria morto. Seu último embate com a morte não surpreendera Mitch nem um pouco.

Taylor tomou um gole de cerveja, seus olhos se obscurecendo com a lembrança.

– Em alguns momentos, bastante difícil. Sabe como são esses incêndios. Mas, por sorte, ninguém se feriu.

*Sim, por sorte. De novo.*

– Mais nada?

– Nada de importante – disse ele, minimizando qualquer indício de perigo. – Mas você deveria ter ido. Fizeram falta mais homens lá.

Mitch balançou a cabeça enquanto pegava a grelha da churrasqueira e começava a esfregar o raspador nela para a frente e para trás.

– Não, isso é para vocês, que são jovens. Estou ficando velho demais para esse tipo de coisa.

– Sou mais velho do que você, Mitch.

– Sim, se pensar nisso apenas em termos de números. Mas sou velho se comparado com você. Tenho progênie.

– Progênie?

– Termo usado em palavras cruzadas. Significa que tenho filhos.

– Sei o que significa.

– Bem, então também sabe que não posso mais simplesmente sair de uma hora para outra. Agora que os garotos estão crescendo, não é justo para com Melissa eu sair da cidade para coisas assim. Quero dizer, se acontecerem problemas aqui, é diferente. Mas não vou sair procurando por eles. A vida é curta demais para isso.

Taylor pegou um pano e o entregou para Mitch limpar o raspador.

– Vai mesmo parar?

– Sim. Vou ficar apenas por mais alguns meses.

– Sem nenhum arrependimento?

– Nenhum. – Mitch fez uma pausa antes de continuar. – Sabe, você também poderia pensar nisso – acrescentou.

– Não vou parar, Mitch – disse Taylor, descartando a ideia. – Não sou como você. Não tenho medo do que poderia acontecer.

– Deveria ter.

– Isso é o seu modo de ver as coisas.

– Talvez – disse Mitch calmamente. – Mas é verdade. Se você de fato se importa com Denise e Kyle, deve começar a colocá-los em primeiro lugar, como coloquei minha família. O que fazemos é perigoso, não importa quanto cuidado se tome, e é um risco que não precisamos correr. Tivemos sorte várias vezes.

Ele ficou em silêncio enquanto deixava o raspador de lado. Então seus olhos encontraram os de Taylor.

– Você sabe como é crescer sem uma família. Desejaria isso para Kyle?

Taylor se enrijeceu.

– Pelo amor de Deus, Mitch...

O amigo ergueu as mãos para impedi-lo de continuar.

– Antes que comece a me xingar, há algo que tenho de dizer. Desde aquela noite na ponte... e agora de novo na floresta nacional de Croatan. Sim, sei disso também e não me agrada nem um pouco. Um herói morto continua morto, Taylor. – Ele pigarreou. – Sei lá. É como se com o passar dos anos você estivesse desafiando cada vez mais o destino, procurando alguma coisa. Às vezes isso me assusta.

– Não precisa se preocupar comigo.

Mitch se levantou e pôs a mão no ombro de Taylor.

– Sempre me preocupo com você, Taylor. Você é como um irmão para mim.

– Sobre o que você acha que eles estão conversando? – perguntou Denise, observando Taylor da mesa.

Vira a mudança em seu comportamento, a súbita rigidez, como se alguém tivesse ligado um interruptor.

Melissa também percebera isso.

– Mitch e Taylor? Provavelmente sobre o corpo de bombeiros. Mitch vai sair no fim do ano. Deve ter dito a Taylor para fazer o mesmo.

– Mas Taylor não gosta de ser bombeiro?

– Não sei se gosta. Ele faz isso porque tem de fazer.

– Por quê?

Melissa olhou para Denise com uma expressão perplexa.

– Bem, por causa do pai dele – respondeu.

– Do pai dele? – repetiu Denise.

– Ele não lhe contou? – perguntou Melissa, cautelosa.

– Não. – Denise balançou a cabeça, com medo de aonde Melissa chegaria. – Ele só me contou que o pai morreu quando ele era criança.

Melissa fez que sim com a cabeça, sua expressão séria.

– O que foi? – perguntou Denise, ansiosa.

A outra suspirou, em dúvida sobre se deveria continuar.

– Por favor – pediu Denise.

Melissa desviou o olhar. Depois, por fim, falou:

– O pai de Taylor morreu em um incêndio.

Ao ouvir aquelas palavras, Denise sentiu um frio na espinha.

Taylor levara a grelha para enxaguar debaixo da mangueira e, ao voltar, viu Mitch pegando mais duas cervejas na caixa de isopor. Enquanto Mitch abria a dele, Taylor passou pelo amigo sem falar nada.

– Ela é mesmo bonita, Taylor.

Taylor pôs a grelha de volta na churrasqueira, sobre o carvão.

– Eu sei.

– E o filho dela é uma graça. Um belo garotinho.

– Eu sei.

– Ele parece com você.

– Hein?

– Só queria ver se estava prestando atenção – disse Mitch, sorrindo. – Você pareceu um pouco desnorteado quando voltou. – Ele deu um passo para mais perto. – Olhe, desculpe por ter dito aquelas coisas. Não queria que ficasse chateado.

– Não fiquei – mentiu Taylor.

Mitch entregou a cerveja para o amigo.

– É claro que ficou. Mas alguém tem de mantê-lo na linha.

– E esse alguém é você?

– É claro. Sou o único que pode.

– Não, Mitch, não seja tão modesto – disse Taylor de forma sarcástica.

Mitch ergueu as sobrancelhas.

– Acha que estou brincando? Há quanto tempo o conheço? Trinta anos? Acho que isso me dá o direito de ser franco de vez em quando sem me preocupar com o que você vai pensar. E eu estava falando sério. Não tanto sobre você desistir, porque sei que não fará isso. Mas no futuro deve tentar ser mais cauteloso. Está me entendendo?

Mitch apontou para a própria cabeça, que mostrava sinais de calvície.

– Antes eu tinha muito cabelo. E ainda teria se você não fosse tão afoito. Sempre que você faz alguma maluquice, sinto meus cabelos se suicidando, pulando da minha cabeça e caindo no chão. Se você prestar atenção, às vezes dá para ouvi-los gritando ao cair. Sabe como é ficar careca? Ter de passar protetor solar para sair na rua? Ficar com manchas onde costumava dividir seus cabelos? Isso não ajuda muito um velho ego, se entende o que quero dizer. Portanto, você está em dívida comigo.

Taylor riu mesmo sem querer.

– Puxa, e eu aqui pensando que isso era hereditário.

– Ah, não. É por sua causa, amigo.

– Estou comovido.

– Deveria estar mesmo. Não estou disposto a ficar careca por qualquer um.

– Está bem. – Ele suspirou. – Vou tentar ser mais cauteloso.

– Ótimo. Porque, daqui a pouco, não estarei lá para salvá-lo.

– Quando o churrasco fica pronto? – gritou Melissa.

Mitch e Taylor estavam em pé ao lado da churrasqueira, com as crianças já comendo. Mitch havia preparado salsichas primeiro e já havia cachorros-quentes na mesa. Denise, que trouxera comida para Kyle (macarrão com queijo, biscoitos, uvas), pôs o prato do filho na frente dele. Depois de nadar por algumas horas, o menino estava faminto.

– Em dez minutos! – gritou Mitch por cima do ombro.

– Também quero macarrão com queijo – choramingou o filho mais novo de Melissa, ao ver que Kyle estava comendo algo diferente do restante deles.

– Coma seu cachorro-quente – respondeu Melissa.

– Mas, mãe...

– Coma seu cachorro-quente – repetiu ela. – Se ainda estiver com fome depois disso, farei um pouco, está bem?

Ela sabia que o filho não estaria com fome, mas isso pareceu acalmar a criança.

Quando tudo estava sob controle, Denise e Melissa se afastaram da mesa e se sentaram mais perto da piscina. Desde que Denise ficara sabendo sobre o pai de Taylor, vinha tentando juntar as peças em sua mente. Melissa pareceu adivinhar seus pensamentos.

– Taylor? – disse ela, e Denise sorriu timidamente, envergonhada de isso ser tão óbvio.

– Sim.

– Como vocês estão se dando?

– Eu achava que muito bem. Mas agora não tenho tanta certeza.

– Por que ele não lhe falou sobre o pai? Bem, vou lhe contar um segredo: Taylor não fala sobre isso com ninguém, nunca. Nem comigo, nem com ninguém com quem trabalha, nem com os amigos. Nunca falou sobre isso nem mesmo com Mitch.

Denise pensou a respeito, sem saber o que dizer.

– Isso faz com que eu me sinta melhor. – Ela se interrompeu, franzindo as sobrancelhas. – Eu acho.

Melissa pousou seu chá gelado. Como Denise, parara de beber cerveja depois de terminar a segunda lata.

– Ele é encantador quando quer, não é? Bonito também.

Denise se recostou na cadeira.

– É, sim.

– Como ele é com Kyle?

– Kyle o adora. Nos últimos tempos, está mais apegado a Taylor do que a mim. Taylor vira criança quando os dois estão juntos.

– Ele sempre foi bom com crianças. Meus filhos sentem o mesmo em relação a ele. Eles telefonam para convidá-lo para brincar.

– E ele vem?

– Às vezes. Mas, ultimamente, não. Você está ocupando todo o tempo dele.

– Desculpe.

Melissa fez um gesto com a mão, dispensando o pedido de desculpas.

– Não se desculpe. Estou feliz por Taylor. Por você também. Estava começando a me perguntar se algum dia ele encontraria alguém. Você é a primeira pessoa que ele traz aqui em anos.

– Então houve outras?

Melissa sorriu ironicamente.

– Ele também não lhe falou sobre elas?

– Não.

– Menina, foi bom você ter vindo – conspirou Melissa. Denise teve que rir.

– Então o que você quer saber?

– Como elas eram?

– Não como você, isso com certeza.

– Não?

– Não. Você é muito mais bonita. E tem um filho.

– O que aconteceu com elas?

– Infelizmente, não sei dizer. Taylor também não fala sobre isso. Tudo o que sei é que em um dia parecia estar tudo bem e, no dia seguinte, eles tinham terminado. Na verdade nunca entendi por quê.

– Que ideia reconfortante.

– Ah, não estou dizendo que vá acontecer com você. Ele gosta mais de você do que gostava delas, muito mais. Posso ver isso no modo como a olha.

Denise teve esperança de que Melissa estivesse dizendo a verdade.

– Às vezes... – começou Denise, e então sua voz falhou, como se ela não soubesse exatamente como se expressar.

– Às vezes você fica assustada sem saber o que ele está pensando?

Ela olhou para Melissa, surpresa com a acuidade da observação. A outra continuou:

– Embora Mitch e eu estejamos juntos há muito tempo, ainda não sei tudo o que o impulsiona. Às vezes, nisso, ele é parecido com Taylor. Mas no fim dá certo porque nós dois queremos que dê. Se vocês dois quiserem, conseguirão superar tudo.

Uma bola de praia veio voando da mesa onde as crianças estavam sentadas, atingindo Melissa na cabeça. Elas ouviram uma série de gargalhadas.

Melissa revirou os olhos, mas não prestou atenção na bola que rolava para longe.

– Vocês poderiam até mesmo conseguir aturar quatro garotos, como nós aturamos.

– Não sei se eu conseguiria.

– É claro que sim. Isso é fácil. Só tem de acordar cedo, pegar o jornal e lê-lo calmamente enquanto toma umas boas doses de tequila.

Denise deu uma risadinha.

– Falando sério, você nunca pensou em ter mais filhos? – perguntou Melissa.

– Não com muita frequência.

– Por causa de Kyle?

Elas haviam conversado um pouco sobre o problema dele antes.

– Não, não só por causa dele. Mas isso não é algo que eu possa fazer sozinha, é?

– Mas e se fosse casada?

Após um instante, Denise sorriu.

– Provavelmente.

Melissa fez um sinal afirmativo com a cabeça.

– Acha que Taylor seria um bom pai?

– Tenho certeza de que seria.

– Eu também – concordou Melissa. – Vocês dois já conversaram sobre isso?

– Casamento? Não. Ele não tocou no assunto.

– Hum – fez Melissa. – Então terei de descobrir o que ele está pensando, não é?

– Não precisa – protestou Denise, corando.

– Ah, eu quero. Estou tão curiosa quanto você. Mas não se preocupe. Serei sutil. Ele não vai perceber aonde quero chegar.

– Então, Taylor, vai se casar com essa mulher maravilhosa ou não?

Denise quase deixou seu garfo cair no prato. Taylor estava tomando um gole da bebida e engasgou, o que o fez tossir três vezes enquanto expelia o líquido do canal errado. Levou o guardanapo ao rosto, os olhos se enchendo de lágrimas.

– O quê?

Os quatro estavam comendo bife, salada verde, batata com queijo cheddar e pão de alho. Riam, brincavam, se divertiam e estavam quase terminando quando Melissa lançou a bomba. Denise sentiu o sangue fluir para as bochechas enquanto Melissa continuava a falar sem rodeios.

– Quero dizer, ela é linda, Taylor. Inteligente também. Não se encontram mulheres assim todos os dias.

Embora ela obviamente tivesse falado de brincadeira, Taylor ficou um pouco tenso.

– Na verdade, ainda não pensei nisso – disse ele, quase na defensiva.

Melissa se inclinou para a frente e lhe acariciou o braço, dando uma gargalhada.

– Não queria uma resposta, Taylor. Estava brincando. Só queria ver a sua cara. Seus olhos ficaram arregalados.

– Foi porque eu me engasguei – respondeu Taylor.

Melissa se aproximou dele.

– Desculpe, mas não consegui resistir. Você é fácil de azucrinar. Como o Bozo aqui.

– Está falando de mim, querida? – interrompeu-a Mitch, tentando acabar com o óbvio mal-estar de Taylor.

– Quem mais o chama de Bozo?

– Além de você e minhas três outras mulheres, ninguém, é claro.

– Hum – fez ela. – Isso é bom, caso contrário eu poderia ficar com ciúme.

Melissa se debruçou sobre a mesa e deu um rápido beijo no rosto do marido.

– Eles são sempre assim? – sussurrou Denise para Taylor, rezando para ele não pensar que ela pedira a Melissa que perguntasse aquilo.

– Desde que os conheço – respondeu Taylor, mas era óbvio que estava com a cabeça em outro lugar.

– Ei, não falem pelas nossas costas – disse Melissa. Ela se virou para Denise e levou a conversa de volta para um campo mais seguro. – Então, me fale sobre Atlanta. Nunca estive lá...

Denise respirou fundo quando Melissa olhou para ela, com um sorriso quase imperceptível no rosto. Sua piscadela foi tão discreta que nem Mitch nem Taylor notaram.

E embora as duas conversassem durante a hora seguinte, com Mitch participando sempre que era apropriado, Denise notou que Taylor não falou muito.

– Vou pegar você! – berrou Mitch correndo pelo quintal atrás de Jud, que também dava gritos agudos de medo e alegria.

– Você está quase na toca! Corra! – gritou Taylor.

Jud abaixou a cabeça, disparando, enquanto Mitch desacelerava atrás dele, a causa perdida. Jud chegou à toca, juntando-se aos outros.

Era uma hora depois do jantar. O sol finalmente se pusera e Mitch e Taylor estavam brincando de pique com os garotos no quintal. Mitch, com as mãos no quadril, olhava para as cinco crianças, seu peito subindo e descendo. Todos estavam perto uns dos outros.

– Você não me pega, papai! – provocou Cameron, com os polegares nos ouvidos e abanando os dedos.

– Tente me pegar, papai! – acrescentou Will, sua voz se juntando à do irmão.

– Então vocês têm de sair da toca – disse Mitch, dobrando-se e pondo as mãos nos joelhos.

Cameron e Will, percebendo a fragilidade do oponente, dispararam em direções opostas.

– Vamos, papai! – gritou Will, alegremente.

– Está bem, vocês pediram por isso! – disse Mitch, fazendo o possível para se mostrar à altura do desafio.

Ele começou a avançar penosamente na direção de Will, passando por Taylor e Kyle, que continuavam seguros na toca.

– Corra, papai, corra! – provocou Will, sabendo que era ágil o suficiente para se manter bem longe do pai.

Durante os minutos seguintes, Mitch perseguiu um filho atrás do outro, mudando sempre de direção. Kyle, que demorara um pouco para aprender a brincadeira, finalmente a entendeu o suficiente para correr com os outros garotos, e logo seus gritos se juntavam aos deles enquanto Mitch corria pelo quintal. Depois de várias tentativas fracassadas de pegar as crianças, ele andou na direção de Taylor.

– Preciso parar um pouco – disse ele, as palavras quase se perdendo em sua respiração ofegante.

Taylor disparou para o lado, ficando fora de alcance.

– Então precisa me pegar, amigo.

Taylor o deixou sofrer por mais um minuto até que ficasse quase verde. Então finalmente correu para o meio do quintal, desacelerou e deixou o amigo pegá-lo. Mitch se dobrou de novo, tentando tomar fôlego.

– Eles são mais rápidos do que parecem – disse, sincero. – E mudam de direção como coelhos.

– Só parecem coelhos para quem é velho como você – respondeu Taylor. – Mas se estiver certo, vou devolver o pique a você.

– Está louco se pensa que vou sair da toca. Vou é ficar sentado aqui um pouco.

– Vamos! – gritou Cameron para Taylor, querendo continuar a brincadeira. – Você não me pega!

Taylor esfregou as mãos.

– Tudo bem, aqui vou eu!

Taylor deu um passo gigantesco na direção dos garotos e, com gritos jubilosos, eles correram em direções diferentes. Mas a voz de Kyle, alta e rompendo a escuridão, era inconfundível e logo fez Taylor parar.

– Vam, papá! – gritou Kyle. – Vam, papá!

*Papai.*

Por um momento Taylor ficou paralisado, apenas olhando na direção do menino. Mitch, que vira a reação de Taylor, brincou:

– Tem algo a me contar sobre seu passado, Taylor?

O amigo não respondeu.

– Ele acabou de chamar você de papai – acrescentou Mitch, como se Taylor não tivesse percebido.

Mas Taylor mal ouviu o que Mitch dissera. Perdido em pensamentos, a palavra se repetia em sua mente.

*Papai.*

Embora soubesse que Kyle estava apenas imitando as outras crianças, como se gritar *papai* fosse parte do jogo, isso o fez pensar novamente na pergunta de Melissa.

*Então, Taylor, vai se casar com essa mulher maravilhosa ou não?*

– Terra chamando Taylor... Ande logo, *paizão* – provocou Mitch, sem conseguir conter um sorriso.

Taylor finalmente olhou para ele.

– Cale a boca, Mitch.

– Pode deixar... papai.

Por fim, Taylor conseguiu dar um passo na direção das crianças.

– Eu não sou o pai dele – disse quase para si mesmo.

Embora Mitch tivesse suspirado as palavras seguintes para si mesmo, Taylor as ouviu tão claramente quanto ouvira as de Kyle um momento antes.

– Ainda não.

– Vocês se divertiram? – perguntou Melissa quando as crianças entraram penosamente pela porta da frente, cansadas o bastante para parar por aquela noite.

– Nós nos divertimos muito. Mas papai está ficando muito lento – observou Cameron.

– Não estou – defendeu-se Mitch, seguindo-os para dentro. – Eu deixei vocês chegarem à toca.

– Ah, foi, papai.

– Levei suco para a sala. Não derramem, está bem? – disse Melissa quando as crianças passaram se arrastando por ela.

Mitch se inclinou para beijar Melissa, mas ela recuou.

– Só depois que você tomar uma ducha. Está imundo.

– É isso que eu ganho por entreter as crianças?

– Não, essa é a reação que você obtém quando está fedendo.

Mitch riu e foi para a porta de correr do pátio, na direção do quintal, para pegar uma cerveja.

Taylor entrou por último, com Kyle bem na frente dele. O menino seguiu as outras crianças até a sala enquanto Denise o observava.

– Como ele se saiu? – perguntou ela.

– Bem – disse Taylor simplesmente. – Ele se divertiu.

Denise olhou para ele. Era óbvio que algo o incomodava.

– Você está bem?

O namorado desviou o olhar.

– Sim – respondeu. – Estou bem.

Sem dizer mais nada, ele voltou para fora, para onde Mitch estava.

Quando a noite estava terminando, Denise se ofereceu para ajudar Melissa na cozinha e começou a descartar as sobras. As crianças estavam espalhadas pelo chão, assistindo a um filme na sala, enquanto Mitch e Taylor arrumavam as coisas no deque.

Denise estava enxaguando os talheres antes de colocá-los no lava-louça. De onde estava podia ver os dois homens lá fora. Apenas os observava, as mãos imóveis sob a água.

– Um centavo pelos seus pensamentos – disse Melissa, sobressaltando-a.

Denise balançou a cabeça, retomando sua tarefa.

– Não sei se um centavo é suficiente.

Melissa pegou algumas xícaras vazias e as levou para a pia.

– Escute, lamento tê-la posto em uma situação difícil durante o jantar.

– Não, não estou zangada com isso. Você só estava brincando. Todos nós estávamos.

– Mas mesmo assim está preocupada?

– Não sei... acho... – Ela relanceou os olhos para Melissa. – Talvez um pouco. Ele ficou calado a noite toda.

– Eu não me preocuparia muito com isso. Sei que Taylor gosta de verdade de você. Ele se ilumina sempre que olha na sua direção, mesmo depois de eu tê-lo provocado.

Denise observou Taylor arrumar as cadeiras ao redor da mesa. Ela assentiu.

– Eu sei.

Apesar da resposta, ela não pôde evitar se perguntar por que subitamente isso não parecia ser o bastante. Ela tampou uma vasilha plástica.

– Mitch lhe disse se aconteceu algo enquanto eles estavam lá fora com as crianças?

Melissa a olhou com curiosidade.

– Não. Por quê?

Denise pôs a salada na geladeira.

– Só estava pensando.

*Papai.*

*Então, Taylor, vai se casar com essa mulher maravilhosa ou não?*

As palavras continuavam a ecoar na mente de Taylor enquanto ele bebericava sua cerveja.

– Ei, por que está tão carrancudo? – perguntou Mitch, enchendo um saco de lixo com os restos da mesa.

Taylor encolheu os ombros.

– Estou preocupado. Só isso.

– Com o quê?

– Coisas do trabalho. Estou tentando organizar na cabeça tudo o que preciso fazer amanhã – respondeu Taylor, dizendo apenas parte da verdade. – Como tenho passado muito tempo com Denise, deixei o negócio um pouco de lado. Preciso voltar a ele.

– Você não tem ido trabalhar todos os dias?

– Sim, mas nem sempre fico o dia inteiro. E sabe como é... às vezes surgem alguns problemas...

– Há algo que eu possa fazer? Checar suas encomendas ou alguma coisa do gênero?

Taylor fazia a maior parte das encomendas na casa de ferragens.

– Não, não, mas tenho de dar um jeito nisso. Uma coisa que aprendi é que, quando as coisas dão errado, dão errado rápido.

Mitch hesitou enquanto jogava um copo descartável no saco, tendo uma estranha sensação de déjà-vu.

Na última vez que Taylor usara aquelas palavras, estava namorando Lori.

Trinta minutos depois Taylor e Denise voltavam de carro para casa, com Kyle entre eles, uma cena que se repetira dezenas de vezes. Mas agora, pela primeira vez, um ar de tensão pairava na picape, sem que houvesse um motivo que qualquer um deles pudesse identificar facilmente. Mas a tensão estava lá, e os mantivera calados o suficiente para Kyle adormecer, embalado pelo silêncio.

Para Denise, era uma sensação estranha. Ela ficou pensando sobre tudo o que Melissa lhe dissera, as declarações dela ricocheteando em seu cérebro como bolas de fliperama. Não tinha vontade de falar, e Taylor também não. Ele estivera estranhamente distante, o que só intensificava o que Denise sentia. Ela compreendeu que aquilo que deveria ter sido uma noite informal e agradável com amigos se transformara em algo muito mais significativo.

Taylor quase morrera engasgado quando Melissa lhe perguntara sobre casamento. Isso teria surpreendido qualquer um, principalmente pelo modo repentino como Melissa dissera, não é? Na picape, Denise tentava se convencer disso, mas, quanto mais pensava a respeito, mais insegura se sentia. Três meses não é muito quando se é jovem. Mas eles não eram crianças. Ela estava perto dos 30 e Taylor era seis anos mais velho. Já haviam tido tempo para amadurecer, para saber exatamente quem eram e o que queriam da vida. Se Taylor não estava levando o futuro deles tão a sério quanto parecia, por que a cobrira de atenção nos últimos meses?

*Tudo o que sei é que em um dia parecia estar tudo bem e, no dia seguinte, eles tinham terminado. Na verdade nunca entendi por quê.*

Isso também a incomodava, certo? Se Melissa não entendia o que acontecera com os outros relacionamentos de Taylor, Mitch provavelmente também não. Isso significava que Taylor não entendia?

E, nesse caso, aconteceria o mesmo com ela?

Denise sentiu um nó no estômago e, insegura, olhou de relance para Taylor. Pelo canto do olho, ele a viu observando-o e se virou para ela, aparentemente sem se dar conta de seus pensamentos. Do lado de fora da janela do carro, as árvores que farfalhavam à passagem deles estavam escuras e agrupadas, fundindo-se em uma única imagem.

– Você se divertiu?

– Sim – respondeu Denise em voz baixa. – Gostei dos seus amigos.

– Então, como você e Melissa se deram?

– Muito bem.

– Uma coisa que você deve ter percebido é que ela diz a primeira coisa que lhe vem à cabeça, não importa quanto seja ridícula. Às vezes você simplesmente tem de ignorá-la.

O comentário não ajudou em nada a acalmar os nervos de Denise. Kyle murmurou algo sem sentido enquanto se acomodava um pouco mais no banco. Denise se perguntou por que as coisas que Taylor não dissera subitamente pareciam mais importantes do que as que ele dissera.

*Quem é você, Taylor McAden?*

*Quanto realmente o conheço?*

*E, o mais importante, para onde estamos indo a partir de agora?*

Denise sabia que ele não responderia a nenhuma dessas questões. Então respirou fundo, desejando manter sua voz firme.

– Taylor... por que você não me contou sobre seu pai? – perguntou.

Os olhos de Taylor se abriram apenas um pouco mais.

– Meu pai?

– Melissa me contou que ele morreu em um incêndio.

Denise viu as mãos de Taylor apertarem o volante.

– Como esse assunto surgiu? – questionou ele, mudando ligeiramente de tom.

– Não sei. Do nada.

– Foi ideia dela ou sua tocar nele?

– Que diferença faz? Não me lembro de como o assunto surgiu.

Taylor não respondeu, apenas manteve os olhos fixos na estrada à frente. Denise esperou, até que percebeu que ele não iria responder à primeira pergunta.

– Foi por causa do seu pai que você se tornou bombeiro?

Balançando a cabeça, Taylor deu um longo suspiro.

– Prefiro não falar sobre isso.

– Talvez eu possa ajudar...

– Não pode – disse ele, interrompendo-a. – E, além do mais, isso não lhe diz respeito.

– Não me diz respeito? – perguntou Denise, sem acreditar. – Do que está falando? Eu gosto de você, Taylor, e me magoa pensar que não confia em mim o suficiente para me dizer o que há de errado.

– Não há nada de errado – rebateu ele. – Só não gosto de falar sobre meu pai.

Ela poderia ter insistido, mas sabia que isso não a levaria a lugar nenhum.

De novo o silêncio caiu sobre a picape. Mas dessa vez teve a marca do medo e durou o resto da volta para casa.

Depois de carregar Kyle para o quarto, Taylor esperou na sala até Denise vestir o pijama no filho. Quando ela voltou, notou que ele não se sentara. Em vez disso, estava em pé perto da porta, como se quisesse se despedir.

– Não vai ficar? – perguntou, surpresa.

Ele balançou a cabeça.

– Não, não posso. Tenho de trabalhar cedo amanhã.

Embora ele tivesse dito isso sem nenhum traço de amargura ou raiva, suas palavras não dissiparam o mal-estar de Denise. Taylor começou a balançar as chaves e ela atravessou a sala para se aproximar dele.

– Tem certeza?

– Tenho.

Denise pegou a mão dele.

– Tem alguma coisa incomodando você?

Taylor balançou a cabeça.

– Não, de jeito nenhum.

Ela esperou para ver se Taylor acrescentaria algo mais, porém ele ficou calado.

– Está bem. Vamos nos ver amanhã?

Taylor pigarreou antes de responder.

– Vou tentar, mas amanhã estou com a agenda bastante cheia. Não sei se vou conseguir passar aqui.

Denise o estudou com atenção, intrigada.

– Nem para almoçar?

– Farei o possível – disse ele –, mas não posso prometer nada.

Seus olhos se encontraram brevemente e Taylor desviou os dele.

– Vai conseguir me levar para o trabalho amanhã?

Por uma fração de segundo, quase pareceu a Denise que ele desejara que ela não pedisse.

*Seria imaginação sua?*

– Sim, é claro – disse ele. – Vou levá-la.

Ele a deixou depois de beijá-la apenas brevemente e voltou para a picape sem olhar para trás.

# 22

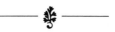

Na manhã seguinte, bem cedo, enquanto Denise bebia uma xícara de café, o telefone tocou. Kyle estava esparramado no chão da sala, colorindo o melhor que podia, mas achando impossível se manter dentro das linhas do desenho. Quando ela atendeu o telefone, reconheceu imediatamente a voz de Taylor.

– Ah, oi, que bom que você já está acordada – disse ele.

– Sempre estou acordada a esta hora – disse ela com uma estranha sensação de alívio ao ouvir a voz dele. – Senti falta de você na noite passada.

– Também senti falta de você – disse Taylor. – Talvez eu devesse ter ficado. Não dormi muito bem.

– Eu também não – admitiu ela. – Fiquei acordando porque tinha as cobertas só para mim.

– Eu não roubo as cobertas. Você deve estar pensando em outra pessoa.

– Como quem?

– Talvez um dos homens do restaurante.

– Acho que não. – Ela deu uma risadinha. – Ei, está telefonando porque mudou de ideia sobre o almoço?

– Não, não posso. Hoje não. Mas, quando terminar, vou passar aí para levá-la ao trabalho.

– Que tal fazermos um jantar cedo?

– Não, também não vai dar, mas obrigado pelo convite. Tenho uma carregamento de placas de gesso que será entregue tarde e acho que não conseguirei chegar aí a tempo.

Denise se virou sem sair do lugar, o fio de telefone se enrolando em seu corpo.

*Fazem entregas depois das cinco?*

Mas ela não disse isso. Apenas falou alegremente:

– Ah, está bem. Vejo você à noite.

Houve uma pausa mais longa do que ela achou que deveria.

– Certo – respondeu ele.

– Kyle perguntou por você várias vezes esta tarde – disse Denise casualmente.

Cumprindo sua promessa, Taylor esperava na cozinha enquanto Denise pegava suas coisas, embora ele não tivesse chegado muito antes de quando ela precisava sair. Eles se beijaram de leve e Taylor parecera um pouco mais distante do que de costume, embora tivesse se desculpado por isso e o atribuído a problemas no local de trabalho.

– Ah, foi? Onde está esse garotinho?

– Lá fora, nos fundos. Acho que não o ouviu chegar. Deixe-me ir buscá-lo.

Quando Denise abriu a porta dos fundos e o chamou, Kyle veio correndo. Um momento depois, surgia lá dentro.

– Oi, Taior – disse ele com um grande sorriso no rosto.

Ignorando Denise, correu na direção de Taylor e pulou. Ele o pegou facilmente.

– Oi, rapazinho. Como foi seu dia?

Denise não pôde evitar notar a diferença no comportamento de Taylor quando ergueu Kyle até o nível de seus olhos.

– Ei chegô! – gritou Kyle alegremente.

– Lamento ter estado tão ocupado hoje – disse Taylor, muito sincero. – Sentiu minha falta, rapazinho?

– Sim – respondeu Kyle. – Senti falta.

Foi a primeira vez que ele respondeu corretamente a uma pergunta nova, sem que lhe dissessem como fazer isso. Denise e Taylor ficaram mudos de choque.

E, por apenas um segundo, Denise se esqueceu de suas preocupações da noite anterior.

Mas se Denise esperava que a frase de Kyle pudesse diminuir suas preocupações com relação a Taylor, estava enganada.

Não que a situação tivesse ficado ruim de imediato. Na verdade, as coisas não pareceram muito diferentes, pelo menos por uma ou duas semanas. Embora Taylor tivesse parado de passar lá às tardes – ainda atribuindo isso ao trabalho –, continuava a levar Denise para o restaurante e a buscá-la. Eles também fizeram amor na noite em que Kyle falara.

Porém, as coisas estavam mudando, isso era muito óbvio. Nada dramático, mais como o desenrolar de uma corda, um afastamento gradual de tudo o que fora construído durante o verão. Menos tempo juntos significava menos tempo para se abraçarem ou conversarem e, por isso, foi ficando difícil para Denise ignorar os alarmes que soaram na noite em que jantaram com Mitch e Melissa.

Mesmo agora, uma semana e meia depois, as coisas ditas naquela noite ainda a perturbavam, mas ao mesmo tempo ela se perguntava sinceramente se estava fazendo tempestade em copo d'água. Taylor não havia de fato feito nada errado, por assim dizer, e era isso que tornava difícil entender seu comportamento recente. Ele negava que algo o estivesse incomodando, não levantara a voz e eles nem mesmo brigaram. Eles passaram a tarde de domingo no rio, como fizeram muitas vezes antes. Taylor continuava sendo ótimo com Kyle e mais de uma vez pegara a mão de Denise enquanto a levava para o trabalho. À primeira vista, tudo parecia normal. A única mudança verdadeira era uma súbita dedicação intensa ao trabalho, o que ele já explicara. Mas...

Mas o quê?

Sentada na varanda enquanto Kyle brincava com seus caminhões no quintal, Denise tentava entender aquilo. Já vivera o suficiente para saber algo sobre relacionamentos. Sabia que os sentimentos iniciais associados ao amor tinham quase a mesma força de uma onda do mar e podiam unir duas pessoas quase por magnetismo. Era possível ser arrastado pelas emoções, mas a onda não durava para sempre. Não podia durar – e nem fora feita para isso –, mas se duas pessoas eram certas uma para a outra, um tipo de amor mais verdadeiro e eterno podia surgir em sua esteira. Pelo menos, era nisso que ela acreditava.

Contudo, era quase como se Taylor tivesse sido arrastado pela onda, sem saber o que podia ser deixado para trás e, agora que percebia isso, tentava nadar contra a corrente. Não o tempo todo... mas durante *parte* do tempo, e era isso que Denise andava notando. Era quase como se Taylor usasse o trabalho como desculpa para evitar a nova realidade deles.

É claro que, quando se procura algo, a tendência é encontrar, e Denise esperava que esse fosse o caso agora. Talvez Taylor apenas estivesse preocupado com o trabalho – e seus motivos pareciam bastante genuínos. À noite, depois de ir buscá-la, ele parecia cansado o suficiente para Denise saber que não estava mentindo sobre ter trabalhado o dia inteiro.

Então ela se mantinha o mais ocupada que podia, fazendo o possível para não se concentrar no que poderia estar acontecendo entre eles. Enquanto Taylor parecia absorto no trabalho, Denise se atirava no dela com Kyle com uma energia renovada. Agora que ele estava falando mais, ela começara a treinar frases e ideias mais complexas, além de lhe ensinar outras habilidades associadas à escola. Uma a uma, começou a lhe dar instruções simples e a incentivá-lo a melhorar sua capacidade de colorir. Também introduziu o conceito de números, o que pareceu não fazer nenhum sentido para ele. Limpava a casa, trabalhava no Eights, pagava as contas – em resumo, levava uma vida muito parecida com a que tinha antes de conhecer Taylor McAden. Mas, embora fosse uma vida a que estava acostumada, passava a maior parte das tardes olhando pela janela da cozinha, esperando vê-lo chegar.

Mas ele não chegava.

Mesmo sem querer, voltava a ouvir as palavras de Melissa.

*Tudo o que sei é que em um dia parecia estar tudo bem e, no dia seguinte, eles tinham terminado. Na verdade nunca entendi por quê.*

Denise balançou a cabeça, afastando o pensamento. Embora não quisesse acreditar nisso sobre ele – ou eles –, estava ficando cada vez mais difícil não fazê-lo. Incidentes como o da véspera só reforçavam suas dúvidas.

Ela fora de bicicleta com Kyle até a casa onde Taylor estava trabalhando e vira a picape dele estacionada. Os donos estavam reformando tudo dentro – a cozinha, os banheiros, a sala de estar – e a enorme pilha de madeira velha trazida do interior da casa provava que o projeto era grande. Contudo, quando Denise enfiara a cabeça para dentro para dizer olá, os empregados de Taylor avisaram que ele estava nos fundos, almoçando debaixo da árvore. Quando Denise o encontrou, ele pareceu quase culpado, como se ela o tivesse pego fazendo algo errado. Kyle, sem notar a expressão dele, correu para Taylor, que se levantou para cumprimentá-los.

– Denise?

– Oi, Taylor. Como vai?

– Bem. – Ele limpou as mãos na calça jeans. – Só estou fazendo um intervalinho para comer – disse.

O almoço de Taylor fora comprado no Hardee's, o que significava que ele tivera de *passar* pela casa dela, do outro lado da cidade, para buscá-lo.

– Estou vendo – disse Denise, tentando não demonstrar preocupação.

– O que está fazendo aqui?

*Não era exatamente isso que eu queria ouvir.*

Pondo uma máscara de coragem, ela sorriu.

– Só quis vir dar um oi.

Após alguns minutos Taylor os conduziu para dentro, descrevendo o projeto de reforma quase como se estivesse falando com estranhos. No fundo, Denise suspeitou de que fosse apenas seu modo de evitar a pergunta óbvia sobre por que escolhera almoçar ali em vez de com ela, como fizera durante todo o verão, ou por que não parara na casa dela ao passar por lá.

Mas mais tarde naquela noite, quando ele a havia levado para o restaurante, não falara muito.

O fato de isso já não ser incomum deixou Denise tensa durante todo o seu turno de trabalho.

– É só por alguns dias – garantiu Taylor, encolhendo os ombros.

Eles estavam sentados no sofá da sala enquanto Kyle assistia a um desenho animado na TV.

Outra semana havia se passado e nada mudara. Ou, melhor dizendo: tudo mudara. Isso dependia da perspectiva e naquele momento Denise estava muito propensa à última. Era terça-feira e Taylor tinha acabado de chegar para levá-la ao trabalho. O prazer que Denise tivera ao vê-lo chegar cedo se evaporou quase imediatamente quando ele a informou de que ficaria fora por alguns dias.

– Quando decidiu isso? – perguntou ela.

– Esta manhã. Alguns colegas vão e perguntaram se eu queria ir também. Na Carolina do Sul a temporada de caça é aberta duas semanas antes da de Edenton, então pensei em ir com eles. Estou precisando de um descanso.

*Descanso de mim ou do trabalho?*

– Então vai amanhã?

Taylor mudou um pouco de posição.

– Na verdade, é mais no meio da noite. Vamos sair por volta das três da madrugada.

– Você vai ficar exausto.

– Nada que uma garrafa térmica de café não possa resolver.

– Então talvez não deva me buscar esta noite – sugeriu Denise. – Precisa dormir um pouco.

– Não se preocupe com isso. Eu estarei lá.

Denise balançou a cabeça.

– Não, vou falar com Rhonda. Ela me trará para casa.

– Tem certeza de que ela não vai se importar?

– Ela não mora muito longe daqui. E não tem precisado me dar carona muitas vezes ultimamente.

Taylor pôs seu braço ao redor de Denise, surpreendendo-a. Ele a puxou para perto.

– Vou sentir sua falta.

– Vai? – disse ela, odiando o tom triste em sua voz.

– É claro. Principalmente por volta da meia-noite. É bem possível que eu vá até a picape, por força do hábito.

Denise sorriu, pensando que ele iria beijá-la. Em vez disso, Taylor se virou, apontando com o queixo para Kyle.

– E vou sentir sua falta também, rapazinho.

– Sim – disse Kyle, com os olhos grudados na TV.

– Ei, Kyle – disse Denise. – Taylor vai passar uns dias fora.

– Sim – repetiu Kyle, sem prestar atenção.

Taylor se arrastou para fora do sofá e foi engatinhando na direção do menino.

– Está me ignorando, Kyle? – resmungou ele.

Quando Taylor estava perto, o menino percebeu sua intenção. Deu um grito e tentou fugir, mas Taylor o agarrou e eles começaram uma lutinha no chão.

– Está me ouvindo? – perguntou ele.

– Ei tá lutano! – gritou Kyle, batendo com os braços e as pernas.

– Vou pegar você! – ameaçou Taylor, brincando.

Nos minutos seguintes, o chão da sala virou uma bagunça. Quando Kyle se cansou, Taylor o deixou se afastar.

– Ei, quando eu voltar, vou levá-lo a um jogo de beisebol. Se sua mãe deixar, é claro.

– Jogo de beibou – repetiu Kyle, fascinado.

– Por mim, tudo bem.

Taylor piscou um olho, primeiro para Denise e depois para Kyle.

– Ouviu só? Sua mãe disse que podemos ir.

– Jogo de beibou! – gritou Kyle, dessa vez mais alto.

*Pelo menos com Kyle ele não mudou.*

Denise olhou para o relógio.

– Está na hora – disse, suspirando.

– Já?

Ela assentiu e se levantou do sofá para pegar suas coisas. Alguns minutos depois, estavam a caminho do restaurante. Quando chegaram, Taylor acompanhou Denise até a porta da frente.

– Me liga? – pediu ela.

– Vou tentar – prometeu Taylor.

Eles ficaram em pé se olhando por um momento antes de Taylor lhe dar um beijo de despedida. Denise entrou, esperando que a viagem tirasse da cabeça dele o que quer que o estivesse incomodando.

Talvez tirasse, mas ela não tinha como saber.

Nos quatro dias seguintes, ela não teve nenhuma notícia de Taylor.

Ela detestava esperar que o telefone tocasse.

Não era típico de Denise agir assim; essa era uma experiência nova. Na universidade, sua colega de quarto às vezes se recusava a sair à noite porque achava que o namorado poderia telefonar. Denise sempre fazia o possível para convencê-la a ir com ela, geralmente em vão, e então saía para se encontrar com outros amigos e ela ficava lá, sozinha, à espera de um telefonema que nem sempre acontecia. Quando explicava por que a colega não viera, todos juravam que nunca fariam algo assim.

Mas ali estava ela. De repente não parecia tão fácil seguir o próprio conselho.

Não que Denise tivesse parado sua vida, como a colega de quarto fizera. Tinha muitas responsabilidades para isso, o que não a impedia de correr para o telefone sempre que tocava e de ficar desapontada por não ser Taylor.

Aquela coisa toda fazia com que ela se sentisse insegura, uma sensação que detestava. Ela não era nem nunca fora do tipo frágil – e se recusava a ser agora. Ele não havia telefonado... E daí? Ela trabalhava, então Taylor não a encontraria em casa à noite e provavelmente passava o dia inteiro na floresta. Quando poderia lhe telefonar? No meio da noite? Ao raiar do dia? É claro que poderia deixar uma mensagem quando ela não estivesse lá, mas por que ela ficava esperando por isso?

E por que parecia tão importante?

*Eu não vou ser assim,* dizia para si mesma. Depois de pensar novamente nas explicações e se convencer de que faziam sentido, Denise seguia em frente. Na sexta-feira, levou Kyle ao parque. No sábado, saíram para uma longa caminhada no bosque. No domingo, ela levou o filho à igreja e eles passaram o início da tarde realizando outras tarefas.

Agora que economizara dinheiro suficiente para começar a procurar um carro (velho e usado, barato, mas confiável), ela comprara dois jornais para ver os classificados. A próxima parada tinha sido no mercado, onde examinara os corredores, escolhendo com cuidado, sem querer carregar peso em excesso na volta para casa. Kyle estava olhando para um crocodilo desenhado em uma caixa de cereal quando Denise ouviu chamarem seu nome. Virando-se, viu Judy empurrando seu carrinho na direção dela.

– Achei que era você – disse Judy alegremente. – Como vai?

– Oi, Judy. Vou bem.

– Oi, Kyle – cumprimentou-o Judy.

– Oi, siora Juudi – sussurrou ele, ainda hipnotizado pela caixa de cereal. Judy afastou seu carrinho um pouco para o lado.

– Então, o que tem feito ultimamente? Já faz algum tempo que você e Taylor não aparecem para jantar.

Denise encolheu os ombros, sentindo-se um pouco desconfortável.

– O de sempre. Kyle tem me mantido muito ocupada.

– As crianças sempre ocupam nosso tempo. Como ele está?

– Com certeza teve um ótimo verão. Não teve, Kyle?

– Sim – disse ele em voz baixa.

Radiante, Judy voltou sua atenção para o garoto.

– Você está ficando bonito mesmo. E soube que também está indo bem no beisebol.

– Beibou – disse Kyle, mostrando interesse e finalmente tirando os olhos da caixa.

– Taylor o tem ajudado – acrescentou Denise. – Kyle gosta muito.

– Fico feliz em saber. É muito mais fácil para uma mãe ver os filhos jogando beisebol do que futebol americano. Eu costumava cobrir os olhos sempre que Taylor jogava futebol. Ele era esmagado o tempo todo, dava para ouvir das arquibancadas. Eu tinha até pesadelos.

Denise deu uma risada forçada enquanto Kyle olhava, sem compreender. Judy continuou:

– Eu não esperava encontrá-la aqui. Achei que estivesse com Taylor agora. Ele disse que ia passar o dia com você.

Denise correu as mãos pelos cabelos.

– Disse?

Judy assentiu.

– Ontem. Ele veio me ver depois que chegou em casa.

– Então... ele voltou?

Judy a olhou com curiosidade. As próximas palavras foram proferidas com cautela.

– Ele não lhe telefonou?

– Não.

Ao responder, Denise cruzou os braços e desviou o olhar, tentando não demonstrar seu embaraço.

– Bem, talvez você já estivesse no trabalho – observou ela suavemente.

Mas, mesmo quando ela pronunciava essas palavras, ambas sabiam que isso não era verdade.

Duas horas depois de chegar em casa, Denise viu Taylor vindo pela entrada para automóveis. Kyle estava brincando lá fora e imediatamente correu em direção à picape. Assim que Taylor abriu a porta, o garoto pulou nos braços dele.

Denise saiu para a varanda com emoções conflitantes, perguntando a si mesma se ele viera porque Judy lhe telefonara depois de topar com ela no mercado ou se ele teria vindo de qualquer forma. Por que ele não telefonara enquanto estava fora e por que, apesar disso tudo, seu coração ainda saltava ao vê-lo?

Depois que Taylor pôs Kyle no chão, o garoto pegou a mão dele e os dois seguiram para a varanda.

– Oi, Denise – disse Taylor cautelosamente, quase como se soubesse o que ela estava pensando.

– Oi, Taylor.

Quando Denise não saiu da varanda para ir ao seu encontro, Taylor hesitou para se aproximar. Subiu pulando os degraus, mas Denise apenas deu um pequeno passo atrás, sem o olhar nos olhos. Quando ele tentou beijá-la, ela recuou ligeiramente.

– Está zangada comigo? – perguntou ele.

Denise olhou ao redor do quintal antes de se concentrar nele.

– Não sei, Taylor. Deveria estar?

– Taior! – exclamou Kyle. – Taior chegô!

Denise pegou a mão do filho.

– Pode entrar por um minuto, querido?

– Taior chegô.

– Eu sei. Mas me faça um favor e nos deixe a sós, está bem?

Denise esticou o braço para trás, abriu a porta de tela, e guiou o filho para dentro. Depois de se certificar de que ele estava ocupado com seus brinquedos, voltou para a varanda.

– O que houve? – perguntou Taylor.

– Por que não me telefonou enquanto esteve fora?

Taylor encolheu os ombros.

– Não sei... acho que não tive tempo. Ficávamos fora o dia inteiro e, quando voltávamos, eu estava cansado demais. É por isso que está zangada?

Sem responder, Denise continuou.

– Por que disse para a sua mãe que ia passar o dia aqui, se não planejava fazer isso?

– Por que essas perguntas? Eu vim. Não estou aqui agora?

Denise respirou fundo.

– Taylor, o que está acontecendo com você?

– O que quer dizer?

– Você sabe o que eu quero dizer.

– Não, não sei. Olhe, eu voltei para a cidade ontem, estava exausto e tive de resolver um monte de coisas esta manhã. Por que está fazendo tempestade em copo d'água?

– Não estou fazendo tempestade em copo d'água.

– Sim, está. Se não me quer aqui, é só dizer, que eu entro na picape e vou embora.

– Não é que eu não o queira aqui, Taylor. Só não sei por que você está agindo assim.

– E como eu estou agindo?

Denise suspirou, tentando encontrar palavras.

– Eu não sei, Taylor... É difícil explicar. É como se você já não estivesse seguro do que quer. Em relação a nós.

A expressão de Taylor não mudou.

– De onde está vindo tudo isso? O que foi, falou com Melissa de novo?

– Não. Melissa não tem nada a ver com isso – respondeu Denise, frustrada e um pouco zangada. – É só que você mudou e às vezes não sei o que pensar.

– Só porque não telefonei? Eu já expliquei o motivo. – Ele deu um passo na direção de Denise, sua expressão se suavizando. – Não tive tempo, só isso.

Sem saber se devia acreditar nele, Denise hesitou.

Como se percebesse que algo estava errado, Kyle abriu a porta de tela.

– Vem, vamo entá – chamou ele.

Contudo, por um momento, eles apenas ficaram em pé imóveis.

– Vem – insistiu Kyle, puxando a blusa da mãe.

Denise olhou para baixo, forçando um sorriso, antes de erguer os olhos de novo. Taylor também sorria, fazendo o possível para quebrar o gelo.

– Se me deixar entrar, tenho uma surpresa para você.

Denise cruzou os braços, pensando. Atrás de Taylor, no quintal, um gaio-azul cantou em um poste da cerca. Kyle olhava para cima, na expectativa.

– Qual? – finalmente perguntou Denise, cedendo.

– Está na picape. Vou buscá-la.

Taylor deu um passo para trás, observando-a com cuidado e percebendo que o comentário dela significava que o deixaria ficar. Antes que Denise mudasse de ideia, apontou para Kyle.

– Venha, você pode me ajudar.

Enquanto eles voltavam para a picape, Denise o observou, suas emoções em conflito. Mais uma vez, as explicações de Taylor lhe pareciam razoáveis, como tinham parecido nas últimas duas semanas. Mais uma vez, ele estava sendo ótimo com Kyle.

Então, por que não acreditava nele?

Naquela noite, depois que Kyle dormiu, Denise e Taylor se sentaram juntos no sofá da sala.

– Então, gostou da surpresa?

– Estava deliciosa. Mas você não precisava encher meu freezer.

– Bem, o meu já estava cheio.

– Sua mãe podia querer um pouco.

Taylor encolheu os ombros.

– O dela também está cheio.

– Você sai para caçar tantas vezes assim?

– O máximo que posso.

A única luz vinha de uma pequena luminária no canto, e um rádio tocava baixinho ao fundo. Voltando pela primeira vez a relaxar, Denise se sentiu melhor do que nas últimas semanas. Antes do jantar, Taylor e Kyle jogaram bola no quintal. Taylor tinha preparado a refeição, ou parte dela: junto com a carne de veado, trouxera do supermercado salada de batata e feijão.

– Então, quando você vai levar Kyle para o jogo de beisebol?

– Pensei em levá-lo no sábado, se você concordar. É um jogo em Norfolk.

– Ah, é o dia do aniversário dele – disse Denise, desapontada. – Eu estava planejando fazer uma festinha.

– A que horas seria a festa?

– Provavelmente por volta do meio-dia. Ainda tenho de trabalhar à noite.

– O jogo começa às sete. Que tal se eu levar Kyle comigo enquanto você está no trabalho?

– Mas eu também queria ir.

– Ah, deixe-nos ter outra noite só de homens. Ele vai gostar.

– Sei que vai. Você já conseguiu fazê-lo adorar esse jogo.

– Então posso levá-lo? Voltarei com ele para casa a tempo de buscá-la.

Denise pôs as mãos no colo.

– Está bem, você venceu. Mas volte antes se ele se cansar.

Taylor ergueu a mão.

– Palavra de escoteiro. Venho buscá-lo às cinco e no fim da noite ele vai estar comendo cachorro-quente e amendoim e cantando junto com a torcida.

Ela lhe deu uma cotovelada nas costelas.

– Ah, tá, com certeza.

– Bem, talvez você tenha razão. Mas não vai ser por falta de incentivo meu.

Denise encostou a cabeça no ombro de Taylor. Ele tinha cheiro de sal e vento.

– Você é um homem bom, Taylor.

– Tento ser.

– Não, estou falando sério. Nesses últimos meses, você me fez sentir especial.

– Você também.

Por um longo momento, o silêncio encheu a sala como algo palpável. Denise sentiu o peito de Taylor subir e descer a cada respiração. Por mais que ele tivesse sido maravilhoso esta noite, ela não conseguia afastar as preocupações que a haviam perturbado nas últimas duas semanas.

– Você pensa no futuro, Taylor?

Ele pigarreou antes de responder.

– Claro, às vezes. Mas geralmente isso não vai além da próxima refeição.

Denise segurou a mão dele, entrelaçando os dedos.

– Pensa sobre nós? Quero dizer, sobre onde isso tudo irá nos levar?

Taylor não respondeu. Denise prosseguiu.

– Tenho pensado que estamos juntos há alguns meses, mas às vezes não sei qual é sua posição em relação a isso. Quero dizer, nessas últimas sema-nas... não sei... Às vezes parece que você está se afastando. Trabalha duran-te tantas horas que não temos tempo para ficar juntos e, quando você não telefonou...

Ela parou, deixando o resto no ar. Já expressara essa parte antes. Sentiu o corpo de Taylor se retesar levemente quando ele respondeu em um sus-surro rouco:

– Eu gosto de você, Denise, se é isso que queria saber.

Ela fechou os olhos e os manteve assim por um longo momento antes de abri-los de novo.

– Não, não é isso... Ou isso não é tudo. Acho que só queria saber se você estava levando nosso namoro a sério.

Taylor a puxou para mais perto e correu a mão pelos cabelos dela.

– É claro que estou. Mas, como eu disse, minha visão do futuro não vai tão longe. Não sou o homem mais brilhante que você já conheceu – brincou ele, e abriu um sorriso diante da própria piada.

Denise respirou fundo. Só sugerir não ia adiantar.

– Bem, quando você pensa no futuro, Kyle e eu fazemos parte dele? – perguntou, indo direto ao ponto.

A sala de estar estava silenciosa à espera da resposta. Lambendo os lábios, Denise percebeu que sua boca ficara seca. Finalmente o ouviu suspirar.

– Não posso prever o futuro, Denise. Ninguém pode. Mas, como eu disse, gosto de você e gosto do Kyle. Isso não basta por enquanto?

Obviamente essa não era a resposta que Denise esperara, mas ela ergueu a cabeça do ombro de Taylor e o olhou nos olhos.

– Sim – mentiu. – Por enquanto, basta.

Mais tarde naquela noite, depois de eles fazerem amor e adormecerem juntos, Denise acordou e viu Taylor em pé à janela, olhando na direção das árvores, mas com a mente distante. Ela o observou por um longo tempo, até que ele finalmente voltou para a cama. Quando Taylor puxou o lençol, Denise se virou para ele.

– Você está bem? – sussurrou.

Taylor pareceu surpreso com o som da voz dela.

– Desculpe. Eu a acordei?

– Não. Já estou acordada há algum tempo. O que há de errado?

– Nada. Só não conseguia dormir.

– Está preocupado com alguma coisa?

– Não.

– Então por que não consegue dormir?

– Não sei.

– Foi algo que eu fiz?

Ele respirou fundo.

– Não. Não há absolutamente nada de errado em relação a você.

Com isso, ele se aconchegou a Denise, puxando-a para perto.

Na manhã seguinte, quando ela acordou, estava sozinha.

Dessa vez Taylor não estava dormindo no sofá. Dessa vez não a surpreendeu com um café da manhã. Saiu em silêncio e não respondeu aos telefonemas feitos para a casa dele. Denise cogitou passar no local de trabalho dele, mas a lembrança de sua última visita a impediu.

Em vez disso, reviu a última noite, tentando entendê-la melhor. Para cada coisa positiva, parecia haver também uma negativa. Sim, ele tinha vindo... mas isso podia ter sido porque sua mãe lhe dissera algo. Sim, ele tinha sido ótimo com Kyle... mas podia estar se concentrando no menino para evitar o que realmente o incomodava. Sim, ele tinha lhe dito que gostava dela... mas não o suficiente para ao menos pensar no futuro? Eles tinham feito amor... mas ele fora embora de manhã sem ao menos se despedir.

Análise, ponderação, dissecação... odiava reduzir o relacionamento deles a isso. Parecia tão anos 1980, tão psicologia barata, palavras e ações que poderiam ter ou não um significado. Ora, tinham, sim, e era exatamente esse o problema.

Contudo, no fundo Denise percebeu que Taylor não estava mentindo ao dizer que gostava dela. Se havia algo que fazia com que ela seguisse adiante, era isso. Mas...

Havia muitos "mas" atualmente.

Ela balançou a cabeça, fazendo o possível para tirar tudo isso da mente, pelo menos até encontrá-lo de novo. Taylor a levaria para o trabalho e, embora ela não achasse que teriam tempo para conversar de novo sobre seus sentimentos, teve certeza de que descobriria algo mais quando o visse. Esperava que ele chegasse um pouco mais cedo.

O resto da manhã e a tarde passaram devagar. Kyle estava em uma de suas crises de mau humor – calado, amuado, teimoso – e isso não ajudou a melhorar o estado de espírito de Denise, mas a impediu de passar o dia pensando em Taylor.

Um pouco depois das cinco, Denise achou ter ouvido a picape na estrada, mas, assim que saiu, percebeu que não era ele. Decepcionada, vestiu suas roupas de trabalho, fez um sanduíche de queijo para Kyle e assistiu ao noticiário.

O tempo continuou a passar. Seis horas. Onde ele estava?

Desligou a TV e tentou sem sucesso fazer Kyle se interessar por um livro. Então se sentou no chão e começou a brincar com o Lego dele, mas o filho a ignorou, concentrado em seu livro de colorir. Quando tentou se juntar a ele nisso, Kyle lhe disse para ir embora. Ela suspirou e concluiu que não valia a pena o esforço.

Em vez de insistir, arrumou a cozinha, matando o tempo. Não havia muito a fazer, por isso dobrou e guardou as roupas limpas do cesto.

Seis e meia e nenhum sinal dele. A preocupação estava dando lugar a um frio no estômago.

Ele vem, dizia a si mesma. Não vem?

Contrariando seu bom senso, discou o número de Taylor, mas ninguém atendeu. Voltou para a cozinha, pegou um copo de água e depois foi novamente para a janela da sala. Ficou olhando para fora, esperando.

E esperou.

Precisava estar lá em quinze minutos.

Depois dez.

Às 18h55, Denise estava segurando seu copo com tanta força que os nós dos dedos tinham ficado brancos. Afrouxando a mão, sentiu o sangue voltar para eles. Às sete horas, estava com os lábios apertados quando telefonou para Ray pedindo desculpas e dizendo que se atrasaria um pouco.

– Temos de ir, Kyle – disse ela, depois de desligar. – Vamos de bicicleta.

– Não – respondeu ele.

– Não estou pedindo, Kyle, estou mandando. Agora ande!

Ao perceber o tom de voz da mãe, ele pousou seus lápis de cor e começou a andar na direção dela.

Xingando, Denise foi para a varanda dos fundos pegar sua bicicleta. Ao empurrá-la, notou que não estava deslizando bem. Virou o guidom algumas vezes antes de finalmente entender qual era o problema.

Um pneu vazio.

– Ah, vamos... esta noite não – resmungou, quase incrédula.

Como se não acreditasse em seus olhos, verificou o pneu com o dedo, sentindo-o ceder a apenas uma leve pressão.

– Droga! – bufou, chutando a roda.

Deixou a bicicleta cair sobre algumas caixas de papelão e voltou para a cozinha justamente quando Kyle saía pela porta.

– Não vamos de bicicleta – disse ela com os dentes cerrados. – Entre.

Kyle a conhecia bem o suficiente para não irritá-la naquele instante. Apenas fez o que ela mandou. Denise foi até o telefone e tentou novamente falar com Taylor. Não estava em casa. Bateu o fone no gancho e então pensou em para quem mais poderia ligar. Rhonda não – ela já estava no restaurante. Mas... Judy? Discou o número e deixou tocar dezenas de vezes, até que desistiu. Quem mais? Quem mais ela conhecia? Na verdade, só mais uma pessoa. Abriu o armário, pegou a lista telefônica e a folheou. Depois de apertar com força os números, suspirou aliviada quando atenderam.

– Melissa? Oi, é a Denise.

– Oi, como você está?

– Na verdade, não estou muito bem agora. Detesto fazer isso, mas estou telefonando para lhe pedir um favor.

– O que posso fazer?

– Sei que isso é muito inconveniente, mas você poderia me levar até o trabalho esta noite?

– É claro. A que horas?

– Agora? Sei que está em cima da hora e peço desculpas, mas o pneu da minha bicicleta está vazio...

– Não se preocupe – interrompeu Melissa. – Estarei aí em dez minutos.

– Vou ficar lhe devendo essa.

– Não, não vai ficar me devendo nada. Isso não é nada de mais. Só preciso pegar minha bolsa e as chaves.

Denise desligou e depois telefonou para Ray de novo, explicando com mais pedidos de desculpas que estaria lá às 19h30. Dessa vez Ray riu.

– Não se preocupe com isso, querida. Quando você chegar, chegou. Não se apresse. De qualquer modo, estamos com pouco movimento agora.

Mais uma vez ela deu um suspiro de alívio. Subitamente notou que Kyle a observava sem dizer uma só palavra.

– Mamãe não está zangada com você, querido. Desculpe-me por ter gritado.

Contudo, ela ainda estava zangada com Taylor. Qualquer alívio que estivesse sentindo era neutralizado por isso. Como ele pudera?

Denise juntou suas coisas e esperou por Melissa. Quando o carro veio pela entrada para automóveis, ela conduziu Kyle pela porta. Melissa abaixou a janela enquanto o veículo desacelerava até parar.

– Oi. Entrem, mas desculpem a bagunça. As crianças têm jogado muito futebol nos últimos dias.

Denise prendeu Kyle no banco traseiro e balançou a cabeça enquanto se sentava no dianteiro. Logo o carro deixou a entrada de automóveis e virou para a estrada principal.

– Então, o que aconteceu? – perguntou Melissa. – Você disse que o pneu da sua bicicleta estava vazio...

– Sim, mas eu não esperava ter de usá-la. Taylor não apareceu.

– E ele disse que viria?

A pergunta fez Denise hesitar antes de responder. Ela lhe *pedira* para vir? Ainda precisava pedir?

– Nós não falamos especificamente sobre isso – admitiu Denise –, mas ele me levou para o trabalho durante todo o verão, então presumi que continuaria a levar.

– Ele telefonou?

– Não.

Melissa a olhou de relance.

– Suponho que as coisas tenham mudado entre vocês – disse.

Denise apenas assentiu. Melissa olhou para a estrada de novo e se calou, deixando a outra sozinha com seus pensamentos.

– Você sabia que isso ia acontecer, não é?

– Eu conheço Taylor há muito tempo – respondeu Melissa, cautelosamente.

– Então o que há com ele?

Melissa suspirou.

– Para falar a verdade, não sei. Nunca soube. Mas Taylor sempre parece ficar com medo quando começa a namorar firme.

– Mas... por quê? Quero dizer, nós nos damos tão bem, ele é ótimo com Kyle...

– Não posso falar por Taylor, não mesmo. Como eu disse, não entendo isso.

– Mas se tivesse de arriscar um palpite...?

Melissa hesitou.

– O problema não é você, acredite em mim. No jantar, eu não estava brincando quando disse que Taylor gosta de você. Ele gosta de verdade, mais do que já o vi gostar de alguém. E Mitch diz a mesma coisa. Mas às vezes penso que Taylor não sente que mereça ser feliz, por isso sabota todas as oportunidades. Não acho que é de propósito, mas sim porque não consegue evitar.

– Isso não faz sentido.

– Talvez não. Mas é assim que ele é.

Denise refletiu sobre isso. Logo à frente, viu o restaurante. Como Ray dissera, pelos carros no estacionamento, dava para ver que não havia muitas pessoas lá. Ela fechou os olhos e cerrou os punhos de frustração.

– De novo, a pergunta é: por quê?

Melissa não respondeu de imediato. Ligou o pisca-alerta e começou a desacelerar.

– Na minha opinião, é por causa de algo que aconteceu muito tempo atrás.

O tom de Melissa deixou óbvio o que ela queria dizer.

– O pai dele?

Ela fez que sim com a cabeça e pronunciou as palavras devagar:

– Ele se culpa pela morte do pai.

Denise sentiu seu estômago se contrair e depois revirar.

– O que aconteceu com ele?

O carro parou.

– Provavelmente você deveria conversar com Taylor sobre isso.

– Eu tentei...

Melissa balançou a cabeça.

– Eu sei, Denise. Todos nós tentamos.

Denise cumpriu seu turno mal conseguindo se concentrar, mas, como havia pouco movimento, não fez muita diferença. Rhonda, que normalmente a levaria para casa, saiu mais cedo, deixando Ray como a única opção de carona para ela e Kyle. Embora ficasse grata por ele estar disposto a levá-los, geralmente depois de fechar as portas o chefe passava uma hora limpando o restaurante, o que significava uma noite mais longa do que de costume para ela. Resignada, Denise estava fazendo seu próprio trabalho quando a porta da frente se abriu minutos antes de o restaurante encerrar o expediente.

Taylor.

Ele entrou e acenou para Ray, mas não fez nenhum movimento na direção de Denise.

– Melissa telefonou e me disse que talvez você precisasse de uma carona para casa – explicou.

Denise ficou muda. Estava com raiva, magoada, confusa... No entanto, inegavelmente, ainda apaixonada. Embora a última parte parecesse desbotar a cada dia.

– Onde você estava mais cedo?

Taylor mudou seu peso de um pé para o outro.

– Trabalhando – respondeu. – Eu não sabia que você precisava de carona hoje.

– Há três meses você me leva para o trabalho – disse ela, tentando manter a compostura.

– Mas eu estive fora na semana passada. Na última noite você não me pediu para levá-la, por isso pensei que viria com Rhonda. Não presumi que deveria ser seu motorista pessoal.

Os olhos de Denise se estreitaram.

– Você não está sendo justo, Taylor, e sabe disso.

Taylor cruzou os braços.

– Ei, não vim aqui para você gritar comigo. Vim para o caso de precisar de uma carona. Quer ou não?

Denise franziu os lábios.

– Não – respondeu simplesmente.

Se Taylor ficou surpreso, não o demonstrou.

– Então está certo – falou.

Ele olhou para as paredes, depois o chão, até que, finalmente, de volta para Denise.

– Desculpe pelo que aconteceu, se isso faz alguma diferença.

Faz e não faz, pensou Denise. Mas não disse nada. Quando Taylor percebeu que ela não ia falar, virou-se e abriu novamente a porta.

– Precisa de uma carona amanhã? – perguntou por cima do ombro.

Ela ponderou um instante.

– Você vai estar lá?

Ele recuou.

– Sim – respondeu brandamente. – Vou.

– Então está bem – disse ela.

Taylor assentiu e saiu pela porta. Denise se virou e viu Ray esfregando o balcão como se sua vida dependesse disso.

– Ray?

– Sim, querida? – disse ele, fingindo não ter prestado atenção ao que se passara.

– Posso tirar uma folga amanhã?

Ray ergueu os olhos do balcão e a olhou como provavelmente teria feito com um filho.

– Acho que seria melhor tirar – respondeu sinceramente.

Taylor chegou trinta minutos antes do horário em que o turno de Denise deveria começar e ficou surpreso quando ela abriu a porta usando calça jeans e uma blusa de mangas curtas. Chovera durante a maior parte do dia e a temperatura estava em torno de 15 graus. Taylor estava limpo e seco. Era óbvio que trocara de roupa antes de sair.

– Entre – convidou Denise.

– Não deveria estar com roupas de trabalho?

– Não vou trabalhar hoje – disse ela tranquilamente.

– Não?

– Não – respondeu Denise.

Taylor a seguiu para dentro, curioso.

– Onde está Kyle?

Denise se sentou.

– Melissa disse que ficaria um pouco com ele.

Taylor parou, olhando inseguro ao redor, e Denise deu um tapinha no sofá.

– Sente-se.

Taylor fez o que ela sugeriu.

– O que houve?

– Temos de conversar – começou Denise.

– Sobre o quê?

Ao ouvir isso, ela não pôde evitar balançar a cabeça.

– O que está acontecendo com você?

– Por quê? Há algo que eu não saiba? – disse ele, sorrindo de forma nervosa.

– Este não é o momento para piadas, Taylor. Tirei a noite de folga na esperança de que você me ajudasse a entender qual é o problema.

– Está falando sobre o que aconteceu ontem? Eu já me desculpei, e fui sincero.

– Não, não é sobre isso. Estou falando sobre você e eu.

– Já não conversamos sobre isso na outra noite?

Denise suspirou, exasperada.

– Sim, conversamos. Ou melhor, eu falei e você não.

– É claro que falei.

– Não, não falou. Mas você nunca fala. A não ser sobre coisas superficiais, nunca sobre as coisas que realmente o incomodam.

– Isso não é verdade...

– Então por que você está me tratando, tratando a gente, de modo diferente?

– Eu não estou...

Denise ergueu as mãos, impedindo-o de prosseguir.

– Você não vem mais muito aqui, não telefonou enquanto estava fora, desapareceu ontem de manhã e depois não apareceu mais tarde...

– Eu já expliquei isso.

– Sim, explicou. Explicou toda a situação. Mas não entende a impressão que isso passa?

Taylor se virou e olhou para o relógio na parede, evitando a pergunta de Denise.

Ela passou a mão pelos cabelos.

– Mas, além disso, não conversa mais comigo. E estou começando a me perguntar se algum dia realmente conversou.

Taylor a olhou de novo e Denise sustentou o olhar. Já seguira esse caminho com ele – o da negação de qualquer problema – e não queria segui-lo de novo. Ouvindo a voz de Melissa, decidiu ir a fundo na questão. Inspirou profundamente e deixou o ar sair devagar.

– O que aconteceu com seu pai?

Viu-o ficar tenso de imediato.

– Por que isso faz diferença? – perguntou Taylor, subitamente desconfiado.

– Porque acho que poderia ter algo a ver com o modo como você tem agido ultimamente.

Em vez de responder, ele balançou a cabeça, seu humor mudando para algo perto da raiva.

– De onde tirou essa ideia?

Denise tentou de novo.

– Não importa. Só quero saber o que aconteceu.

– Nós já falamos sobre isso – disse Taylor bruscamente.

– Não, não falamos. Eu lhe perguntei sobre ele e você me contou algumas coisas. Mas não me contou a história toda.

Taylor cerrou os dentes. Abria e fechava uma das mãos, aparentemente sem perceber.

– Ele morreu, está bem? Já lhe contei isso.

– E?

– E o quê? – explodiu ele. – O que quer que eu diga?

Denise estendeu o braço e pegou a mão dele.

– Melissa disse que você se culpa por isso.

Taylor puxou a mão.

– Ela não sabe do que está falando.

Denise manteve sua voz calma.

– Houve um incêndio, certo?

Taylor fechou os olhos e, quando os abriu, Denise viu nele um tipo de fúria que nunca vira.

– Ele morreu, isso é tudo! Ponto final.

– Por que você não me responde? – perguntou Denise. – Por que não conversa comigo?

– Meu Deus! – vociferou Taylor, sua voz ecoando nas paredes. – Você não pode simplesmente parar com isso?

A explosão a surpreendeu e ela arregalou um pouco os olhos.

– Não, não posso – insistiu, seu coração disparado. – Não se é algo que diz respeito a nós.

Ele se levantou do sofá.

– Não diz respeito a *nós*! Afinal de contas, qual o motivo de tudo isso? Estou farto de você ficar me interrogando o tempo todo!

Denise se inclinou para a frente com as mãos estendidas.

– Não o estou interrogando, Taylor. Só... estou tentando conversar – gaguejou.

– O que você quer de mim? – perguntou ele, sem ouvi-la e com o rosto vermelho.

– Quero saber o que está acontecendo para podermos trabalhar nisso.

– Trabalhar no quê? Não somos casados, Denise – disse ele. – Por que diabos está tentando se intrometer?

As palavras a feriram.

– Não estou me intrometendo – defendeu-se ela.

– É claro que está. Está querendo entrar na minha mente para tentar consertar o que há de errado. Mas não há nada de errado, Denise, pelo menos não comigo. Eu sou quem sou e, se você não consegue lidar com isso, talvez não deva tentar.

Taylor a olhou de onde estava e Denise respirou fundo. Antes que ela pudesse dizer mais alguma coisa, ele balançou a cabeça e deu um passo para trás.

– Olhe, você não precisa de carona e eu não quero ficar aqui agora. Então pense no que eu disse, está bem? Eu vou embora.

Com isso, Taylor se virou e foi na direção da porta. Saiu da casa deixando no sofá uma Denise abalada.

*Pense no que eu disse?*

– Eu pensaria – sussurrou ela. – Se o que você disse fizesse algum sentido.

Os dias seguintes se passaram sem nada de especial, exceto, é claro, as flores que chegaram um dia depois da briga deles.

O bilhete era simples:

*Desculpe pelo modo como agi. Só preciso de alguns dias para refletir. Pode me conceder isso?*

Parte de Denise quis jogar as flores fora e parte quis ficar com elas. Parte quis terminar o relacionamento imediatamente e parte quis implorar por uma segunda chance. *Então, qual era a novidade nisso?*, pensou ela.

Do lado de fora da janela, a tempestade voltara. O céu estava cinza e frio, a chuva escorrendo pelas vidraças, ventos fortes dobrando e quase quebrando as árvores.

Denise pegou o telefone e ligou para Rhonda, depois voltou sua atenção para os classificados. Compraria um carro esta semana.

Talvez aí não se sentisse tão presa.

No sábado, aconteceu a festinha de aniversário de Kyle. Melissa, Mitch, os quatro filhos deles e Judy foram os únicos a comparecer. Quando lhe perguntaram sobre Taylor, Denise explicou que ele chegaria mais tarde, para levar Kyle a um jogo de beisebol, e que esse era o motivo de ainda não estar lá.

– Kyle está esperando por isso a semana inteira – disse ela, minimizando qualquer problema.

Foi apenas por causa dele que Denise não ficou preocupada. Apesar de tudo, Taylor não mudara nem um pouco com o filho. Sabia que ele viria. Não havia a menor chance de não vir.

Taylor chegaria por volta das cinco e levaria Kyle para o jogo.

As horas se passaram, mais devagar do que de costume.

Às 17h20, Denise estava jogando bola com Kyle no quintal, sentindo um vazio no estômago e à beira das lágrimas.

Kyle estava lindo, de calça jeans e com um boné de beisebol. Com sua luva – uma nova, presente de Melissa –, pegou a última bola arremessada por Denise. Ele a agarrou e estendeu à sua frente, olhando para a mãe.

– Taior vem – disse.

Denise olhou para o relógio pela centésima vez e engoliu em seco, sentindo-se nauseada. Telefonara três vezes; ele não estava em casa. E, ao que parecia, também não estava a caminho.

– Acho que não, querido.

– Taior vem – repetiu ele.

Isso fez os olhos de Denise se encherem de lágrimas. Ela se aproximou de Kyle e se agachou para ficar no nível dos olhos dele.

– Taylor está ocupado. Acho que não virá levá-lo para o jogo. Você pode ir com a mamãe para o trabalho, está bem?

Dizer essas palavras doeu mais do que parecia possível.

Kyle olhou para a mãe, assimilando lentamente o que ela dissera.

– Taior sumiu – compreendeu ele, por fim.

Denise estendeu os braços para o filho.

– Sim – disse tristemente.

Kyle deixou a bola cair e passou por ela na direção da casa, parecendo mais abatido do que a mãe jamais o vira.

Denise pôs o rosto nas mãos.

Taylor apareceu na manhã seguinte, com um presente debaixo do braço. Antes que Denise pudesse chegar à porta, Kyle estava do lado de fora, estendendo as mãos para o pacote, o fato de Taylor não ter aparecido na véspera já esquecido. Se as crianças tinham uma vantagem sobre os adultos, refletiu Denise, era sua capacidade de perdoar.

Mas ela não era criança. Saiu de braços cruzados, obviamente irritada. Kyle pegara o presente e já o desembrulhava, rasgando o papel com empolgação. Decidida a não dizer nada até que ele terminasse, Denise apenas observou os olhos de Kyle se arregalarem.

– Lego! – gritou ele alegremente, erguendo a caixa para Denise ver.

– Sim – disse ela, concordando com o filho. Sem olhar para Taylor, afastou dos olhos uma mecha de cabelos. – Kyle, diga "Obrigado".

– Obgado – falou ele, olhando para a caixa.

– Venha – chamou Taylor, tirando um pequeno canivete do bolso da calça e agachando-se. – Deixe-me abrir para você.

Ele cortou a fita adesiva da caixa e retirou o invólucro. Kyle pôs a mão dentro e pegou um conjunto de rodas para um dos carros de montar.

Denise pigarreou.

– Kyle, por que você não leva isso para dentro? Mamãe precisa conversar com Taylor.

Ela abriu a porta de tela e Kyle fez obedientemente o que a mãe lhe pedira. Pondo a caixa sobre a mesinha de centro, imediatamente se concentrou nas peças.

Taylor ficou em pé, sem fazer nenhum movimento na direção dela.

– Sinto muito – disse ele com sinceridade. – Sei que não há desculpa para isso. Simplesmente me esqueci do jogo. Ele ficou chateado?

– Pode-se dizer que sim.

Taylor estava com uma expressão aflita.

– Talvez eu possa compensar isso. Vai haver outro jogo no próximo fim de semana.

– Acho que não – disse Denise em voz baixa, e apontou para as cadeiras na varanda.

Taylor hesitou antes de se sentar. Ela se sentou também, mas não o encarou. Em vez disso, observou um par de esquilos que catava nozes aos pulos pelo quintal.

– Eu estraguei tudo, não é? – disse Taylor francamente.

Denise deu um sorriso irônico.

– Sim.

– Você tem todo o direito de estar zangada comigo.

Ela se virou para encará-lo.

– Eu estava. Na noite passada, se você tivesse aparecido no restaurante, eu teria lhe atirado uma frigideira.

Os cantos da boca de Taylor se ergueram um pouco, depois se abaixaram de novo. Ele sabia que Denise não terminara.

– Mas já superei isso. Agora estou mais resignada do que zangada.

Taylor olhou de um jeito indagador para Denise, que deu um suspiro lento. Quando ela falou de novo, sua voz foi baixa e branda.

– Nos últimos quatro anos, minha vida foi com Kyle – começou ela. – Nem sempre é fácil, mas é previsível, e há uma vantagem nisso. Sei como passarei o dia de hoje, amanhã e depois, o que me ajuda a ter uma sensação de controle. Kyle precisa que eu faça isso, e eu preciso fazer por ele, porque meu filho é tudo o que tenho no mundo. Aí apareceu você.

Ela sorriu, mas sem conseguir esconder a tristeza em seus olhos. Ainda assim, Taylor ficou em silêncio.

– Desde o início você foi muito bom para ele. Tratou Kyle de um modo diferente do que todos tratam, o que significou muito para mim. Mas, mesmo antes disso, você foi bom comigo.

Denise fez uma pausa, beliscando um nó na madeira do apoio para braço de sua velha cadeira de balanço com um olhar reflexivo.

261

– Quando nós nos conhecemos, eu não queria me envolver com ninguém. Não tinha tempo nem energia e, mesmo depois do festival, não tinha certeza de que estava pronta para isso. Mas você era muito bom para Kyle. Fazia coisas com ele que ninguém mais havia se dado ao trabalho de fazer e eu me deixei envolver por isso. Pouco a pouco, fui me apaixonando por você.

Taylor pôs as duas mãos no colo e olhou para o chão. Denise balançou a cabeça com tristeza.

– Sei lá... cresci lendo contos de fada, o que talvez tenha tido algo a ver com isso.

Denise se recostou na cadeira, olhando para ele por sob os cílios.

– Você se lembra da noite em que nos conhecemos? Quando salvou meu filho? Depois disso, trouxe minhas compras em casa e ensinou Kyle a jogar bola. Foi como se você fosse o príncipe encantado das minhas fantasias infantis e, quanto mais o conhecia, mais acreditava nisso. E parte de mim ainda acredita. Você tem tudo o que eu sempre quis em um homem. Mas, por mais que eu goste de você, não acho que esteja pronto para mim ou meu filho.

Taylor esfregou o rosto de um jeito cansado, depois a fitou com olhos nublados de tristeza.

– Não sou cega ao que vem acontecendo conosco nas últimas semanas. Você está se afastando de mim, e também do Kyle, não importa quanto tente negar isso. É evidente, Taylor. O que não entendo é por quê.

– Ando ocupado no trabalho – começou a dizer, inseguro.

– Isso pode ser verdade, mas não é toda a verdade.

Denise respirou fundo, desejando que sua voz não falhasse.

– Sei que está escondendo alguma coisa e, se não pode ou não quer me contar, não há muito que eu possa fazer. Mas, seja o que for, está afastando você.

Ela parou, seus olhos enchendo-se de lágrimas.

– Ontem você me magoou. Mas, pior ainda, magoou Kyle. Ele esperou por você, Taylor. Por duas horas. Dava um pulo sempre que um carro passava, achando que era você. Mas não era e, no final, até ele percebeu que tudo havia mudado. Ele não disse nada durante o resto da noite. Nem uma palavra.

Pálido e abalado, Taylor parecia incapaz de falar. Denise olhou para o horizonte, uma lágrima escorrendo pelo seu rosto.

– Posso suportar muitas coisas. Deus sabe que já suportei. O modo como você me conquista, me afasta e me conquista de novo. Mas sou adulta e tenho idade suficiente para decidir se quero permitir que isso se prolongue. Mas quando começa a acontecer o mesmo com o meu filho...

Ela parou de falar e enxugou o rosto.

– Você é uma pessoa maravilhosa, Taylor. Tem muito a oferecer e espero que um dia encontre alguém que entenda todo esse sofrimento que carrega. Você merece isso. No fundo do meu coração, sei que não queria magoar Kyle. Mas não posso correr o risco de que isso aconteça de novo, principalmente quando você não está levando nosso futuro juntos a sério.

– Sinto muito – disse Taylor com uma voz sufocada.

– Eu também.

Taylor pegou a mão dela.

– Não quero perdê-la – disse ele quase em um sussurro.

Vendo sua expressão cansada, Denise apertou a mão dele e então, relutantemente, a soltou. Pôde sentir as lágrimas vindo de novo, mas as conteve.

– Só que também não quer ficar comigo, não é?

Para isso, ele não teve resposta.

Quando Taylor foi embora, Denise ficou andando pela casa como um zumbi, por pouco não perdendo o autocontrole. Já chorara durante quase toda a noite, sabendo o que estava por vir. Tinha sido forte, lembrou a si mesma ao se sentar no sofá; fizera a coisa certa. Não podia permitir que ele magoasse Kyle de novo. Ela não ia chorar.

Droga, não ia chorar mais.

Mas ver Kyle brincar com seus Legos e saber que Taylor não voltaria à casa dela fez um nó nauseante se formar em sua garganta.

– Eu não vou chorar – disse Denise em voz alta, as palavras saindo como um mantra. – Eu não vou chorar.

Com isso, ela desabou e chorou durante as duas horas seguintes.

– Então você terminou o namoro? – disse Mitch, claramente desgostoso.

Eles estavam em um bar, um pé-sujo que abria para o café da manhã, em geral com três ou quatro clientes habituais já na porta. Mas agora era tarde da noite. Taylor só havia telefonado depois das oito e Mitch aparecera uma hora mais tarde. Taylor começara a beber sem ele.

– Não fui eu que terminei, Mitch – defendeu-se ele. – Foi ela que terminou. Dessa vez você não pode me culpar.

– E imagino que foi inesperado, certo? Você não teve nada a ver com isso.

– Acabou, Mitch. O que você quer que eu diga?

Mitch balançou a cabeça.

– Sabe, Taylor, você é uma pessoa difícil. Fica aí sentado achando que entende tudo, mas não entende nada.

– Obrigado pelo apoio, Mitch.

Mitch olhou para o amigo.

– Ah, não me venha com essa. Você não precisa do meu apoio. Precisa de alguém que lhe diga para levantar o traseiro daí e ir consertar o que fez.

– Você não entende...

– Uma ova que não! – replicou Mitch, batendo com seu copo de cerveja na mesa. – Quem você pensa que é? Acha que eu não sei? Droga, Taylor provavelmente eu o conheço melhor do que você mesmo. Acha que é o único que tem um passado ruim? Acha que é o único que está sempre tentando mudá-lo? Tenho uma notícia para você. Todo mundo passa por coisas ruins, coisas que gostariam que não tivessem acontecido. Mas a maioria das pessoas não anda por aí fazendo o possível para estragar sua vida atual por causa disso.

– Eu não estraguei – disse Taylor, irritado. – Não ouviu o que eu disse? Foi *ela* que terminou. Não eu. Não desta vez.

– Vou lhe dizer uma coisa, Taylor: você pode ir para o túmulo pensando isso, mas você e eu sabemos que não é toda a verdade. Então volte lá e tente salvar seu namoro. Ela é a melhor coisa que já lhe aconteceu.

– Eu não lhe pedi para vir aqui para ficar me dando conselhos...

– Bem, está recebendo o melhor conselho que eu já lhe dei. Faça o favor de escutá-lo, está bem? Não o ignore desta vez. Seu pai gostaria que escutasse.

Taylor encarou Mitch com os olhos semicerrados e subitamente tudo ficou tenso.

– Deixe meu pai fora disso. Não entre nesse assunto.

– Por quê, Taylor? Você tem medo de alguma coisa? Medo de que o fantasma dele comece a pairar ao nosso redor ou derrube nossas cervejas da mesa?

– Chega! – rosnou Taylor.

– Não se esqueça de que também conheci seu pai. Conheci o grande homem que ele foi. Foi um homem que amava a família, amava a esposa e o filho. Ele ficaria decepcionado com o que você está fazendo, isso eu posso garantir.

O sangue se esvaiu do rosto de Taylor e ele apertou seu copo com força.

– Vá se ferrar, Mitch.

– Não, Taylor. Você já se ferrou, e eu me ferrar junto já seria demais.

– Não preciso ficar ouvindo essa droga – disparou Taylor, levantando-se da mesa.

Ele começou a ir em direção à porta.

– Você nem sabe quem eu sou.

Mitch afastou a mesa de repente, derrubando as cervejas. O barman interrompeu sua conversa e ergueu os olhos a tempo de ver Mitch se levantar e ir atrás de Taylor, agarrando-o com força pela camisa e virando-o para si.

– Não sei quem você é? É claro que sei! Você é um maldito covarde, é isso que é! Tem medo de viver porque acha que isso significa deixar de lado essa cruz que vem carregando a vida inteira. Mas desta vez você foi longe demais. Acha que é a única pessoa no mundo que tem sentimentos? Acha que basta se afastar de Denise e tudo voltará ao normal? Acha que vai ser mais feliz? Não vai, Taylor. Você não se permite ser. E desta vez não está magoando apenas uma pessoa, já pensou nisso? Não só Denise, mas uma criança também! Deus do céu, isso não significa nada para você? O que seu pai diria, hein? "Muito bem, filho"? "Estou orgulhoso de você"? De jeito nenhum. Seu pai ficaria enojado, como eu estou agora.

Lívido, Taylor agarrou Mitch, o levantou e o jogou sobre o jukebox. Dois homens saíram de seus bancos, afastando-se da confusão, enquanto o barman corria para a outra ponta do balcão. Depois de pegar um taco de beisebol, começou a ir na direção deles. Taylor ergueu o punho.

– O que vai fazer? Bater em mim? – provocou-o Mitch.

– Parem com isso! – gritou o barman. – Vão resolver essa droga lá fora. Agora!

– Ande logo! – continuou Mitch. – Não dou a mínima.

Mordendo o lábio com tanta força que o fez sangrar, Taylor puxou o braço para trás, pronto para bater, sua mão tremendo.

– Eu sempre o perdoarei, Taylor – disse Mitch quase calmamente. – Mas você também precisa se perdoar.

Mesmo hesitante, Taylor por fim soltou Mitch e se virou na direção dos rostos que o olhavam. O barman estava ao seu lado, com o taco na mão, esperando para ver o que aconteceria.

Contendo os xingamentos em sua garganta, Taylor saiu a passos largos pela porta.

# 23

Pouco antes da meia-noite, Taylor voltou para casa e encontrou a secretária eletrônica piscando com uma mensagem. Ficara sozinho desde que deixara Mitch, fazendo o possível para clarear a mente, sentado na ponte de onde pulara apenas alguns meses antes. Lembrou-se de que aquela tinha sido a primeira noite em que precisara de Denise. Parecia ter acontecido fazia uma eternidade.

Acreditando que Mitch lhe deixara uma mensagem, Taylor foi até o aparelho. Lamentava ter perdido o controle com o amigo. Apertou a tecla "play"; porém, para sua surpresa, não era Mitch.

Era Joe, do corpo de bombeiros, tentando manter a voz calma: "Há um incêndio em um galpão nos arredores da cidade. O depósito da Arvil Henderson. É um incêndio grande. Todos em Edenton foram chamados e equipes e carros de bombeiros adicionais estão sendo trazidos dos condados vizinhos. Há vidas em perigo. Se você receber esta mensagem a tempo, precisamos da sua ajuda."

A mensagem fora gravada havia 24 minutos.

Sem ouvir o resto dela, Taylor desligou a máquina e correu para a picape, xingando-se por ter desligado o celular ao sair do bar. A Arvil Henderson era atacadista de tintas para exteriores e uma das maiores empresas do condado de Chowan. Caminhões eram carregados lá dia e noite; nas 24 horas do dia havia pelo menos uma dúzia de pessoas trabalhando dentro de suas instalações.

Ele demoraria uns dez minutos para chegar lá.

Provavelmente todos os outros já estavam no local. Ele chegaria uns trinta minutos atrasado. Meia hora poderia significar a diferença entre a vida e a morte para quem quer que pudesse estar preso lá dentro.

Enquanto ele sentia pena de si mesmo, havia pessoas lutando por suas vidas.

A picape espalhou cascalho enquanto Taylor dava a volta pela entrada de automóveis, mal desacelerando ao pegar a estrada. Os pneus cantaram e o motor roncou quando ele pisou fundo no acelerador, ainda se maldizendo. A picape saiu de traseira nas muitas curvas até o depósito, passando por todos os atalhos que ele conhecia. Ao chegar a um trecho reto da estrada, acelerou até quase 150 quilômetros por hora. As ferramentas chacoalharam na carroceria. Ele ouviu o golpe surdo de algo pesado que deslizou por ela quando fez outra curva.

Minutos se passaram, minutos longos e eternos. Mais à frente, Taylor viu a distância o céu laranja, uma cor nefasta na escuridão. Bateu com a mão no volante ao perceber o tamanho do incêndio. Por cima do som do motor, ouviu sirenes ao longe.

Pisou no freio, os pneus da picape quase se recusando a desacelerar, depois deu uma guinada para a estrada que levava ao galpão da Henderson. O ar já estava denso da fumaça preta oleosa alimentada pelo petróleo das tintas. Sem vento, a cortina escura pairava ao redor. Dava para ver as chamas subirem do galpão, que ardia violentamente quando Taylor fez a última curva e parou, cantando pneus.

Confusão por toda parte.

Já havia três caminhões com água no local...

Mangueiras conectadas a hidrantes, jorrando água em uma lateral do prédio... a outra ainda estava incólume, mas não deveria permanecer assim por muito tempo... duas ambulâncias com as luzes piscando... cinco pessoas sendo atendidas no chão... duas outras sendo ajudadas a sair do galpão, amparadas por homens que pareciam tão fracos quanto elas...

Ao examinar a cena infernal, ele notou o carro de Mitch em um canto, embora fosse impossível distinguir o amigo no caos de pessoas e veículos.

Taylor saltou da picape e abriu caminho na direção de Joe, que dava ordens aos berros, tentando inutilmente controlar a situação. Outro carro de bombeiros chegou, desta vez de Elizabeth City. Seis homens saltaram e começaram a desenrolar a mangueira enquanto um sétimo corria para outro hidrante.

Joe se virou e viu Taylor correndo em sua direção. Estava com o rosto coberto de fuligem e apontou para o caminhão com a escada Magirus.

– Pegue seu equipamento! – gritou.

Taylor obedeceu. Subiu no caminhão, pegou uma roupa e trocou suas botas. Dois minutos depois, totalmente equipado, corria de novo na direção de Joe.

Enquanto se movia, uma série de explosões sacudiu a noite – dezenas delas, uma após a outra. Uma nuvem negra se ergueu do centro do prédio, a fumaça subindo como se uma bomba tivesse sido detonada. As pessoas que estavam mais perto do prédio se atiraram no chão, protegendo-se dos pedaços do telhado e das paredes que se precipitavam mortalmente na direção delas.

Taylor se abaixou e cobriu a cabeça.

Agora havia chamas por toda parte, consumindo a construção por dentro. Novas explosões arremessaram escombros e fizeram bombeiros recuar para longe do calor. Do meio do fogo surgiram dois homens com braços e pernas em chamas. Os brigadistas apontaram as mangueiras para eles, que caíram no chão, debatendo-se.

Taylor se levantou e correu na direção do calor, das chamas, dos homens no chão... uns 60 metros, correndo loucamente, o mundo de súbito parecendo uma zona de guerra... Mais estrondos: uma a uma, as latas de tinta explodiam lá dentro, o fogo saindo de controle, a fumaça tornando a respiração difícil... Uma parede externa desmoronou, tombando para fora, e por pouco não atingiu os homens.

Taylor estreitou os olhos, que lacrimejavam e ardiam, quando alcançou os dois homens. Ambos estavam inconscientes, com as chamas do prédio a centímetros deles. Agarrou-os pelos pulsos e começou a puxá-los para trás, para longe das labaredas. O calor derretera parte do equipamento deles, que continuava a ferver enquanto Taylor os arrastava para um lugar seguro. Outro bombeiro chegou, alguém que Taylor não conhecia, e se encarregou de um dos feridos. Assim eles ganharam velocidade, arrastando-os para as ambulâncias enquanto um paramédico vinha às pressas.

Agora apenas uma parte do prédio estava intacta, embora – a julgar pela fumaça que saía das pequenas janelas retangulares estilhaçadas – também ameaçasse explodir.

Joe acenava freneticamente indicando que todos recuassem até uma distância segura. Ninguém conseguia ouvi-lo com o barulho.

O paramédico chegou e logo se ajoelhou ao lado dos feridos. Eles estavam com os rostos chamuscados e as roupas antichamas ainda fumegavam, derretidas pelo fogo alimentado por petróleo. O paramédico puxou de sua mala uma tesoura afiada e começou a cortar e tirar a roupa de um dos bombeiros. Outro paramédico apareceu do nada e iniciou o mesmo procedimento no segundo homem.

Agora estavam ambos conscientes e gemiam de dor. Enquanto as roupas eram cortadas, Taylor ajudava a afastá-las da pele dos homens. Primeiro uma perna, depois a outra, e a seguir os braços e o tronco. Ajudaram os feridos a se sentar e retiraram seus casacos. Um homem usava calça jeans e duas camisetas por baixo; escapara em grande parte às queimaduras, exceto pelos braços. Contudo, o segundo só vestia uma camiseta por baixo, que também teve de ser rasgada e tirada. Suas costas apresentavam queimaduras de segundo grau.

Desviando seu olhar dos feridos, Taylor viu Joe acenando freneticamente outra vez; três homens estavam ao redor dele e outros três se aproximavam. Foi quando Taylor se virou para o prédio e soube que algo estava terrivelmente errado.

Levantou-se e correu para Joe, tomado por uma onda de náusea. Ao se aproximar, ouviu palavras que lhe gelaram a alma.

– Eles ainda estão lá dentro! Dois homens! Lá!

Taylor pestanejou, uma lembrança surgindo das cinzas.

*Um garoto de 9 anos no sótão gritando pela janela...*

Aquilo o fez estacar. Ele olhou para as ruínas do galpão em chamas, agora apenas parcialmente em pé. Então, como em um sonho, foi na direção da única parte do prédio ainda intacta, onde ficavam os escritórios. Ganhando velocidade, passou pelos homens que seguravam as mangueiras, ignorando os gritos de que parasse.

As chamas engoliam quase tudo. Tinham se espalhado para as árvores ao redor, que agora se incendiavam. Logo à frente havia uma porta aberta pelos bombeiros, de onde saía uma fumaça negra.

Taylor chegou à porta antes de Joe vê-lo e começar a gritar que parasse.

Sem conseguir ouvir por causa do barulho, Taylor passou pela porta como uma bala de canhão, tendo sua mão enluvada sobre o rosto e sendo lambido pelas chamas. Quase cego, virou-se para a esquerda, esperando que nada bloqueasse o caminho. Seus olhos arderam quando inalou o ar acre e prendeu a respiração.

Havia fogo por toda parte, vigas caíam e o próprio ar se tornara venenoso.

Taylor sabia que só conseguia prender a respiração por, no máximo, um minuto.

Precipitou-se para a esquerda, a fumaça quase impenetrável e as chamas fornecendo a única luz.

Tudo ardia com uma fúria sobrenatural. As paredes, o teto... Acima dele, veio o som de uma viga se quebrando. Taylor pulou instintivamente para o lado quando parte do teto desabou.

Com os pulmões num esforço extremo, foi rapidamente na direção da extremidade sul do prédio, a única ainda em pé. Sentia o corpo enfraquecer; seus pulmões pareciam murchar enquanto ele cambaleava adiante. À esquerda avistou uma janela com a vidraça inteira. Foi até ela. Tirou um machado do cinto e a quebrou com um movimento rápido. Depois pôs a cabeça para fora, tomando fôlego de novo.

Como um ser vivo, o fogo pareceu sentir o novo fluxo de oxigênio e, segundos depois, as labaredas atrás de Taylor cresceram com fúria renovada.

O calor escaldante das chamas o levou para longe da janela, novamente para o sul.

Depois da súbita explosão, o fogo diminuiu momentaneamente, no máximo alguns segundos. Mas foi o bastante para Taylor se situar – e ver a silhueta de um homem caído no chão. Pelo equipamento que usava, era um bombeiro.

Foi cambaleando na direção do homem, desviando-se por pouco de outra viga que caiu. Encurralado no último canto ainda em pé no galpão, viu uma parede de chamas se fechando ao redor deles.

Quase sem ar de novo, alcançou o homem. Curvou-se, agarrou-o pelo pulso e o puxou por sobre o ombro, tentando voltar para a única janela que via.

Seguindo apenas seus instintos, dirigiu-se rapidamente a ela, sua cabeça cada vez mais leve, seus olhos fechados para que a fumaça e o calor não os ferisse ainda mais. Conseguiu alcançar a janela e, com um movimento rápido, jogou por ela o homem, que caiu no chão pesadamente. Porém, com a visão prejudicada, nem chegou a ver se os outros bombeiros corriam na direção da vítima.

Tudo o que Taylor podia fazer era ter esperança de que sim.

Ele respirou duas vezes com dificuldade e tossiu violentamente. Depois tomou fôlego de novo, se virou e voltou para dentro.

Tudo estava um inferno de línguas de fogo, rugidos e fumaça acre sufocante.

Taylor atravessou a cortina de calor e fumaça, como se fosse guiado pela mão de alguém.

Ainda havia um homem lá dentro.

*Um garoto de 9 anos no sótão, gritando pela janela que estava com medo de pular...*

Taylor fechou um dos olhos quando sentiu uma fisgada. Ao prosseguir, a parede do escritório desabou como um castelo de cartas. O telhado acima cedeu enquanto as labaredas procuravam novos pontos fracos e começavam a subir na direção do buraco no teto.

Ainda havia um homem lá dentro.

Taylor teve a sensação de que ia morrer. Seus pulmões clamavam por um pouco daquele ar, abrasador e venenoso. Mas, ainda que se sentisse mais zonzo, ele ignorou o pedido.

A fumaça serpenteava ao seu redor e Taylor caiu de joelhos, começando a sentir uma fisgada no outro olho. Chamas o cercavam em três direções, então ele prosseguiu pela única área onde alguém ainda poderia estar vivo.

Engatinhava agora, e o calor era como uma bigorna superaquecida a esmagá-lo.

Foi então que Taylor entendeu que ia morrer.

Quase inconsciente, continuou a engatinhar.

Começou a perder a consciência e a sentir que o mundo desaparecia.

*Respire!*, urgia seu corpo.

Ele avançava centímetro a centímetro, de quatro, rezando. À sua frente, mais chamas, uma parede interminável e ondulante de calor.

Foi quando se deparou com o corpo.

Totalmente cercado pela fumaça, não soube dizer quem era. Mas as pernas do homem estavam presas sob os escombros de uma parede.

Sentindo-se enfraquecer e com a visão escurecendo, tateou o corpo como um cego. O homem estava de bruços, com os braços abertos e ainda de capacete. Das coxas para baixo, estava coberto por um monte de entulho de meio metro de altura.

Taylor foi até a cabeça do homem, agarrou os dois braços e puxou. Ele não se mexeu.

Com os últimos vestígios de suas forças, levantou-se e, com cuidado, começou a tirar os escombros de cima do homem. Tábuas, gesso, lascas de compensado queimadas, um pedaço de cada vez.

Seus pulmões estavam prestes a explodir.

As chamas se aproximavam agora, muito perto do corpo.

Um pedaço de cada vez, venceu o entulho – por sorte, nada era pesado demais para ser removido. Mas o esforço o esgotara quase totalmente. Ele foi até a cabeça do homem e o puxou de novo.

Desta vez o corpo deslizou. Taylor usou o próprio peso para puxá-lo; porém, sem ar, seu organismo reagiu instintivamente, expirando e inalando fundo, em desespero.

Só que seu organismo cometera um erro.

Ele ficou tonto de imediato, tossindo violentamente. Soltou o homem e se levantou, cambaleando agora em puro pânico, ainda sem ar na sala desprovida de oxigênio. Todo o seu treinamento e todos os pensamentos conscientes desapareceram em uma torrente de puro instinto de sobrevivência.

Ele voltou aos tropeções por onde viera, suas pernas movendo-se por conta própria. Contudo, depois de alguns metros, ele parou, como se saísse à força do torpor. Virando-se para trás, voltou um passo na direção do corpo. Nesse instante o mundo explodiu em chamas. Taylor quase caiu.

As chamas o engoliram, incendiando sua roupa, enquanto ele se precipitava para a janela. Atirou-se às cegas pela abertura. A última coisa que sentiu foi seu corpo batendo no chão com um baque e um grito de desespero morrendo em seus lábios.

# 24

Somente uma pessoa morreu naquela madrugada de segunda-feira.

Seis homens ficaram feridos, entre eles Taylor, e todos foram levados para o hospital e tratados. Três tiveram alta à noite. Os outros dois que permaneceram foram os que ele ajudara a arrastar das chamas – seriam transferidos para a unidade de queimados do hospital da Universidade Duke, em Durham, assim que o helicóptero chegasse.

Taylor estava sozinho na escuridão do quarto do hospital pensando no homem que havia deixado para trás e morrera. Estava deitado de barriga para cima, com um dos olhos coberto por um curativo. Fitava o teto com o outro quando sua mãe chegou.

Ela ficou com ele no quarto durante uma hora e depois o deixou sozinho com seus pensamentos.

Taylor McAden não disse uma só palavra.

Denise apareceu na terça-feira de manhã, no início do horário de visita. No momento em que chegou, percebeu os olhos vermelhos de Judy e a exaustão estampada em seu rosto. Fora ela quem telefonara para Denise, que viera imediatamente, trazendo Kyle. Judy pegou a mão do menino e desceu a escada com ele em silêncio.

Denise entrou no quarto e se sentou onde Judy estivera. Taylor virou a cabeça para o outro lado.

– Lamento muito pelo Mitch – disse ela gentilmente.

# 25

O enterro seria dali a três dias, na sexta-feira.

Taylor teve alta na quinta e foi direto para a casa do amigo.

A família de Melissa viera de Rocky Mount e a casa estava cheia de pessoas que Taylor só vira algumas vezes: no casamento, em batismos e feriados. Os pais e os irmãos de Mitch, que moravam em Edenton, também ficaram um tempo na casa, mas foram embora ao anoitecer.

A porta estava aberta quando Taylor entrou, procurando por Melissa.

Assim que a viu do outro lado da sala de estar, seus olhos começaram a arder e ele foi na direção dela. Melissa conversava com a irmã e o cunhado, em pé, perto de um quadro com a foto da família, quando o viu. Imediatamente interrompeu a conversa e se dirigiu a ele. Taylor a abraçou, pondo a cabeça nos ombros de Melissa enquanto chorava junto aos cabelos dela.

– Eu lamento tanto – disse ele. – Lamento tanto, tanto...

Tudo o que ele conseguia fazer era se repetir. Melissa começou a chorar também. Os outros parentes os deixaram sozinhos com sua dor.

– Eu tentei, Melissa... eu tentei. Eu não sabia que era ele...

Melissa não conseguia falar; já soubera do ocorrido por Joe.

– Eu não consegui... – finalmente disse Taylor antes de desabar por completo.

Eles ficaram abraçados por muito, muito tempo.

Taylor foi embora uma hora depois, sem falar com mais ninguém.

Havia muitas pessoas no funeral, que aconteceu no próprio cemitério. Todos os bombeiros dos três condados vizinhos e todos os policiais compareceram, assim como amigos e parentes. A multidão era uma das maiores já vistas em um enterro em Edenton: como Mitch crescera lá e gerenciava a casa de ferragens, quase todos na cidade compareceram.

Melissa e os quatro filhos estavam sentados na fila da frente, todos chorando.

O sacerdote falou um pouco antes de recitar o Salmo 23. Quando chegou a hora dos elogios fúnebres, ele cedeu a vez, de forma que amigos íntimos e parentes falassem.

Joe, o bombeiro-chefe, foi o primeiro e falou da dedicação e da coragem de Mitch, bem como do respeito que sempre teria por ele. A irmã mais velha de Mitch também disse algumas palavras, partilhando lembranças da infância deles. Quando ela terminou, Taylor deu um passo adiante.

– Mitch era como um irmão para mim – começou, com a voz falhando e os olhos abaixados. – Crescemos juntos e todas as minhas boas lembranças o incluem. Lembro-me de que um dia, quando tínhamos 12 anos, Mitch e eu estávamos pescando e me levantei rápido demais no bote. Escorreguei, bati com a cabeça e caí na água. Mitch mergulhou e me puxou para a superfície. Ele salvou minha vida naquele dia, mas quando finalmente me recuperei, ele apenas riu. "Você me fez perder o peixe, seu desajeitado", foi a única coisa que disse.

Apesar da sobriedade do momento, risos baixos se fizeram ouvir e depois se dissiparam.

– Mitch... o que posso dizer? Ele era o tipo de homem que acrescentava algo a tudo que tocava e a todos com quem tinha contato. Eu invejava sua visão da vida. Ele a via como um grande jogo em que o único modo de vencer era sendo bom para os outros, sendo capaz de se olhar no espelho e gostar do que via. Mitch...

Ele fechou os olhos, contendo as lágrimas.

– Mitch era tudo o que eu sempre quis ser...

Taylor deu um passo para trás, afastando-se do microfone, com a cabeça abaixada, depois voltou para a multidão. O sacerdote terminou a cerimônia e as pessoas se enfileiraram para se despedir do caixão, onde uma fotografia de Mitch fora colocada. Na foto ele estava em pé no quintal, ao lado da churrasqueira, com um sorriso largo. Como a fotografia do pai de Taylor, aquela captava a essência de seu amigo.

A casa estava cheia de pessoas que foram prestar suas condolências a Melissa. Ao contrário do dia anterior – uma reunião de amigos íntimos e parentes –, desta vez todos os que foram ao enterro estavam ali, inclusive gente que Melissa mal conhecia.

Judy e a mãe de Melissa se encarregavam de servir a todos. Como estava muito cheio lá dentro, Denise foi para o quintal ficar de olho em Kyle e nas outras crianças que tinham ido ao enterro. Em sua maioria sobrinhos e sobrinhas, eram pequenas e, como Kyle, incapazes de compreender tudo o que estava acontecendo. Usando roupas formais, elas corriam e brincavam como se aquilo tudo não passasse de uma reunião de família.

Denise precisara sair da casa. Às vezes a dor se tornava sufocante, até mesmo para ela. Depois de abraçar Melissa e dizer algumas palavras de solidariedade, deixara a amiga aos cuidados de sua família e da de Mitch. Sabia que hoje Melissa teria o apoio de que precisava; seus pais pretendiam ficar por uma semana. A mãe a ouviria e ampararia; o pai ia começar a cuidar da tediosa papelada que acompanham acontecimentos desse tipo.

Denise se levantou de sua cadeira e foi para a beira da piscina, com os braços cruzados. Quando Judy a viu pela janela da cozinha, deslizou a porta de vidro e foi na direção dela.

Denise a ouviu aproximando-se e olhou por cima do seu ombro, sorrindo cautelosamente.

Judy pôs gentilmente a mão nas costas de Denise.

– Como você está se sentindo?

Denise balançou a cabeça.

– Eu é que deveria lhe fazer essa pergunta. Você conhecia Mitch há muito mais tempo que eu.

– Eu sei. Mas parece que você precisa de uma amiga agora.

Denise descruzou os braços e olhou para a casa. Havia gente em todos os cômodos.

– Eu estou bem. Só pensando em Mitch. E Melissa.

– E em Taylor?

Apesar de terem terminado, Denise não conseguiu mentir.

– Nele também.

Duas horas depois, a multidão finalmente diminuía. A maioria dos amigos distantes viera e fora embora; alguns parentes tinham de pegar voos e também partiram.

Melissa estava sentada com os parentes mais próximos na sala. Os filhos tinham trocado de roupa e estavam no quintal da frente. Taylor estava em pé, sozinho, no escritório de Mitch quando Denise se aproximou.

Ele a viu e depois voltou sua atenção para as paredes do escritório. As prateleiras estavam cheias de livros, troféus que os garotos ganharam no futebol e no beisebol e fotografias da família de Mitch. Em um canto havia uma escrivaninha com a tampa retrátil fechada.

– Suas palavras na cerimônia foram bonitas – disse Denise. – Sei que Melissa ficou muito comovida com o que você disse.

Taylor simplesmente fez que sim com a cabeça, sem responder. Denise correu a mão pelos cabelos.

– Realmente lamento muito, Taylor. Só queria que você soubesse que, se precisar de alguém para conversar, sabe onde estou.

– Eu não preciso de ninguém – sussurrou ele, a voz áspera.

Então virou as costas e se afastou.

O que nenhum deles sabia era que Judy testemunhara tudo.

# 26

Taylor se sentou de um pulo na cama, o coração disparado e a boca seca. Por um momento estava de novo dentro do galpão em chamas e com o corpo cheio de adrenalina. Não conseguia respirar e seus olhos ardiam. Havia fogo em toda parte e, embora tentasse gritar, nenhum som saía de sua garganta. Estava sufocando com a fumaça imaginária.

Então, do mesmo modo súbito, percebeu que fora apenas um sonho. Olhou ao redor pelo quarto e piscou com força enquanto a realidade se impunha, fazendo-o sofrer de um modo diferente, pesando-lhe no peito e nas pernas.

Mitch Johnson estava morto.

Era terça-feira. Ele não havia saído de casa nem atendido o telefone desde o enterro. Jurara que hoje seria diferente. Tinha coisas a fazer: uma obra em andamento e pequenos problemas de trabalho que precisavam de sua atenção. Olhando para o relógio, viu que já passava das nove. Deveria ter chegado lá uma hora antes.

Contudo, simplesmente se deitou de novo, sem energia para se levantar.

No meio da manhã de quarta-feira, Taylor se sentou na cozinha, vestido apenas com uma calça jeans. Preparara ovos mexidos com bacon, mas só conseguira ficar olhando para o prato por um longo tempo, até que jogou a comida fora. Não comia nada fazia dois dias. Não conseguia dormir, nem queria. Recusava-se a falar com qualquer pessoa – a secretária eletrônica atendia os telefonemas. Ele não merecia aquelas coisas. Elas podiam proporcionar prazer, fuga – eram para pessoas que as mereciam, não ele.

Estava exausto. Sua mente e seu corpo vinham sendo privados do mínimo necessário para a sobrevivência e ele sabia que poderia continuar nesse caminho. Seria fácil, um tipo diferente de fuga. Taylor balançou a cabeça. Não, não iria tão longe. Também não merecia isso.

Forçou-se a comer uma fatia de torrada. Seu estômago continuava a roncar, mas Taylor se recusava a comer mais do que o necessário. Esse era seu modo de reconhecer a verdade como a via. Cada pontada de fome o lembraria de sua culpa, sua aversão por si mesmo. Seu amigo morrera por causa dele.

Como seu pai.

Na noite anterior, quando estava sentado na varanda, tentara rever os momentos com Mitch, mas, estranhamente, o rosto do amigo já estava congelado no tempo. Ele podia se lembrar da foto, ver o rosto de Mitch, mas não conseguia se lembrar de como ele era quando ria, quando fazia piadas ou lhe dava um tapa nas costas. Seu amigo já o estava deixando. Logo sua imagem desapareceria para sempre.

Como a de seu pai.

Taylor não acendera nenhuma luz na casa. Estava escuro na varanda e ele se sentou lá sentindo suas entranhas se tornarem pedra.

Na quinta-feira, foi trabalhar. Conversou com os donos da casa que estava reformando e tomou algumas decisões. Felizmente seus empregados participaram da conversa e sabiam o suficiente para prosseguirem sozinhos. Uma hora depois, Taylor não se lembrava de mais nada do que fora dito.

No sábado de manhã cedo, acordado mais uma vez por pesadelos, Taylor se forçou novamente a sair da cama. Enganchou o reboque em sua picape e colocou seu cortador de grama motorizado nele, junto com o extrator de ervas daninhas, o amolador e a tesoura. Dez minutos depois, estava estacionado na frente da casa de Melissa. Ela saiu justamente quando ele acabou de descarregar as coisas.

– Passei de carro por aqui e vi que o gramado estava ficando um pouco alto – disse ele sem encará-la.

Depois de um momento de embaraçoso silêncio, aventurou-se a perguntar:

– Como você está?

– Bem – disse ela sem muita emoção. Estava com as bordas dos olhos vermelhas. – E você?

Taylor encolheu os ombros, engolindo o nó em sua garganta.

Passou as próximas oito horas lá fora, trabalhando sem parar, até que o quintal de Melissa parecesse ter sido cuidado por um paisagista profissional. No início da tarde, foi entregue um carregamento de palha de pinheiro, que ele colocou cuidadosamente ao redor das árvores e nos canteiros de flores ao longo da casa. Enquanto trabalhava, elaborou mentalmente listas de outras coisas a fazer e, depois de colocar o equipamento de volta no reboque, pôs seu cinto de ferramentas. Consertou algumas tábuas quebradas na cerca, calafetou três janelas, consertou uma tela partida e trocou as lâmpadas queimadas do lado de fora da casa. Depois se concentrou na piscina. Acrescentou cloro, tirou as folhas, limpou a água e lavou o filtro.

Só entrou para ver Melissa quando finalmente estava pronto para partir, e mesmo então ficou lá dentro por pouco tempo.

– Ainda há mais algumas coisas para fazer – disse ele a caminho da porta. – Cuidarei disso amanhã.

No dia seguinte, trabalhou sem parar até o cair da noite.

Os pais de Melissa foram embora na semana seguinte e Taylor cuidou de preencher o vazio deixado pela ausência deles. Como fizera com Denise durante os meses de verão, começou a passar pela casa de Melissa quase todos os dias. Por duas vezes levou o jantar – na primeira, pizza; na segunda, frango frito – e, embora se sentisse vagamente desconfortável perto dela, tinha um senso de responsabilidade em relação aos garotos.

Eles precisavam de uma figura paterna.

Tomara a decisão no início daquela semana, depois de outra noite insone. Contudo, a ideia lhe ocorrera pela primeira vez quando ainda estava no hospital. Sabia que não podia substituir Mitch, nem pretendia fazê-lo. Também não atrapalharia a vida de Melissa, de modo nenhum. No devido tempo, se ela conhecesse outra pessoa, sairia discretamente de cena. Até lá, estaria ao dispor deles, cuidando das coisas que Mitch costumava fazer. Cortar a grama, jogar bola e pescar com os garotos. Fazer pequenos consertos na casa. Qualquer coisa.

Ele sabia como era crescer sem um pai. Lembrava-se de ter ansiado por alguém além da mãe para conversar. De ter ficado na cama ouvindo os soluços abafados dela no quarto ao lado e de quanto fora difícil conversar com ela no ano que se seguira à morte do pai. Pensando nisso, viu claramente como sua infância lhe fora roubada.

Em consideração a Mitch, não deixaria que isso acontecesse com os filhos dele.

Estava certo de que era o que o amigo gostaria que fizesse. Eles eram como irmãos, e irmãos cuidavam uns dos outros. Além disso, era seu dever de padrinho.

Melissa não pareceu se incomodar que ele começasse a aparecer por lá com frequência. Não lhe perguntou o motivo disso, o que significava que entendia por quê. Os garotos sempre tinham sido a principal preocupação dela e, agora que Mitch se fora, Taylor estava certo de que esses sentimentos só haviam aumentado.

Os garotos. Sem dúvida precisavam dele agora.

Em sua mente, não tinha escolha. Com a decisão tomada, começou a comer de novo e imediatamente os pesadelos pararam. Ele sabia o que tinha de fazer.

No fim de semana seguinte, quando Taylor chegou para cuidar do gramado, respirou fundo ao parar na entrada para automóveis de Mitch e Melissa. Piscou com força, para se certificar de que não estava enganado, mas quando olhou de novo aquilo continuava lá.

Uma placa de imobiliária.

"À venda."

A casa estava à venda.

Ele desengrenou a picape na hora em que Melissa saía da casa. Quando ela lhe acenou, Taylor finalmente virou a chave e desligou o motor. Ao se dirigir a ela, ouviu os garotos no quintal dos fundos, embora não pudesse vê-los.

Melissa lhe deu um abraço.

– Como vai, Taylor? – perguntou, avaliando o rosto dele.

Taylor deu um pequeno passo para trás, evitando o olhar dela.

– Bem, eu acho – respondeu distraidamente, então ele apontou na direção da entrada. – Por que aquela placa?

– Não é óbvio?

– Você vai vender a casa?

– Espero que sim.

– Por quê?

Todo o corpo de Melissa pareceu fraquejar quando ela se virou para a casa.

– Não consigo morar aqui... – finalmente respondeu, sua voz falhando. – São tantas lembranças...

Ela piscou para conter as lágrimas e olhou em silêncio para o imóvel. De repente pareceu tão cansada, tão derrotada, como se o fardo de continuar sem Mitch estivesse tirando sua força vital. Taylor sentiu um arrepio de medo.

– Você não vai mudar de cidade, vai? – perguntou Taylor sem poder acreditar. – Vai continuar morando em Edenton, não é?

Depois de um longo momento, Melissa balançou a cabeça.

– Para onde você vai?

– Rocky Mount – respondeu.

– Mas por quê? – perguntou Taylor com a voz tensa. – Você mora em Edenton há tantos anos... Tem amigos aqui... Eu estou aqui... É a casa? – perguntou rapidamente, tentando descobrir. Ele não esperou por uma resposta. – Se a casa for demais, talvez haja algo que eu possa fazer. Posso construir uma nova para você a preço de custo, onde quiser.

Melissa finalmente se virou para ele.

– Não é a casa. Isso não tem nada a ver com ela. Minha família mora em Rocky Mount e preciso deles agora. Os garotos também. Todos os primos deles estão lá e o ano letivo acabou de começar. Não será muito difícil para eles se adaptarem.

– Você vai se mudar já? – perguntou Taylor, ainda tentando assimilar a notícia.

Melissa assentiu.

– Na semana que vem – contou. – Meus pais têm uma casa antiga que alugam e disseram que posso ficar lá até vender esta. Fica na mesma rua em que eles moram. E se eu tiver de arranjar um emprego, eles podem cuidar dos garotos para mim.

– Eu poderia resolver isso – disse Taylor rapidamente. – Se você precisar de algum dinheiro extra, pode trabalhar para mim cuidando do faturamento e das encomendas e fazer isso de casa. Em seu tempo livre.

Melissa sorriu com tristeza para ele.

– Por quê? Está tentando me salvar também, Taylor?

Essas palavras o fizeram estremecer. Melissa o olhou com cautela antes de continuar.

– É isso que você está tentando fazer, não é? Vindo aqui no último fim de semana para cuidar do quintal, passando tempo com os garotos, oferecendo casa e emprego... Fico grata pelo que está tentando fazer, mas não é disso que preciso agora. Preciso lidar com esse problema da minha maneira.

– Eu não estava tentando salvá-la – protestou Taylor, querendo esconder a dor que sentia. – É só que sei como é difícil perder alguém e não queria que você tivesse de lidar com tudo sozinha.

Melissa balançou a cabeça devagar.

– Ah, Taylor – disse em um tom quase maternal –, dá no mesmo. – Ela hesitou, sua expressão ao mesmo tempo consciente e triste. – É isso que você tem feito a vida inteira. Você percebe que alguém precisa de ajuda e, se for possível, lhe dá exatamente o que precisa. E agora está concentrado em nós.

– Não estou concentrado em vocês – negou ele.

Melissa não se deixou convencer. Em vez disso, pegou a mão de Taylor.

– Sim, está – disse calmamente. – Foi o que fez com Valerie depois que o namorado dela a deixou e o que fez com Lori quando ela se sentiu sozinha. Foi o que fez com Denise quando descobriu quanto a vida dela era difícil. Pense em tudo que você fez por ela desde o início.

Ela fez uma pausa, deixando-o assimilar aquilo.

– Você tem necessidade de tornar as coisas melhores, Taylor. Sempre teve. Talvez não acredite, mas tudo em sua vida prova isso, repetidamente. Até seu trabalho. Como empreiteiro, você conserta coisas. Como bombeiro, salva pessoas. Mitch nunca entendeu isso em você, mas para mim era óbvio. É assim que você é.

Para isso, Taylor não teve argumento. Então desviou seu olhar, pensando nas palavras de Melissa. Ela apertou sua mão.

– Não é uma coisa ruim, Taylor. Só não é o que eu preciso. E, no final das contas, também não é o que você precisa. No devido tempo, quando achar que estou salva, você vai seguir em frente, à procura da próxima pessoa para salvar. E eu provavelmente ficaria grata por tudo o que você fez, só que conheço o motivo por trás disso.

Ela parou, esperando que Taylor dissesse alguma coisa.

– E que motivo é esse? – finalmente perguntou ele, a voz áspera.

– Que embora você tivesse me salvado, estava tentando salvar a si mesmo por causa do que aconteceu com seu pai. E que, por mais que eu tentasse, nunca conseguiria ajudá-lo nisso. Esse é um conflito que você tem de resolver sozinho.

As palavras o atingiram quase como um soco. Ele perdeu o fôlego enquanto tentava se concentrar nos próprios pés, Não sentia o corpo, e a mente era uma profusão de pensamentos conflitantes. Lembranças aleatórias surgiram em vertiginosa sucessão: o rosto zangado de Mitch no bar; os olhos de Denise cheios de lágrimas; as chamas no galpão lambendo seus braços e suas pernas; seu pai se virando à luz do sol enquanto sua mãe tirava a foto dele...

Melissa viu muitas emoções passando pelo rosto de Taylor, então o puxou para um abraço forte.

– Você tem sido como um irmão para mim e adoro saber que estaria sempre ao lado dos meus filhos. E se você também gosta de mim, entenderá que eu não disse essas coisas para magoá-lo. Sei que quer me salvar, mas não preciso disso. Preciso é que você encontre um modo de se salvar, como tentou fazer com Mitch.

Taylor estava aturdido demais para responder. Eles ficaram em pé, abraçados à luz suave do início da manhã.

– Como? – finalmente conseguiu perguntar.

– Você sabe – sussurrou Melissa com as mãos nas costas dele. – Você já sabe.

Ele saiu da casa de Melissa confuso. Ia com os olhos fixos na estrada, mas sem saber aonde ir, seus pensamentos desconexos. Tinha a sensação de que as forças que lhe restavam haviam sido arrancadas, deixando-o indefeso e esgotado.

Sua vida, como a percebia, havia terminado, e ele não tinha a menor ideia do que fazer. Por mais que quisesse negar as coisas que Melissa dissera, não podia. Ao mesmo tempo, também não acreditava nelas. Pelo menos não totalmente. Ou acreditava?

Pensar nesses termos o exauria. Sempre fora alguém que tentava ver as coisas de um modo claro e concreto, não ambíguo e cheio de significados ocultos. Não procurava motivações subconscientes, nem em si mesmo nem nos outros, porque nunca chegara a acreditar que eram importantes.

A morte do pai fora algo concreto e terrível – mas, apesar disso, real. Não conseguia entender por que ele havia morrido, e durante algum tempo falara com Deus sobre as coisas pelas quais estava passando, tentando entendê-las. Mas acabara desistindo. Falar sobre isso, entender... mesmo se finalmente obtivesse as respostas, não faria diferença. Não traria seu pai de volta.

Mas agora, neste momento difícil, as palavras de Melissa o faziam questionar o significado de tudo o que antes achara tão claro e simples.

Seu pai realmente influenciara tudo em sua vida? Melissa e Denise estavam certas em sua avaliação dele?

Não, concluiu. Não estavam. Nenhuma delas sabia o que aconteceu na noite em que seu pai morrera. Ninguém além de sua mãe sabia a verdade.

Taylor dirigia no automático, prestando pouca atenção no caminho. Fazendo curvas, desacelerando em cruzamentos, parando quando tinha de parar, obedecia às leis, mas sem ter consciência disso. Sua mente ia para a frente e para trás com as mudanças de marcha da picape. As últimas palavras de Melissa o assombravam.

Você já sabe...

Sabe o quê?, desejou perguntar. *Neste momento eu não sei de nada. Não sei do que você está falando. Só quero ajudar os meninos, como precisei de ajuda quando era criança. Sei do que eles precisam. Posso ajudar. Posso ajudar você também, Melissa. Tenho tudo planejado...*

Está tentando me salvar também?

*Não, não estou. Só quero ajudar.*

Dá no mesmo.

*Dá?*

Taylor se recusou a seguir nesse pensamento até sua conclusão. Em vez disso, realmente vendo a estrada pela primeira vez, percebeu onde estava. Parou a picape e começou a curta caminhada para seu destino final.

Judy esperava por ele no túmulo de seu pai.

– O que você está fazendo aqui, mãe? – perguntou Taylor.

Judy não se virou ao som da voz do filho. Em vez disso, ajoelhou-se e arrancou as ervas daninhas ao redor da lápide como Taylor fazia sempre que vinha.

– Melissa me telefonou dizendo que você viria para cá – disse Judy tranquilamente, ouvindo os passos atrás dela.

Pela sua voz, Taylor percebeu que ela estivera chorando.

– Ela disse que eu deveria estar aqui.

Taylor se agachou ao lado de Judy.

– O que houve, mãe?

Ela estava com o rosto vermelho. Enxugou-o, deixando uma folha de relva nele.

– Sinto muito – começou Judy. – Não fui uma boa mãe...

Sua voz pareceu morrer na garganta, deixando Taylor surpreso demais para reagir. Gentilmente, tirou a folha do rosto da mãe e ela por fim se virou para ele.

– Você foi uma ótima mãe – disse Taylor com firmeza.

– Não – sussurrou Judy. – Não fui. Se tivesse sido, você não viria aqui com tanta frequência.

– Mãe, do que você está falando?

– Você sabe – respondeu ela, dando um suspiro profundo antes de continuar. – Quando você tem problemas, não me procura, não procura seus amigos. Vem para cá. Não importa qual seja o problema, sempre chega à conclusão de que ficará melhor sozinho, como agora.

Judy o olhou quase como se ele fosse um estranho.

– Não entende por que isso me magoa? Não posso evitar pensar em como deve ser triste para você viver sem pessoas que poderiam lhe dar apoio ou pelo menos ouvi-lo quando precisasse. E tudo isso é por minha causa.

– Não...

Ela não o deixou terminar, recusando-se a ouvir seus protestos. Olhando para o horizonte, pareceu perdida no passado.

– Quando seu pai morreu, fiquei tão mergulhada na minha tristeza que ignorei quanto aquilo era difícil para você. Tentei ser tudo para você, mas por isso não tive tempo para mim mesma. Não lhe ensinei como é maravilhoso amar alguém e ser correspondido.

– É claro que ensinou – disse Taylor.

Ela o olhou com uma indizível tristeza.

– Então por que você está sozinho?

– Não tem de se preocupar comigo, está bem? – murmurou Taylor quase para si mesmo.

– É claro que tenho – disse Judy debilmente. – Sou sua mãe.

Ela se sentou no chão. Taylor fez o mesmo e lhe estendeu a mão. Judy a aceitou de bom grado e eles ficaram ali em silêncio, com a brisa agitando as árvores ao redor.

– Seu pai e eu tivemos um relacionamento ótimo – finalmente sussurrou ela.

– Eu sei...

– Não, deixe-me terminar, está bem? Posso não ter sido a mãe que você precisava naquela época, mas tentarei ser agora. – Ela apertou a mão do filho. – Seu pai me fez feliz, Taylor. Foi a melhor pessoa que já conheci. Lembro-me da primeira vez que ele falou comigo. Eu estava voltando para casa da escola e parei para tomar um sorvete. Ele entrou na loja logo atrás de mim. Eu sabia quem era, é claro. Edenton era ainda menor do que é agora. Eu estava na terceira série e depois de pegar meu sorvete, esbarrei em alguém e o deixei cair. Era meu último centavo e fiquei tão chateada que seu pai me comprou outro. Acho que me apaixonei por ele naquele momento. Bem... o tempo foi passando e nunca o tirei da cabeça. Namoramos na escola secundária e depois nos casamos e nunca, nem uma única vez, lamentei isso.

Ela parou e Taylor soltou sua mão para abraçá-la.

– Sei que você amava o papai – disse ele com dificuldade.

– Essa não é a questão. A questão é que mesmo agora, não lamento.

Ele a olhou, sem entender. Judy o encarou, seu olhar subitamente ardoroso.

– Mesmo se eu soubesse o que aconteceria com seu pai, teria me casado com ele. Mesmo se eu soubesse que só ficaríamos juntos por onze anos, não os trocaria por nada. Entende isso? Sim, teria sido maravilhoso envelhecermos juntos, mas isso não significa que eu lamente o tempo que tivemos. Amar alguém e ser amado é a coisa mais preciosa do mundo. Foi o que me permitiu seguir em frente, mas você não parece perceber isso. Mesmo quando o amor está bem na sua frente, você escolhe lhe dar as costas. Você está sozinho porque quer estar.

Taylor esfregou seus dedos um no outro, novamente aturdido.

– Eu sei – prosseguiu Judy, com uma voz cansada – que você se sente responsável pela morte do seu pai. Durante toda a minha vida tentei ajudá-lo a entender que não deveria se sentir assim, que aquilo foi um terrível acidente. Você era apenas uma criança. Não sabia o que ia acontecer, como eu mesma tampouco sabia, mas não importava quantas vezes eu tentava lhe dizer isso, você ainda acreditava que a culpa era sua. E por causa disso se fechou para o mundo. Não sei por que... talvez você ache que não mereça ser feliz, talvez tenha medo de que, se finalmente se permitir amar alguém, estaria admitindo que não foi responsável... talvez tenha medo de deixar a própria família para trás. Não sei o que é, mas todas essas coisas estão erradas. Não consigo pensar em outro modo de lhe dizer isso.

Taylor não respondeu e Judy suspirou quando percebeu que ele não responderia.

– Este verão, quando o vi com Kyle, sabe o que pensei? Pensei em como você era parecido com seu pai. Ele sempre foi bom com crianças, como você. Lembro-me de você segui-lo aonde ele ia. O simples modo de você olhar para ele sempre me fez sorrir. Era com uma expressão de respeito e adoração a um herói. Eu tinha me esquecido disso até ver você com Kyle. O garoto olhava para você exatamente do mesmo modo. Aposto que você sente falta dele.

Relutantemente, Taylor assentiu.

– Isso é porque você estava tentando lhe dar o que achava que não teve ao crescer ou porque gosta dele?

Taylor pensou sobre isso antes de responder.

– Eu gosto dele. É um ótimo garoto.

Judy o encarou.

– Sente falta de Denise também?

*Sim, sinto...*

Taylor mudou de posição desconfortavelmente.

– Agora acabou, mãe – disse apenas.

Judy hesitou.

– Tem certeza?

Taylor assentiu e Judy se inclinou para o filho, pondo a cabeça no ombro dele.

– É uma pena, Taylor – sussurrou. – Ela era perfeita para você.

Eles ficaram sentados em silêncio durante os minutos seguintes, até que uma leve chuva de outono começou a cair, forçando-os a voltar para o estacionamento. Taylor abriu a porta do carro da mãe e ela se sentou no banco da frente. Depois de fechar a porta, ele apertou as mãos contra o vidro, sentindo as gotas frias nas pontas de seus dedos. Judy sorriu com tristeza para o filho e depois foi embora, deixando-o em pé na chuva.

Ele havia perdido tudo.

Teve certeza disso no instante em que saiu do cemitério e iniciou o curto trajeto para casa. Passou por uma sequência de construções antigas em estilo vitoriano que pareciam lúgubres à fraca e nevoenta luz solar. Seguia por estradas com poças que chegariam à altura dos tornozelos, os limpadores de para-brisa movendo-se ritmadamente. Continuou pelo centro da cidade e, ao passar pelos locais importantes que conhecia desde criança, seus pensamentos foram irresistivelmente arrastados para Denise.

*Ela era perfeita para você.*

Finalmente admitiu para si mesmo que, apesar da morte de Mitch, apesar de tudo, não conseguira parar de pensar nela. Como uma aparição, a imagem de Denise havia surgido repetidamente em sua cabeça, mas ele insistira em afastá-la todas as vezes. Mas agora isso era impossível. Com clareza surpreendente, viu a expressão de Denise quando ele consertara a porta de seu armário, ouviu sua risada ecoar na varanda, sentiu o leve perfume de seu xampu. Ela estava ali com ele... contudo, não estava. E nem nunca estaria de novo. Perceber isso o fez se sentir mais vazio do que jamais se sentira.

*Denise...*

Enquanto continuava a dirigir, as explicações que dera para si mesmo – e para ela – subitamente pareceram sem sentido. O que dera nele? Sim, estava se afastando. Apesar de ele negá-lo, Denise tinha razão sobre isso. Por que, perguntou-se, permitira-se agir assim? Seria pelos motivos que sua mãe dissera?

*Não lhe ensinei como é maravilhoso amar alguém e ser correspondido...*

Taylor balançou a cabeça, subitamente incerto de todas as decisões que já tomara. Sua mãe tinha razão? Se seu pai não houvesse morrido, ele teria agido do mesmo modo ao longo dos anos? Sobre Valerie e Lori – teria se casado com elas? Talvez, cogitou sem muita certeza, mas provavelmente não. Havia outras coisas erradas com esses relacionamentos e ele não sabia dizer com sinceridade se algum dia de fato as amara.

Mas Denise...

Sentiu um nó na garganta ao se lembrar da primeira vez que fizeram amor. Por mais que quisesse negar, agora sabia que estivera apaixonado por ela, por tudo nela. Então por que não lhe dissera isso? E, mais importante ainda, por que se forçara a ignorar os próprios sentimentos e se afastar dela?

*Você está sozinho porque quer estar.*

Era isso? Ele realmente queria enfrentar o futuro sozinho? Sem Mitch – e em breve sem Melissa –, quem mais ele tinha? Sua mãe e... e... A lista terminava aí. Além dela, não tinha ninguém. Era isso mesmo que ele queria? Uma casa vazia, um mundo sem amigos, um mundo sem ninguém que gostasse dele? Um mundo em que evitava o amor a todo custo?

A chuva bateu no para-brisa da picape como que reforçando esse pensamento, e pela primeira vez em sua vida Taylor percebeu que estava – e sempre estivera – mentindo para si mesmo.

Em sua confusão, partes de outras conversas começaram a surgir em sua mente.

Mitch alertando: *não estrague as coisas desta vez.*

Melissa provocando-o: *então, Taylor, vai se casar com essa mulher maravilhosa ou não?*

Denise em toda a sua radiante beleza: *todo mundo precisa de um companheiro.*

A resposta dele?

*Eu não preciso de ninguém...*

Isso era mentira. Toda a sua vida fora uma mentira, e suas mentiras levaram a uma realidade subitamente difícil de entender. Mitch se fora,

Melissa se fora, Denise se fora, Kyle se fora... ele havia perdido tudo. Suas mentiras se tornaram realidade.

*Todos se foram.*

Conscientizar-se disso fez Taylor segurar o volante com força, tentando manter o controle. Ele parou a picape no acostamento e a desengrenou. Sua visão estava turva.

*Estou sozinho...*

Enquanto a chuva caía ao redor, ele segurava o volante com força, perguntando-se por que deixara isso acontecer.

# 27

Denise estava exausta do trabalho quando chegou à entrada de automóveis de sua casa. A chuva constante mantivera o movimento baixo durante toda a noite. Houvera apenas clientes o bastante para que ela ficasse em constante atividade, mas não para ganhar gorjetas decentes. Uma noite praticamente perdida, mas o lado bom era que havia podido sair um pouco mais cedo e Kyle não tinha se mexido quando o pusera no carro. Nos últimos meses, ele se acostumara a se aconchegar a ela na volta para casa, mas agora que tinha novamente um carro (viva!) precisava prendê-lo na cadeirinha do banco traseiro. Na última noite ele havia ficado tão agitado que levara algumas horas para conseguir voltar a dormir.

Ela conteve um bocejo ao virar para a entrada de automóveis, aliviada em saber que logo estaria na cama. O cascalho estava molhado de chuvas anteriores e ela ouvia o ruído deles ao bater na lataria, lançados pelos pneus. Dali a alguns minutos, depois de uma bela xícara de chocolate quente, estaria debaixo das cobertas. Esse pensamento era quase inebriante.

A noite estava negra e sem luar, com nuvens escuras bloqueando a luz das estrelas. Uma leve névoa se instalara, e Denise dirigiu devagar, guiando-se pela luz da varanda. Quando se aproximou da casa e conseguiu focalizar melhor, quase afundou o pé no freio ao ver a picape de Taylor estacionada na frente dela.

Olhando para a porta, viu Taylor sentado na escada, à sua espera.

Apesar da exaustão, ficou imediatamente alerta. Várias possibilidades passaram pela sua cabeça enquanto ela estacionava e desligava o motor.

Taylor se aproximou do carro quando Denise saiu, encostando a porta com cuidado atrás de si. Estava prestes a lhe perguntar o que ele queria quando as palavras morreram em seus lábios.

Taylor parecia péssimo.

Estava com as bordas dos olhos vermelhas, inchadas, e o rosto pálido e cansado. Paralisada, ela pensou em algo para dizer.

– Estou vendo que comprou um carro – comentou Taylor.

O som da voz dele provocou uma enxurrada de emoções: amor e alegria, dor e raiva, a solidão e o mudo desespero das últimas semanas.

Não podia passar por tudo aquilo de novo.

– O que veio fazer aqui, Taylor?

Sua voz tinha mais amargura do que Taylor esperava. Ele respirou fundo.

– Vim lhe dizer quanto lamento – admitiu, hesitante. – Nunca quis magoá-la.

Antes Denise desejara ouvir essas palavras, mas agora estranhamente não significavam nada. Olhou por cima do ombro para o carro, vendo Kyle dormir no banco de trás.

– É tarde demais para isso – disse.

Taylor ergueu levemente a cabeça. À luz da varanda, parecia muito mais velho do que Denise se lembrava, quase como se tivessem se passado anos desde que o vira pela última vez. Ele se forçou a abrir um sorriso e depois baixou os olhos outra vez e enfiou as mãos nos bolsos. Deu um passo hesitante na direção da picape.

Se fosse outro dia, se fosse outra pessoa, teria continuado a andar, dizendo a si mesmo que tentara. Em vez disso, se obrigou a parar.

– Melissa está se mudando para Rocky Mount – disse na escuridão, de costas para Denise.

Ela passou a mão distraidamente pelos cabelos.

– Eu sei. Ela me contou alguns dias atrás. É por isso que está aqui?

Taylor balançou a cabeça.

– Não. Vim porque queria conversar sobre Mitch. – Ele murmurou essas palavras por cima do ombro; Denise mal pôde ouvi-lo. – Esperava que você me ouvisse, porque não tinha mais ninguém com quem contar.

A vulnerabilidade de Taylor comoveu e surpreendeu Denise, e por um breve momento ela quase foi para o lado dele. Mas não podia se esquecer do que ele fizera com Kyle – ou com ela, lembrou a si mesma.

*Não vou passar por isso de novo.*

*Mas eu também disse que estaria aqui se você precisasse conversar.*

– Taylor... está muito tarde... que tal amanhã? – sugeriu brandamente.

Taylor assentiu, como se tivesse esperado que ela dissesse isso. Então Denise pensou que Taylor fosse embora, mas, estranhamente, ele não arredou pé de onde estava.

Denise ouviu o ribombar distante de um trovão. A temperatura estava caindo e a umidade do ar deixava a sensação térmica ainda mais baixa. Havia um halo de névoa na luz da varanda brilhando como pequenos diamantes quando Taylor se virou para ela de novo.

– Eu também queria lhe falar sobre meu pai – disse ele devagar. – Está na hora de você saber a verdade.

Pela expressão tensa de Taylor, Denise percebeu quanto fora difícil para ele pronunciar aquelas palavras. Ele parecia à beira das lágrimas; dessa vez foi ela quem desviou o olhar.

Denise se lembrou do dia do festival, quando ele se oferecera para levá-la para casa. Ela tinha contrariado seus instintos e, como consequência disso, aprendera uma dolorosa lição. Agora estava em outra encruzilhada e mais uma vez hesitava. Ela deu um suspiro.

*Este não é o momento certo, Taylor. Está tarde e Kyle já dormiu. Estou cansada e acho que ainda não estou pronta para isso.*

Foi o que se imaginou dizendo.

Porém, as palavras que saíram foram diferentes:

– Está bem.

De onde estava no sofá, Taylor não a encarava. Com a sala iluminada por uma única lâmpada, sombras escuras escondiam seu rosto.

– Eu tinha 9 anos – começou ele – e durante duas semanas praticamente sufocamos de calor. A temperatura estava perto dos 38 graus, embora ainda fosse o início do verão. Aquela foi uma das primaveras mais secas já registradas. Não caía uma gota de chuva fazia dois meses e tudo estava esturricado. Lembro-me da minha mãe e do meu pai falando sobre a seca e como os fazendeiros já começavam a se preocupar com as colheitas porque o verão supostamente apenas começara. Estava tão quente que o tempo parecia passar devagar. Todos os dias eu esperava o sol baixar para obter algum alívio, mas nem isso ajudava. Nossa casa era antiga. Não tínhamos ar-condicionado nem isolamento térmico e eu suava só de ficar deitado na cama. Lembro que meus lençóis ficavam ensopados; era impossível dormir. Eu andava pelo quarto para me refrescar, mas não adiantava. Ficava me revirando na cama, suando em bicas.

Taylor olhava para a mesinha de centro enquanto falava, seus olhos desfocados, sua voz desanimada. Denise viu a mão dele se fechar, relaxar e depois se fechar de novo. Abrir e fechar como uma porta para as lembranças, imagens aleatórias avistadas pelas frestas.

– Naquela época, eu tinha visto um conjunto de soldados de plástico no catálogo da Sears. Vinha com tanque, jipes, tendas e barricadas, tudo de que uma criança precisa para uma pequena guerra, e não me lembro de já ter desejado tanto algo em minha vida. Costumava deixar o catálogo aberto naquela página para minha mãe vê-lo e, quando finalmente ganhei o conjunto no meu aniversário, acho que nunca fiquei tão empolgado com um presente. Mas meu quarto era pequeno. Tinha sido um quarto de costura antes de eu nascer e não havia espaço para montar todas as peças como eu queria, por isso coloquei a coleção no sótão. Naquela noite, quando não consegui dormir, foi para lá que eu fui.

Taylor finalmente ergueu os olhos, deixando escapar um suspiro de pesar, amargo e há muito contido. Ele balançou a cabeça como se ainda não acreditasse no que acontecera. Denise sabia o suficiente para não interromper.

– Era tarde, mais de meia-noite, quando passei pela porta do quarto dos meus pais me dirigindo ao fim do corredor. Eu conhecia todas as tábuas que rangiam no chão e as evitei para que eles não soubessem que eu estava lá em cima. E eles não souberam.

Taylor levou as mãos ao rosto e se inclinou para a frente, escondendo-o, então baixou as mãos de novo. Sua voz ganhou ímpeto.

– Não sei quanto tempo fiquei lá naquela noite. Eu podia brincar com aqueles soldados durante horas sem me dar conta disso. Ficava pondo-os em pé e travando batalhas imaginárias. Eu era sempre o sargento Mason. Os soldados tinham nomes gravados embaixo e quando vi que um deles tinha o nome do meu pai, soube que ele tinha de ser o herói. Ele sempre vencia, em todas as circunstâncias. Eu o lançava contra dez homens e um tanque e ele fazia exatamente a coisa certa. Na minha mente, ele era indestrutível. Eu me perdia no mundo do sargento Mason, independentemente do que estivesse acontecendo. Perdia a hora do jantar ou me esquecia das tarefas... não conseguia evitar. Mesmo naquela noite, quente como estava, não conseguia pensar em mais nada além daqueles malditos soldadinhos. Acho que foi por isso que não senti o cheiro da fumaça.

Taylor se interrompeu, fechando de vez a mão. Denise sentiu os músculos em seu pescoço se retesarem enquanto ele continuava.

– Eu simplesmente não senti o cheiro. Até hoje não sei por quê. Parece impossível para mim não ter sentido, mas não senti. Só percebi que estava acontecendo alguma coisa quando ouvi meus pais saindo às pressas do quarto e fazendo muito barulho. Gritavam e chamavam meu nome, e lembro-me de ter achado que eles tinham descoberto que eu não estava onde deveria estar. Continuei a ouvi-los me chamar repetidamente, mas estava com medo demais para responder.

Os olhos dele imploravam por compreensão.

– Eu não queria que eles me encontrassem lá em cima. Já haviam me dito uma centena de vezes que, quando eu ia para a cama, deveria permanecer lá a noite toda. Achei que estaria encrencado se eles me encontrassem. Eu tinha um jogo de beisebol naquele fim de semana e estava certo de que me poriam de castigo. Por isso, em vez de sair quando me chamaram, planejei esperar até que descessem a escada. Então me esgueiraria para o banheiro e fingiria que estivera lá o tempo todo. Sei que isso parece estupidez, mas na época fez sentido para mim. Apaguei a luz e me escondi atrás de algumas caixas para esperar. Ouvi meu pai abrir a porta do sótão, gritando por mim, mas fiquei quieto até ele ir embora. Depois os sons deles procurando pela casa desapareceram e fui para a porta. Não tinha a menor ideia do que estava acontecendo e, quando a abri, fui atingido por uma rajada de calor e fumaça. As paredes e o teto estavam pegando fogo, mas isso parecia totalmente irreal; no início não percebi quanto era sério. Se eu tivesse passado por ali correndo, provavelmente conseguiria sair, mas não passei. Apenas olhei para o fogo e fiquei pensando em como aquilo era estranho. Não cheguei a sentir medo.

Taylor se retesou, curvando-se sobre a mesa quase em posição fetal, sua voz rouca.

– Mas isso mudou quase imediatamente. Antes que eu me desse conta, tudo pareceu pegar fogo ao mesmo tempo e a saída foi bloqueada. Foi quando percebi pela primeira vez que algo terrível estava acontecendo. O tempo andava tão seco que a casa se incendiava como lenha. Lembro-me de ter achado que o fogo parecia muito... vivo. Ele parecia saber exatamente onde eu estava e uma explosão de chamas veio em minha direção e me derrubou. Comecei a gritar por meu pai. Mas ele já havia saído e eu sabia disso. Em pânico, me arrastei para a janela. Quando a abri, vi meus pais no gramado da frente. Minha mãe estava usando uma camisa comprida e meu pai, suas cuecas samba-canção. Eles corriam de um lado para outro em pânico, me procurando e chamando meu nome. Por um momento não consegui dizer nada, mas minha mãe pareceu pressentir onde eu estava e ergueu o olhar para mim. Ainda posso ver os olhos dela quando percebeu que eu estava dentro da casa. Ficaram arregalados e ela levou a mão à boca e depois começou a gritar. Meu pai parou o que estava fazendo. Ele estava perto da cerca e me viu também. Foi quando comecei a chorar.

No sofá, uma lágrima saiu do olho de Taylor, embora ele não tivesse piscado nem parecesse notá-la. Denise se sentiu nauseada.

– Meu pai... meu grande e forte pai veio imediatamente correndo pelo gramado. Àquela altura, a maior parte da casa estava em chamas e eu ouvia coisas caindo e explodindo no andar de baixo. O fogo estava subindo para o sótão e a fumaça começava a ficar muito densa. Minha mãe gritava para meu pai fazer alguma coisa e ele correu para o ponto logo abaixo da janela. Lembro que ele gritou: *"Pule, Taylor! Vou segurar você! Vou segurar você! Eu prometo!"* Mas, em vez de pular, comecei a chorar ainda mais. A janela ficava a pelo menos 6 metros do chão. Parecia tão alta que eu tive certeza de que iria morrer se tentasse pular. Ele continuou gritando: *"Pule! Vamos!"* Minha mãe berrava ainda mais alto e eu chorava, até que finalmente gritei que estava com medo.

Taylor engoliu em seco.

– Quanto mais meu pai pedia para eu pular, mais paralisado eu ficava. Eu ouvia o terror na voz dele, minha mãe estava descontrolada e eu só ficava gritando que não conseguia, que estava com medo. E estava, embora agora tenha certeza de que ele teria me segurado.

Um músculo no maxilar de Taylor se contraiu e seus olhos estavam semicerrados, opacos. Ele bateu com o punho na perna.

– Ainda posso ver o rosto do meu pai quando percebeu que eu não ia pular. Nós dois percebemos isso ao mesmo tempo. Havia medo nos olhos dele, mas não por si mesmo. Ele parou de gritar e abaixou os braços, e lembro-me de que em momento algum tirou os olhos de mim. Foi como se o tempo tivesse parado. Só havia nós dois. Eu não conseguia mais ouvir minha mãe, não conseguia sentir o calor, não conseguia sentir o cheiro da fumaça. Só podia pensar no meu pai. Ele acenou levemente com a cabeça e ambos soubemos o que ele ia fazer. Então meu pai se virou e começou a correr para a frente da casa. Correu tão rápido que minha mãe não teve tempo de impedi-lo. Àquela altura, a casa estava totalmente em chamas. O fogo se fechava ao meu redor e apenas fiquei na janela, chocado demais para continuar gritando.

Taylor apertou os mãos contra seus olhos fechados. Quando as desceu para o colo, inclinou-se para o canto mais distante do sofá, como se não quisesse terminar a história. Com grande esforço, continuou:

– Ele deve ter demorado menos de um minuto para me alcançar, mas pareceu uma eternidade. Mesmo com a cabeça para fora da janela, eu mal conseguia respirar. Havia fumaça por toda parte. O fogo era ensurdecedor. As pessoas pensam que ele é silencioso, mas não é. Parece que demônios gritam de agonia quando as coisas são consumidas pelas chamas. Apesar disso, ouvi a voz do meu pai na casa, gritando que estava vindo.

Então a voz de Taylor ficou entrecortada e ele olhou para o outro lado para esconder as lágrimas que começaram a escorrer pelo seu rosto.

– Lembro que me virei e o vi correndo na minha direção. Ele estava em chamas. A pele, os braços, o rosto, os cabelos, tudo. Era apenas uma bola de fogo correndo para mim, sendo consumido, atravessando as labaredas. Mas ele não estava gritando. Apenas correu para mim e me instigou a sair pela janela: "Vá, filho." Ele me forçou a sair pela janela, segurando meu pulso. Quando meu corpo estava pendurado para fora, ele me soltou. Bati no chão com força e quebrei um osso do tornozelo. Eu o ouvi estalar e caí de costas, olhando para cima. Foi como se Deus quisesse que eu visse o que havia feito. Vi meu pai puxar seu braço em chamas para dentro...

Então Taylor parou, incapaz de prosseguir. Denise ficou sentada, paralisada em sua cadeira, com os olhos cheios de lágrimas e um nó na garganta. Quando Taylor voltou a falar, mal se podia ouvi-lo e ele tremia como se o esforço de conter os soluços dilacerasse seu corpo.

– Ele nunca saiu de lá. Lembro-me da minha mãe me puxando para longe da casa, ainda gritando, e àquela altura eu estava gritando também.

Ele fechou os olhos com força e ergueu seu queixo para o teto.

– Pai... não – disse roucamente.

O som da voz de Taylor ecoou como um tiro no escuro.

– Saia, pai!

Quando Taylor pareceu desabar, Denise foi instintivamente para seu lado e pôs os braços ao seu redor. Ele se balançava para a frente e para trás, gritando de forma quase incoerente.

– Por favor, Deus... deixe-me voltar no tempo... por favor... eu vou pular... por favor, Deus... desta vez eu pulo... por favor, deixe-o sair...

Denise o abraçou com toda a sua força, suas lágrimas caindo no pescoço e nas costas de Taylor sem serem notadas, enquanto ela apertava seu rosto contra ele. Depois de algum tempo, não ouviu nada mais que as batidas do coração dele e o ranger do sofá enquanto ele se balançava em um transe rítmico, além das palavras que sussurrava repetidamente...

– Eu não queria matá-lo...

# 28

Denise abraçou Taylor até ele finalmente se calar, exausto. Então o soltou e foi para a cozinha, voltando um instante depois com uma lata de cerveja, algo que se dera ao luxo quando comprara o carro.

Ela não sabia o que mais fazer e não tinha a menor ideia do que dizer. Ouvira coisas terríveis em sua vida, mas nada como aquilo. Quando entregou a cerveja para Taylor, ele ergueu os olhos do sofá. Com uma expressão quase anestesiada, abriu a lata e tomou um gole. Depois a apoiou em seu colo, segurando-a com as duas mãos.

Denise se aproximou, pôs a mão na perna de Taylor e ele a segurou.

– Você está bem? – perguntou ela.

– Não – respondeu ele, sinceramente. – Mas talvez nunca tenha estado.

Ela lhe apertou a mão.

– Provavelmente não – respondeu.

Ele deu um sorriso fraco. Ficaram sentados em silêncio por alguns instantes, até que Denise falou de novo:

– Por que esta noite, Taylor?

Embora pudesse ter tentado isentá-lo da culpa que ainda sentia, sabia intuitivamente que esse não era o momento. Nenhum deles estava pronto para enfrentar aqueles demônios.

Taylor girou distraidamente a lata em suas mãos.

– Tenho pensado em Mitch desde que ele morreu, e com a mudança de Melissa... não sei... tive a impressão que isso estava me consumindo.

*Sempre esteve, Taylor.*

– Mas por que eu? Por que não outra pessoa?

Taylor não respondeu de imediato, mas quando olhou para ela seus olhos azuis não transmitiram nada além de arrependimento.

– Porque – respondeu ele com inconfundível sinceridade – gosto mais de você do que jamais gostei de alguém.

Ao ouvir as palavras dele, Denise perdeu o fôlego. Quando ela não disse nada, Taylor puxou relutantemente sua mão, do mesmo modo como fizera no festival.

– Você tem todo o direito de não acreditar em mim – admitiu. – Eu provavelmente não acreditaria, dado o modo como agi. Me desculpe. Por tudo. Eu estava errado.

Ele fez uma pausa. Com a unha do polegar, removeu a aba da lata em suas mãos.

– Gostaria de poder explicar por que fiz essas coisas, mas, sinceramente, não sei. Minto para mim mesmo há tanto tempo que nem sei dizer se reconheceria a verdade se a visse. A única certeza que tenho é que estraguei a melhor coisa que já tive na vida.

– É, estragou – concordou Denise, provocando um riso nervoso em Taylor.

– Acho que uma segunda chance está fora de questão, não é?

Denise ficou calada, consciente de que em algum ponto desta noite sua raiva de Taylor se dissipara. Mas a mágoa ainda estava lá, assim como o medo do que poderia vir. De certo modo, sentiu a mesma ansiedade de quando o estava conhecendo. E, de certo modo, sabia que o mesmo processo acontecia agora.

– Você teve essa chance um mês atrás – disse ela com calma. – Provavelmente esta seria a vigésima.

Taylor ouviu uma vibração inesperada de encorajamento no tom dela e a olhou, mal disfarçando sua esperança.

– Foram tantas assim?

– Mais – respondeu Denise, sorrindo. – Se eu fosse uma rainha, teria mandado decapitá-lo.

– Então não há esperança?

*Havia? Tudo se resumia a isso, não era?*

Denise hesitou. Sentiu sua determinação se abalar quando os olhos de Taylor sustentaram seu olhar, falando de forma mais eloquente do que quaisquer palavras que ele pudesse dizer. Logo foi inundada por lembranças de tudo o que Taylor fizera por ela e Kyle, o que a fez reviver os sentimentos que tentara tanto suprimir nas últimas semanas.

– Não foi bem o que eu disse – respondeu por fim. – Mas não podemos simplesmente recomeçar de onde paramos. Primeiro temos de resolver muitas coisas, e isso não será fácil.

Taylor demorou um momento para assimilar aquelas palavras e, quando percebeu que a possibilidade ainda existia, mesmo que pequena, sentiu-se banhado por uma súbita onda de alívio. Sorriu antes de pôr a lata sobre a mesa.

– Desculpe, Denise – repetiu sinceramente. – Também peço desculpas pelo que fiz com Kyle.

Ela apenas assentiu e segurou a mão dele.

Nas horas seguintes, eles conversaram com uma franqueza renovada. Taylor falou dos acontecimentos das últimas semanas: de suas conversas com Melissa, do que a mãe dissera, da briga que tivera com Mitch na noite em que ele morreu. Falou sobre como a morte do amigo trouxera de volta as lembranças do falecimento do pai e, apesar de tudo, do sentimento de culpa que tinha pela partida de ambos.

Taylor falou constantemente enquanto Denise ouvia, dando apoio quando necessário e fazendo perguntas ocasionais. Eram quase quatro da manhã quando ele se levantou para ir embora. Ela o acompanhou até a porta e o observou afastar-se na picape.

Enquanto vestia seu pijama, refletiu que ainda não sabia o rumo que o relacionamento deles tomaria a partir dali. O que uma pessoa dizia não necessariamente se refletia em suas ações, alertou a si mesma. O que acabara de acontecer podia não significar nada e podia significar tudo. Mas Denise sabia que a outra chance de Taylor não dependia apenas dela. Como fora desde o início, lembrou-se, com as pálpebras já se fechando, dependia dele também.

Na tarde seguinte, Taylor telefonou para perguntar se poderia passar na casa dela.

– Quero pedir desculpas a Kyle também – explicou ele. – E, além disso, tenho algo para mostrar a ele.

Ainda exausta da noite anterior, Denise queria tempo para refletir sobre as coisas. Precisava disso. Taylor também. Porém, mesmo relutante, acabou por concordar, mais por Kyle do que por ela mesma. Sabia que o filho ficaria muito feliz em vê-lo.

Contudo, ao desligar o telefone, perguntou-se se fizera a coisa certa. Lá fora, o dia estava tempestuoso; o tempo frio do outono chegara com toda a força. As folhas tinham cores deslumbrantes: vermelho, laranja e amarelo explodindo nos galhos, preparando-se para descer à relva coberta de orvalho. Logo o quintal estaria coberto com os restos desbotados do verão.

Taylor chegou uma hora depois. Embora Kyle estivesse no quintal, Denise pôde ouvir os gritos dele da cozinha, acima do barulho da água da torneira.

– Mã! Taior chegô!

Ela pôs de lado seu pano de prato – acabara de lavar a louça da manhã – e foi para a porta da frente, ainda se sentindo um pouco desconfortável. Ao abri-la, viu Kyle correndo para a picape. Assim que Taylor desceu dela, o garoto pulou para os braços dele com o rosto radiante, como se Taylor nunca tivesse se afastado. Taylor o abraçou por um longo tempo e o pôs no chão justamente quando Denise se aproximou.

– Oi – disse ele devagar.

Denise cruzou os braços.

– Oi, Taylor.

– Taior chegô! – repetiu Kyle alegremente, agarrado à perna do outro. – Taior chegô!

Denise esboçou um sorriso.

– Sim, querido.

Taylor pigarreou, percebendo o desconforto dela, e apontou por cima do ombro.

– Passei no mercado e trouxe algumas coisas para o almoço. Se eu puder ficar um pouco...

Kyle riu alto, totalmente encantado com a presença de Taylor.

– Taior chegô – falou mais uma vez.

– Acho que não tenho escolha – respondeu Denise.

Taylor tirou um saco da carroceria da picape e o levou para dentro. Continha os ingredientes para um ensopado: carne bovina, batata, cenoura, aipo e cebola. Eles conversaram por alguns minutos, mas Taylor pareceu perceber a insegurança de Denise em relação à sua presença, então foi lá para fora com Kyle, que se recusava a sair do seu lado. Grata por ficar sozinha, Denise começou a preparar a refeição. Dourou a carne, descascou a batata, cortou a cenoura, o aipo e a cebola, jogando tudo em uma grande panela com água e temperos. A monotonia do trabalho era relaxante e ajudou a acalmar suas emoções.

Contudo, em pé ao lado da pia, de vez em quando relanceava os olhos lá para fora, observando Taylor e Kyle brincarem no monte de terra, onde ambos empurravam caminhõezinhos para a frente e para trás, construindo estradas imaginárias. Apesar de quanto eles pareciam estar se dando bem, Denise foi novamente tomada por uma insegurança em relação a Taylor e as lembranças do sofrimento que causara a ela e Kyle surgiram com uma nova clareza. Podia confiar nele? Ele mudaria? Conseguiria mudar?

Enquanto Denise os observava, Kyle subiu no corpo agachado de Taylor, cobrindo-o de terra. Ela ouviu o filho rindo. Ouviu Taylor rindo também.

*É bom ouvir esse som de novo...*

*Mas...*

Denise balançou a cabeça. *Mesmo que Kyle tenha perdoado, eu não vou me esquecer disso. Ele já nos magoou uma vez e poderia magoar de novo.* Desta vez não se permitiria ficar tão apaixonada. Não se deixaria levar.

*Mas eles pareciam tão bem juntos...*

Não se deixe levar, alertou a si mesma.

Ela suspirou, recusando-se a permitir que o monólogo interno dominasse seus pensamentos. Com o ensopado cozinhando em fogo baixo, pôs a mesa, arrumou a sala de estar e depois ficou sem ter o que fazer, então decidiu ir sentar-se lá fora.

Saiu para o ar fresco e revigorante e se sentou na escada da varanda. Viu Taylor e Kyle ainda absortos na brincadeira.

Apesar de seu suéter grosso de gola rulê, a friagem a fez cruzar os braços. Acima de sua cabeça, um bando de gansos voava em formação para passar o inverno no Sul. Um segundo bando parecia se esforçar para alcançá-los. Enquanto os observava, Denise percebeu que sua respiração formava pequenas nuvens. A temperatura caíra desde a manhã: uma frente fria vinda do Meio-Oeste chegara àquela parte da Carolina do Norte.

Depois de algum tempo, Taylor olhou para a casa e a percebeu ali. Deixou isso claro dando-lhe um sorriso. Denise lhe acenou rapidamente antes de colocar a mão de volta no calor de sua manga. Ele se inclinou para Kyle e apontou com o queixo, fazendo o menino se virar para ela. Ele lhe acenou alegremente e ambos se levantaram. Taylor bateu a terra da calça jeans e eles começaram a ir na direção da casa.

– Vocês pareciam estar se divertindo – disse Denise.

Taylor sorriu, parando a alguns metros dela.

– Acho que eu desistiria de ser empreiteiro só para construir cidades de terra. Isso é muito mais divertido e é mais fácil lidar com as pessoas envolvidas.

Denise se virou na direção de Kyle.

– Você se divertiu, querido?

– Si. Foi divetido – disse ele assentindo com a cabeça, muito entusiasmado.

Denise olhou para Taylor de novo.

– Vai demorar um pouco para o ensopado ficar pronto. Adiantei as coisas para você ter tempo de ficar aqui fora se quisesse.

– Eu imaginei, mas preciso de um copo de água para diluir um pouco desta terra.

Denise sorriu.

– Também quer algo para beber, Kyle?

Mas, em vez de responder, ele se aproximou com os braços estendidos e passou-os ao redor do pescoço de Denise, quase se fundindo nela.

– O que houve, querido? – perguntou Denise, subitamente preocupada.

Com os olhos fechados, Kyle a apertou com ainda mais força e ela instintivamente o abraçou.

– Obgado, mãe. Obgado...

*Pelo quê?*

– Querido, o que há de errado?

– Obgado – repetiu Kyle sem ouvi-la. – Obgado, mã.

Ele repetiu isso pela terceira e quarta vezes, com os olhos fechados. O sorriso de Taylor desapareceu de seu rosto.

– Querido... – tentou Denise de novo, um pouco mais desesperada, sentindo um medo súbito do que estava acontecendo.

Perdido no próprio mundo, Kyle continuou a abraçá-la com força. Denise lançou um olhar para Taylor de "veja o que você fez agora" quando de repente Kyle falou de novo, no mesmo tom de voz cheio de gratidão.

– Ã cê, mã.

Demorou um instante para Denise entender o que ele estava tentando dizer, e sentiu os pelos de seu pescoço se arrepiarem.

*Amo você, mãe.*

Denise fechou os olhos, em choque. Como se soubesse que ela ainda não acreditava nisso, Kyle a apertou com intensidade, e disse pela segunda vez:

– Ã cê, mã.

*Ah, meu Deus...*

Lágrimas inesperadas surgiram nos olhos de Denise.

Por cinco anos ela esperara ouvir aquelas palavras. Por cinco longos anos fora privada de algo que outros pais e mães tinham como certo, uma declaração de amor dos filhos.

– Também amo você, querido... Amo muito.

Absorta no momento, ela abraçou Kyle tão forte quanto ele a abraçava.

*Eu nunca vou me esquecer disso*, pensou, memorizando a sensação do corpo de Kyle, seu cheiro de menino, suas palavras entrecortadas e milagrosas. *Nunca.*

Observando-os juntos, Taylor chegou para o lado, tão hipnotizado pelo momento quanto Denise. Kyle também pareceu entender que fizera algo muito certo e, quando ela finalmente o soltou, ele se virou para Taylor com um sorriso no rosto. Denise riu da expressão dele, as próprias bochechas corando. Olhou para Taylor, maravilhada.

– Você o ensinou a dizer isso?

Taylor balançou a cabeça.

– Não. Nós só estávamos brincando.

Kyle se virou de novo para a mãe, com a mesma expressão de júbilo no rosto.

– Obgado, mã – disse simplesmente. – Taior tá casa.

*Taylor está em casa...*

Assim que ele disse isso, Denise enxugou as lágrimas em seu rosto, a mão ligeiramente trêmula, e por um momento ficou calada. Nem ela nem Taylor sabiam o que dizer. Embora o choque de Denise fosse evidente, para Taylor ela estava maravilhosa, mais bonita do que qualquer mulher que já vira. Ele baixou os olhos, pegou um galho no chão e o girou distraidamente nos dedos. Olhou para Denise, depois de novo para o galho e a seguir para Kyle, antes de encontrar e sustentar o olhar dela com firmeza.

– Espero que ele esteja certo e aqui seja mesmo a minha casa – disse, sua voz falhando um pouco. – Porque eu também amo você.

Foi a primeira vez que Taylor disse essas palavras para uma mulher. Embora ele tivesse imaginado que seria difícil dizê-las, não foi. Nunca tivera tanta certeza de algo.

Denise quase pôde sentir a emoção de Taylor quando ele lhe estendeu a mão. Atordoada, ela a segurou, deixando-a erguê-la e trazê-la para perto. Ele inclinou a cabeça, fazendo-a aproximar-se devagar, e antes que ela o percebesse sentiu os lábios de Taylor colados nos seus e o calor do corpo dele. A ternura do beijo pareceu durar uma eternidade até que Taylor finalmente enterrou o rosto no pescoço de Denise.

– Eu a amo, Denise – sussurrou ele de novo. – Eu a amo muito. Farei qualquer coisa por uma segunda chance e, se você me der, prometo que nunca mais a deixarei.

Denise fechou os olhos, deixando-o abraçá-la, antes de se afastar relutantemente. Com um pouco de espaço entre eles, ela se virou, e por um momento Taylor não soube o que pensar. Apertou a mão de Denise, ouvindo-a respirar fundo. Ela continuou calada.

Acima deles, o sol do outono se punha. Nuvens brancas e cinzentas passavam pelo céu, empurradas pelo vento. Assomavam no horizonte, negras e densas. Dali a uma hora a chuva viria, forte e pesada. Mas a essa altura eles estariam na cozinha, ouvindo as gotas bater no telhado de zinco e vendo o vapor subir de seus pratos na direção do teto.

Denise suspirou e se virou para Taylor de novo. Ele a amava. Simples assim. E ela o amava. Aconchegou-se a Taylor, sabendo que a tempestade que vinha não tinha nada a ver com eles.

# Epílogo

Mais cedo naquela manhã, Taylor levara Kyle para pescar. Denise preferira ficar em casa. Tinha algumas coisas para fazer antes que Judy chegasse para o almoço. Além disso, precisava de um pouco de descanso. Agora Kyle estava no jardim de infância e, embora tivesse progredido muito no último ano, ainda tinha um pouco de dificuldade em se adaptar à escola. Denise continuava a treinar a linguagem diariamente com ele, mas também fazia o melhor que podia para ajudá-lo em outras habilidades, a fim de que conseguisse acompanhar os colegas. Felizmente, terem se mudado havia tão pouco tempo não pareceu incomodá-lo em nada. Kyle adorou o quarto novo – muito maior do que o primeiro – e o fato de que ficava de frente para a água. Denise teve de admitir que também adorava isso. De onde estava sentada na varanda, podia ver Taylor e Kyle empoleirados no quebra-mar com varinhas de pesca na mão. Sorriu, pensando em quanto pareciam à vontade juntos. Como pai e filho, o que de fato eram.

Depois do casamento, Taylor adotara Kyle legalmente. O garoto carregara as alianças em uma cerimônia simples e íntima na igreja. Alguns amigos de Denise vieram de Atlanta e Taylor convidara uma dúzia de outros da cidade. Melissa foi a dama de honra. Na fileira da frente, Judy enxugou as lágrimas enquanto as alianças eram trocadas. Depois da cerimônia, Taylor e Denise foram de carro para Ocracoke e passaram a lua de mel em uma pequena pousada de frente para o mar. Em sua primeira manhã casados, levantaram antes do raiar do dia e foram passear na praia. Viram o sol nascer acompanhando as toninhas que seguiam as ondas. Com Taylor abraçando-a pela cintura, Denise inclinou a cabeça para trás, sentindo-se aquecida e segura, enquanto um novo dia começava.

Quando voltaram da lua de mel, Taylor a surpreendeu com um conjunto de plantas que desenhara. Eram projetos para uma casa pequena e graciosa que se debruçava sobre a água, com grandes varandas, bancos sob as janelas, uma cozinha moderna e piso de madeira de lei. Eles compraram um lote nos arredores da cidade e começaram a construí-la um mês depois. Mudaram-se para lá pouco antes do início do ano letivo.

Denise também saíra do Eights, mas ela e Taylor iam jantar lá de vez em quando, apenas para visitar Ray. Ele não mudara, nunca parecia envelhecer e, sempre que eles saíam, brincava dizendo que Denise poderia ter o emprego de volta quando quisesse. Contudo, apesar do bom humor de Ray, ela não sentia falta do emprego.

Embora Taylor ocasionalmente ainda tivesse pesadelos, surpreendera-a com sua dedicação no último ano. Apesar de atarefado com a obra deles, vinha almoçar em casa todos os dias e se recusava a trabalhar depois das seis da tarde. Na última primavera, fora o treinador do time de beisebol de Kyle – o menino não era o melhor jogador, mas também não era o pior –, e eles passavam todos os fins de semana em família. No verão, viajaram para a Disney. No Natal, compraram um jipe Cherokee usado.

A única coisa que faltava era a cerca branca de madeira que seria erguida na semana seguinte.

Denise ouviu o timer soar na cozinha e se levantou da cadeira. Tirou a torta de maçã do forno e a colocou sobre o balcão para esfriar. No fogão, o ensopado de frango fervia e o cheiro do caldo se espalhava pela casa.

A casa *deles*. Dos McAdens. Embora Denise estivesse casada fazia pouco mais de um ano, ainda apreciava essas palavras. *Denise e Taylor McAden.* Soavam bem quando as dizia para si mesma.

Ela mexeu o ensopado – já estava cozinhando havia uma hora e a carne começava a soltar dos ossos. Embora Kyle ainda evitasse comer carne, alguns meses antes ela o convencera a experimentar frango. Ele se recusara durante uma hora, mas no final dera uma mordida; nas semanas seguintes, começara gradualmente a comer um pouco mais. Agora, em dias assim, eles comiam em família, todos partilhando a mesma refeição. Como uma família deveria fazer.

*Uma família.* Também gostava do som disso.

Denise olhou pela janela e viu Taylor e Kyle vindo pelo gramado na direção do galpão onde guardavam suas varinhas de pescar. Observou Taylor pendurar a sua e depois a de Kyle. O filho pôs a caixa de equipamentos de pesca no chão e Taylor a empurrou para o canto com a ponta de sua bota. Um instante depois, eles subiam a escada da varanda.

– Oi, mãe – cantarolou Kyle.

– Pescaram alguma coisa? – perguntou ela.

– Não. Nenhum peixe.

Como tudo o mais na vida de Denise, a linguagem de Kyle melhorara muito. Não estava perfeita, mas pouco a pouco ele ia acompanhando os colegas de escola. O mais importante era que Denise parara de se preocupar tanto com isso.

Taylor a beijou enquanto Kyle entrava.

– Então, como está o pequenino?

Denise apontou com a cabeça para o canto da varanda.

– Ainda dormindo.

– Já não era para estar acordado?

– Vai acordar daqui a pouco. Logo ficará com fome.

Juntos, eles se aproximaram da cesta no canto e Taylor se inclinou, olhando atentamente, algo que ainda fazia com frequência, como se não pudesse acreditar que fora responsável por ajudar a criar uma nova vida. Ele estendeu o braço e passou a mão suavemente pelos cabelos do filho. Com 7 semanas de idade, eram quase inexistentes.

– Ele parece tão tranquilo – sussurrou Taylor, admirado.

Denise pôs a mão no ombro dele. Esperava que um dia o filho se parecesse com o pai.

– Ele é lindo – disse ela.

Taylor olhou por cima do ombro para a mulher que amava e depois de novo para seu filho. Inclinou-se mais e o beijou na testa.

– Ouviu só, Mitch? Sua mãe acha você lindo.

# Nota do autor

Apesar de todos os meus livros anteriores terem sido inspirados em membros da minha família, preciso dizer que *O resgate* é o mais pessoal até hoje. Às vezes foi doloroso e desafiador escrevê-lo, por causa das lembranças que despertava.

Isso porque *O resgate* foi inspirado em meu segundo filho, Ryan.

Anos atrás, quando meu filho mais velho tinha 5 anos e meio, precisou tirar as amígdalas. Nós o levamos a uma consulta um dia antes da cirurgia para combinarmos tudo. O cirurgião não queria que meu filho ficasse assustado com sua máscara ou com o procedimento. Perto do fim da conversa, o médico se voltou para meu filho mais novo e disse:

– Oi, Ryan, como vai?

Ryan não respondeu, mas minha esposa e eu apenas rimos, sem nos surpreendermos com aquilo.

– Ah, ele não vai responder – disse minha esposa. – Ele é nosso filhinho mudo. Não fala nada. Este aqui – falou, apontando para Miles – nunca cala a boca e Ryan não tem chance de falar.

O médico assentiu e sorriu. Alguns minutos depois, terminamos a consulta. Então o médico pediu para conversar com Ryan a sós em seu consultório por alguns minutos.

– É claro – dissemos, achando que ele ia lhe mostrar um daqueles modelos de esqueleto ou algo do gênero.

Um pouco depois, ele voltou com uma expressão séria no rosto, acompanhando Ryan.

– Não quero alarmá-los – disse –, mas acho que o filho de vocês é autista.

Até aquele momento, nem eu nem minha esposa tínhamos nenhuma suspeita de que poderia haver algo errado com Ryan. Não esperávamos aquelas palavras, então foi tudo um choque para nós.

Não sei quantos de vocês têm filhos, mas essas são algumas das palavras mais assustadoras que um pai ou uma mãe podem ouvir. Querem saber qual foi a primeira coisa em que pensei enquanto olhava para o médico, depois para minha esposa e a seguir para meu filho?

*Rain Man.*

O filme com Dustin Hoffman, no qual ele faz o papel de um autista. Àquele em que ele mora em uma instituição.

Perguntei a mim mesmo: seria esse o futuro do meu filho?

Minha esposa e eu saímos do consultório confusos e passamos os dias seguintes tentando entender aquela informação. Antes de irmos embora, o médico nos dissera para submeter nosso filho a uma avaliação e, logo depois que chegamos em casa, começamos a dar telefonemas para providenciar isso.

Demorou seis semanas para a tal avaliação acontecer. Seis semanas de preocupação, seis semanas de estresse, seis semanas de medo absoluto. Depois se passaram mais algumas semanas até que os resultados chegassem e, quando estavam prontos, nos sentamos no consultório com outro médico.

– Com base nessa avaliação, estamos bastante certos de que o filho de vocês é autista – revelou ele.

– Ele vai ficar bem? – perguntamos.

– Eu não sei.

– O que devemos fazer?

– Eu não sei, mas alguns pontos da avaliação dele não ficaram claros, por isso recomendo outros exames.

Mais seis semanas de preocupação. E depois mais duas para obtermos os resultados. Quando o médico se sentou conosco de novo, basicamente disse:

– Ops, sinto muito. Nosso primeiro diagnóstico estava errado. O filho de vocês não é autista. Achamos que ele tem o que é chamado de transtorno invasivo do desenvolvimento.

– Ah – disse eu. – Então... ele vai ficar bem?

– Eu não sei.

– O que devemos fazer?

– Eu não sei. Mas recomendamos outro exame, desta vez de audição, para podermos ter certeza de que não há nada de errado fisicamente com ele.

Nós fizemos. E mais seis semanas se passaram até nos sentarmos com o médico de novo.

– Ops, sinto muito – disse ele. – O que o filho de vocês tem não é transtorno invasivo do desenvolvimento. O problema é que ele é extremamente surdo.

Nós olhamos para ele.

– Então por que ele vira a cabeça quando o ar-condicionado faz barulho? – perguntei.

– Ah, ele faz isso? Bem, então vamos fazer outro teste...

Nós fizemos. E, dois meses depois, nos encontramos com o médico de novo.

– Bem, vocês têm razão – disse ele. – Seu filho ouve. O problema é que tem um grau de retardo mental alto, além de transtorno do déficit de atenção...

Foi assim que passamos aquele ano. Um exame após outro, sem respostas, sem um plano de ação, sem saber o que havia de errado com nosso filho ou se ele ficaria bem.

Tudo isso aconteceu em 1996, um ano agitado para mim. Em 1996, meu pai morreu. Em 1996, eu ainda estava preocupado com a saúde da minha irmã e *Diário de uma paixão* foi publicado. É desnecessário dizer que muitas coisas aconteceram naquele ano.

Quando *Diário de uma paixão* foi lançado, saí em uma turnê que durou mais de três meses e minha esposa ficou sozinha em casa com nossos dois filhos, por isso no Natal daquele ano eu lhe comprei um presente que achei que ela adoraria: uma viagem para o Havaí. Sem mim.

"Sem você?", você deve estar se perguntando. Precisa entender que ela havia ficado sozinha em casa por três meses e não morávamos perto de parentes que pudessem cuidar das crianças. Se era para minha esposa relaxar – e ela merecia isso –, eu precisava ficar com as crianças. Esse era o único modo de minha esposa não se preocupar, por isso ela foi para o Havaí com uma amiga.

Embora me doa admitir, nosso casamento ficou um pouco abalado naquele ano. Olhando para trás, é fácil ver que estávamos sob muita pressão, mas na época isso não era tão claro. Enquanto minha esposa estava no Havaí, tivemos uma discussão sobre nosso relacionamento e ela me repreendeu.

– Olhe – disse-me com sua voz falhando –, vou lhe contar o que eu tenho passado este ano, está bem? Acordo todas as manhãs preocupada com Ryan. Eu me pergunto se algum dia ele terá um amigo. Ou frequentará a escola. Ou dirigirá um carro, terá uma namorada ou um baile de formatura. Eu me pergunto se Ryan terá que morar conosco para sempre. Ninguém sabe nos dizer o que há de errado com ele ou se algum dia ficará bem e, enquanto isso, tudo o que aconteceu até agora foi ele ficar um ano atrasado em relação aos garotos da idade dele. Penso nessas coisas o dia inteiro. São as últimas coisas em que penso antes de dormir e acordo no meio da noite chorando por causa delas. É assim que minha vida é agora.

Depois de ela dizer isso, eu me senti péssimo. Não era assim para mim. Não sou mãe e, embora amasse Ryan, acho que simplesmente presumia que ele ficaria bem. Não é preciso dizer que pedi desculpas para minha esposa e depois disse:

– Sou seu marido e vou lhe fazer uma promessa agora. Prometo que vou curar nosso filho.

Palavras pomposas, mas eram exatamente o que eu queria dizer. Desde que tudo aquilo começara – e nesse ponto havia se passado um ano daquela primeira consulta médica –, eu lia tudo sobre desenvolvimento infantil em que podia pôr as mãos. Durante esse tempo, elaborei um plano que achei que poderia funcionar.

No dia seguinte, comprei uma mesinha e uma cadeira (com um cinto de segurança) e prendi meu filho a ela. Abri um livro de gravuras, mostrei uma balinha a ele e apontei para a primeira imagem.

– Maçã – disse eu. – Maçã. Maçã. Maçã. Maçã. Maçã...

Dois minutos depois, Ryan estava entediado.

Cinco minutos depois, começou a chorar.

E eu disse:

– Maçã. Maçã. Maçã...

Oito minutos depois, estava louco de raiva.

Dez minutos depois, gritava furiosamente, em um ataque de raiva multiplicado por dez.

E eu disse:

– Maçã. Maçã...

Ele gritou e gritou e gritou.

Depois de duas horas de gritos intermináveis, em troca de uma balinha, meu filho disse:

– Maã.

Quatro horas depois, disse:

– Manzã.

Seis horas depois:

– Mazã.

Foi um dos momentos mais gloriosos da minha vida. Foi a primeira vez em um ano que tive certeza de que meu filho era capaz de aprender. Tinha sido um passo pequeno, mas até aquele instante nem eu nem minha esposa sabíamos se ele conseguiria. E então, pela primeira vez no que pareceu uma eternidade, surgiu uma luz no fim do túnel. Uma luz diminuta, mas uma luz.

No dia seguinte, eu o prendi à cadeira de novo e treinei com ele durante mais seis horas. Naquela noite telefonei para minha esposa no Havaí e lhe pedi desculpas novamente. Coloquei meu filho mais velho na linha, ele falou com a mãe e depois peguei o fone de volta.

– Ah, a propósito – disse eu –, Ryan tem algo a lhe dizer.

Lembrem-se de que Ryan não falava.

Coloquei o fone no ouvido de Ryan, lhe estendi uma pequena bala e movi os lábios indicando o que queria que ele falasse. Então ele disse para a mãe:

– Ã cê, mã. – Eu amo você.

Tem sido um caminho longo e difícil, mas Ryan está bem agora. Minha esposa e eu tivemos de treinar muito com ele (quatro horas por dia) para lhe ensinar a falar. Ryan tem o que é chamado de distúrbio do processamento auditivo central, algo parecido com uma "dislexia do som". Ele não falava porque, por algum motivo – ninguém sabe qual –, a linguagem é algo muito confuso para ele. Ainda assim, ele aprendeu a se adaptar e agora fala bem, tem amigos e frequenta a escola, exatamente como os outros garotos da sua idade. E também tira notas altas.

# Agradecimentos

Mais uma vez gostaria de agradecer a Cathy, minha esposa, que teve de ser mais paciente comigo do que de costume enquanto eu escrevia este livro. Que onze anos loucos nós tivemos, não é?

Meus filhos também merecem meus agradecimentos, simplesmente por me ajudarem a manter tudo em perspectiva. É muito bom vê-los crescer.

Minha agente, Theresa Park, da Sanford Greenburger Associates, tem estado comigo em todos os passos do caminho, e é uma sorte trabalhar com ela. Nunca é demais repetir: muito obrigado por tudo – você é a melhor!

Também foi ótimo trabalhar com Jamie Raab, minha editora de texto – de novo! O que posso dizer? Tenho a sorte de contar com sua orientação. Saiba que dou muito valor a isso. Espero que trabalhemos juntos por muito, muito tempo.

Muito obrigado a Larry Kirshbaum, que também é uma ótima pessoa, e Maureen Egen, que não só é uma joia, como é uma mulher brilhante. Vocês dois mudaram minha vida para melhor e nunca me esquecerei disso.

E, finalmente, um brinde às pessoas que me ajudam em todos os meus passos: Jennifer Romanello; Emi Battaglia; Edna Farley; Flag, que fez todas as minhas fabulosas capas originais; Scott Schwimer, meu advogado especializado na área de entretenimento; Howie Sanders e Richard Green, da United Talent Agency, dois dos melhores nessa área; Denise DiNovi, a maravilhosa produtora de *Uma carta de amor* (a propósito, o nome da personagem principal deste livro é homenagem a ela); Courtenay Valenti e Lorenzo Di Bonaventura; Lynn Harries, da New Line Cinema; Mark Johnson, produtor...

### Conheça outro título do autor

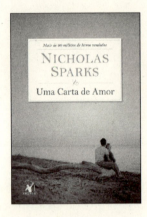

## *Uma carta de amor*

Há três anos, a colunista Theresa Osborne se divorciou do marido após ter sido traída por ele. Desde então, não acredita no amor e não se envolveu seriamente com ninguém.

Convencida pela chefe de que precisa de um tempo para si, resolve passar férias em Cape Cod. Durante a semana de folga, depois de terminar sua corrida matinal na praia, Theresa encontra uma garrafa arrolhada com uma folha de papel enrolada dentro.

Ao abri-la, descobre uma mensagem que começa assim: "Minha adorada Catherine, sinto a sua falta, querida, como sempre, mas hoje está sendo especialmente difícil porque o oceano tem cantado para mim, e a canção é a da nossa vida juntos."

Comovida pelo texto apaixonado, Theresa decide encontrar seu misterioso autor, que assina apenas "Garrett". Após uma incansável busca, durante a qual descobre novas cartas que mexem cada vez mais com seus sentimentos, Theresa vai procurá-lo em uma cidade litorânea da Carolina do Norte.

Quando o conhece, ela descobre que há três anos Garrett chora por seu amor perdido, mas também percebe que ele pode estar pronto para se entregar a uma nova história. E, para sua própria surpresa, ela também.

Unidos pelo acaso, Theresa e Garrett estão prestes a viver uma história comovente que reflete nossa profunda esperança de encontrar alguém e sermos felizes para sempre.

CONHEÇA OUTROS TÍTULOS DA EDITORA ARQUEIRO

*Queda de gigantes, Inverno do mundo* e *Eternidade por um fio*, de Ken Follett

*Não conte a ninguém, Desaparecido para sempre, Confie em mim, Cilada, Fique comigo* e *Seis anos depois*, de Harlan Coben

*A cabana* e *A travessia*, de William P. Young

*A farsa, A vingança* e *A traição*, de Christopher Reich

*Água para elefantes*, de Sara Gruen

*Inferno, O símbolo perdido, O código Da Vinci, Anjos e demônios, Ponto de impacto* e *Fortaleza digital*, de Dan Brown

*Uma longa jornada, O melhor de mim, O guardião, Uma curva na estrada, O casamento, À primeira vista* e *O resgate*, de Nicholas Sparks

*Julieta*, de Anne Fortier

*O guardião de memórias*, de Kim Edwards

*O guia do mochileiro das galáxias; O restaurante no fim do universo; A vida, o universo e tudo mais; Até mais, e obrigado pelos peixes!, Praticamente inofensiva* e *O salmão da dúvida*, de Douglas Adams

*O nome do vento* e *O temor do sábio*, de Patrick Rothfuss

*A passagem* e *Os Doze*, de Justin Cronin

*A revolta de Atlas* e *A nascente*, de Ayn Rand

*A conspiração franciscana*, de John Sack

Para saber mais sobre os títulos e autores
da Editora Arqueiro, visite o nosso site.
Além de informações sobre os próximos lançamentos,
você terá acesso a conteúdos exclusivos
e poderá participar de promoções e sorteios.

**editoraarqueiro.com.br**